U0478659

盛大的旧宴

废名 等 著

泰山出版社·济南

图书在版编目（CIP）数据

旧时的盛宴 / 废名等著 . — 济南：泰山出版社，2021.10

ISBN 978-7-5519-0669-2

Ⅰ . ①旧… Ⅱ . ①废… Ⅲ . ①随笔—作品集—中国—现代 Ⅳ . ① I266.1

中国版本图书馆 CIP 数据核字（2021）第 218957 号

JIUSHI DE SHENGYAN
旧时的盛宴

著　者	废 名 等
责任编辑	王艳艳
特约编辑	史俊南
装帧设计	观止堂_未 氓

出版发行　泰山出版社
　　　　　社　　址　济南市泺源大街 2 号　邮编　250014
　　　　　电　　话　综合部（0531）82023579　82022566
　　　　　　　　　　市场营销部（0531）82025510　82020455
　　　　　网　　址　www.tscbs.com
　　　　　电子信箱　tscbs@sohu.com
印　　刷　天津画中画印刷有限公司
成品尺寸　155 毫米 ×230 毫米　16 开
印　　张　30.75
字　　数　360 千字
版　　次　2022 年 2 月第 1 版
印　　次　2022 年 2 月第 1 次印刷
标准书号　ISBN 978-7-5519-0669-2
定　　价　89.00 元

凡 例

一、将原书繁体竖排改为简体横排，并参照不同版本，订正书中明显的错讹。

二、原则上保留原著作中出现的外国人名、地名等的旧式译法，订正个别极易引起歧义的译法。

三、不改变原书体例，酌情删改个别表述不规范的篇章或文字。

四、原书中文字尽量尊重原著，通假字及当时习惯用法（如"他""她"不分，"的""地""得"不分）而与现在用法不同者，一般不做改动。人名、字号、地名、书名等专有名词，酌情保留繁体和异体字形。

五、参照现行出版规范，对原书中标点符号进行适当修改，新中国成立后的日期等情况统一采用公元纪年法表示。

目录
contents

第一辑　人间世相

归国杂感	胡　适	003
我的母亲	胡　适	010
追悼志摩	胡　适	015
记辜鸿铭	胡　适	025
初恋的我	周越然	031
我与商务	周越然	036
逃难记	周越然	041
苏曼殊与我	周越然	051
悼秋心（梁遇春君）	废　名	057
知堂先生	废　名	060
小时读书	废　名	065
鲁迅的少年时代	废　名	069
儿　女	朱自清	080

我所见的叶圣陶	朱自清	087
给亡妇	朱自清	091
志摩在回忆里	郁达夫	096
回忆鲁迅	郁达夫	102
弘一法师之出家	夏丏尊	125
弘一大师的遗书	夏丏尊	131
四位先生	老 舍	134
我的母亲	老 舍	140
初恋的自白	胡也频	146
父亲和他的故事	胡也频	152
愁情一缕付征鸿	庐 隐	161
灵魂的伤痕	庐 隐	165
悼亡妻黄仲玉	蔡元培	168
我在北京大学的经历	蔡元培	171
墓畔哀歌	石评梅	180
纪念志摩去世四周年	林徽因	185
我的母亲	邹韬奋	192
回忆鲁迅先生	萧 红	198
回忆辜鸿铭先生	罗家伦	235

第二辑　市井拾趣

谈　吃	夏丏尊	243

幽默的叫卖声	夏丏尊	247
猫	郑振铎	249
海燕	郑振铎	254
宴之趣	郑振铎	257
看花	朱自清	263
潭柘寺 戒坛寺	朱自清	268
吃的	朱自清	272
春雨	梁遇春	277
又是一年春草绿	梁遇春	281
泪与笑	梁遇春	284
途中	梁遇春	288
上景山	许地山	295
先农坛	许地山	299
忆卢沟桥	许地山	302
五月的北平	张恨水	306
天坛	张恨水	310
游中山公园	张恨水	314
陶然亭	张恨水	317
洛阳小记	张恨水	322
年味儿忆燕都	张恨水	332
市声拾趣	张恨水	334
故都的秋	郁达夫	336

江南的冬景………………………………	郁达夫	340
上海的茶楼………………………………	郁达夫	344
饮食男女在福州…………………………	郁达夫	348
金鱼——草木虫鱼之一…………………	周作人	355
虱子——草木虫鱼之二…………………	周作人	359
两株树——草木虫鱼之三………………	周作人	364
苋菜梗——草木虫鱼之四………………	周作人	369
水里的东西——草木虫鱼之五…………	周作人	372
案山子——草木虫鱼之六………………	周作人	376
关于蝙蝠——草木虫鱼之七……………	周作人	381
春节话旧…………………………………	周瘦鹃	387
上元灯话…………………………………	周瘦鹃	392
清明时节…………………………………	周瘦鹃	396
端午景……………………………………	周瘦鹃	399
茶　话……………………………………	周瘦鹃	402
观莲拙政园………………………………	周瘦鹃	406
赏菊狮子林………………………………	周瘦鹃	410
访古虎丘山………………………………	周瘦鹃	413
观光玄妙观………………………………	周瘦鹃	418
苏州园林甲江南…………………………	周瘦鹃	424
多鼠斋杂谈………………………………	老　舍	434
中秋节……………………………………	胡也频	448

虾和鳝及其他……………………………	彭家煌	456
北南西东…………………………………	缪崇群	458
古　刹……………………………………	王统照	465
杨　梅……………………………………	鲁　彦	468
插　田……………………………………	叶　紫	473
蟋　蟀……………………………………	陆　蠡	477

第一辑　人间世相

归国杂感

胡　适

我在美国动身的时候,有许多朋友对我道:"密斯忒胡,你和中国别了七个足年了,这七年之中,中国已经革了三次的命,朝代也换了几个了。真个是一日千里的进步。你回去时,恐怕要不认得那七年前的老大帝国了。"我笑着对他们说道:"列位不用替我担忧。我们中国正恐怕进步太快,我们留学生回去要不认得他了,所以他走上几步,又退回几步。他正在那里回头等我们回去认旧相识呢。"

这话并不是戏言,乃是真话。我每每劝人回国时莫存大希望:希望越大,失望越大。所以我自己回国时,并不曾怀什么大希望。果然船到了横滨,便听得张勋复辟的消息。如今在中国已住了四个月了,所见所闻,果然不出我所料。七年没见面的中国还是七年前的老相识！到上海的时候,有一天,有一位朋友拉我到大舞台去看戏。我走进去坐了两点钟,出来的时候,对我的朋友说道:"这个大舞台真正是中国的一个绝妙的缩本模型。你看这大舞台三个字岂不很新？外面的房屋岂不是洋房？里面的座位和戏台上的布景装潢又岂不是西洋新式？但是做戏的人都不过是赵如泉、沈韵秋、万盏灯、何家声、何金寿这些人。没有一个不是二十年前的旧古董！我十三岁到上海的时候,他们已成了老角色了。如今又隔了十三年了，却还是他们在台上撑场面。这十三年造出来的新角色都到哪里去了呢？你再看那台上做的《举鼎观画》。那祖先堂上的布景，岂不很完备？只是那小薛蛟拿了那老头儿的书信，就此跨马加鞭，却忘记了台上布的景是一座祖先堂！又看那出《四进士》。台上布景，明明有了门了，那宋士杰却还要做手势去关那没有的门！上公堂时，还要跨那没有的门槛！你看这二十年前的旧古董，在二十世纪的小舞台上做戏；装上了二十世纪的新布景，却偏要做那二十年前的旧手脚！这不是一幅绝妙的中国现势图吗？"

我在上海住了十二天，在内地住了一个月，在北京住了两个月，在路上走了二十天，看了两件大进步的事：第一件是"三炮台"的纸烟，居然行到我们徽州去了；第二件是"扑克"牌居然比麻雀牌还要时髦了。"三炮台"纸烟还不算稀奇，只有那"扑克"牌何以会这样风行呢？有许多老先生向来学 A、B、C、D，是很不行的，如今打起"扑克"来，也会说"恩德""累死""接客倭彭"了！这些怪不好记的名词，何以会这样容易上口呢？他们学这些名词这样容易，何以学正经的 A、B、C、D，又那样蠢呢？我想这里面很有可以研究的道理。新理想行不到徽州，恐怕是因为新思想没有"三炮台"那样中吃吧？A、B、C、D，不容易教，恐怕是因为教的人不得其法吧？

我第一次走过四马路，就看见了三部教"扑克"的书。我心想"扑克"的书已有这许多了，那别种有用的书，自然更不少了，所以我就花了一天的工夫，专去调查上海的出版界。我是学哲学的，自然先寻哲学的书。不料这几年来，中国竟可以算得没有出过一部哲学书。找来找去，找到一部《中国哲学史》，内中王阳明占了四大页,《洪范》倒占了八页!还说了些"孔子既受天之命""与天地合德"的话。又看见一部《韩非子精华》,删去了《五蠹》和《显学》两篇,竟成了一部《韩非子糟粕》了。文学书内,只有一部王国维的《宋元戏曲史》是很好的。又看见一家书目上有翻译的萧士比亚剧本,找来一看,原来把会话体的戏剧,都改作了《聊斋志异》体的叙事古文!又看见一部《妇女文学史》,内中苏蕙的回文诗足足占了六十页!又看见《饮冰室丛著》内有《墨学微》一书,我是喜欢看看墨家的书的人,自然心中很高兴。不料抽出来一看,原来是任公先生十四年前的旧作,不曾改了一个字!此外只有一部《中国外交史》,可算是一部好书,如今居然到了三版了。这件事还可以使人乐观。此外那些新出版的小说,看来看去,实在找不出一部可看的小说。有人对我说,如今最风行的是一部《新华春梦记》,这也可想见中国小说界的程度了。

总而言之,上海的出版界——中国的出版界——这七年来简直没有两三部以上可看的书!不但高等学问的书一部都没有,就是要找一部轮船上、火车上消遣的书,也找不出!(后来我寻来寻去,只寻得一部吴稚晖先生的《上下古今谈》,带到芜湖路上去看。)我看了这个怪现状,真可以放声大哭。如今的中国人,肚子饿了,还有些施粥的厂把粥给他们吃。只是那些脑子叫饿的人可真没有东西吃了。难道可以把些《九尾龟》《十尾龟》来充饥吗?

中文书籍既是如此,我又去调查现在市上最通行的英文书籍。看来看去,都是些什么萧士比亚的《威匿思商》《麦克白传》,阿狄生的《文报选录》,戈司密的《威克斐牧师》,欧文的

《见闻杂记》……大概都是些十七世纪十八世纪的书。内中有几部十九世纪的书，也不过是欧文、迭更司、司各脱、麦考来几个人的书，都是和现在欧美的新思潮毫无关系的。怪不得我后来问起一位有名的英文教习，竟连 Bernard Shaw 的名字也不曾听见过，不要说 Tchekoff 和 Andreyev 了。我想这都是现在一班教会学堂出身的英文教习的罪过。这些英文教习，只会用他们先生教过的课本。他们的先生又只会用他们先生的先生教过的课本。所以现在中国学堂所用的英文书籍，大概都是教会先生的太老师或太太老师们教过的课本！怪不得和现在的思想潮流绝无关系了。

有人说，思想是一件事，文字又是一件事，学英文的人何必要读与现代新思潮有关系的书呢？这话似乎有理，其实不然。我们中国人学英文，和英国、美国的小孩子学英文，是两样的。我们学西洋文字，不单是要认得几个洋字，会说几句洋话，我们的目的在于输入西洋的学术思想。所以我以为中国学校教授西洋文字，应该用一种"一箭射双雕"的方法，把"思想"和"文字"同时并教。例如教散文，与其用欧文的《见闻杂记》，或阿狄生的《文报选录》，不如用赫胥黎的《进化杂论》。又如教戏曲，与其教萧士比亚的《威匿思商》，不如用 Bernard Shaw 的 *Androcles and The Lion*，或是 Galsworthy 的 *Strife* 或 *Justice*。又如教长篇的文字，与其教麦考来的《约翰生行述》，不如教弥尔的《群己权界论》。……我写到这里，忽然想起日本东京丸善书店的英文书目。那书目上，凡是英美两国一年前出版的新书，大概都有。我把这书目和商务书馆与伊文思书馆的书目一比较，我几乎要羞死了。

我回中国所见的怪现状，最普通的是"时间不值钱"。中国人吃了饭没有事做，不是打麻雀，便是打"扑克"。有的人走上茶馆，泡了一碗茶，便是一天了。有的人拿一只鸟儿到处逛逛，也是一天了。更可笑的是朋友去看朋友，一坐下便生了根了，再也不肯走。有事商议，或是有话谈论，倒也罢了。其实并没有可议的事、可说的话。我有一天在一位朋友处有事，忽然来了两位客，是□□馆的人员。我的朋友走出去会客，我因为事没有完，便在他房里等他。我以为这两位客一定是来商议这□□馆中什么要事的。不料我听得他们开口道："□□先生，今回是打津浦火车来的，还是坐轮船来的？"我的朋友说是坐轮船来的。这两位客接着便说轮船怎样不便，怎样迟缓。又从轮船上谈到铁路上，从铁路上又谈到现在中、交两银行的钞洋跌价。因此又谈到梁任公的财政本领，又谈到梁士诒的行踪去迹：……谈了一点多钟，没有谈上一句要紧的话。后来我等得没法了，只好叫听差去请我的朋友。那两位客还不知趣，不肯就走。我不得已，只好跑了，让我的朋友去领教他们的"二梁优劣论"吧！

美国有一位大贤名弗兰克令（Benjamin Franklin）的，曾说道："时间乃是造成生命的东西。"时间不值钱，生命自然也不值钱了。上海那些拣茶叶的女工，一天拣到黑，至多不过得二百铜钱，少的不过得五六十钱！茶叶店的伙计，一天做十六七点钟的工，一个月平均只拿得两三块钱！还有那些工厂的工人，更不用说了。还有那些更下等、更苦痛的工作，更不用说了。人力那样不值钱，所以卫生也不讲究，医药也不讲究。我在北京、上海看那些小店铺里和穷人家里的种种不卫生，真是一种黑暗世界。至于道路的不洁净、瘟疫的流行，更不消说了。最可怪的是无论阿猫、阿狗都可挂牌医病，医死了人，也没有人怨恨，也没有人干涉。人命的不值钱，真可算得到了极端了。

现今的人都说教育可以救种种的弊病。但是依我看来，中国的教育，不但不能救亡，简直可以亡国。我有十几年没到内地去了，这回回去，自然去看看那些学堂。学堂的课程表，看来何尝不完备？体操也有，图画也有，英文也有，那些国文、修身之类，更不用说了。但是学堂的弊病，却正在这课程完备上。例如我们家乡的小学堂，经费自然不充足了，却也要每年花六十块钱去请一个中学堂学生兼教英文、唱歌。又花二十块钱买一架风琴。我心想，这六十块一年的英文教习，能教什么英文？教的英文，在我们山里的小地方，又有什么用处？至于那音乐一科，更无道理了。请问那种学堂的音乐，还是可以增进"美感"呢？还是可以增进音乐知识呢？若果然要教音乐，为什么不去村乡里找一个会吹笛子、唱昆腔的人来教？为什么一定要用那实在不中听的二十块钱的风琴呢？那些穷人的子弟学了音乐回家，能买得起一架风琴来练习他所学的音乐知识吗？我真是莫名其妙了。所以我在内地常说："列位办学堂，尽不必问教育部规程是什么，须先问这块地方上最需要的是什么。譬如我们这里最需要的是农家常识、蚕桑常识、商业常识、卫生常识，列位却把修身教科书去教他们做圣贤！又把二十块钱的风琴去教他们学音乐！又请一位六十块钱一年的教习教他们的英文！列位且自己想想看，这样的教育，造得出怎么样的人才？所以我奉劝列位办学堂，切莫注重课程的完备，须要注意课程的实用。尽不必去巴结视学员，且去巴结那些小百姓。视学员说这个学堂好，是没有用的。须要小百姓都肯把他们的子弟送来上学，那才是教育有成效了。"

以上说的是小学堂。至于那些中学堂的成绩，更可怕了。我遇见一位省立法政学堂的本科学生，谈了一会，他忽然问道："听说东文是和英文差不多的，这话可真吗？"我已经大诧异了。后来他听我说日本人总有些岛国习气，忽然问道："原来日本也在海岛上吗？"……这个固然是一个极端的例。但是如今中学堂毕业的人才，高又高不得，低又低不得，竟成了一种无能的游民。这都由于学校里所教的功课，和社会上的需要毫无关涉。所以学校只管多，教育只管兴，社会上的工人、伙计、账房、警察、兵士、农夫……还只是用没有受过教育的人。社会所需要的是做事的人才，学堂所造成的是不会做事又不肯做事的人才，这种教育不是亡国的教育吗？

我说我的《归国杂感》，提起笔来，便写了三四千字。说的都是些很可以悲观的话，但是我却并不是悲观的人。我以为这二十年来中国并不是完全没有进步，不过惰性太大，向前三步又退回两步，所以到如今还是这个样子。我这回回家寻出了一部叶德辉的《翼教丛编》，读了一遍，才知道这二十年的中国实在已经有了许多大进步。不到二十年前，那些老先生们，如叶德辉、王益吾之流，出了死力去驳康有为，所以这书叫作《翼教丛编》。我们今日也痛骂康有为。但二十年前的中国，骂康有为太新；二十年后的中国，却骂康有为太旧。如今康有为没有皇帝可保了，很可以作一部《翼教续编》来骂陈独秀了。这两部"翼教"的书的不同之处，便是中国二十年来的进步了。

我的母亲

胡 适

我小时候身体弱,不能跟着野蛮的孩子们一块玩。我母亲也不准我和他们乱跑乱跳。小时不曾养成活泼游戏的习惯,无论在什么地方,我总是文绉绉地。所以家乡老辈都说我"像个先生样子",遂叫我作"穈先生"。这个绰号叫出去之后,人都知道三先生的小儿子叫作穈先生了。既有"先生"之名,我不能不装出点"先生"样子,更不能跟着顽童们"野"了。有一天,我在我家八字门口和一班孩子"掷铜钱",一位老辈走过,见了我,笑道:"穈先生也掷铜钱吗?"我听了羞愧得面红耳热,觉得大失了"先生"身份!

大人们鼓励我装先生样子,我也没有嬉戏的能力和习惯,又因为我确是喜欢看书,故我一生可算是不曾享过儿童游戏的生活。每年秋天,我的庶祖母同我到田里去"监割",(顶好的田,水旱无忧,收成最好,佃户每约田主来监割,打下谷子,两家平分。)我总是坐在小树下看小说。十一二岁时,我稍活泼一点,居然和一群同学组织了一个戏剧班,做了一些木刀竹枪,借得了几副假胡须,就在村口田里做戏。我做的往往是诸葛亮、刘备一类的文角儿;只有一次我做史文恭,被花荣一箭从椅子上射倒下去,这算是我最活泼的玩意儿了。

我在这九年（一八九五——一九〇四）之中，只学得了读书、写字两件事。在文字和思想的方面，不能不算是打了一点底子。但别的方面都没有发展的机会。有一次我们村"当朋"（八都凡五村，称为"五朋"，每年一村轮着做太子会，名为"当朋"）筹备太子会，有人提议要派我加入前村的昆腔队里学习吹笙或吹笛。族里长辈反对，说我年纪太小，不能跟着太子会走遍五朋。于是我便失掉了这学习音乐的唯一机会。三十年来，我不曾拿过乐器，也全不懂音乐；究竟我有没有一点学音乐的天资，我至今还不知道。至于学图画，更是不可能的事。我常常用竹纸蒙在小说书的石印绘像上，摹画书上的英雄美人。有一天，被先生看见了，挨了一顿大骂，抽屉里的图画都被搜出撕毁了。于是我又失掉了学做画家的机会。

但这九年的生活，除了读书看书之外，究竟给了我一点做人的训练。在这一点上，我的恩师便是我的慈母。

每天天刚亮时，我母亲便把我喊醒，叫我披衣坐起。我从不知道她醒来坐了多久了。她看我清醒了，便对我说昨天我做错了什么事，说错了什么话，要我认错，要我用功读书。有时候她对我说父亲的种种好处，她说："你总要踏上你老子的脚步。我一生只晓得这一个完全的人，你要学他，不要跌他的股。"（跌股便是丢脸、出丑。）她说到伤心处，往往掉下泪来。到天大明时，她才把我的衣服穿好，催我去上早学。学堂门上的锁匙放在先生家里；我先到学堂门口一望，便跑到先生家里去敲门。先生家里有人把锁匙从门缝里递出来，我拿了跑回去，开了门，坐下念生书。十天之中，总有八九天我是第一个去开学堂门的。等到先生来了，我背了生书，才回家吃早饭。

我母亲管束我最严，她是慈母兼任严父。但她从来不在别人面前骂我一句，打我一下，我做错了事，她只对我一望，我看见了她的严厉眼光，便吓住了。犯的事小，她等到第二天早晨我眠醒时才教训我。犯的事大，她等到晚上人静时，关了房门，先责备我，然后行罚，或罚跪，或拧我的肉。无论怎样重罚，总不许我哭出声音来。她教训儿子不是借此出气叫别人听的。

有一个初秋的傍晚，我吃了晚饭，在门口玩，身上只穿着一件单背心。这时候我母亲的妹子玉英姨母在我家住，她怕我冷了，拿了一件小衫出来叫我穿上。我不肯穿，她说："穿上吧，凉了。"我随口回答："娘（凉）什么！老子都不老子呀。"我刚说了这句话，一抬头，看见母亲从家里走出，我赶快把小衫穿上。但她已听见这句轻薄的话了。晚上人静后，她罚我跪下，重重地责罚了一顿。她说："你没了老子，是多么得意的事！好用来说嘴！"她气得坐着发抖，也不许我上床去睡。我跪着哭，用手擦眼泪，不知擦进了什么微菌，后来足足害了一年多的眼翳病。医来医去，总医不好。我母亲心里又悔又急，听说眼翳可以用舌头舔去，有一夜她把我叫醒，她真用舌头舔我的病眼。这是我的严师、我的慈母。

我母亲二十三岁做了寡妇，又是当家的后母。这种生活的痛苦，我的笨笔写不出一万分之一二。家中财政本不宽裕，全靠二哥在上海经营调度。大哥从小便是败子，吸鸦片烟，赌博，钱到手就光，光了便回家打主意，见了香炉便拿出去卖，捞着锡茶壶便拿出押。我母亲几次邀了本家长辈来，给他定下每月用费的数目。但他总不够用，到处都欠下烟债、赌债。每年除夕我家中总有一大群讨债的，每人一盏灯笼，坐在大厅上不肯去。大哥早已避出去了。大厅的两排椅子上满满的都是灯笼和债主。我母亲走进走出，料理年夜饭、谢灶神、压岁钱等事，只当作不曾看见这一群人。到了近半夜，快要"封门"了，我母亲才走后门出去，央一位邻居本家到我家来，每一家债户开发一点钱。做好做歹的，这一群讨债的才一个一个提着灯笼走出去。一会儿，大哥敲门回来了。我母亲从不骂他一句。并且因为是新年，她脸上从不露出一点怒色。这样的过年，我过了六七次。

大嫂是个最无能而又最不懂事的人，二嫂是个能干而气量很窄小的人。她们常常闹意见，只因为我母亲的和气榜样，她们还不曾有公然相骂相打的事。她们闹气时，只是不说话，不答话，把脸放下来，叫人难看；二嫂生气时，脸色变青，更是怕人。她们对我母亲闹气时，也是如此。我起初全不懂得这一套，后来也渐渐懂得看人的脸色了。我渐渐明白，世间最可厌恶的事莫如一张生气的脸；世间最下流的事莫如把生气的脸摆给旁人看。这比打骂还难受。

我母亲的气量大、性子好，又因为做了后母、后婆，她更事事留心，事事格外容忍。大哥的女儿比我只小一岁，她的饮食、衣服总是和我的一样。我和她有小争执，总是我吃亏，母亲总是责备我，要我事事让她。后来大嫂二嫂都生了儿子了，她们生气时便打骂孩子来出气，一面打，一面用尖刻有刺的话骂给别人听。我母亲只装作不听见。有时候，她实在忍不住了，便悄悄走出门去，或到左邻立大嫂家去坐一会，或走后门到后邻度嫂家去闲谈。她从不和两个嫂子吵一句嘴。

每个嫂子一生气，往往十天半个月不歇，天天走进走出，板着脸，咬着嘴，打骂小孩子出气。我母亲只忍耐着，到实在不可再忍的一天，她也有她的法子。这一天的天明时，她便不起床，轻轻地哭一场。她不骂一个人，只哭她的丈夫，哭她自己苦命，留不住她丈夫来照管她。她先哭时，声音很低，渐渐哭出声来。我醒了起来劝她，她不肯住。这时候，我总听得见前堂（二嫂住前堂东房）或后堂（大嫂住后堂西房）有一扇房门开了，一个嫂子走出房向厨房走去。不多一会，那位嫂子来敲我们的房门了。我开了房门，她走进来，捧着一碗热茶，送到我母亲床前，劝她止哭，请她喝口热茶。我母亲慢慢停住哭声，伸手接了茶碗。那位嫂子站着劝一会，才退出去。没有一句话提到什么人，也没有一个字提到这十天半个月来的气脸，然而各人心里明白，泡茶进来的嫂子总是那十天半个月来闹气的人。奇怪得很，这一哭之后，至少有一两个月的太平清静日子。

我母亲待人最仁慈，最温和，从来没有一句伤人感情的话。但她有时候也很有刚气，不受一点人格上的侮辱。我家五叔是个无正业得浪人，有一天在烟馆里发牢骚，说我母亲家中有事总请某人帮忙，大概总有什么好处给他。这句话传到了我母亲耳朵里，她气得大哭，请了几位本家来，把五叔喊来，她当面质问他，她给了某人什么好处。直到五叔当众认错赔罪，她才罢休。

我在我母亲的教训之下住了九年，受了她的极大、极深的影响。我十四岁（其实只有十三岁零两三个月）便离开她了，在这广漠的人海里独自混了二十多年，没有一个人管束过我。如果我学得了一丝一毫的好脾气，如果我学得了一点点待人接物的和气，如果我能宽恕人、体谅人——我都得感谢我的慈母。

追悼志摩

胡 适

悄悄的我走了,
正如我悄悄的来;
我挥一挥衣袖,
不带走一片云彩。

(《再别康桥》)

志摩这一回真走了!可不是"悄悄的走"。在那淋漓的大雨里,在那迷蒙的大雾里,一个猛烈的大震动,三百匹马力的飞机碰在一座终古不动的山上,我们的朋友额上受了一下致命的撞伤,大概立刻失去了知觉。半空中起了一团大火,像天上陨了一颗大星似的直掉下地去。我们的志摩和他的两个同伴就死在那烈焰里了!

我们初得着他的死信,都不肯相信,都不信志摩这样一个可爱的人会死得这么惨酷。但在那几天的精神大震撼稍稍过去之后,我们忍不住要想,那样的死法也许只有志摩最配。我们不相信志摩会"悄悄的走了",也不忍想志摩会死一个"平凡的死",死在天空之中,大雨淋着,大雾笼罩着,大火焚烧着,那撞不倒的山头在旁边冷眼瞧着,我们新时代的新诗人,就是要自己挑一种死法，也挑不出更合式，更悲壮的了。

　　志摩走了，我们这个世界里被他带走了不少的云彩。他在我们这些朋友之中，真是一片最可爱的云彩，永远是温暖的颜色，永远是美的花样，永远是可爱。他常说：

　　我不知道风
　　是在哪一个方向吹——

　　我们也不知道风是在哪一个方向吹，可是狂风过去之后，我们的天空变惨淡了，变寂寞了，我们才感觉我们的天上的一片最可爱的云彩被狂风卷去了，永远不回来了！

　　这十几天里，常有朋友到家里来谈志摩，谈起来常常有人痛哭。在别处痛哭他的，一定还不少。志摩所以能使朋友这样哀念他，只是因为他的为人整个的只是一团同情心，只是一团爱。叶公超先生说：

　　他对于任何人、任何事，从未有过绝对的怨恨，甚至于无意中都没有表示过一些憎嫉的神气。

陈通伯先生说：

　　尤其朋友里缺不了他。他是我们的连索，他是黏着性的、发酵性的。在这七八年中，国内文艺界里起了不少的风波，吵了不少的架，许多很熟的朋友往往弄得不能见面。但我没有听见有人怨恨过志摩，谁也不能抵抗志摩的同情心。谁也不能避开他的黏着性。他才是和事的无穷的同情，使我们老，他总是朋友中间的"连索"。他从没有疑心，他从不会妒忌。他使这些多疑善妒的人们十分惭愧，又十分羡慕。

他的一生真是爱的象征。爱是他的宗教、他的上帝。

我攀登了万仞的高冈，
荆棘扎烂了我的衣裳，
我向缥缈的云天外望——
上帝，我望不见你！
……
我在道旁见一个小孩：
活泼，秀丽，褴褛的衣衫；
他叫声"妈"，眼里亮着爱——
上帝，他眼里有你！

（《他眼里有你》）

志摩今年在他的《猛虎集自序》里曾说他的心境是："一个曾经有单纯信仰的流入怀疑的颓废。"这句话是他最好的自述。他的人生观真是一种"单纯信仰"，这里面只有三个大字：一个是爱，一个是自由，一个是美。他梦想这三个理想的条件能够会合在一个人生里，这是他的"单纯信仰"。他的一生的历史，只是他追求这个单纯信仰的实现的历史。

社会上对于他的行为，往往有不谅解的地方，都只因为社会上批评他的人不曾懂得志摩的"单纯信仰"的人生观。他的离婚和他的第二次结婚,是他一生最受社会严厉批评的两件事。现在志摩的棺已盖了,而社会上的议论还未定。但我们知道这两件事的人,都能明白,至少在志摩的方面,这两件事最可以代表志摩的单纯理想的追求。他万分诚恳地相信那两件事都是他实现他那"美与爱与自由"的人生的正当步骤。这两件事的结果,在别人看来,似乎都不曾能够实现志摩的理想生活。但到了今日,我们还忍用成败来议论他吗?

我忍不住我的历史癖,今天我要引用一点神圣的历史材料,来说明志摩决心离婚时的心理。民国十一年三月,他正式向他的夫人提议离婚,他告诉她,他们不应该继续他们的没有爱情没有自由的结婚生活了,他提议"自由之偿还自由",他认为这是"彼此重见生命之曙光,不世之荣业"。他说:

> 故转夜为日,转地狱为天堂,直指顾间事矣。……真生命必自奋斗自求得来,真幸福亦必自奋斗自求得来,真恋爱亦必自奋斗自求得来!彼此前途无限,……彼此有改良社会之心,彼此有造福人类之心,其先自作榜样,勇决智断,彼此尊重人格,自由离婚,止绝苦痛,始兆幸福,皆在此矣。

这信里完全是青年的志摩的单纯的理想主义,他觉得那没有爱又没有自由的家庭是可以摧毁他们的人格的,所以他下了决心,要把自由偿还自由,要从自由求得他们的真生命、真幸福、真恋爱。

后来他回国了，婚是离了，而家庭和社会都不能谅解他。最奇怪的是他和他已离婚的夫人通信更勤，感情更好，社会上的人更不明白了。志摩是梁任公先生最爱护的学生，所以民国十二年任公先生曾写一封很恳切的信去劝他。在这信里，任公提出两点：

其一，万不容以他人之苦痛，易自己之快乐。弟之此举，其于弟将来之快乐能得与否，殆茫如捕风，然先已予多数人以无量之苦痛。

其二，恋爱神圣为今之少年所乐道。……兹事盖可遇而不可求。……况多情多感之人，其幻想起落鹘突，而得满足得宁帖也极难。所梦想之神圣境界恐终不可得，徒以烦恼终其身已耳。

任公又说：

呜呼志摩！天下岂有圆满之宇宙？……当知吾侪以不求圆满为生活态度，斯可以领略生活之妙味矣。……若沉迷于不可必得之梦境，挫折数次，生意尽矣，郁邑侘傺以死，死为无名。死犹可也，最可畏者，不死不生而堕落至不复能自拔。呜呼志摩，可无惧耶！可无惧耶！（十二年一月二日信）

任公一眼看透了志摩的行为是追求一种"梦想的神圣境界"，他料到他必要失望，又怕他少年人受不起几次挫折，就会死，就会堕落。所以他以老师的资格警告他："天下岂有圆满之宇宙？"

但这种反理想主义是志摩所不能承认的。他答复任公的信，第一不承认他是把他人的苦痛来换自己的快乐。他说：

> 我之甘冒世之不韪，竭全力以斗者，非特求免凶惨之苦痛，实求良心之安顿，求人格之确立，求灵魂之救度耳。
>
> 人谁不求庸德？人谁不安现成？人谁不畏艰险？然且有突围而出者，夫岂得已而然哉？

第二，他也承认恋爱是可遇而不可求的，但他不能不去追求。他说：

> 我将于茫茫人海中访我唯一灵魂之伴侣；得之，我幸；不得，我命，如此而已。

他又相信他的理想是可以创造培养出来的。他对任公说：

> 嗟夫吾师！我尝奋我灵魂之精髓，以凝成一理想之明珠，涵之以热满之心血，朗照我深奥之灵府。而庸俗忌之嫉之，辄欲麻木其灵魂，捣碎其理想，杀灭其希望，污毁其纯洁！我之不流入堕落，流入庸懦，流入卑污，其几亦微矣！

我今天发表这三封不曾发表过的信，因为这几封信最能表现那个单纯的理想主义者徐志摩。他深信理想的人生必须有爱，必须有自由，必须有美；他深信这种三位一体的人生是可以追求的，至少是可以用纯洁的心血培养出来的——我们若从这个观点来观察志摩的一生，他这十年中的一切行为就全可以了解了。我还可以说，只有从这个观点上才可以了解志摩的行为；我们必须认清了他的单纯信仰的人生观，方才认得清志摩的为人。

志摩最近几年的生活，他承认是失败。他有一首《生活》的诗，诗是暗惨得可怕：

> 阴沉，黑暗，毒蛇似的蜿蜒，
> 生活逼成了一条甬道：
> 一度陷入，你只可向前，
> 手扪索着冷壁的粘潮。
> 在妖魔的脏腑内挣扎，
> 头顶不见一线的天光，
> 这魂魄，在恐怖的压迫下，
> 除了消灭更有什么愿望？
>
> （一九三〇年五月二十九日）

他的失败是一个单纯的理想主义者的失败。他的追求，使我们惭愧，因为我们的信心太小了，从不敢梦想他的梦想。他的失败，也应该使我们对他表示更深厚的恭敬与同情，因为偌大的世界之中，只有他有这信心，冒了绝大的危险，费了无数的麻烦，牺牲了一切平凡的安逸，牺牲了家庭的亲谊和人间的名誉，去追求，去试验一个"梦想之神圣境界"，而终于免不了惨酷的失败，也不完全是他的人生观的失败。他的失败是因为他的信仰太单纯了，而这个现实世界太复杂了，他的单纯的信仰禁不起这个现实世界的摧毁。正如易卜生的诗剧 Brand 里的那个理想主义者，抱着他的理想，在人间处处碰钉子，碰得焦头烂额，失败而死。

然而我们的志摩"在这恐怖的压迫下"，从不叫一声"我投降了"——他从不曾完全绝望，他从不曾绝对怨恨谁。他对我们说：

> 你们不能更多地责备。我觉得我已是满头的血水，能不低头已算是好的。(《猛虎集自序》)

是的，他不曾低头。他仍旧昂起头来做人；他仍旧是他那一团的同情心、一团的爱。我们看他替朋友做事，替团体做事，他总是仍旧那样热心，仍旧那样高兴。几年的挫折、失败、苦痛，似乎使他更成熟了，更可爱了。

他在苦痛之中，仍旧继续他的歌唱。他的诗作风也更成熟了。他所谓"初期的汹涌性"固然是没有了，作品也减少了；但是他的意境变深厚了，笔致变淡远了，技术和风格都更进步了。这是读《猛虎集》的人都能感觉到的。

志摩自己希望今年是他的"一个真正的复活的机会"。他说：

> 抬起头居然又见到天了。眼睛睁开了，心也跟着开始了跳动。

我们一班朋友都替他高兴。他这几年来想用心血浇灌的花树也许是枯萎的了；但他的同情、他的鼓舞，早又在别的园地里种出了无数的可爱的小树，开出了无数可爱的鲜花。他自己的歌唱有一个时代是几乎消沉了；但他的歌声引起了他的园地外无数的歌喉，嘹亮地唱、哀怨地唱、美丽地唱。这都是他的安慰，都使他高兴。

谁也想不到在这个最有希望的复活时代，他竟丢了我们走了！他的《猛虎集》里有一首咏一只黄鹂的诗，现在重读了，好像他在那里描写他自己的死，和我们对他的死的悲哀：

  等候他唱，我们静着望，
  怕惊了他。但他一展翅，
  冲破浓密，化一朵彩云：
  飞来了，不见了，没了——
  像是春光，火焰，像是热情。

志摩这样一个可爱的人，真是一片春光、一团火焰、一腔热情。现在难道都完了？

决不——决不——志摩最爱他自己的一首小诗，题目叫作《偶然》，在他的《卞昆冈》剧本里，在那个可爱的孩子阿明临死时，那个瞎子弹着三弦，唱着这首诗：

  我是天空里的一片云，
  偶尔投影在你的波心！
  你不必讶异，
  更无须欢喜！
  在转瞬间消灭了踪影。

你我相逢在黑暗的海上,
你有你的,我有我的方向。
你记得也好,
最好你忘掉,
在这交会时互放的光亮!

朋友们,志摩是走了,但他投的影子会永远留在我们心里,他放的光亮也会永远留在人间,他不曾白来了一世。我们有了他做朋友,也可以安慰自己说不曾白来了一世。我们忘不了,和我们在那交会时互放的光亮!

记辜鸿铭

胡　适

民国十年十月十三夜，我的老同学王彦祖先生请法国汉学家戴弥微先生（Mon Demiéville）在他家中吃饭，陪客的有辜鸿铭先生，法国的□先生、徐墀先生和我；还有几位，我记不得了。这一晚的谈话，我的日记里留有一个简单的记载，今天我翻看旧日记，想起辜鸿铭的死，想起那晚上的主人王彦祖也死了，想起十三年之中人事变迁的迅速，我心里颇有不少的感触。所以我根据我的旧日记，用记忆来补充它，写成这篇辜鸿铭的回忆。

辜鸿铭向来是反对我的主张的，曾经用英文在杂志上驳我；有一次为了我在《每周评论》上写的一段短文，他竟对我说，要在法庭控告我。然而在见面时，他对我总很客气。

这一晚他先到了王家，两位法国客人也到了；我进来和他握手时，他对那两位外国客说："Here comes my learned enemy！"大家都笑了。

入座之后，戴弥微的左边是辜鸿铭，右边是徐墀。大家正在喝酒吃菜，忽然辜鸿铭用手在戴弥微的背上一拍，说："先生，你可要小心！"戴先生吓了一跳，问他为什么，他说："因为你坐在辜疯子和徐癫子的中间！"大家听了，哄堂大笑，因为大家都知道"Cranky Hsü"和"Crazy Ku"的两个绰号。

一会儿，他对我说："去年张少轩（张勋）过生日，我送了他一副对子，上联是'荷尽已无擎雨盖'，下联是什么？"我当他是集句的对联，一时想不起好对句，只好问他："想不出好对，你对的什么？"他说："下联是'菊残犹有傲霜枝'。"我也笑了。

他又问："你懂得这副对子的意思吗？"我说："'菊残犹有傲霜枝'当然是张大帅和你老先生的辫子了。'擎雨盖'是什么呢？"他说："是清朝的大帽。"我们又大笑。

他在席上大讲他最得意的安福国会选举时他卖票的故事，这个故事我听他亲口讲过好几次了，每回他总添上一点新花样，这也是老年人说往事的普通毛病。

安福部当权时，颁布了一个新的国会选举法，其中有一部分的参议员是须由一种中央通儒院票选的，凡国立大学教授，凡在国外大学得学位的，都有选举权。于是许多留学生有学士、硕士、博士文凭的，都有人来兜买。本人不必到场，自有人拿文凭去登记投票。据说当时的市价是每张文凭可卖二百元。兜买的人拿了文凭去，还可以变化发财。譬如一张文凭上的姓名是 Wu Ting，第一次可报"武定"，第二次可报"丁武"，第三次可报"吴廷"，第四次可说是江浙方音的"丁和"。这样办法，原价二百元的，就可以卖八百元了。

辜鸿铭卖票的故事确是很有风趣的。他说：

□□□来运动我投他一票，我说："我的文凭早就丢了。"他说："谁不认得你老人家？只要你亲自来投票，用不着文凭。"我说："人家卖两百块钱一票，我老辜至少要卖五百块。"他说："别人两百，你老人家三百。"我说："四百块，少一毛钱不来，还得先付现款，不要支票。"他要还价，我叫他滚出去。他只好说："四百块钱依你老人家。可是投票时务必请你到场。"

选举的前一天，□□□果然把四百元钞票和选举入场证都带来了，还再三叮嘱我明天务必到场。等他走了，我立刻出门，赶下午的快车到了天津，把四百块钱全报效在一个姑娘——你们都知道，她的名字叫一枝花——的身上了。两天工夫，钱花光了，我才回北京来。

□□□听说我回来了，赶到我家，大骂我无信义。我拿起一根棍子，指着那个留学生小政客，说："你瞎了眼睛，敢拿钱来买我！你也配讲信义！你给我滚出去！从今天以后不要再上我门来！"

那小子看见我的棍子，真个乖乖地逃出去了。

说完了这个故事，他回过头来对我说：

你知道有句俗话："监生拜孔子，孔子吓一跳。"我上回听说□□□的孔教会要去祭孔子，我编了一首白话诗：
监生拜孔子，孔子吓一跳。
孔会拜孔子，孔子要上吊。
胡先生，我的白话诗好不好？

一会儿，辜鸿铭指着那两位法国客人大发议论了。他说：

先生们，不要见怪，我要说你们法国人真有点不害臊，怎么把一个文学博士的名誉学位送给□□□！□先生，你的《□□报》上还登出□□□的照片来，坐在一张书桌边，桌上堆着一大堆书，题作"□大总统著书之图"！呃，呃，真羞煞人！我老辜向来佩服你们贵国——La belle France！现在真丢尽了你们的 La belle France 的脸了！你们要是送我老辜一个文学博士，也还不怎样丢人！可怜的班乐卫先生，他把博士学位送给□□□，呃？

那两位法国客人听了老辜的话，都很感觉不安，那位《□□报》的主笔尤其脸红耳赤，他不好不替他的政府辩护一两句。辜鸿铭不等他说完，就打断他的话，说："Monsieur，你别说了。有一个时候，我老辜得意的时候，你每天来看我，我开口说一句话，你就说：'辜先生，您等一等。'你就连忙摸出铅笔和日记本子来，我说一句，你就记一句，一个字也不肯放过。现在我老辜倒霉了，你的影子也不上我门上来了。"

那位法国记者，脸上更红了。我们的主人觉得空气太紧张了，只好提议，大家散坐。

上文说起辜鸿铭有一次要在法庭控告我，这件事我也应该补叙一笔。

在民国八年八月间，我在《每周评论》第三十三期登出了一段随感录：

〔辜鸿铭〕现在的人看见辜鸿铭拖着辫子，谈着"尊王大义"，一定以为他是向来顽固的。却不知辜鸿铭当初是最先剪辫子的人；当他壮年时，衙门里拜万寿，他坐着不动。后来人家谈革命了，他才把辫子留起来。辛亥革命时，他的辫子还没有养全，拖带着假发接的辫子，坐着马车乱跑，很出风头。这种心理很可研究。当初他是"立异以为高"，如今竟是"久假而不归了"。

这段话是高而谦先生告诉我的，我深信高而谦先生不说谎话，所以我登在报上。那一期出版的一天，是一个星期日，我在北京西车站同一个朋友吃晚饭。我忽然看见辜鸿铭先生同七八个人也在那里吃饭。我身边恰好带了一张《每周评论》，我就走过去，把报送给辜先生看。他看了一遍，对我说："这段记事不很确实。我告诉你我剪辫子的故事。我的父亲送我出洋时，把我托给一位苏格兰教士，请他照管我。但他对我说：'现在我完全托了□先生，你什么事都应该听他的话。只有两件事我要叮嘱你：第一，你不可进耶稣教；第二，你不可剪辫子。'我到了苏格兰，跟着我的保护人，过了许多时。每天出门，街上小孩子总跟着我叫喊：'瞧呵，支那人的猪尾巴！'我想着父亲的教训，忍着侮辱，终不敢剪辫。那个冬天，我的保护人往伦敦去了，有一天晚上我去拜望一个女朋友。这个女朋友很顽皮，她拿起我的辫子来赏玩，说中国人的头发真黑得可爱。我看她的头发也是浅黑的，我就说：'你要肯赏收，我就把辫子剪下来送给你。'她笑了；我就借了一把剪子，把我的辫子剪下来送了给她。这是我最初剪辫子的故事。可是拜万寿，我从来没有不拜的。"他说时指着同坐的几位老头子："这几位都是我的老同事。你问他们，我可曾不拜万寿牌位？"

我向他道歉，仍回到我们的桌上。我远远地望见他把我的报纸传给同坐客人看。我们吃完了饭，我因为身边只带了这一份报，就走过去向他讨回那张报纸。大概那班客人说了一些挑拨的话，辜鸿铭站起来，把那张《每周评论》折成几叠，向衣袋里一插，正色对我说："密斯忒胡，你在报上毁谤了我，你要在报上向我正式道歉。你若不道歉，我要向法庭控告你。"

我忍不住笑了。我说："辜先生，你说的话是开我玩笑，还是恐吓我？你要是恐吓我，请你先去告状；我要等法庭判决了才向你正式道歉。"我说了，点点头，就走了。

后来他并没有实行他的恐吓。大半年后，有一次他见着我，我说："辜先生，你告我的状子进去了没有？"他正色说："胡先生，我向来看得起你；可是你那段文章实在写得不好！"

初恋的我

周越然

人生第一次认识一位异性而衷心诚服地喜好他或她——这叫作初恋。在我幼小的时候,我们吴兴城里尚不十分"开通",青年男女,除兄妹姊弟外,全不同游共步,罕有见面的机会。但是碰到婚丧大事,亲戚朋友集合之际,我们也可以遇见别姓异性的人。我们当时的初恋,大概发生于这种情况之下。我的初恋,就是如此。让我在下面讲给诸君听:

我的初恋,分(一)受恋与(二)赐恋两事。我受恋的那位小姐姓水,长我两岁,虽非近邻,然离吾家极近。我赐恋的那位小姐姓草,幼我两岁,住所在南门,离吾家甚远。两位小姐,都是我谱兄的妹妹。

我先讲受恋的经过:

那位水小姐,因为我与她的三哥哥有谱弟兄的关系,见面的机会很多。她第一次和我并立而轻轻地谈话,似乎是在她母亲病危之时。她声音很低,所说的不全是吴兴话——一半是苏州话。她的身材,不长不短。她的脸是圆圆的,肤是白白的。可惜她的眼太细,鼻太扁,口太阔,齿不齐整——真是美中不足。她走路时无不疾行,且无不低首……

自从那日第一次谈话之后,我一到她家中,她总出来眉开眼笑地招待我。……如是者经过约半年。当此半年中，我正忙于工作，预备考秀才。白天到学校学英语，习科学，夜间在家中读策论，写经义。那一年我十九岁（清光绪廿九年，即公历一九〇三年）。这样忙，哪里想得到男女之私呢？刚近中秋的某一日，老表兄陈某来见我母亲，约略寒暄之后，就说道："越弟年岁已大，他的功课又这样好，应该定亲（订婚）了。"我的母亲道："是的，没有好小姐呀！你有么？"表兄道："啊呀！怎么没有？远在天边，近在咫尺。水三先生的妹妹六小姐，岂不好么？"母亲答道："水家三少爷与二儿是拜帖子的弟兄。他们的六小姐，我也见过，相貌极佳。不过二儿一无成就，去年考秀才还是失败。恐怕他们不肯给我们吧！"表兄道："他们一定肯的，一定肯的——我敢保险。哈哈，不瞒你说，他们的小姐已经看中你们的少爷了。只要你答应，那件事没有不成功的。"母亲道："那好极了。今天晚上，让我问一问越然（当时作'月船'二字），倘然他真的愿意，我们再进行，好不好？"

那天晚上，我的母亲问我道："你的三谱兄，水家的，这几天怎样？你天天到他那边去么？你看他的妹妹六小姐好不好？"我反问道："母亲！这是什么意思？"母亲道："有人今天特地来为你做媒。六小姐已经看中了你，想嫁给你。倘然你要的，我们马上进行。两天之内，要给我回音。小姐很好看，他们又是世家，我很有意。"我立即答道："噢，原来如此！母亲，你倘然有意，你娶她好了。我没有意思。我不要她。"母亲道："你不要？什么理由？"我道："六小姐目中多水，脚步轻浮，不是好相，我决定不要。"母亲道："去年那个我所不要的草三小姐，比她好么？"我道："两个人岂得同日而语？草家的非独面目美些，并且能书能算……"

现在我略述能书能算的草小姐，即我前一年所赐恋者：

我初识草小姐，在她长兄做生日的那一天。我的谱兄是她的二兄。那天晚上，堂会（变戏法）正在进行之时，她的二兄带我到内厅上去，先见他们的母亲和嫂嫂，顺便招呼"妹妹"出来和我见见面。我的谱兄带我进内厅，想是有意的，不是偶然的。他们有意择婿，叫我进去细看我的相貌，同时把他们的美女使我一面，使我终身不忘。这是现在的回想，不知是不是。

他们的那个"妹妹"，真是一个美女呀！眉清目秀，唇红齿白，衣饰入时，步态端庄——我一见就呆住了，几几乎连作揖都忘记了。好得有谱兄指导，叫我称她一声"妹妹"，叫她称我一声"二哥"——未曾做成十三点（发痴）。

那天以后，我几几乎每日下午散课后，总想到草家去看我的谱兄。谱兄在家时，我们讲讲时事，谈谈科学，觉得甚有趣味。倘然谱兄不在家，倘然他的妹妹出来笑嘻嘻地告诉我"二哥出去了"或者"二哥还没有回来"，我觉得比科学，比时事更觉得有味。所以后来我特意拣她二兄不在家的时候去拜访她的二兄。我的目的，无非要见她一面，听她一语。我们很规规矩矩的，不彼此近身，不眉来眼去。在这种情况下过了四五个月之后，她的二哥向我的大哥开口了：那就是说，他愿意把他妹妹嫁给我做妻子。我的母亲听到我大哥的禀告，也很赞成。第二天母亲就求人去草家请小姐的八字，第三天就亲自到那个缺鼻头盲子先生处问卜。母亲回家后，面上全无喜色。起初她不作声，后来徐徐说道："草家的小姐娶不得。缺鼻头讲得很明白，很清楚。他说那位小姐虽然极美，但不长寿，将来定必因产而死（真奇怪！后来果然如此）。他又说那位小姐性情粗暴，在家打爷打娘，嫁后骂公骂婆（此不确实，草小姐实在和气）。我们不要她。明天就请人退八字。"……我气极了。天未全黑，已经上了床了，并且——请诸君看了下文之后不要笑我。当时我也是一个十八岁的孩子，现在我果然是六十岁的老头子了——暗暗地、偷偷地流泪，流了半夜泪。

我第二天起身较迟。母亲见我的眼皮肿了，对我说道："你哭了一夜，是不是？男子汉，大丈夫，何必如此呢？她不是你的妻，也不是你的妾。她是你的什么人？你何必哭？事体还没有成功，你已经这样，讨（娶）进门，倘然因产而亡，你肯和她一同死么？好好儿读书用功，明年进秀才，后年中举人，怕没有贤的美的有福有寿的妻么？在我身上，保你得一个较好之妻就是了。快去念书。"

我果然勤奋地念书——草家也不敢去了。二十岁春夏之交，我果然入泮（进秀才）。不过第二年没有考举人的机会，所以我没有中举人。同时我深信时局已经变了：举人、进士实在不及科学、算学之有用。因此我日夜修学，非独不注重功名，并且不注重婚姻。但是别人（亲戚朋友）因为我已经入泮，又因为我深通（？）外国文，每月总有几个来做媒。我完全不管。赵钱孙李，这家那家的小姐，母亲讲给我听的时候，我一声也不响——不赞成，不反对。那时我余怒未息，我自己想道："让她去拣吧，让她去替儿子娶媳妇吧！"

那年秋冬之交，母亲为我定了亲。定亲的是汪小姐，面貌不恶，脾气极好，就是现在那位五十八岁的"老太太"——我的妻，她身体甚健，没有"因产而亡"。我们现在（今年）一共有两个儿子、两个儿媳、四个女儿、三个女婿、六个孙男、三个孙女。照此一点讲，吾妻真的比草小姐、水小姐福气大了——据说，水小姐也一无所出，不过我的妻不是我初恋的结果。

或者问道："不因初恋而结成的夫妇，是不是没有真爱？"这个问题太宽太大，我不敢答，但是我有一个很偏的议论，清末在报纸上看到的，现在简述于下：

发此议论者，不是中国人，好像是一个欧洲人。他曾经比较中西婚俗而在报纸上发表道："婚姻好比一锅水、一只炉。西洋人结婚的时候，那一锅水已经烧到沸点了。我国人结婚的时候（越案：指旧时之人而言），炉中之火还没生好。所以西方新婚夫妇，感情很热烈，后来一天一天地冷淡下去。中国新婚夫妇，彼此不相识，后来一天一天地狂爱起来。"照这样讲，我与吾妻两人间现在的爱情，当然与西洋新婚者相等的了。

我与商务

周越然

我最初看见商务印书,最初步入它的发行所,在清光绪三十三年(公历一九〇七年)的(阴历)七月。那时吴兴闹学,我失去"馆地"(教员职),一时找不到新的,故而来申求学,做进一步的研究。我意欲投考南洋(即后来的交大),因为我的算学太差,恐怕不及格,所以改考复旦。有一天考罢归来,家兄问我道:"你要不要到商务去看看?"我答道:"好,好,我想去买几本新书。"

我们兄弟两人,寄居在后马路的湖州旅馆,叫作谦泰栈的。我们向南走,经过画锦里——不多几步,即抵达目的地。我一进门,马上就看见一件奇物——高高悬于天花板之下,拍拍拍的旋转不已,粗粗看它,似分二片,仔细再看,似为四片,我已经读过物理学,知道它是借电力推行的,不过我不知道它的名称,也不知道它的作用。我自己想道:"我不管了,姑且让我冒险地站在它下面试一试吧。"我觉得"清风徐来",额上的汗马上就消灭了。……我料想诸君已经猜到那件"奇物"的名称了吧——电扇(电风扇)。后来全市通行,全国通行,当时吴兴没有,上海也少,所以我见了不认识。商务采用机械总较他人为先。我再举一例:自动电话。商务闸北全厂装置自动电话,远在旧英、法两租界"第一区"装置自动电话之前。

我讲了半天商务的电扇，还没有提到它当时的地点。我在上文已经说过"……向南走，经过画锦里——不多几步，即抵达目的地"。那个地点，就是福州路，山西路转角，也就是现在华美药房所在之处，也就是最初聚丰园所在之处。那个地点，是商务的临时发行所。它正式的发行所，就是河南路现在的发行所，当时正在建筑中。

商务印书馆成立于清光绪二十二年（公历一八九六年）。在我没有见它本身之前，它的出品早已到了我们的吴兴了——什么国文教科书呀，什么地理、历史呀，什么物理、化学呀，什么《吟边燕语》呀，什么《英华字典》呀，什么《华美初阶》《进阶》呀。我最爱好的，我视为最有实用的，是那本《英华字典》。其次则为《初阶》和《进阶》。我在教会学校念了好多年英语，后来又在本城及乡镇中教初级英语，总觉得西洋原本，不宜作初学外国语者的课本，又觉得初学外国语者，非自己有一册可靠的字典，随时翻查不可。当时商务出版的《英华字典》和《初阶》《进阶》，虽不得称为尽美，译文甚为明白，有功于初学者匪浅。我很佩服商务，曾经暗暗发一誓道："他日倘我所学有成，定当为商务服务，定当为它编一部完备的字典或外国语教本。"我于民国四年一月进商务，为它编了三十多册书。我真的达到了我的目的。

商务在福州路聚丰园址的时代，即我初次亲见它的时候，依比较言，已经发达了。它最初在江西路某弄中，专为他人印零件，资本不过四五千元。那个四马路时代的资本，究竟多少，我不知道，大概总在二十万元以上。到了民国二年（公历一九一三年），始由二十万变成五十万。后来又增资多次，至五百万元。当时

（约民国十四年）白米之价，每石至多十元。五百万元可以购买白米五十万石。倘依现在黑市米价计算——每石二千四百元——那么五百万元等于十二万万元！真的不小了！商务股票，每股百元。现在的市价是五千元以上。其实还太小，应该为二万四千元。

商务的发起人，共有三位。一位是夏先生，两位是鲍先生。夏先生名瑞芳，我曾经见过。我会见他的那一天，就是他遇难之日。那一天我到闸北宝山路编译所去拜访邝耀西（富灼）博士。邝博士和我谈话之际，却巧夏先生从里面跑出来。他与邝博士打招呼，邝博士就用英语为我们做介绍。大约一小时后，我雇了车又到河南路发行所来购书。那时大门口有许多闲人，又有几个中西巡捕（警察），我大胆地跑进大门，耳中听得"夏先生中了枪。中了枪了"。后来我晓得他当胸中了一枪，死了。（民国三年一月十日，时年四十三岁。）

夏先生任商务总经理，共计十七年。他为人宽宏大量，商务同仁个个都赞成他。年幼的时候，他肄业于清心堂，后又入同仁医院学医。十八岁后，始入《文汇报》馆习排字。学成，入《字林西报》馆，美华书馆为排字领袖。光绪二十二年，他与两位鲍先生，自营印刷业，创设商务印书馆。光绪二十四年（戊戌）我国倡言维新，学子竞译日本书，以期启发国人。夏先生亲赴日本，有所得，即仿效。又必请通人抉择，再四订正而后印行。光绪二十六年"拳匪之乱"平定后，我国复行新政。夏先生以为教育最重小学，特设编译所，编订教科书，延海盐张菊生（元济）先生为所长。自此之后，直至八一三止，商馆共出辞典、教科书、参考书、杂志、小说，等等，约计二万种左右。

夏先生除了办商务外，还注意社会公益。他在本城（青浦）

创设小学，又为清心建造校舍，又资助孤儿院。他的事迹，决非我在本篇中所能尽述。他日有暇，我当写一本数万字的小册子。

其他两位发起人，一位是大鲍先生，名咸恩；一位是二鲍先生，名咸昌。大鲍先生咸恩，我似乎没有见过。二鲍先生住的地方，离我家很近。我们几几乎每天见面。他很优待我。他知道我编的书容易销，所以十分瞧得起我。现在商务的总经理鲍庆林先生，就是他的"大郎"（日本语，作"长子"解）。大鲍、二鲍两先生，都当过总经理。商务旧时的总经理，还有印有模、高凤池、王显华等先生。

在过去最盛之时，商务印书馆的主要工作部分有三：（一）编译所；（二）印刷所；（三）发行所。它们的上面，有董事会和总务处。除了上海的印刷所外，北京、香港还有印刷厂。除了上海的发行所外，各省还有支店。上海的发行所在河南路，印刷所和编译所则在闸北宝山路。闸北的印刷编译两所，及附属性的俱乐部、图书馆，都毁于一·二八事变中。河南路的发行所依旧存在。董会、总处、三所、分厂、支店等的组织及管理，都有很详明的章则。商馆于民国二十四年九月曾经辑印一本册子，叫作《商务印书馆规则汇编》（非卖品，共一九六页）。那本册子，除总管理处组织系统表及主管人员录外，共载章则七十余种。另外还有一种册子，叫作《商务印书馆同仁服务待遇规则汇编》（非卖品，共一五九页），辑印于二十三年五月，共载章则三十余种。倘然我们把这两本册子，细细地阅读，那么商务组织的健全、管理的周密及发展的原因，都可一一推想而得。我从民国四年进商务服务，到现在几几乎三十年了。我说"几几乎"，因为我曾经离去过数年。我虽然在商务服务很久，但是对于印刷发行的情形，不甚明白。我所知道的，大概皆在编译所方面。我现在把编译所的组织在下面约略提一提：

编译所的主管者，称作所长。我进编译所的时候，还是张老先生当所长，后来的所长是高先生、王先生。编译所分工办事，有下面各部：（一）国文部；（二）哲学教育部；（三）数学部；（四）生物学部；（五）百科全书部；（六）华英字典部；（七）出版部；（八）英文部；（九）史地部；（十）理化部；（十一）辞源部；（十二）（十三）杂志部；（十四）事务部，等等。编译所的定期刊物：（一）《东方杂志》；（二）《教育杂志》；（三）《妇女杂志》；（四）《小说月报》；（五）《小说世界》；（六）《儿童世界》；（七）《英文杂志》；（八）《英语周刊》；（九）《科学》，及其他。常川在所工作的编译员，约三百人，馆外编辑，尚不在内。

编译所自从光绪二十九年正月起，至民国十九年十一月止——前后二十八年——共计进用编译员一千三百六十二人。其中有日本人四人：（一）长尾槙太郎，号雨山；（二）中岛端，号复堂；（三）大田政德，号毋山；（四）加藤驹驹，号鲭溪。

当此二十八年中，商编进用东西留学归国者七十五人、内法国毕业者二人、英国毕业者三人、美国毕业者十八人、日本毕业者四十九人、国名不详者三人。现在国民政府教育部部长李圣五先生（英国毕业）也是工作人员之一。他当过《东方杂志》的主编，也当过编审部的部长。民十左右，薪水最大者，每月银三百两（邝富灼）；最小者，每月四元（胡愈之）。民十后商务曾经"玩"过电影。当时出的影片倒也不少，倒也到处通行。梅兰芳最早的古装片子，恐怕还是在商务拍的。这件事情，我想大家已经忘记了。

逃难记

周越然

本篇追述我个人在民国二十一年（即公历一九三二年）一月二十八日前后所亲身经历的实事——不是正史，而是回忆。其中多痴愚的言行，阅众见了，似非大笑不可。

当时我在闸北任事——商务印书馆编译所英文部。我的家离办事处不过千步之遥，所以每日来往甚觉方便。到了十日以后，马路上东也设铅丝网，西也设铅丝网，走路是一天一天的不方便起来了。再过几天，谣言愈多，情形愈紧；大家知道两国间一定要冲突，或大或小，不能预料。但是大家都不搬场，都不逃难，都似乎"安居乐业"。世上哪里有不怕死伤的人？我们为什么这样镇静呢？

据我所知，有两个原因：（一）警局禁止移动；（二）居民大唱高调。警局的禁止移动，并无告示。不过有人携了铺盖箱子经过宝山路的时候，警士一定上来盘问，并且劝你回家，劝你不出宝山路。居民的高调，不外八个大字："国既可亡，家岂能存？"所以一·二四（或者一·二五）那天早晨，商务用大号汽车送货至四马路时，旁人误以为搬家，在后面大喊大叫，经警士查问明白之后，始能安然开出宝山路。五区警察署长王君，是我的同乡，与我很亲热。倘然我要搬场，我可以和他商量，他也一定愿意帮忙。但是我当时是一个很要面子的人,不肯"求神拜佛"。并且我以为闸北居民的高调,也有一部分真理:国家到了这个地步,身家的牺牲,还不应该么?所以亲友来劝告的时候,我总对他们笑笑——决意不入租界,不搬场,不逃难。

亲友中最热心者,劝告我最力者,有(一)李彦士亲家(已故),与(二)夏奇峰先生。李君于一·二六下午来谒。他一见我面就开口道:"我所听得的信息,没有一个好的。情形很紧张。怎样,怎样!你的家庭太大了。搬什么?搬到什么地方去?亲家太太呢?令兄呢?他们的意见怎样?……你的藏书,我家中没有容纳之地……我可以代你拿些紧要文件出去。你看怎样?"我答道:"大家不搬,我也不搬——听天由命吧。"

夏君来谒的那一天,似乎是一·二七早晨。他问我道:"你不怕么?你还不搬家?一二天内,恐怕战争就要开始了。不搬?不怕?"我答道:"我不怕枪炮之声。苏州兵变、安庆兵变——枪炮声我听惯了。后来齐卢之战、工人纠纷,也有枪炮声。我都平平安安地经过。当此国难开始的时候,我们应该牺牲。何必怕惧呢?有什么怕惧?我不愿意移家租界,求英美人保护。"他继续称我"先生"而说道:"我以为你还是搬入租界为是。从前的事,都是本国人与本国人的事——言语相通,性情相同,容易解决。现在不同了,现在两国相争,是正式战争,不是儿戏。你要小心,你要考虑!无论如何,你们的老太太,你们的小孩子,要趁早出去。他们是受不起惊吓的。我要走了,大先生那边,请你代为致意。我要走了。我看了宝山路的情形,已经胆寒了。"

次日(一·二八)早晨,我依旧到商务去办事,缺席的同仁很少很少。十时后家兄笑嘻嘻地到我办事室中来说道:"不要紧了，不要紧了！大家可以安心了！我刚巧到五区去打听消息，署长说他负完全责任，保护我们。他说我们是后方，我们的前面有五道防线，有充分的预备，不论何人，决定打不进来。他又说租界虽然不在火线内，倒有流弹之险。我们固然在火线内，但……"

家兄没有说完，我就插嘴问道："我们在火线内？"

他答道："当然！怎样？"

我道："在火线内，在火线内！那么我们所居之地，是对方炮火集中之处了。我们非搬家不可，非逃走不可。"

他微笑而说道："搬到那里去？"他又对我笑了一笑，离开了我的屋子。

我们兄弟两人，实行"兄友弟恭"主义，平时讲话，无不温温和和、客客气气，那天我对答他的话，未免太响太急。他知道我神经有些错乱，所以速速离去。我自己也知道失言，并且暴露弱点——胆小。然而在胞兄前献丑，有什么关系呢？

到了下午一二时，闸北宝山路的情形大不同了，愈加乱了。携箱子、带铺盖的男女络绎于途。商务缺席的同仁，至少在五分之二以上。那时家兄正在旅沪中小学料理教务，还没有回到闸北来。他一进馆——三时左右——五区警署长就来一个电话，说道："今天晚上，恐怕要动手。你家的老小，赶快出去。"家兄和我马上回家，用包车两辆送老母亲及三个女孩子到三马路老东方——房间托租界友人陈少荪兄代定。我的长次两儿及长媳，因为叫不到车子，跟了他们跑出闸北。

老的小的既经送入租界，我的心境似觉宽些。我从后面到前面家兄的屋子里——我们在同里中居住，我居第四幢屋，他居第一幢。他正在房中写小楷，见了我就问道："他们已经到了旅馆么？"我道："电话刚巧来过！他们已经平平安安地在旅馆了。"我坐了"半天"，又迟迟疑疑地问道："我们——我们怎样？现在辰光还早，我们跑不跑？你有意思出去么？嫂嫂和两位侄儿要跑么？"他答道："我决意不跑。他们不知道要跑不跑。你要跑，也可以跑。我一个人在此地看家好了。"我道："倘然你不跑，我也不跑，我陪你。"

数分钟后，我回到自己第四幢屋子里。我向内子道："老太太和儿女都出去了，你觉得冷静么？你也要出去么？现在辰光还早呀！"她答道："我全无主见。你怎样？"我道："我不出去，在此陪大哥。"她道："很好！我陪你。"我道："那么等一等他们打起大炮来，你不要怕——你不要哭。我想他们今夜一定要动手的。倘然真的危险，我们明早再逃好了。"

晚餐之后，家兄笑嘻嘻地到我屋子来说道："是不是？果然不出我之所料，一点事情也没有。我刚巧得到消息，说中日交涉已经圆满解决，两方已经正式签字。市政府马上就要出告示，劝人民安居乐业。天下本无事，庸人自扰之。他们何必逃呢？何必到外面去吃苦呢？"

他虽然这样说，我总觉得可疑。白天情形这样紧，何以到了夜间反而这样松呢？我们坐坐谈谈，饮茶吸烟，听无线电。到了十时左右，家兄、家嫂及两侄回到前面去了。临走的时候，我哈哈大笑，对家嫂说道："倘然半夜里你们听见什么可怕的响声，你们还是静静地到我这里来。你们外面靠马路，危险较多。"

我的第四女与她的奶娘，已经到了楼上去睡了。家里的男女仆人，一个都没散去，站在旁边听新闻。我吩咐他们去睡，同时说道:"倘然半夜里听见什么声音,你们马上起身,齐集在这间屋子中。你们断然不可叫喊,少开电灯。"大家都面带笑容地跑了。

我与内子,清醒之至,全无睡意。我说道:"不知今夜到底怎样?"她说道:"我们到高的地方,晒台上去望望,好不好?"我说:"很好!我陪你去。"

到了晒台上——其时约下午十时三刻——情形真的紧张了。探海灯东一闪、西一闪地亮得很!在静寂无声中,我们听到插、插、插的脚声。我拿起望远镜来向阁家阁路仔细一看,知道是进兵。人人都有枪,脚上穿的,不全是皮鞋。我对内子道:"我们不要多看了,还是回房去吧。"

回到房中不上五分钟,内子听得远远有拍、拍之声。她说道:"那些人真不识相。时势这样恶劣,他们还要拜利市。"——其时正近农历年底。语犹未毕,拍、拍、拍(步枪声),鸹、鸹、鸹(机枪声),拍、拍、拍、拍,鸹、鸹、鸹、鸹、鸹、鸹,就此相继不绝。我们立刻关了房中的电灯,到下面中间的客厅。其时家兄、家嫂、两侄已经从前面来了。她们的仆人及我们的仆人,也都集合在那间厅上。大家面面相觑,闷声不响。我忍无可忍,轻轻地说道:"大家不要怕!枪炮打不到此地来的,你们放心好了,等到明天天亮,我们再想法子出去。"那个时候,还有无线电,不过闸北的电话,已经打不通了。

半夜三时左右,飞机来了。东一个炸弹,西一个炸弹,房屋摇动,有一个姓朱的男仆,全身大抖,我问他道:"你为什么?你为什么这样?"他道:"我冷啊!"我道:"那么,你到火炉旁边去坐吧,不过你不要怕。我们大家在此,要死大家一同死。"

我正在带笑带讲同那个姓朱的仆人讲话时，外面看守大门的阿六恭恭敬敬地走近我身，说道："老爷，我吃不住了，我要告辞了。"我问道："你为什么在这个很紧急的时候告辞？你到哪里去？"他答道："我自己也不知道到哪里去，不过我一定要离开此地。火球一个一个地从天而降，还不跑么？"我道："你有钱么？"他道："老爷，这个你不必管。就是我没有钱，我也能够沿途讨饭（乞食），讨回家去。"我道："好，好，那么你去好了。"他立刻取了铺盖就跑。我喊他回来，给他几张钞票、几块银洋，说道："工钱我前几天已经付清楚了。这几块钱是给你作零用的。"他道："老爷，你真客气，你真周到，我谢谢你，我告辞了，再会。"

那个看守大门的阿六，是我家仆人中的最能干、最胆大者。不论顽童"毕三"，总怕惧他。在我家新屋中服务一年有余，他知道怎样防阻小窃，他知道怎样招待来人，真能尽职！不料枪声一响，他就变成这样一个没用的人！

另外一个男仆，名字叫作筱虎，他的行为刚巧与阿六相反。在平常之时，他胆子不大。闹了一件数角钱的小怪事，他三天三夜地避开我，不敢来见我。倘然我责他几句，他非独不敢回嘴，并且马上会哭。等到战争发生，他的胆子马上大了。他不怕枪声炮声，不怕飞机炸弹。他全夜在马路上东奔西走，打听消息，并且随时回来报告。第二天（一·二九）早晨，我们逃入租界之后，他为我们看守房屋，为我们搬运物件……进进出出，若无其事。我家祖宗的遗墨、我收藏古书的一部分，都是他设法为我"抢"出来的。

一·二九那天早晨，我们逃出闸北，逃入租界的情形如下：

晨间约九时，枪声似乎不如夜间的密，不过天空中的飞机似乎更多。商务总厂，已经中弹起火。我们在后园中观望，只见竹篱笆外，背了被服向西逃难的人。我们也有点心不定了。你看看我，问道："怎样？"我看看你，也问道："怎样？"筱虎又回来了，我们问道："怎样？"他道："还是走吧——出后门走，阎家阁有黄包车。向西一条大路——中山路。到了梵王渡，过一小桥，就是租界。你们去吧，我不去，我同老娘姨在此地看守。等到不得已的时候，我们再出来。你们有便人，叫他们带信给我。我们有便人，也托他们带信。你们放心好了，我们不会做亏心事的。"

我们没有办法，只好听他的话，出后门而跑。我们这样出门的共计八人：家兄、家嫂、两侄、我自己、我的内人，及四女和她的奶娘。在阎家阁，只有五辆黄包车，每辆索价五元。我们统统雇了，但是还不够，所以我们随车奔跑，轮流而坐。一到梵王渡，黄包车停了，我们自己走过桥，雇了两辆出差汽车，到老东方去。我们在中山路的时候，看见天空中满是飞机。商务总厂大冒黑烟，我料到它在数天之内一定会烧尽的。

到了老东方，老母亲很欢喜。她说道："你们都来了，很好。事情怎样？大概四五天后，我们总可以回家吧。此处很不适意——房间太小，没有大的。"先母那年已经七十余岁了。耳力不强，没有听得枪声，没有听得飞机炸弹声。别人也没有把战事消息告诉她，所以她倒全无忧惧之心。我的女儿和大媳，正在房中流泪，因为她们知道战事已经发生，我们不能脱离闸北的缘故。我的长、次两儿，全夜在外面打听消息，早晨又出去设法——设法接我们出来。然而哪里办得到呢？下午一时许回旅馆的时候，满面愁容，一见我们，便半哭半笑地大叫"啊，啊"，连一句话都说不出来。

老东方实在太扰杂了！房间固然很小，饭菜也不甚佳。我们住了六七天，知道住旅馆，不是长久之计。我们兄弟二人遂决意送老母亲到二侄女家去暂住。家兄、家嫂及两侄寄居于旅沪的闲空宿舍中。我和内人、两儿、大媳及四女，往李亲家家中（西摩路）借住。如此一天一天地下去——白日看报，夜间听炮——如此过了三十多天，十九路军死的死了，退的退了，闸北已经完全失去了。我的自建房屋，大概在二月八日与十六间被焚——或为炮火，或为放火，原因至今不明。

自己的房屋及其中一切，都被毁了。那么当然非重做人家不可。李亲家虽甚客气，然而我总不能完全靠他。衣服被头，总要自己做的；床铺台桌，总要自己买的。我暗暗与内子商酌，决意找一所可以暂居的房屋。不久，我们即达到目的——在劳尔东路找到一所单幢三层楼。

从西摩路李府搬至劳尔东路新宅，我们觉得一件很痛苦的事：我们所缺的东西太多了，我们所需的东西太少了。我们在闸北的器具衣服，固然烧尽。我们已经补购的器具衣服，倒也不少。但是搬移时总觉得要一样，没有一样。我们想要装藏，没有箱匣，我们想要包裹，没有纸张。后来买些报纸，买些麻绳，买些板箱，勉勉强强地、带拖带捆地移至新处——自己的家庭。

在西摩路避难的时候，我遇到一件最可气人的事。同事钱某，忽然来拜望我。我请他到客厅中去坐。他坐了又立，立了又坐，东张西望，全不安身。最后他静静地对我说道："周先生，恭喜，恭喜！"我问道："喜从何来？"他道："这不是么？我都看见了。这里的东西，统统是闸北搬出来的。差的想必不多了吧。你的运道真好。哪一个同你去搬的？你哪一天去搬的？你自己去不去？这许多东西——器具古玩，都好搬移。"

他的自说自话，我最初完全不懂，后来始知他所见的、他所指的，都是李府的财产。我对他说道："钱先生，你误会了。你在此地所见的，全是李府的财产。我闸北的器物，一件都没有拿出来。"他笑笑道："好了，好了！明人不说暗话……让我来讲我们的损失吧。我们的损失真不小呀！前几天，我们趁了停战四小时的机会，到闸北去搬取物件。东也走不通，西也走不通——后来居然达到目的地。开进门去一看，真是痛心。所有年底下买的南货、买的鱼肉素菜，一概不翼而飞——有些是自己坏的。床铺不能搬，台桌不能搬。我只好把几本破书辫了出来。我的衣服被头，一·二八那天早晨已经拿出来了。我拿了破书出门的时候，刚巧遇见张某某。他雇了车子，去搬床铺台桌。我们见了，抱头大哭。"

我插嘴问道："张君的损失怎样？"他答道："也有，也有。他日常用的那一支钢笔（自来水笔）不见了，墨水倒翻了，两支顶上等的铅笔也遗失了。这是有形的损失。他还有无形的损失。他住的那所房子，去年八月才顶进来，连电灯装修在内，一共付去四百五十元。将来恐怕不能回到闸北去，似非另找新屋不可——还不是一笔大损失么？"

另外我还遇到一件气人之事：

炮火刚巧停止的那一天，某某借菜馆结婚。我去贺喜，碰见一位同乡，也是亲戚。我快步地跑去招呼他，他快快慢慢地向后倒退——眼睛望我，双手高举。我叫他，他不应。我愈进，他愈退。我自己想道："他为什么这样？我错认了人么？他不是某君么？"

他已经退无可退了，退到死角落里了。他口中"噢、噢、噢"地叫，又哀求道："越然兄，我们，我们是朋友，是至亲。我们没有仇恨，我们是好好的。请你不、不、不……。"

写时迟，那时快——我早已停足了。我微笑并温然向他道："某兄，你见了我，为什么做出这种样式来呀？什么道理呀？"他看见我开口，听见了我的语声，立刻向前来，双手握住我右手，说道："噢，原来你不，你没有，你好好的。"我问他道："我不什么呀？我没有什么？"他答道："对不起，对不起……一言难尽。我听信谣言，再谈吧，再谈吧。"

次日清晨，他特意去拜访家兄，说明昨天倒退的原因。他说道："湖州城里沸沸传扬，说令弟因为闸北的损失，神经已经反常（发痴）。他们讲得活龙活现，所以我深信无疑。我两天前刚从湖州回来。昨天见了他，我怕得很。我怕他来和我吵闹，所以倒退，避他。其实他是好好的，与从前一样，我听信谣言，闹出那个笑话来，真是丢丑。请你代我求求他，叫他原谅我。"家兄道："保我身上，他一定原谅你。不过舍弟讲话，素来太爽直，有些半痴半癫式，你也要原谅他。"

写了三四千字，我个人一·二八的故事，已经讲完了。我虽然受到损失，但也得到教训：留得青山在，不怕无柴烧。换句话说，实物的损失，不必注重；身体的康健，倒很紧要。

苏曼殊与我

周越然

在未曾亲见苏曼殊以前,我已经听得他的大名了,并且知道他是个诗僧(能作诗的和尚)。他所作的诗,虽然不多,但皆美雅。下面一首——《花朝》——已足以见他的诗才:

> 江头青放柳千条,
> 知有东风送画桡。
> 但喜二分春色到,
> 百花生日是今朝。

他的散文,也极老到。下面引的,是他一九一二年的《华洋义赈会观》:

> 昨日午后三时,张园开华洋义赈会。衲往参观,红男绿女,极形踊跃。足征中外众善之慈祥,衲当为苍生重复顶礼,以谢善男善女之隆情盛意也。唯有一事,所见吾女国民,多有奇特装束,殊自得意,以为如此则文明矣。衲敬语诸女同胞,此后勿徒效高乳细腰之俗,当以"静女嫁德不嫁容"之语为镜台格言则可耳。

他确然是一个僧人,确然做过和尚。柳亚子在《曼殊新传》中说道:"年十二,遂为沙门。始从慧龙寺主持赞初大师披鬀(普替,俗作剃)于广州长寿寺,法名博经,号曰曼殊。旋入博罗,坐关三月。诣雷峰海云寺,具足三坛大戒。嗣受曹洞衣钵,任知藏于南楼古刹。"

我开始认识他的时候,他不服僧服,他穿西装;完完全全是个留学生。我没有看见过他作诗,也没有听见过他念佛。我认识他的那一年,他三十岁(民国二年,即公历一九一三年),早已习过美术,攻过政治,学过陆军,做过教师,写过文章,当过主笔……他非独精于汉文,他的西文也很好——能写,能译。他从九岁起就学习欧洲文字。他的《潮音自序》,全用英文,甚为"出色"。他的译诗,有巴伦(Byron)的,有戈德(Goethe)的,有薛立(Shelley)的,均属上等文字,尤其是巴伦的《哀希腊篇》。我开始认识他的时候,他已经成名了——上面的那许多工作,他已经做过了。

我开始认识他的情形是这样的:

那是民国二年(公历一九一三年)阴历正月,地点是安徽省城安庆。我因为受了高等学校之聘,正月初七日即由吴兴(湖州)动身到上海,再由上海搭轮赴安庆。我去得太早,高校尚未开学,所以先在应溥泉兄家中小住几天。我搬进高校的第二天,教务主任郑君来了,与郑君同船来的,有化学教员沈君及苏曼殊和尚。郑君是我老同学的弟弟。他早岁赴美游学,虽然没有和我见过,但一经应君介绍,立成"至交"。沈君是我二十四五岁常常见面的朋友,无须他人介绍。"和尚"我全不认识。沈君和我见面后,即告我道:"周先生,与我们同来的,有一个和尚。你知道么?"我答道:"我知道的,溥泉太太已经对我讲过了。他在哪里?我们去拜望他,好不好?"沈君道:"你不必去。让我喊他出来。"他马上提高声音,大喊:"和尚,和尚,到此地来!"

我听见右边一室中有人答应道:"来了,我来了。"遂即走出一位西装少年。他的面目有点像广东人,也有点像日本人——他不像和尚。沈君对我道:"他就是和尚,曼殊大师。"他又招呼曼殊道:"这里有位周君。你来,你来,来见见面。让我来做介绍。"

我们握手,我们各道姓名。曼殊的声音颇沉重。他讲官话,略带些广调。我们五个人——郑君、应君、苏君、沈君及我——谈谈笑笑,坐坐立立,不知不觉地已经过了两三个钟点,天将夜了。沈君忽然发起吃馆子,并且主张"荷兰待"(Dutchtreat)(荷兰待是聚餐,派公分,自吃自,各人平均分派的意思)。当然大家都赞成。我记得我那晚尽醉而归,所付之费不过银元一枚。

在半途中——没有到酒馆以前——我暗暗问沈君道:"我们去吃馆子,和尚怎样?要不要另备素菜?"他道:"你不要管。等一等自会知道。"到了馆子之后,我们点的都是荤菜,和尚一声不响。郑君又要了一个甜菜,说:"这是专为和尚的。"后来菜来了,非鱼即肉,还有虾绒海参。我们动筷,和尚也动筷,我们用匙,和尚也用匙——我们吃的,他都不忌。不过他不喜饮酒,并且他的食量不大。餐毕归来的时候,沈君顺便买了一包蜜枣。我问他道:"吃得这样饱,你还怕夜间腹饥么?"他道:"不是的,我夜间哪里会饥?这包蜜枣是买去送给和尚吃的。他最喜吃的,非酒非菜,而是蜜枣。有一次,他穷极了,腰无半文,他无法可想,只得把金牙齿拔下来,抵押了钱,买蜜枣吃。不要笑,不要笑！这是事实，我不说谎。"

自从那晚聚餐之后，我们几几乎每晚聚餐。单独请客的时候也有，然而不多。某晚回校的时候，我也顺便买了一包大蜜枣送给和尚。他喜极了，说道："周君，你要我绘画，我真的不行。不过无论如何，这几天我总要试一试。"我想他一定没有试，因为他没有送画给我。他的画清秀万分，但传世极稀。他的书法，亦极工整，与已故报人戈公振的相差不远。

我们夜间宴饮，日间教授——玩耍的时候玩耍，正经的时候正经，深受学生的欢迎、外界的称扬。我们以"名士"自居，别人也以此相待。不过我们中的和尚，未免太懒，太不肯用力。第一，教务主任派功课的时候，他再三声明他的西文不良，不能担任高级。高等学校没有低级西文班。三年二年的学生，他不愿教，连一年的新生也不愿教。文学修辞，他不愿教，连简易作文也不愿教。教务主任大笑而问道："和尚，那么你愿意教补习班么？他们没有读过西文。今年开始学习字母，每日一小时。你愿意教么？大材小用么？"他道："我很愿意，最好也没有了，我喜欢教爱皮细（字母）。"

第二，开课的那一天，茶役引领他到课室中去——我亲眼见他拿了书本"慢吞慢吐"地下楼。不久——约半小时后——他又垂头丧气地回上楼来。我问道："和尚，钟还没有打，为什么就回来了？"他道："我已经教过他们五六遍——这二十六个字母。他们还记不清楚。我一个人念来念去就是这几个字母，真难为情，只好回来。"

次日苏曼殊教授（和尚）因病请假。第三、第四天，又因病请假。到了第五天，他不请假。茶役打过铃后，见他不到，特地跑到房间里去请他，大喊："苏先生，钟点到了，请去上课。"他盖了被，睡在床上，一声不响。茶役见他真的病了，赶快奔到楼下去报告。那时我没有功课，在楼下走廊中闲荡，听到这个消息，马上赶上楼来看他。我推进门去，他的头刚巧从被中伸出来。我问道："和尚，怎样又病了？昨晚、今晨都是好好的。"他举起手来摇了几摇，轻轻问我道："茶房——茶房去了没有？"我答道："去了，早已去了。"他道："好，好，我起来了。"

他爬起身来，整整衣服——他睡下去的时候连皮鞋都没有脱去——然后对我说道："我不生病，我依旧好好的。今晚我们依旧可以聚餐。我怕去上课。已经请过三天假了，再去请假，岂不难以为情？周君，明天摇铃的时候，我仍旧要这样的。倘然茶房碰见你，叫他不要到房间里来。拜托，拜托！"

据此，足见曼殊脾气的特异，但他生平尚有更古怪之事，简述如下：

他寄居在南京路第一行台（旅馆名）的时候，每晚必叫堂差（召妓），且不止一人。他所叫的，都是长三（书寓）——她们的名字，我忘记了。堂差到了之后，他喊菜喊酒，请她们吃。他自己因为有胃病，不陪她们。等到她们吃完之时，他已经上床了。倘然他还没有睡着，她们非静坐恭陪不可，见他入睡，她们可以立时离去。和尚的堂差，多数是苏籍，并且美貌，但他对于她们，无不恭恭敬敬——从不动手动脚，从不碰她们半根毫毛。据我所知，曼殊没有破过色戒。

他与我在安庆共事，恐怕不过一个月吧。他离开安庆，即至盛泽，又赴苏州，与郑、沈两君合编《汉英辞典》。是年冬往日本。

三十一、二两岁，他在日本。三十三岁（民国五年，即公历一九一六年），他又来中国。三十五岁阳历五月二日，卒于广慈医院。曼殊生于民国纪元前二十八年（即公历一八八四年），始名宗之助，后改玄瑛，字子谷，小字三郎。他的"祖先"是日本人，祖父忠郎，父宗郎，母河合氏。他的《文学因缘》是译本，我在未认识他以前，已经读过。他的《梵文典》我没有见过。他的《断鸿零雁记》是我所最喜读的书——这是一本含自述性的小说。

曼殊的友人，都是名士闻人。让我来略举几位：章太炎、陈去病、柳亚子、杨性恂、包天笑、汤国顿、陈仲甫（独秀）、居觉生、章行严、赵伯先、刘季平、刘申叔、蒋介石、陈英士、陈果夫、沈燕谋、朱少屏、高天梅、张溥泉、叶楚伧、郑桐荪、程演生、邵元冲、刘半农……讲曼殊逸事的书，有陈果夫的《曼殊大师轶事》、陆灵素的《曼殊上人轶事》、张卓身的《曼殊上人轶事》、程演生《曼殊轶事》。

最末，我有过一件对不起曼殊的事情，至今万分抱歉。他在逝世的前半年，交给我手稿本两厚册，叫我为他印行或者售稿。我翻阅好多天，见里面都是译文，并且与《文学因缘》大半雷同。我无力代印，我不敢兜售。所以我趁便交还给他。我不知道他半年后就要死的。这两本亲笔写成的诗稿，何等宝贵！我不该马上交还，我理应迟迟送去。我应该为他保存。这两册稿本不知哪里去了？想已散失了！

悼秋心（梁遇春君）

废 名

秋心君于六月二十五日以猩红热病故，在我真是感到一个损失。我们只好想到大块的寂寞与豪奢。大约两月前，秋心往清华园访叶公超先生，回来他向我说，途中在一条小巷子里看见一副对子，下联为"孤坟多是少年人"，于是就鼓其如莲之舌，说得天花乱坠，在这一点秋心君是一位少年诗人。他常是这样的，于普通文句之中，逗起他自己的神奇的思想，就总是向我谈，滔滔不绝，我一面佩服他，一面又常有叹息之情，仿佛觉得他太是生气蓬勃。日前我上清华园访公超先生，出西直门转进一条小巷，果然瞥见那副对子，想不到这就成了此君的谶语了。

我说秋心君是诗人，然而他又实在是写散文的，在最近两三年来，他的思想的进展，每每令我惊异，我觉得在我辈年纪不甚大的人当中，实在难得这样一个明白人，他对于东方、西方一班哲人的言论与生活，都有他的亲切的了解。他自己的短短的人间世，也就做了一个五伦的豪杰、儿女英雄了。他的师友们都留了他的一个温良的印象，同时又是翩翩王孙。我同公超先生说起"五伦豪杰"四字，公超先生也为之点头。这四个字是很不容易的，现代人做不上，古代人做来又不稀奇，而且也自然地做得不好。

秋心君今年才二十七岁。以前他虽有《春醪集》行世，那不过是他学生时期的一种试作。前年我们刊行《骆驼草》，他是撰稿者之一，读他的文章的人，都感到他的进步。最近有两篇散文，一为《又是一年芳草绿》，一为《春雨》，将在《新月》月刊披露。关于这一方面，我很想说话。我常想，中国的新文学，奇怪得很，很少见外来的影响，同时也不见中国固有的文化在那里起什么作用。秋心君却是两面都看得出。我手下存着他去年写给我的一封信，里面有这一段话：

> 安诺德批评英国浪漫派诗人，以为对于人生缺乏明澈的体验，不像歌德那样抓到整个人生。这话虽然说得学究，也不无是处。所以太迷醉于人生里面的人们看不清自然，因此也不懂得人生了。自然好比是人生的镜，中国诗人常把人生的意思寄之于风景，随便看过去好像无非几句恬适的描写，其实包括了半生的领悟。不过像宋朝理学家那样以诗说道，倒走入魔了。中国画家仿佛重山水，不像欧洲人那样注意画像，这点大概也可以点出中国人是间接地，可是更不隔膜地，去了解人生。外国人天天谈人生，却常讲到题外了。

我觉得这话说得很好，正因为秋心君是从西方文学的出发点来说这话。至于中国诗人与画家是不是都能如秋心君所说，那是另外一回事。即此数十言语，已可看出秋心君的心得。再从我们新文学的文体上讲，秋心君之短命，更令人不能不感到一个损失。我常想，中国的白话文学，应该备过去文学的一切之长，在这里头徐志摩与秋心两位恰好见白话文学的骈体文的好处,不过徐君善于运用方言、国语的欧化,秋心君则似乎可以说是古典的白话文学之六朝文了。此二君今年相继而死,真是令人可惜的事。秋心君的才华正是雨后春笋,加之他为人平凡与切实的美德,而我又相知最深,哀矣吾友。

最后我引一段我们之间的事情。今年他作了一篇短文,所以悼徐志摩先生者,后来在《大公报·文学副刊》(第二百二十三期)发表,当他把这短短的文章写起时,给我看,喜形于色:"你看怎么样?"我说:"Perfect！ Perfect！"他又哈哈大笑:"没有毛病吧?我费了五个钟头写这么一点文章。以后我晓得要字斟句酌。"因为我平常总是说他太不在字句上用工夫。他前两年真是一个酒徒,每每是喝了酒午夜文思如涌。因了这篇短文章他要我送点礼物作纪念,我乃以一枚稿笔送他,上面刻了两行字:"从此灯前有得失,不比酒后是文章。"他接着很喜欢,并且笑道:"这两句话的意思很好,因为这个今是昨非很难说了。"

知堂先生

废 名

　　林语堂先生来信问我可否写一篇《知堂先生》刊在"今人志",我是一则以喜,一则以惧。喜者这个题目于我是亲切的,惧则正是陶渊明所云:"惧或乖谬,有亏大雅君子之德,所以战战兢兢若履深薄云尔。"我想我写了可以当面向知堂先生请教,斯又一乐也。这是数日以前的事,一直未能下笔。前天往古槐书屋看平伯,我们谈了好些话,所谈差不多都是对于知堂先生的向往,事后我一想,油然一喜,我同平伯的意见完全是一致的,话似乎都说得有意思,我很可惜回来没有把那些谈话都记录下来,那或者比著意写一篇文章要来得中意一点也未可知。我们的归结是这么的一句,知堂先生是一个唯物论者,知堂先生是一个躬行君子。我们从知堂先生可以学得一些道理,日常生活之间我们却学不到他的那个艺术的态度。平伯以一个思索的神气说道:"中国历史上曾有像他这样气分的人没有?"我们两人都回答不了。"渐近自然"四个字大约能以形容知堂先生,然而这里一点神秘没有,他好像拿了一本自然教科书做参考。中国的圣经贤传,自古以及如今,都是以治国平天下为己任的,这以外大约没有别的事情可做,唯女子与小孩的问题,又烦恼了不少的风雅之士,我常常从知堂先生的一声不响之中,不知不觉地想起了这许多事，简直有点惶恐，我们很容易陷入流俗而不自知，我们与野蛮的距离有时很难说，而知堂先生之修身齐家，直是以自然为怀，虽欲赞叹之而不可得也。偶然读到《人间世》所载《苦茶庵小文·题魏慰农先生家书后》有云："为父或祖者尽瘁以教养子孙而不责其返报，但冀其历代益以聪强耳，此自然之道，亦人道之至也。"在这个祖宗罪业深重的国家，此知者之言，亦仁者之言也。

我们常不免是抒情的，知堂先生总是合礼，这个态度在以前我尚不懂得。十年以来，他写给我辈的信札，从未有一句教训的调子，未有一句情热的话，后来将今日偶然所保存者再拿起来一看，字里行间，温良恭俭，我是一旦豁然贯通之，其乐等于所学也。在事过情迁之后，私人信札有如此耐观者，此非先生之大德乎。我常记得当初在《新月》杂志读了他的《志摩纪念》一文，欢喜慨叹，此文篇末有云："我只能写可有可无的文章，而纪念亡友又不是可以用这种文章来敷衍的，而纪念刊的收稿期又迫切了，不得已还只得写，结果还只能写出一篇可有可无的文章，这使我不得不重又叹息。"无意间流露出来的这一句叹息之声，其所表现的人生之情与礼，在我直是读了一篇寿世的文章。他同死者生平的交谊不是抒情的，而生死之前，至情乃为尽礼。知堂先生待人接物，同他平常作文的习惯，一样地令我感兴趣，他作文向来不打稿子，一遍写起来了，看一看有错字没有，便不再看，算是完卷，因为据他说起稿便不免于重抄，重抄便觉得多无是处，想修改也修改不好，不如一遍写起倒也算了。他对于自己是这样的宽容，对于自己外的一切都是这样的宽容，但这其间的威仪呢，恐怕一点也叫人感觉不到，反而感觉到他的谦虚。然而文章毕竟是天下之事，中国现代的散文，从开始以迄现在，据好些人的闲谈，知堂先生是最能耐读的了。

那天平伯曾说到"感觉"二字，大约如"冷暖自知"之感觉，因为知堂先生的心情与行事都有一个中庸之妙，这到底从哪里来的呢？平伯乃踌躇着说道："他大约是感觉？"我想这个意思是的，知堂先生的德行，与其说是伦理的，不如说是生物的，有如鸟类之羽毛，鹄不日浴而白，乌不日黔而黑，黑也白也，都是美的，都是卫生的。然而自然无知，人类则自作聪明，人生之健全而同乎自然，非善知识者而能之欤。平伯的话令我记起两件事来，第一我记起七八年前在《语丝》上读到知堂先生的《两个鬼》这一篇文章，当时我尚不甚了然，稍后乃领会其意义，他在这篇文章的开头说：

> 在我们的心头住着 Du Daimone，可以说是两个——鬼。我踌躇着说鬼，因为他们并不是人死所化的鬼，也不是宗教上的魔、善神与恶神、善天使与恶天使。他们或者应该说是一种神，但这似乎太尊严一点了，所以还是委屈他们一点称之曰鬼。
>
> 这两个是什么呢？其一是绅士鬼，其二是流氓鬼。据王学的朋友们说人是有什么良知的，教士说有灵魂，维持公理的学者也说凭着良心，但我觉得似乎都没有这些，有的只是那两个鬼，在那里指挥我的一切的言行。这是一种双头政治，而两个执政还是意见不甚协和的，我却像一个钟摆在这中间摇着。有时候流氓占了优势，我便跟了他去傍徨，什么大街小巷的一切隐秘无不

知悉，酗酒、斗殴、辱骂，都不是做不来的，我简直可以成为一个精神上的"破脚骨"。但是在我将真正撒野，如流氓之"开天堂"等的时候，绅士大抵就出来高叫："带住，著即带住！"说也奇怪，流氓平时不怕绅士，到得他将要撒野，一听绅士的吆喝，不知怎的立刻一溜烟地走了。可是他并不走远，只在街头街尾探望，他看绅士领了我走，学习对淑女们的谈吐与仪容，渐渐地由说漂亮话而进于摆臭架子，于是他又赶出来大骂云云……

这样的说法，比起古今的道德观念来，实在是一点规矩也没有，却也未必不最近乎事理，是平伯所说的感觉，亦是时人所病的"趣味"二字也。

再记起去年我偶尔在一个电影场上看电影，系中国影片，名叫《城市之夜》，一个码头工人的女儿为得要孝顺父亲而去做舞女，我坐在电影场上，看来看去，悟到古今一切的艺术，无论高能的低能的，总而言之都是道德的，因此也就是宣传的，由中国旧戏的脸谱以至于欧洲近代所谓不道德的诗文，人生舞台上原来都是负担着道德之意识。当下我很有点闷窒，大有呼吸新鲜空气之必要。这个新鲜空气，大约就是科学的。于是我想来想去，仿佛自己回答自己，这样的艺术，一直未存在。佛家经典所提出的"业"，很可以做我的理想的艺术的对象，然而他们的说法仍是诗而不是小说，是宣传的而不是记载的，所以是道德的而不是科学的。我原是自己一时糊涂的思想，后来同知堂先生闲谈，他不知道我先有一个成见，听了我的话，他不完全地说道："科学其实也很道德。"我听了这句话，自己的心事都丢开了，仿佛这一句平易的话说得知堂先生的道境，他说话的神气真是一点也不费力，令人可亲了。

小时读书

废 名

现在我常想写一篇文章，题目是《四书的意义》，懂得"四书"的意义便真懂得孔孟程朱，也便真懂得中国学问的价值了。这是一回事。但"四书"我从小就读过的，初上学读完《三字经》便读"四书"，那又是一回事。回想起来那件事何其太愚蠢、太无意义了，简直是残忍。战时在故乡避难，有一回到一亲戚家，其间壁为一私塾，学童正在那里读书，我听得一个孩子读道："子谓南容！子谓南容！"我不禁打一个寒噤，怎么今日还有残害小孩子的教育呢？我当时对于那个声音觉得很熟，而且我觉得是冤声，但分辨不出是我自己在那里诵读呢，还是另外一个儿童学伴在那里诵读？我简直不暇理会那声音所代表的字句的意义，只深切地知道是小孩子的冤声罢了。再一想，是《论语》上的这一句："子谓南容，邦有道不废，邦无道免于刑戮，以其兄之子妻之。"可怜的儿童乃读着"子谓南容！子谓南容！"了。要说我当时对于这件事愤怒的感情，应该便是"火其书"！别的事很难得激怒我，谈到中国的中小学教育，每每激怒我了。

我自己是能不受损害的，即是说教育加害于我，而我自己反能得到自由。但我决不原谅它。我们小时所受的教育确是等于有期徒刑。我想将我小时读"四书"的心理追记下来，算得儿童的狱中日记，难为他坐井观天到底还有他的阳光哩。

"子曰，视其所以，观其所由，察其所安，人焉廋哉！人焉廋哉！"我记得我读到这两句"人焉廋哉"，很喜悦，其喜悦的原因有二：一是两句书等于一句（即是一句抵两句的意思），我们讨了便宜；二是我们在书房里喜欢廋人家的东西，心想就是这个"廋"字吧？

读"大车无輗，小车无軏"很喜悦，因为我们乡音车、猪同音，大"猪"小"猪"很是热闹了。

先读"林放问礼之本"，后又读"曾谓泰山不如林放乎"，仿佛知道林放是一个人，这一个人两次见，觉得喜悦，其实孔子弟子的名字两次见的多得很。不知何以无感触，独喜林放两见。

读子入太庙章见两个"入太庙每事问"并写着，觉得喜悦，而且有讨便宜之意。

读"赐也尔爱其羊"觉得喜悦，心里便在那里爱羊。

读"一则以喜，一则以惧"觉得喜悦，不知何故？又读"是可忍也，孰不可忍也"亦觉喜悦，岂那时能赏识《论语》句子写得好乎？又读"左丘明耻之，丘亦耻之"亦觉喜悦。

先读"哀公问弟子孰为好学"，后又读"季康子问弟子孰为好学"，觉得喜悦，又是讨便宜之意。

读"暴虎冯河"觉得喜悦，因为有一个"冯"字，这是我的姓了。但偏不要我读"冯"，又觉得寂寞了。

读"子钓而不网"仿佛也懂得孔子钓鱼。

读"鸟之将死"觉得喜悦，因为我们捉着鸟总是死了。

读"乡人傩"喜悦，我已在别的文章里说过，联想到"打锣"，于是很是热闹。

读"山梁雌雉子路共之"觉得喜悦,仿佛有一种戏剧的动作,自己在那里默默地做子路。

读"小子鸣鼓而攻之"觉得喜悦,那时我们的学校是设在一个庙里,庙里常常打鼓。

读"君子之德风,小人之德草,草上之风必偃"觉得喜悦,因为我们的学校面对着城墙,城外又是一大绿洲,城上有草,绿洲又是最好的草地,那上面又都最显得有风了,所以我读书时是在那里描画风景。

读"在邦必闻,在家必闻""在邦必达,在家必达",觉得好玩,又讨便宜,一句抵两句。

读樊迟问仁"子曰,举直错诸枉"句,觉得喜悦,大约以前读"上论"时读过"举直错诸枉"句。故而觉得便宜了一句。底下一章有两句"不仁者远矣",又便宜了一句。

读"其父攘羊而子证之"仿佛有一种不快的感觉,不知何故。

读"斗筲之人"觉得好玩,因为家里煮饭总用筲箕滤米。

读"子击磬于卫"觉得喜欢,因为家里祭祖总是击磬。又读"深则厉,浅则揭"喜欢,大约因为先生一时的高兴把意义讲给我听了,我常在城外看乡下人涉水进城(城外有一条河),真是"深则厉,浅则揭"。

读"老而不死是为贼"喜欢。

读"子曰,不曰如之何如之何者,吾未如之何也已矣"觉得奇怪。又读"上论""觚不觚,觚哉觚哉"亦觉奇怪。

读"某在斯某在斯"觉得好玩。

读"割鸡焉用牛刀"觉得好玩。

读"子路拱而立"觉得喜欢，大约以前曾有"子路共之"那个戏剧动作。底下"杀鸡为黍"更是亲切，因为家里常常杀鸡。

"上下论"读完读《大学》《中庸》，读《大学》读到"秦誓曰，若有一个臣……"很是喜欢，仿佛好容易读了"一个"这两个字了，我们平常说话总是说一个两个。我还记得我读"若有一个臣"时把手指向同位的朋友一指，表示"一个"了。读《中庸》"鼋鼍蛟龙鱼鳖生焉"，觉得这么多的难字。

读《孟子》，似乎无可记忆的，大家对于《孟子》的感情很不好，"孟子孟，打一头的洞！告子告，打一头的疱！"是一般读《孟子》的警告。我记得我读《孟子》时也有过讨便宜的欢喜，如"五亩之宅树之以桑"那么一大段文章，有两次读到，到得第二次读时，大有胜任愉快之感了。

鲁迅的少年时代

废　名

鲁迅，这是笔名。他的真姓名是周树人。母亲姓鲁，故用了这样的笔名。

鲁迅在俄文译本《阿Q正传·自叙传略》开首第一句写道："我于一八八一年生在浙江省绍兴府城里的一家姓周的家里。"在英译本《鲁迅短篇小说选集·自序》里有这样的话："我生长于都市的大家庭里，从小就受着古书和师傅的教训。"同序里又说："但我母亲的母家是农村，使我能够间或和许多农民相亲近。"这里告诉我们三件事：一、他生长在绍兴这个都市里；二、他小时所受的教育；三、他同农民亲近。

一

在《女吊》这一篇的开头，鲁迅这样写：

大概是明末的王思任说的吧："会稽乃报仇雪耻之乡，非藏垢纳污之地！"这对于我们绍兴人很有光彩，我也很喜欢听到，或引用这两句话。……

这一篇《女吊》，是鲁迅最后写的文章，一九三六年九月十九—二十日写的，比作为遗嘱而写的那篇《死》还要后半个月。写的是复仇的"女性的吊死鬼"。一下笔便联想到"会稽乃报仇雪耻之乡，非藏垢纳污之地"这两句话，不，这两句话就是他写这篇文章的中心思想，要报仇，因为中国尚未解放，"女吊"乃是这个思想的形象化。他认为绍兴人"在戏剧上创造了一个带复仇性的，比别的一切鬼魂更美，更强的鬼魂。这就是'女吊'"。鲁迅在最后写这一篇文章，意义甚大，等于屈原的《国殇》，表现他不忘记绍兴，不忘记绍兴的人民，将复仇的真理记录下来，作为遗教。绍兴是他的故乡，实在除了被压迫者居住的地方，鲁迅是没有另外的故乡的。在他的小说《故乡》里，主要是写贫苦的农民闰土。他的文章里不着重写风景，但他真能写出地方的色彩，是充满了斗争意志的人民的地方。他怎能不爱这些人民，他怎能不爱这个地方！换句话说，鲁迅是爱中国呵！他在《女吊》里给我们介绍"目连戏"开场的"起殇"，他这样写：

"起殇"者，绍兴人现已大抵误解为"起丧"，以为就是召鬼，其实是专限于横死者的。《九歌》中的《国殇》云"身既死兮神以灵，魂魄毅兮为鬼雄"，当然连战死者在内。明社垂绝，越人起义而死者不少，至清被称为叛贼，我们就这样地一同招待他们的英灵。在薄暮中，十几匹马，站在台下了；戏子扮好一个鬼王，蓝面鳞纹，手执钢叉，还得有十几名鬼卒，则普通的孩子都可以应募。我在十余岁时候，就曾经充过这样的义勇鬼，爬上台去，说明志愿，他们就给在脸上涂上几笔彩色，交付一柄钢叉。待到有十多人了，即一拥上马，疾驰到野外的许多无主孤坟之处，环绕三匝，下马大叫，将钢叉用力地连连刺在坟墓上，然后拔叉驰回，上了前台，一同大叫一声，将钢叉一掷，钉在台板上。我们的责任，这就算完结，洗脸下台，可以回家了……

这里写得多么有声有色，是鲁迅心中的故乡，他怎能不爱它！读者又怎能不跟着他爱它！在中国革命胜利了的今天，农村中剥削阶级彻底消灭了，我们大家的思想意识都经过改造了，我们再来回头看看毛主席《在延安文艺座谈会上的讲话》以前的文艺作品，连古人的集子在内，像鲁迅这样生动有力的文章是不多的。我们读着能得到很大的教育，原因便在于他是革命爱国主义者，对中国人民寄以极大的希望，他的写作都是通过他的斗争意志的。像鲁迅这样的人才配得上叫作爱故乡。

我们还应该抄他写《女吊》的两段：

这之后，就是"跳女吊"。自然先有悲凉的喇叭；少顷，门幕一掀，她出场了。大红衫子，黑色长背心，长发蓬松，颈挂两条纸锭，垂头，垂手，弯弯曲曲地走一个全台，内行人说：这是走了一个"心"字。为什么要走"心"字呢？我不明白。我只知道她何以要穿红衫。看王充的《论衡》，知道汉朝的鬼的颜色是红的，但再看后来的文字和图画，却又并无一定颜色，而在戏文里，穿红的则只有这"吊神"。意思是很容易了然的；因为她投缳之际，准备做厉鬼以复仇，红色较有阳气，易于和生人相接近……绍兴的妇女，至今还偶有搽粉穿红之后，这才上吊的。……

她将披着的头发向后一抖，人这才看清了脸孔：石灰一样白的圆脸，漆黑的浓眉，乌黑的眼眶，猩红的嘴唇。听说浙东的有几府的戏文里，吊神又拖着几寸长的假舌头，但在绍兴没有。不是我袒护故乡，我以为还是没有好；那么，比起现在将眼眶染成淡灰色的时式打扮来，可以说是更彻底，更可爱。不过下嘴角应该略略向上，使嘴巴成为三角形：这也不是丑模样。假使半夜之后，在薄暗中，远处隐约着一位这样的粉面朱唇，就是现在的我，也许会跑过去看看的，但自然，却未必就被诱惑得上吊。她两肩微耸，四顾，倾听，似惊，似喜，似怒，终于发出悲哀的声音，慢慢地唱道：

"奴奴本是杨家女，

呵呀，苦呀，天哪！"

这真是"比别的一切鬼魂更美，更强的鬼魂"，鲁迅是多么爱她！我们说鲁迅的《女吊》等于屈原的《国殇》，是就他们对祖国的忠诚说的，究其实鲁迅是人民革命时代的先觉，通过中国共产党，他已经知道人民的力量，有意借这一个女魂写出被压迫者复仇的美丽形象，告诉人民要争取胜利。这个美丽的形象是他的故乡绍兴给他的。

二

再说鲁迅小时所受的教育。在《朝花夕拾》里有一篇《五猖会》，从这篇文章里我们可以知道鲁迅七岁时读书的情形。一天清早，他家里的人正准备带他去看赛会，是坐船去。

  昨夜预定好的三道明瓦窗的大船，已经泊在河埠头，船椅、饭菜、茶炊、点心盒子，都在陆续搬下去了。我笑着跳着，催他们要搬得快。忽然，工人的脸色很谨肃了，我知道有些蹊跷，四面一看，父亲就站在我背后。
  "去拿你的书来。"他慢慢地说。
  这所谓"书"，是指我开蒙时候所读的《鉴略》。因为我再没有第二本了。我们那里上学的岁数是多拣单数的，所以这使我记住我其时是七岁。
  我忐忑着，拿了书来了。他使我同坐在堂中央的桌子前，教我一句一句地读下去。我担着心，一句一句地读下去。
  两句一行，大约读了二三十行吧，他说：
  "给我读熟。背不出，就不准去看会。"
  他说完，便站起来，走进房里去了。
  我似乎从头上浇了一盆冷水。但是，有什么法子呢？自然是读着，读着，强记着——而且要背出来。
  粤自盘古，
   生于太荒，
   首出御世，
   肇开混茫。
  就是这样的书，我现在只记得前四句，别的都忘却了；那时所强记的二三十行，自然也一齐忘却在里面了……

后来家里又把他送到书塾里去上学,这个书塾便是《朝花夕拾》里所描写的三味书屋。他这样描写他第一天上学的情形:

> 出门向东,不上半里,走过一道石桥,便是我的先生的家了。从一扇黑油的竹门进去,第三间是书房。中间挂着一块匾道:三味书屋;匾下面是一幅画,画着一只很肥大的梅花鹿伏在古树下。没有孔子牌位,我们便对着那匾和鹿行礼。第一次算是拜孔子,第二次算是拜先生。

那时孩子第一次上学先要对着孔子牌位拜孔子,没有牌位心目中也依然当作有孔子牌位那样对着拜,拜了孔子再拜老师,所以鲁迅这样写。鲁迅在书塾里算是一个年龄较大的学生,在《朝花夕拾》第三篇《二十四孝图》里有这样的叙述:

> 我们那时有什么可看呢,只要略有图画的本子,就要被塾师,就是当时的"引导青年的前辈"禁止,呵斥,甚而至于打手心。我的小同学因为专读"人之初性本善"读得要枯燥而死了,只好偷偷地翻开第一叶,看那题着"文星高照"四个字的恶鬼一般的魁星像,来满足他幼稚的爱美的天性。昨天看这个,今天看这个,然而他们的眼睛里还闪出苏醒和欢喜的光辉来。

这说的是他的"小同学",开蒙读《三字经》的同学,可见他自己年龄较大程度较高了。总之这是当时封建教育的一幅图画。

鲁迅在他的《二十四孝图》里是记他当时看《二十四孝图》的情形,其中他特别对《老莱娱亲》和《郭巨埋儿》两图发生反感,他这样记着:

> 我至今还记得,一个躺在父母跟前的老头子,一个抱在母亲手上的小孩子,是怎样地使我发生不同的感想呵。他们一手都拿着"摇咕咚"。这玩意儿确是可爱的,北京称为小鼓,盖即鞀也,朱熹曰,"鞀,小鼓,两旁有耳;持其柄而摇之,则两耳还自击",咕咚咕咚地响起来。然而这东西是不该拿在老莱子手里的,他应该扶一支拐杖。现在这模样,简直是装佯,侮辱了孩子。我没有再看第二回,一到这一页,便急速地翻过去了。
>
> 那时的《二十四孝图》,早已不知去向了,目下所有的只是一本日本小田海仙所画的本子,叙老莱子事云:"行年七十,言不称老,常著五色斑斓之衣,为婴儿戏于亲侧。又常取水上堂,诈跌仆地,作婴儿啼,以娱亲意。"大约旧本也差不多,而招我反感的便是"诈跌"。无论忤逆,无论孝顺,小孩子多不愿意"诈"作,听故事也不喜欢是谣言,这是凡有稍稍留心儿童心理的都知道的。

接着另叙《郭巨埋儿》的事情云:

> 至于玩着"摇咕咚"的郭巨的儿子,却实在值得

同情。他被抱在他母亲的臂膊上，高高兴兴地笑着；他的父亲却正在掘窟窿，要将他埋掉了。说明云："汉郭巨家贫，有子三岁，母尝减食与之。巨谓妻曰，贫乏不能供母，子又分母之食。盍埋此子？"但是刘向《孝子传》所说，却又有些不同："巨家是富的，他都给了两弟；孩子是才生的，并没有到三岁。"结末又大略相像了："及掘坑二尺，得黄金一釜，上云：天赐郭巨，官不得取，民不得夺！"

我最初实在替这孩子捏一把汗，待到掘出黄金一釜，这才觉得轻松。然而我已经不但自己不敢再想做孝子，并且怕我父亲去做孝子了。家景正在坏下去，常听到父母愁柴米；祖母又老了，倘使我的父亲竟学了郭巨，那么，该埋的不正是我么？如果一丝不走样，也掘出一釜黄金来，那自然是如天之福，但是，那时我虽然年纪小，似乎也明白天下未必有这样的巧事。

在这篇文章的结末鲁迅还做着总结道：

彼时我委实有点害怕：掘好深坑，不见黄金，连"摇咕咚"一同埋下去，盖上土，踏得实实的，又有什么法子可想呢。我想，事情虽然未必实现，但我从此总怕听到我的父母愁穷，怕看见我的白发的祖母，总觉得她是和我不两立，至少，也是一个和我的生命有些妨碍的人。

这些就是鲁迅做孩子时受封建教育的情况。封建教育给予孩子心灵上的毒害，从这里就可以明显地看出来。鲁迅在少年时期就非常敏感，也可从这里看出来。

鲁迅小时喜欢看图，喜欢看旧小说上面的"绣像"，而且喜欢描画这些绣像。这件事我们也应该注意，因为这件事与后来鲁迅创作小说很有关系。鲁迅写小说的方法，当然吸收了外国小说的长处，但他对中国民间的艺术懂得特别深，而且酷爱其一点，即是不要背景。他在《我怎么做起小说来》这一篇文章里说道："中国旧戏上，没有背景，新年卖给孩子看的花纸上，只有主要的几个人（但现在的花纸却多有背景了），我深信对于我的目的，这方法是适宜的，所以我不去描写风月，对话也决不说到一大篇。"鲁迅的小说正是"只有主要的几个人"，以这几个人提出当时中国社会的问题。这个方法，在五四初期，一般的读者知其然不知其所以然。鲁迅自始至终"注意于中国旧书上的绣像和画本，以及新的单张的花纸"（《连环图画辩护》），他是有深意的，他爱好中国民间的艺术，他创造小说默默地有取于它，他做儿童时就喜欢过它。在《朝花夕拾》里有好几篇都写着鲁迅小时看图画的事，把那一个小孩子的欢喜的光辉完全保留在纸上。我们且抄《从百草园到三味书屋》这一篇里面的话：

> 我是画画儿，用一种叫作"荆川纸"的，蒙在小说的绣像上一个个描下来，像习字时候的影写一样。读的书多起来，画的画也多起来；书没有读成，画的成绩却不少了，最成片段的是《荡寇志》和《西游记》的绣像，都有一大本。

所以我们谈到鲁迅小时所受的教育,他喜欢看图画这件事是应该加以注意的。

三

我们再说少年鲁迅同农民的关系。无疑的,我们研究鲁迅,了解这种关系是非常重要的。鲁迅生长在都市,后来又在南京四年,在日本七年多,他开始写小说的时候已是在北京住了六年,然而鲁迅主要的小说不是写都市,从鲁迅谈他自己创作的话来分析他的思想意识,他丝毫没有想到要表现产业工人。他关心"下层社会的不幸",这下层社会是中国的农村。他渴望中国革命,而本着他所熟悉的中国农村来看中国革命如何能成功,他便来写小说,用他自己的话,"提出一些问题而已"(英译短篇自序)。他从一开始就把问题放在农民身上,以及城市里小市民身上。他同五四新文学运动另外几个发起的人之所以不同,其关键便在于革命爱国主义者鲁迅关心农民,描写农民的生活。他从小就熟悉农村生活。"但我母亲的母家是农村,使我能够间或和许多农民相亲近。"鲁迅这样说,是他自己指出这个意义。

在鲁迅的小说里,虽像《一件小事》那样写一个具有优秀品质的人力车夫,但主要的小说是写农民的。像《社戏》里面的人物是写得朴质可爱的,《社戏》便是鲁迅以他母亲的母家作为背景的农村故事。其中双喜、阿发、桂生,都是小孩子,我们且不谈,我们且来看鲁迅怎样写八公公和六一公公吧。一群小孩子荡着八公公的船夜里去看戏,戏看完了,归途上岸偷了罗汉豆到船舱里煮了吃,在六一公公的田里各人都偷了一大捧。"吃完豆又开船，一面洗器具，豆荚豆壳全抛在河水里，什么痕迹也没有了。双喜所虑的是用了八公公船上的盐和柴，这老头子很细心，一定要知道，会骂的。"但到小说快要收结时，鲁迅这样写："第二天，我响午才起来，并没有听到什么关系八公公盐柴事件的纠葛，下午仍然去钓虾。"

对于六一公公，当他知道孩子们偷了他田里的豆，他认为这是请客，是应该的。这时"迅哥儿"在那里钓虾。"待到母亲叫我回去吃晚饭的时候，桌上便有了一大碗煮熟了的罗汉豆，就是六一公公送给母亲和我吃的。"鲁迅就是这样描写农民的朴质的善良的性格。

我们再说一件事，关于鲁迅小说的背景。据《社戏》里说，鲁迅母亲的母家是"临河的小村庄"。准此，我们有理由推定《风波》这篇小说里所写的小村庄便是它。这村里的航船七斤在革命时（辛亥革命）进城被人剪去了辫子。准此，我们有理由推定阿Q是这航船七斤的邻村人，因为《阿Q正传》里有记载："据传来的消息，知道革命党虽然进了城，倒还没有什么大异样……只有一件可怕的事是另有几个不好的革命党夹在里面捣乱，第二天便动手剪辫子，听说那邻村的航船七斤便着了道儿，弄得不像人样子了。"所以我们确实可以说，这一个农村，鲁迅母亲的母家，同鲁迅后来写小说是很有关系的，他在这里认识了许多农民。

儿 女

朱自清

我现在已是五个儿女的父亲了。想起圣陶喜欢用的"蜗牛背了壳"的比喻,便觉得不自在。新近一位亲戚嘲笑我说:"要剥层皮呢!"更有些悚然了。十年前刚结婚的时候,在胡适之先生的《藏晖室札记》里,见过一条,说世界上有许多伟大的人物是不结婚的;文中并引培根的话:"有妻子者,其命定矣。"当时确吃了一惊,仿佛梦醒一般;但是家里已是不由分说给娶了媳妇,又有什么可说?现在是一个媳妇,跟着来了五个孩子;两个肩头上,加上这么重一副担子,真不知怎样走才好。"命定"是不用说了;从孩子们那一面说,他们该怎样长大,也正是可以忧虑的事。我是个彻头彻尾自私的人,做丈夫已是勉强,做父亲更是不成。自然,"子孙崇拜""儿童本位"的哲理或伦理,我也有些知道;既做着父亲,闭了眼抹杀孩子们的权利,知道是不行的。可惜这只是理论,实际上我是仍旧按照古老的传统,在野蛮地对付着,和普通的父亲一样。近来差不多是中年的人了,才渐渐觉得自己的残酷;想着孩子们受过的体罚和叱责,始终不能辩解——像抚摩着旧创痕那样,我的心酸溜溜的。有一回,读了有岛武郎《与幼小者》的译文,对了那种伟大的、沉挚的态度,我竟流下泪来了。去年父亲来信,问起阿九,那时阿九还在白马湖呢;信上说："我没有耽误你，你也不要耽误他才好。"我为这句话哭了一场；我为什么不像父亲的仁慈？我不该忘记，父亲怎样待我们来着！人性许真是二元的，我是这样的矛盾；我的心像钟摆似的来去。

你读过鲁迅先生的《幸福的家庭》么？我的便是那一类的"幸福的家庭"！每天午饭和晚饭，就如两次潮水一般。先是孩子们你来他去地在厨房与饭间里查看，一面催我或妻发"开饭"的命令。急促繁碎的脚步，夹着笑和嚷，一阵阵袭来，直到命令发出为止。他们一递一个地跑着喊着，将命令传给厨房里用人；便立刻抢着回来搬凳子。于是这个说："我坐这儿！"那个说："大哥不让我！"大哥却说："小妹打我！"我给他们调解，说好话。但是他们有时候很固执，我有时候也不耐烦，这便用着叱责了；叱责还不行，不由自主地，我的沉重的手掌便到他们身上了。于是哭的哭，坐的坐，局面才算定了。接着可又你要大碗，他要小碗，你说红筷子好，他说黑筷子好；这个要干饭，那个要稀饭，要茶要汤，要鱼要肉，要豆腐，要萝卜；你说他菜多，他说你菜好。妻是照例安慰着他们，但这显然是太迂缓了。我是个暴躁的人，怎么等得及？不用说，用老法子将他们立刻征服了；虽然有哭的，不久也就抹着泪捧起碗了。吃完了，纷纷爬下凳子，桌上是饭粒呀，汤汁呀，骨头呀，渣滓呀，加上纵横的筷子、欹斜的匙子，就如一块花花绿绿的地图模型。吃饭而外，他们的大事便是游戏。游戏时，大的有大主意，小的有小主意，各自坚持不下，于是争执起来；或者大的欺负了小的，或者小的竟欺负了大的，被欺负得哭着嚷着，到我或妻的面前诉苦；我大抵仍旧要用老法子来判断的，但不理的时候也有。最为难的，是争夺玩具的时候：这一个的与那一个的是同样的东西，却偏要那一个的；而那一个便偏不答应。在这种情形之下，不论如何，终于是非哭了不可的。这些事件自然不至于天天全有，但大致总有好些起。我若坐在家里看书或写什么东西，管保一点钟里要分几回心，或站起来一两次的。若是雨天或礼拜日，孩子们在家的多，那么，摊开书竟看不下一行，提起笔也写不出一个字的事，也有过的。我常和妻说："我们家真是成日的千军万马呀！"有时是不但"成日"，连夜里也有兵马在进行着，在有吃乳或生病的孩子的时候！

我结婚那一年，才十九岁。二十一岁，有了阿九；二十三岁，又有了阿菜。那时我正像一匹野马，哪能容忍这些累赘的鞍鞯、辔头和缰绳？摆脱也知是不行的，但不自觉地时时在摆脱着。现在回想起来，那些日子，真苦了这两个孩子；真是难以宽宥的种种暴行呢！阿九才两岁半的样子，我们住在杭州的学校里。不知怎的，这孩子特别爱哭，又特别怕生人。一不见了母亲，或来了客，就哇哇地哭起来了。学校里住着许多人，我不能让他扰着他们，而客人也总是常有的；我懊恼极了，有一回，特地骗出了妻，关了门，将他按在地下打了一顿。这件事，妻到现在说起来，还觉得有些不忍；她说我的手太辣了，到底还是两岁半的孩子！我近年常想着那时的光景，也觉黯然。阿菜在台州，那是更小了；才过了周岁，还不大会走路。也是为了缠着母亲的缘故吧，我将她紧紧地按在墙角里，直哭喊了三四分钟；因此生了好几天病。妻说，那时真寒心呢！但我的苦痛也是真的。我曾给圣陶写信，说孩子们的折磨，实在无法奈何；有时竟觉着还是自杀的好。这虽是气愤的话，但这样的心情，确也有过的。后来孩子是多起来了，磨折也磨折得久了，少年的锋棱渐渐地钝起来了；加以增长的年岁增长了理性的裁制力，我能够忍耐了——觉得从前真是一个"不成材的父亲"，如我给另一个朋友信里所说。但我的孩子们在幼小时，确比别人的特别不安静，我至今还觉如此。我想这大约还是由于我们抚育不得法；从前只一味地责备孩子，让他们代我们负起责任，却未免是可耻的残酷了！

正面意义的"幸福"，其实也未尝没有。正如谁所说，小的总是可爱，孩子们的小模样、小心眼儿，确有些教人舍不得的。阿毛现在五个月了，你用手指去拨弄她的下巴，或向她做趣脸，她便会张开没牙的嘴咯咯地笑，笑得像一朵正开的花。她不愿在屋里待着；待久了，便大声儿嚷。妻常说："姑娘又要出去溜达了。"她说她像鸟儿般，每天总得到外面溜一些时候。闰儿上个月刚过了三岁，笨得很，话还没有学好呢。他只能说三四个字的短语或句子，文法错误，发音模糊，又得费气力说出；我们老是要笑他的。他说"好"字，总变成"小"字；问他"好不好"，他便说"小"，或"不小"。我们常常逗着他说这个字玩儿；他似乎有些觉得，近来偶然也能说出正确的"好"字了——特别在我们故意说成"小"字的时候。他有一只搪瓷碗，是一毛来钱买的；买来时，老妈子教给他："这是一毛钱。"他便记住"一毛"两个字，管那只碗叫"一毛"，有时竟省称为"毛"。这在新来的老妈子，是必需翻译了才懂的。他不好意思，或见着生客时，便咧着嘴痴笑；我们常用了土话，叫他作"呆瓜"。他是个小胖子，短短的腿，走起路来，蹒跚可笑；若快走或跑，便更"好看"了。他有时学我，将两手叠在背后，一摇一摆的；那是他自己和我们都要乐的。他的大姊便是阿菜，已是七岁多了，在小学校里念着书。在饭桌上，一定得啰啰唆唆地报告些同学或他们父母的事情；气喘喘地说着，不管你爱听不爱听。说完了总问我："爸爸认识么？""爸爸知道么？"妻常禁止她吃饭时说话，所以她总是问我。她的问题真多：看电影便问电影里的是不是人？是不是真人？怎么不说话？看照相也是一样。不知谁告诉她，兵是要打人的。她回来便问，兵是人么？为什么打人？近来大约听了先生的话，回来又问张作霖的兵是帮谁的？蒋介石的兵是不是帮我们的？诸如此类的问题，每天短不了，常常闹得我不知怎样答才行。她和闰儿在一处玩儿，一大一小，不很合式，老是吵着哭着。但合式的时候也有：譬如这个往床底下躲，那个便钻进去追着；这个钻出来，那个也跟着——从这个床到那个床，只听见笑着，嚷着，喘着，真如妻所说，像小狗似的。现在在京的，便只有这三个孩子；阿九和转儿是去年北来时，让母亲暂时带回扬州去了。

　　阿九是欢喜书的孩子。他爱看《水浒》《西游记》《三侠五义》《小朋友》等；没有事便捧着书坐着或躺着看。只不欢喜《红楼梦》，说是没有味儿。是的，《红楼梦》的味儿，一个十岁的孩子，哪里能领略呢？去年我们事实上只能带两个孩子来；因为他大些，而转儿是一直跟着祖母的，便在上海将他俩丢下。我清清楚楚记得那分别的一个早上。我领着阿九从二洋泾桥的旅馆出来，送他到母亲和转儿住着的亲戚家去。妻嘱咐说："买点吃的给他们吧。"我们走过四马路，到一家茶食铺里。阿九说要熏鱼，我给买了；又买了饼干，是给转儿的。便乘电车到海宁路。下车时，看着他的害怕与累赘，很觉恻然。到亲戚家，因为就要回旅馆收拾上船，只说了一两句话便出来；转儿望望我，没说什么，阿九是和祖母说什么去了。我回头看了他们一眼，硬着头皮走了。后来妻告诉我，阿九背地里向她说："我知道爸爸欢喜小妹，不带我上北京去。"其实这是冤枉的。他又曾和我们说："暑假时一定来接我啊！"我们当时答应着；但现在已是第二个暑假了，他们还在迢迢的扬州待着。他们是恨着我们呢，还是惦着我们呢？妻是一年来老放不下这两个，常常独自暗中流泪；但我有什么法子呢！想到"只为家贫成聚散"一句无名的诗，不禁有些凄然。转儿与我较生疏些。但去年离开白马湖时，她也曾用了生硬的扬州话（那时她还没有到过扬州呢），和那特别尖的小嗓子向着我："我要到北京去。"她晓得什么北京，只跟着大孩子们说罢了；但当时听着，现在想着的我，却真是抱歉呢。这兄妹俩离开我，原是常事，离开母亲，虽也有过一回，这回可是太长了；小小的心儿，知道是怎样忍耐那寂寞来着！

我的朋友大概都是爱孩子的。少谷有一回写信责备我，说儿女的吵闹，也是很有趣的，何至可厌到如我所说；他说他真不解。子恺为他家华瞻写的文章，真是"蔼然仁者之言"。圣陶也常常为孩子操心：小学毕业了，到什么中学好呢？——这样的话，他和我说过两三回了。我对他们只有惭愧！可是近来我也渐渐觉着自己的责任。我想，第一该将孩子们团聚起来，其次便该给他们些力量。我亲眼见过一个爱儿女的人，因为不曾好好地教育他们，便将他们荒废了。他并不是溺爱，只是没有耐心去料理他们，他们便不能成材了。我想我若照现在这样下去，孩子们也便危险了。我得计划着，让他们渐渐知道怎样去做人才行。但是要不要他们像我自己呢？这一层，我在白马湖教初中学生时，也曾从师生的立场上问过丏尊，他毫不踌躇地说："自然啰。"近来与平伯谈起教子,他却答得妙:"总不希望比自己坏啰。"是的,只要不"比自己坏"就行,"像"不"像"倒是不在乎的。职业、人生观等,还是由他们自己去定的好;自己顶可贵,只要指导,帮助他们去发展自己,便是极贤明的办法。

予同说:"我们得让子女在大学毕了业,才算尽了责任。"SK说:"不然,要看我们的经济,他们的材质与志愿;若是中学毕了业,不能或不愿升学,便去做别的事,譬如做工人吧,那也并非不行的。"自然,人的好坏与成败,也不尽靠学校教育;说是非大学毕业不可,也许只是我们的偏见。在这件事上,我现在毫不能有一定的主意;特别是这个变动不居的时代,知道将来怎样?好在孩子们还小,将来的事且等将来吧。目前所能做的,只是培养他们基本的力量——胸襟与眼光;孩子们还是孩子们,自然说不上高的远的,慢慢从近处小处下手便了。这自然也只能先按照我自己的样子,"神而明之,存乎其人"。光辉也罢,倒霉也罢,平凡也罢,让他们各尽各的力去。我只希望如我所想的,从此好好地做一回父亲,便自称心满意——想到那"狂人""救救孩子"的呼声,我怎敢不悚然自勉呢?

我所见的叶圣陶

朱自清

我第一次与圣陶见面是在民国十年的秋天。那时刘延陵兄介绍我到吴淞炮台湾中国公学教书。到了那边,他就和我说:"叶圣陶也在这儿。"我们都念过圣陶的小说,所以他这样告我。我好奇地问道:"怎样一个人?"出乎我的意外,他回答我:"一位老先生哩。"但是延陵和我去访问圣陶的时候,我觉得他的年纪并不老,只那朴实的服色和沉默的风度与我们平日所想象的苏州少年文人叶圣陶不甚符合罢了。

记得见面的那一天是一个阴天。我见了生人照例说不出话;圣陶似乎也如此。我们只谈了几句关于作品的泛泛的意见,便告辞了。延陵告诉我每星期六圣陶总回甪直去,他很爱他的家。他在校时常邀延陵出去散步;我因与他不熟,只独自坐在屋里。不久,中国公学忽然起了风潮。我向延陵说起一个强硬的办法——实在是一个笨而无聊的办法!——我说只怕叶圣陶未必赞成。但是出乎我的意外,他居然赞成了!后来细想他许是有意优容我们吧,这真是老大哥的态度呢。我们的办法天然是失败了,风潮延宕下去;于是大家都住到上海来。我和圣陶差不多天天见面;同时又认识了西谛、予同诸兄。这样经过了一个月,这一个月实在是我的很好的日子。

我看出圣陶始终是个寡言的人。大家聚谈的时候,他总是坐在那里听着。他却并不是喜欢孤独,他似乎老是那么有味地听着。至于与人独对的时候,自然多少要说些话;但辩论是不来的。他觉得辩论要开始了,往往微笑着说:"这个弄不大清楚了。"这样就过去了。他又是个极和易的人,轻易看不见他的怒色。他辛辛苦苦保存着的《晨报》副张,上面有他自己的文字的,特地从家里捎来给我看;让我随便放在一个书架上,给散失了。当他和我同时发现这件事时,他只略露惋惜的颜色,随即说:"由他去么哉,由他去么哉!"我是至今惭愧着,因为我知道他作文是不留稿的。他的和易出于天性,并非阅历世故,矫揉造作而成。他对于世间妥协的精神是极厌恨的。在这一月中,我看见他发过一次怒——始终我只看见他发过这一次怒——那便是对于风潮的妥协论者的蔑视。

风潮结束了,我到杭州教书。那边学校当局要我约圣陶去。圣陶来信说:"我们要痛痛快快游西湖,不管这是冬天。"他来了,教我上车站去接。我知道他到了车站这一类地方,是会觉得寂寞的。他的家实在太好了,他的衣着,一向都是家里管。我常想,他好像一个小孩子;像小孩子的天真,也像小孩子的离不开家里人。必须离开家里人时,他也得找些熟朋友伴着;孤独在他简直是有些可怕的。所以他到校时,本来是独住一屋的,却愿意将那间屋做我们两人的卧室,而将我那间做书室。这样可以常常相伴,我自然也乐意。我们不时到西湖边去;有时下湖,有时只喝喝酒。在校时各据一桌,我只预备功课,他却老是写小说和童话。初到时,学校当局来看过他。第二天,我问他:"要不要去看看他们?"他皱眉道:"一定要去么?等一天吧。"后来始终没有去。他是最反对形式主义的。

那时他小说的材料，是旧日的储积；童话的材料有时却是片刻的感兴。如《稻草人》中《大喉咙》一篇便是。那天早上，我们都醒在床上，听见工厂的汽笛，他便说："今天又有一篇了，我已经想好了，来得真快呵。"那篇的艺术很巧，谁想他只是片刻的构思呢！他写文字时，往往拈笔伸纸，便手不停挥地写下去；开始及中间，停笔踌躇时绝少。他的稿子极清楚，每页至多只有三五个涂改的字。他说他从来是这样的。每篇写毕，我自然先睹为快；他往往称述结尾的适宜，他说对于结尾是有些把握的。看完，他立即封寄《小说月报》；照例用平信寄。我总劝他挂号，但他说："我老是这样的。"他在杭州不过两个月，写的真不少，教人羡慕不已。《火灾》里从《饭》起到《风潮》这七篇，还有《稻草人》中一部分，都是那时我亲眼看他写的。

在杭州待了两个月，放寒假前，他便匆匆地回去了；他实在离不开家，临去时让我告诉学校当局，无论如何不回来了。但他却到北平住了半年，也是朋友拉去的。我前些日子偶翻十一年的《晨报副刊》，看见他那时途中思家的小诗，重念了两遍，觉得怪有意思。北平回去不久，便入了商务印书馆编译部，家也搬到上海。从此在上海待下去，直到现在——中间又被朋友拉到福州一次，有一篇《将离》抒写那回的别恨，是缠绵悱恻的文字。这些日子，我在浙江乱跑，有时到上海小住，他常请了假和我各处玩儿或喝酒。有一回，我便住在他家，但我到上海，总爱出门，因此他老说没有能畅谈；他写信给我，老说这回来要畅谈几天才行。

十六年一月，我接眷北来，路过上海，许多熟朋友和我饯行，圣陶也在。那晚我们痛快地喝酒，发议论；他是照例地默着。酒喝完了，又去乱走，他也跟着。到了一处，朋友们和他开了个小玩笑；他脸上略露窘意，但仍微笑地默着。圣陶不是个浪漫的人；在一种意义上，他正是延陵所说的"老先生"。但他能了解别人，能谅解别人，他自己也能"作达"，所以仍然——也许格外——是可亲的。那晚快夜半了，走过爱多亚路，他向我诵周美成的词："酒已都醒，如何消夜永！"我没有说什么；那时的心情，大约也不能说什么的。我们到一品香又消磨了半夜。这一回特别对不起圣陶，他是不能少睡觉的人。他家虽住在上海，而起居还依着乡居的日子；早七点起，晚九点睡。有一回我九点十分去，他家已熄了灯，关好门了。这种自然的、有秩序的生活是对的。那晚上伯祥说："圣兄明天要不舒服了。"想起来真是不知要怎样感谢才好。

第二天我便上船走了，一眨眼三年半，没有上南方去。信也很少，却全是我的懒。我只能从圣陶的小说里看出他心境的迁变，这个我要留在另一文中说。圣陶这几年里似乎到十字街头走过一趟，但现在怎么样呢？我却不甚了然。他从前晚饭时总喝点酒，"以半醺为度"；近来不大能喝酒了，却学了吹笛——前些日子说已会一出《八阳》，现在该又会了别的了吧。他本来喜欢看看电影，现在又喜欢听听昆曲了。但这些都不是"厌世"，如或人所说的；圣陶是不会厌世的，我知道。又，他虽会喝酒，加上吹笛，却不曾抽什么"上等的纸烟"，也不曾住过什么"小小别墅"，如或人所想的，这个我也知道。

给亡妇

朱自清

谦,日子真快,一眨眼你已经死了三个年头了。这三年里世事不知变化了多少回,但你未必注意这些个,我知道。你第一惦记的是你几个孩子,第二便轮着我。孩子和我平分你的世界,你在日如此;你死后若还有知,想来还如此的。告诉你,我夏天回家来着:迈儿长得结实极了,比我高一个头。闰儿父亲说是最乖,可是没有先前胖了。采芷和转子都好。五儿全家夸她长得好看;却在腿上生了湿疮,整天坐在竹床上不能下来,看了怪可怜的。六儿,我怎么说好,你明白,你临终时也和母亲谈过,这孩子是只可以养着玩儿的,他左挨右挨去年春天,到底没有挨过去。这孩子生了几个月,你的肺病就重起来了。我劝你少亲近他,只监督着老妈子照管就行。你总是忍不住,一会儿提,一会儿抱的。可是你病中为他操的那一份儿心也够瞧的。那一个夏天他病的时候多,你成天儿忙着,汤呀,药呀,冷呀,暖呀,连觉也没有好好儿睡过。哪里有一分一毫想着你自己。瞧着他硬朗点儿你就乐,干枯的笑容在黄蜡般的脸上,我只有暗中叹气而已。

从来想不到做母亲的要像你这样。从迈儿起,你总是自己喂乳,一连四个都这样。你起初不知道按钟点儿喂,后来知道了,却又弄不惯;孩子们每夜里几次将你哭醒了,特别是闷热的夏季。我瞧你的觉老没睡足。白天里还得做菜，照料孩子，很少得空儿。你的身子本来坏，四个孩子就累你七八年。到了第五个，你自己实在不成了，又没乳，只好自己喂奶粉，另雇老妈子专管她。但孩子跟老妈子睡，你就没有放过心；夜里一听见哭，就竖起耳朵听，工夫一大就得过去看。十六年初，和你到北京来，将迈儿、转子留在家里；三年多还不能去接他们，可真把你惦记苦了。你并不常提，我却明白。你后来说你的病就是惦记出来的；那个自然也有份儿，不过大半还是养育孩子累的。你的短短的十二年结婚生活，有十一年耗费在孩子们身上；而你一点不厌倦，有多少力量用多少，一直到自己毁灭为止。你对孩子一般儿爱，不问男的女的，大的小的。也不想到什么"养儿防老，积谷防饥"，只拼命地爱去。你对于教育老实说有些外行，孩子们只要吃得好玩得好就成了。这也难怪你，你自己便是这样长大的。况且孩子们原都还小，吃和玩本来也要紧的。你病重的时候最放不下的还是孩子。病得只剩皮包着骨头了，总不信自己不会好；老说："我死了，这一大群孩子可苦了。"后来说送你回家，你想着可以看见迈儿和转子，也愿意；你万想不到会一走不返的。我送车的时候，你忍不住哭了，说："还不知能不能再见？"可怜，你的心我知道，你满想着好好儿带着六个孩子回来见我的。谦，你那时一定这样想，一定的。

除了孩子，你心里只有我。不错，那时你父亲还在。可是你母亲死了，他另有个女人，你老早就觉得隔了一层似的。出嫁后第一年你虽还一心一意依恋着他老人家，到第二年上我和孩子可就将你的心占住，你再没有多少工夫惦记他了。你还记得第一年我在北京，你在家里。家里来信说你待不住，常回娘家去。我动气了，马上写信责备你。你教人写了一封复信，说家里有事，不能不回去。这是你第一次也可以说第末次的抗议，我从此就没给你写信。暑假时带了一肚子主意回去，但见了面，看你一脸笑，也就拉倒了。打这时候起，你渐渐从你父亲的怀里跑到我这儿。你换了金镯子帮助我的学费，叫我以后还你；但直到你死，我没有还你。你在我家受了许多气，又因为我家的缘故受你家里的气，你都忍着。这全为的是我，我知道。那回我从家乡一个中学半途辞职出走。家里人讽你也走。哪里走！只得硬着头皮往你家去。那时你家像个冰窖子，你们在窖里足足住了三个月。好容易我才将你们领出来了，一同上外省去。小家庭这样组织起来了。你虽不是什么阔小姐，可也是自小娇生惯养的。做起主妇来，什么都得干一两手；你居然做下去了，而且高高兴兴地做下去了。菜照例满是你做，可是吃的都是我们；你至多夹上两三筷子就算了。你的菜做得不坏，有一位老在行大大地夸奖过你。你洗衣服也不错，夏天我的绸大褂大概总是你亲自动手。你在家老不乐意闲着；坐前几个"月子"，老是四五天就起床，说是躺着家里事没条没理的。其实你起来也还不是没条理；咱们家那么多孩子，哪儿来条理？在浙江住的时候，逃过两回兵难，我都在北平。真亏你领着母亲和一群孩子东藏西躲的；末一回还要走多少里路，翻一道大岭。这两回差不多只靠你一个人。你不但带了母亲和孩子们，还带了我一箱箱的书；你知道我是最爱书的。在短短的十二年里，你操的心比人家一辈子还多；谦，你那样身子怎么经得住！你将我的责任一股脑儿担负了去，压死了你；我如何对得起你！

你为我的劳什子书也费了不少神。第一回让你父亲的男用人从家乡捎到上海去，他说了几句闲话，你气得在你父亲面前哭了。第二回是带着逃难，别人都说你傻子。你有你的想头："没有书怎么教书？况且他又爱这个玩意儿。"其实你没有晓得，那些书丢了也并不可惜；不过教你怎么晓得，我平常从来没和你谈过这些个！总而言之，你的心是可感谢的。这十二年里你为我吃的苦真不少，可是没有过几天好日子。我们在一起住，算来也还不到五个年头。无论日子怎么坏，无论是离是合，你从来没对我发过脾气，连一句怨言也没有——别说怨我，就是怨命也没有过。老实说，我的脾气可不大好，迁怒的事儿有的是。那些时候你往往抽噎着流眼泪，从不回嘴，也不号啕。不过我也只信得过你一个人，有些话我只和你一个人说，因为世界上只你一个人真关心我，真同情我。你不但为我吃苦，更为我分苦；我之有我现在的精神，大半是你给我培养着的。这些年来我很少生病。但我最不耐烦生病，生了病就呻吟不绝，闹那伺候病的人。你是领教过一回的，那回只一两点钟，可是也够麻烦了。你常生病，却总不开口，挣扎着起来；一来怕搅我，二来怕没人做你那份儿事。我有一个坏脾气，怕听人生病，也是真的。后来你天天发烧，自己还以为南方带来的疟疾，一直瞒着我。明明躺着，听见我的脚步，一骨碌就坐起来。我渐渐有些奇怪，让大夫一瞧，这可糟了，你的一个肺已烂了一个大窟窿了！大夫劝你到西山去静养，你丢不下孩子，又舍不得钱；劝你在家里躺着，你也丢不下那份儿家务。越看越不行了，这才送你回去。明知凶多吉少，想不到只一个月工夫你就完了！本来盼望还见得着你，这一来可拉倒了。你也何尝想到这个？父亲告诉我，你回家独住着一所小住宅，还嫌没有客厅，怕我回去不便哪。

前年夏天回家,上你坟上去了。你睡在祖父母的下首,想来还不孤单的。只是当年祖父母的坟太小了,你正睡在圹底下。这叫作"抗圹",在生人看来是不安心的;等着想办法哪。那时圹上圹下密密地长着青草,朝露浸湿了我的布鞋。你刚埋了半年多,只有圹下多出一块土,别的全然看不出新坟的样子。我和隐今夏回去,本想到你的坟上来;因为她病了没来成。我们想告诉你,五个孩子都好,我们一定尽心教养他们,让他们对得起死了的母亲——你!谦,好好儿放心安睡吧,你。

志摩在回忆里

郁达夫

　　新诗传宇宙，竟尔乘风归去，同学同庚，老友如君先宿草。

　　华表托精灵，何当化鹤重来，一生一死，深闺有妇赋招魂。

　　这是我托杭州陈紫荷先生代作代写的一副挽志摩的挽联。陈先生当时问我和志摩的关系，我只说他是我自小的同学，又是同年，此外便是他这一回的很适合他身分的死。

　　作挽联我是不会作的，尤其是文言的对句。而陈先生也想了许多成句，如"高处不胜寒""犹是深闺梦里人"之类，但似乎都寻不出适当的上下对，所以只成了上举的一联。这挽联的好坏如何，我也不晓得，不过我觉得文句作得太好，对仗对得太工，是不大适合于哀挽的本意的。悲哀的最大表示，是自然的目瞪口呆、僵若木鸡的那一种样子，这我在小曼夫人当初次接到志摩的凶耗的时候曾经亲眼见到过。其次是抚棺的一哭，这我在万国殡仪馆中，当日来吊的许多志摩的亲友之间曾经看到过。至于哀挽诗词的工与不工，那却是次而又次的问题了。我不想说志摩是如何如何的伟大，我不想说他是如何如何的可爱，我也不想说我因他之死而感到怎么怎么的悲哀，我只想把在记忆里的志摩来重描一遍，因而再可以想见一次他那副凡见过他一面的人谁都不容易忘去的面貌与音容。

大约是在宣统二年（一九一〇）的春季，我离开故乡的小市，去转入当时的杭府中学读书——上一期似乎是在嘉兴府中读的，终因路远之故而转入了杭府——那时候府中的监督，记得是邵伯炯先生，寄宿舍是大方伯的图书馆对面。

当时的我，是初出茅庐的一个十四岁未满的乡下少年，突然间闯入了省府的中心，周围万事看起来都觉得新异怕人。所以在宿舍里，在课堂上，我只是诚惶诚恐、战战兢兢，同蜗牛似的蜷伏着，连头都不敢伸一伸出壳来。但是同我的这一种畏缩态度正相反的，在同一级同一宿舍里，却有两位奇人在跳跃活动。

一个是身体生得很小，而脸面却是很长，头也生得特别大的小孩子。我当时自己当然总也还是一个小孩子，然而看见了他，心里却老是在想，"这顽皮小孩，样子真生得奇怪"，仿佛我自己已经是一个大孩似的。还有一个日夜和他在一块，最爱做种种淘气的把戏，为同学中间的爱戴集中点的，是一个身材长得相当的高大，面上也已经满示着成年的男子的表情，由我那时候的心里猜来，仿佛是年纪总该在三十岁以上的大人——其实呢，他也不过和我们上下年纪而已。

他们俩，无论在课堂上或在宿舍里，总在交头接耳地密谈着，高笑着，跳来跳去，和这个那个闹闹，结果却终于会出其不意地做出一件很轻快很可笑很奇特的事情来吸引大家的注意的。

而尤其使我惊异的，是那个头大尾巴小，戴着金边近视眼镜的顽皮小孩，平时那样地不用功，那样地爱看小说——他平时拿在手里的总是一卷有光纸上印着石印细字的小本子——而考起来或作起文来却总是分数得得最多的一个。

像这样的和他们同住了半年宿舍，除了有一次两次也上了他们一点小当之外，我和他们终究没有发生什么密切一点的关系，后来似乎我的宿舍也换了，除了在课堂上相聚在一块之外，见面的机会更加少了。年假之后第二年的春天，我不晓为了什么，突然离去了府中，改入了一个现在似乎也还没有关门的教会学校。从此之后，一别十余年，我和这两位奇人——一个小孩、一个大人——终于没有遇到的机会。虽则在异乡漂泊的途中，也时常想起当日的旧事，但是终因为周围环境的迁移激变，对这微风似的少年时候的回忆，也没有多大的留恋。

民国十三四年——一九二四、五年——之交，我混迹在北京的软红尘里，有一天风定日斜的午后，我忽而在石虎胡同的松坡图书馆里遇见了志摩。仔细一看，他的头、他的脸，还是同中学时候一样发育得分外的大，而那矮小的身材却不同了，非常之长大了，和他并立起来，简直要比我高一二寸的样子。

他的那种轻快磊落的态度，还是和孩时一样，不过因为历尽了欧美的游程之故，无形中已经锻炼成了一个长于社交的人了。笑起来的时候，可还是同十几年前的那个顽皮小孩一色无二。

从这年后，和他就时时往来，差不多每礼拜要见好几次面。他的善于座谈、敏于交际、长于吟诗的种种美德，自然而然地使他成了一个社交的中心。当时的文人学者、达官丽姝，以及中学时候的倒霉同学，不论长幼，不分贵贱，都在他的客座上可以看得到。不管你是如何心神不快的时候，只教经他用了他那种浊中带清的洪亮的声音，"喂，老×，今天怎么样？什么什么怎么样了？"的一问，你就自然会把一切的心事丢开，被他的那种快乐的光耀同化了过去。

正在这前后，和他一次谈起了中学时候的事情，他却突然地呆了一呆，张大了眼睛惊问我说：

"老李你还记得起记不起？他是死了哩！"

这所谓老李者，就是我在头上写过的那位顽皮大人，和他一道进中学的他的表哥哥。

其后他又去欧洲，去印度，交游之广，从中国的社交中心扩大而成为国际的。于是美丽宏博的诗句和清新绝俗的散文，也一年年地积多了起来。一九二七年的革命之后，北京变了北平，当时的许多中间阶级者就四散成了秋后的落叶。有些飞上了天去，成了要人，再也没有见到的机会了；有些也竟安然地在牖下到了黄泉；更有些，不死不生，仍复在歧路上徘徊着，苦闷着，而终于寻不到出路。是在这一种状态之下，有一天在上海的街头，我又忽而遇见了志摩。

"喂，这几年来你躲在什么地方？"

兜头地一喝，听起来仍旧是他那一种洪亮快活的声气。在路上略谈了片刻，一同到了他的寓里坐了一会，他就拉我一道到了大赉公司的轮船码头。因为午前他刚接到了无线电报，诗人太果尔回印度的船系定在午后五时左右靠岸，他是要上船去看看这老诗人的病状的。

当船还没有靠岸，岸上的人和船上的人还不能够交谈的时候，他在码头上的寒风里立着——这时候似乎已经是秋季了——

静静地呆呆地对我说：

"诗人老去，又遭了新时代的摈斥，他老人家的悲哀，正是孔子的悲哀。"

因为太果尔这一回是新从美国、日本去讲演回来，在日本在美国都受了一部分新人的排斥，所以心里是不十分快活的；并且又因年老之故，在路上更染了一场重病。志摩对我说这几句话的时候，双眼呆看着远处，脸色变得青灰，声音也特别的低。我和志摩来往了这许多年，在他脸上看出悲哀的表情来的事情，这实在是最初也便是最后的一次。

从这一回之后，两人又同在北京的时候一样，时时来往了。可是一则因为我的疏懒无聊，二则因为他跑来跑去的教书忙，这一两年间，和他聚谈时候也并不多。今年的暑假后，他于去北平之先曾大宴了三日客。头一天喝酒的时候，我和董任坚先生都在那里。董先生也是当时杭府中学的旧同学之一，席间我们也曾谈到了当日的杭州。在他遇难之前，从北平飞回来的第二天晚上，我也偶然地，真真是偶然地，闯到了他的寓里。

那一天晚上，因为有许多朋友会聚在那里的缘故，谈谈说说，竟说到了十二点过。临走的时候，还约好了第二天晚上的后会才兹分散。但第二天我没有去，于是就永久失去了见他的机会了，因为他的灵柩到上海的时候是已经殓好了来的。

文人之中，有两种人最可以羡慕。一种是像高尔基一样，活到了六七十岁，而能写许多有声有色的回忆文的老寿星；其他的一种是如叶赛宁一样的光芒还没有吐尽的天才夭折者。前者可以写许多文学史上所不载的文坛起伏的经历，他个人就是一部纵的文学史。后者则可以要求每个同时代的文人都写一篇吊他哀他或评他骂他的文字，而成一部横的放大的文苑传。

现在志摩是死了，但是他的诗文是不死的，他的音容状貌可也是不死的，除非要等到认识他的人老老少少一个个都死完的时候为止。

附记：

上面的一篇回忆写完之后，我想想，想想，又在陈先生代作的挽联里加入了一点事实，缀成了下面的四十二字：

三卷新诗，廿年旧友，与君同是天涯，只为佳人难再得。

一声河满，九点齐烟，化鹤重归华表，应愁高处不胜寒。

回忆鲁迅

郁达夫

序　言

　　鲁迅作古的时候，我正漂流在福建。那一天晚上，刚在南台一家饭馆里吃晚饭，同席的有一位日本的新闻记者，一见面就问我，鲁迅逝世的电报，接到了没有？我听了，虽则大吃了一惊，但总以为是同盟社造的谣。因为不久之前，我曾在上海会过他，我们还约好于秋天同去日本看红叶的。后来虽也听到他的病，但平时晓得他老有因为落夜而致伤风的习惯，所以，总觉得这消息是不可靠的误传。因为得了这一个消息之故，那一天晚上，不待终席我就走了。同时在那一夜里，福建报上，有一篇演讲稿子，也有改正的必要，所以从南台走回城里的时候，我就直上了报馆。

　　晚上十点以后，正是报馆里最忙的时候，我一到报馆，与一位负责的编辑，只讲了几句话，就有位专编国内时事的记者，拿了中央社的电稿，来给我看了；电文却与那一位日本记者所说的一样，说是"著作家鲁迅，于昨晚在沪病故"了。

　　我于惊愕之余，就在那一张破稿纸上，写了几句电文："上海申报转许景宋女士：骤闻鲁迅噩耗，未敢置信，万请节哀，余事面谈。"第二天的早晨，我就踏上了三北公司的靖安轮船，奔回到了上海。

鲁迅的葬事，实在是中国文学史上空前的一座纪念碑，他的葬仪，也可以说是民众对日人的一种示威活动。工人、学生、妇女团体、以前鲁迅生前的知友亲戚和读他的著作、受他的感化的不相识的男男女女，参加行列的，总有一万人以上。

当时中国各地的民众正在热叫着对日开战，上海的知识分子，尤其是孙夫人、蔡先生等旧日自由大同盟的诸位先进，提倡得更加激烈，而鲁迅适当这一个时候去世了，他平时，也是主张对日抗战的，所以民众对于鲁迅的死，就拿来当作了一个非抗战不可的象征；换句话说，就是在把鲁迅的死，看作了日本侵略中国的具体事件之一。在这个时候，在这一种情绪下的全国民众，对鲁迅的哀悼之情，自然可以不言而喻了；所以当时全国所出的刊物，无论哪一种定期或不定期的印刷品上，都充满了哀吊鲁迅的文字。

但我却偏有一种爱冷不感热的特别脾气，以为鲁迅的崇拜者、友人、同事，既有了这许多追悼他的文字与著作，那我这一个渺乎其小的同时代者，正可以不必马上就去铺张些我与鲁迅的关系。在这一个闹热关头，我就是写十万、百万字的哀悼鲁迅的文章，于鲁迅之大，原是不能再加上以毫末，而于我自己之小，反更足以多一个证明。因此，我只在《文学》月刊上，写了几句哀悼的话，此外就一字也不提，一直沉默到了现在。

现在哩！鲁迅的全集，已经出版了；而全国民众，正在一个绝大的危难底下抖擞。在这伟大的民族受难期间，大家似乎对鲁迅个人的伤悼情绪，减少了些了，我却想来利用余闲，写一点关于鲁迅的回忆。若有人因看了这回忆之故，而去多读一次鲁迅的集子，那就是我对于故人的报答，也就是我所以要写这些断片的本望。

廿七年八月十四日在汉寿

和鲁迅第一次的见面，不知是在哪一年哪一月哪一日——我对于时日地点，以及人的姓名之类的记忆力，异常的薄弱，人非要遇见至五六次以上，才能将一个人的名氏和一个人的面貌连合起来，记在心里——但地方却记得是在北平西城的砖塔胡同一间坐南朝北的小四合房子里。因为记得那一天天气很阴沉，所以一定是在我去北平，入北京大学教书的那一年冬天，时间仿佛是在下午的三四点钟。若说起那一年的大事情来，却又有史可稽了，就是曹锟贿选成功，做大总统的那一个冬天。

去看鲁迅，也不知是为了什么事情。他住的哪一间房子，我却记得很清楚，是在那两座砖塔的东北面、正当胡同正中的地方。一个三四丈宽的小院子，院子里长着三四棵枣树。大门朝北，而住屋——三间上房——却朝正南，是杭州人所说的倒骑龙式的房子。

那时候，鲁迅还在教育部里当佥事，同时也在北京大学里教小说史略。我们谈的话，已经记不起来了，但只记得谈了些北大的教员中间的闲话和学生的习气之类。

他的脸色很青，胡子是那时候已经有了；衣服穿得很单薄，而身材又矮小，所以看起来像是一个和他的年龄不大相称的样子。

他的绍兴口音，比一般绍兴人所发的来得柔和，笑声非常之清脆，而笑时眼角上的几条小皱纹，却很是可爱。

房间里的陈设，简单得很；散置在桌上、书橱上的书籍，也并不多，但却十分的整洁。桌上没有洋墨水和钢笔，只有一方砚瓦，上面盖着一个红木的盖子。笔筒是没有的，水池却像一个小古董，大约是从头发胡同的小市上买来的无疑。

他送我出门的时候，天色已经晚了，北风吹得很大；门口临别的时候，他不晓说了一句什么笑话，我记得一个人在走回寓舍来的路上，因回忆着他的那一句，满面还带着了笑容。

同一个来访我的学生，谈起了鲁迅。他说："鲁迅虽在冬天，也不穿棉裤，是抑制性欲的意思。他和他的旧式的夫人是不要好的。"因此，我就想起了那天去访问他时，来开门的那一位清秀的中年妇人。她人亦矮小，缠足梳头，完全是一个典型的绍兴太太。

前数年，鲁迅在上海，我和映霞去北戴河避暑回到了北平的时候，映霞曾因好奇之故，硬逼我上鲁迅自己造的那一所西城象鼻胡同后面西三条的小房子里，去看过这中年的妇人。她现在还和鲁迅的老母住在那里，但不知她们在强暴的邻人管制下的生活也过得惯不？

那时候，我住在阜成门内巡捕厅胡同的老宅里。时常来往的，是住在东城禄米仓的张凤举、徐耀辰两位，以及沈尹默、沈兼士、沈士远的三昆仲；不时也常和周作人氏、钱玄同氏、胡适之氏、马幼渔氏等相遇，或在北大的休息室里，或在公共宴会的席上。这些同事们，都是鲁迅的崇拜者，而对于鲁迅的古怪脾气，都当作一件似乎是历史上的轶事在谈论。

在我与鲁迅相见不久之后，周氏兄弟反目的消息，从禄米仓的张、徐二位那里听到了，原因很复杂，而旁人终于也不明白是究竟为了什么。但终鲁迅的一生，他与周作人氏，竟没有和解的机会。

本来，鲁迅和周作人氏哥儿俩，是住在八道湾的那一所大房子里的。这一所大房子，系鲁迅在几年前，将他们绍兴的祖屋卖了，与周作人在八道湾买的；买了之后，加以修葺，他们兄弟和老太太就统在那里住了。俄国的那位盲诗人爱罗先珂寄住的，也就是这一所八道湾的房子。

后来，鲁迅和周作人氏闹了，所以他就搬了出来。所住的，大约就是砖塔胡同的那一间小四合了。所以，我见到他的时候，正在他们的口角之后不久的期间。

据凤举他们的判断，以为他们弟兄间的不睦，完全是两人的误解。周作人氏的那位日本夫人，甚至说鲁迅对她有失敬之处。但鲁迅有时候对我说："我对启明，总老规劝他的，教他用钱应该节省一点，我们不得不想想将来，但他对于经济，总是进一个花一个的，尤其是他那位夫人。"从这些地方，会合起来，大约他们反目的真因，也可以猜度到一二成了。不过凡是认识鲁迅，认识启明及他的夫人的人，都晓得他们三个人，完全是好人；鲁迅虽则也痛骂过正人君子，但据我所知的他们三人来说，则只有他们才是真正君子。现在颇有些人，说周作人已做了汉奸，但我却始终仍是怀疑。所以，全国文艺作者协会致周作人的那一封公开信，最后的决定，也是由我改削过的；我总以为周作人先生，与那些甘心卖国的人，是不能做一样的看法的。

这时候的教育部，薪水只发到二成三成，公事是大家不办的，所以，鲁迅很有工夫教书、编讲义、写文章。他的短文，大抵是由孙伏园氏拿去，在《晨报副刊》上发表；教书是除北大外，还兼任着师大。

有一次，在鲁迅那里闲坐，接到了一个来催开会的通知，我问他忙么？他说，忙倒也不忙，但是同唱戏的一样，每天总得到处去扮一扮。上讲台的时候，就得扮教授；到教育部去，也非得扮官不可。

他说虽则这样的说，但做到无论什么事情时，却总肯负完全的责任。

至于说到唱戏呢，在北平虽则住了那么久，可是他终于没有爱听京戏的癖性。他对于唱戏、听戏的经验，始终只限于绍兴的社戏、高腔、乱弹、目连戏等，最多也只听到了徽班。阿Q所唱的那句"手执钢鞭将你打"，就是乱弹班《龙虎斗》里的句子，是赵玄坛唱的。

对于目连戏，他却有特别的嗜好，他有好几次同我说，这戏里的穿插，实在有许许多多的幽默味。他曾经举出不少的实例，说到一个借了鞋、袜、靴子去赴宴会的人，到了人来向他索还，只剩大衫在身上的时候，这一位老兄就装作肚皮痛，以两手按着腹部，口叫着我肚皮痛杀哉，将身体伏矮了些，于是长衫就盖到了脚部以遮掩过去的一段，他还照样地做出来给我们看过。说这一段话时，我记得《月夜》的著者川岛兄也在座上，我们曾经大笑过的。

后来在上海，我有一次谈到了予倩、田汉诸君想改良京剧，来做宣传的话，他根本就不赞成，并且很幽默地说："以京剧来宣传救国,那就是我们救国啊啊啊啊了,这行么?"

孙伏园氏在晨报社,为了鲁迅的一篇挖苦人的恋爱的诗,与刘勉己氏闹翻了。鲁迅的学生李小峰就与伏园联合起来,出了《语丝》。投稿者除上述的诸位之外,还有林语堂氏,在国外的刘半农氏,以及徐旭生氏等。但是周氏兄弟,却是《语丝》的中心。而每次语丝社中人叙会吃饭的时候,鲁迅总不出席,因为不愿与周作人氏遇到的缘故。因此,在这一两年中,鲁迅在社交界,始终没有露一露脸。无论什么人请客,他总不肯出席;他自己哩,除了和一二人去小吃之外,也绝对地不大规模(或正式)地请客。这脾气,直到他去厦门大学以后,才稍稍改变了些。

鲁迅的对于后进的提拔,可以说是无微不至。《语丝》发刊以后,有些新人的稿子,差不多都是鲁迅推荐的。他对于高长虹他们的一集团,对于沉钟社的几位,对于未名社的诸子,都一例地在为说项。就是对于沈从文氏,虽则已有人在孙伏园去后的《晨报副刊》上在替吹嘘了,他也时时提到,唯恐诸编辑的埋没了他。还有当时在北大念书的王品青氏,也是他所属望的青年之一。

鲁迅和景宋女士(许广平)的认识,是当他在北京(那时北平还叫作北京)女师大教书的中间,前后经过,《两地书》里已经记载得很详细,此地可以不必说。但他和许女士的进一步的接近,是在"三一八"惨案之前,章士钊做教育部长,使刘百昭去用了老妈子军以暴力解散女师大的时候。

鲁迅是向来喜欢打抱不平的,看了章士钊的横行不法,又兼自己还是这学校的讲师,所以当教育部下令解散女师大的时候,他就和许季茀、沈兼士、马幼渔等一道起来反对。当时的鲁迅,还是教育部的佥事,故而部长的章士钊也就下令将他撤职。为此,他一面向平政院控告章士钊,提起行政诉讼,一面就在《语丝》上攻击《现代评论》的为虎作伥,尤以对陈源(通伯)教授为最烈。

《现代评论》的一批干部,都是英国留学生;而其中像周鲠生、皮宗石、王世杰等,却是两湖人。他们和章士钊,在同到过英国的一点上,在同是湖南人的一点上,都不得不帮教育部的忙。鲁迅因而攻击绅士态度,攻击《现代评论》的受贿赂,这一时候他的杂文,怕是他一生之中,最含热意的妙笔。在这一个压迫和反抗、正义和暴力的争斗之中,他与许女士便有了更进一步的认识机会。

在这前后,我和他见面的次数并不多,因为我已经离开了北平,上武昌师范大学文科去教书了,可是这一年(民十三?)暑假回北京,看见他的时候,他正在作控告章士钊的状子,而女师大为校长杨荫榆的问题,也正是闹得最厉害的期间。当他告诉我完了这事情的经过之后,他仍旧不改他的幽默态度说:

"人家说我在打落水狗,但我却以为在打枪伤老虎,在扮演周处或武松。"

这句话真说得我高笑了起来。可是他和景宋女士的认识,以及有什么来往,我却还一点儿也不曾晓得。

直到两年(?)之后,他因和林文庆博士闹意见,从厦门大学回上海的那一年暑假,我上旅馆去看他,谈到了中午,就约他及景宋女士与在座的许钦文去吃饭。在吃完饭后,茶房端上咖啡来时，鲁迅却很热情地向正在搅咖啡杯的许女士看了一眼，又用诚告亲属似的热情的口气，对许女士说：

"密丝许，你胃不行，咖啡还是不吃的好，吃些生果吧！"

在这一个极微细的告诫里，我才第一次看出了他和许女士中间的爱情。

从此之后，鲁迅就在上海住下了，是在闸北去窦乐安路不远的景云里内一所三楼朝南的洋式弄堂房子里。他住二层的前楼，许女士是住在三楼的。他们两人间的关系，外人还是一点儿也没有晓得。

有一次，林语堂——当时他住在愚园路，和我静安寺路的寓居很近——和我去看鲁迅，谈了半天出来，林语堂忽然问我：

"鲁迅和许女士，究竟是怎么回事，有没有什么关系的？"

我只笑着摇摇头，回问他说：

"你和他们在厦大同过这么久的事，难道还不晓得么？我可真看不出什么来。"

说起林语堂，实在是一位天性纯厚的真正英美式的绅士，他决不疑心人有意说出的不关紧要的谎。我只举一个例出来，就可以看出他的本性。当他在美国向他的夫人求爱的时候，他第一次捧呈了她一册克莱克夫人著的小说《模范绅士约翰·哈里法克斯》；但第二次他忘记了，又捧呈了她以这册 *John Halifax Gentleman*。这是林夫人亲口对我说的话，当然是不会错的。从这一点上看来，就可以看出语堂真是如何的忠厚老实的一位模范绅士。他的提倡幽默、挖苦绅士态度，我们都在说，这些都是从他的 Inferiority Complex（不及错觉）心理出发的。

语堂自从那一回经我说过鲁迅和许女士中间大约并没有什么

关系之后，一直到海婴（鲁迅的儿子）将要生下来的时候，才兹恍然大悟。我对他说破了，他满脸泛着好好先生的微笑说：

"你这个人真坏！"

鲁迅的烟瘾，一向是很大的；在北京的时候，他吸的，总是哈德门牌的拾支装包。当他在人前吸烟的时候，他总探手进他那件灰布棉袄的袋里去摸出一支来吸；他似乎不喜欢将烟包先拿出来，然后再从烟包里抽出一支，而再将烟包塞回袋里去。他这脾气，一直到了上海，仍没有改过，不晓是为了怕麻烦的原因呢？抑或为了怕人家看见他所吸的烟，是什么牌。

他对于烟酒等刺激品，一向是不十分讲究的；对于酒，也是同烟一样。他的量虽则并不大，但却老爱喝一点。在北平的时候，我曾和他在东安市场的一家小羊肉铺里喝过白干；到了上海之后，所喝的，大抵是黄酒了。但五加皮、白玫瑰，他也喝，啤酒、白兰地他也喝，不过总喝得不多。

爱护他、关心他的健康无微不至的景宋女士，有一次问我："周先生平常喜欢喝一点酒，还是给他喝什么酒好？"我当然答以黄酒第一。但景宋女士却说，他喝黄酒时，老要量喝得很多，所以近来她在给他喝五加皮。并且说，因为五加皮酒性太烈，她所以老把瓶塞在平时拔开，好教消散一点酒气，变得淡些。

在这些地方，本可看出景宋女士的一心为鲁迅牺牲的伟大精神来；仔细一想，真要教人感激得下眼泪的，但我当时却笑了，笑她的太没有对于酒的知识。当然她原也晓得酒精成分多少的科学常识，可是爱人爱得过分时，常识也往往会被热挚的真情，掩蔽下去。我于讲完了量与质的问题，讲完了酒精成分的比较问题之后，就劝她，以后，顶好是给周先生以好的陈黄酒喝，否则，还是喝啤酒。

这一段谈话过后不久,忽而有一天,鲁迅送了我两瓶十多年陈的绍兴黄酒,说是一位绍兴同乡,带出来送他的。我这才放了心,相信以后他总不再喝五加皮等烈酒了。

我的记忆力很差,尤其是对于时日及名姓等的记忆。有些朋友,当见面时却混得很熟,但竟有一年半载以上,不晓得他的名姓的,因为混熟了,又不好再请教尊姓大名的缘故。像这一种习惯,我想一般人也许都有,可是,在我觉得特别的厉害。而鲁迅呢,却很奇怪,他对于遇见过一次,或和他在文字上有点纠葛过的人,都记得很详细,很永固。

所以,我在前段说起过的,鲁迅到上海的时日,照理应该在十八年的春夏之交;因为他于离开厦门大学之后,是曾上广州中山大学去住过一年的;他的重回上海,是在因和顾颉刚起了冲突,脱离中山大学之后;并且因恐受当局的压迫拘捕,其后亦曾在广州闲住了半年以上的时间。

他对于辞去中山大学教职之后,在广州闲住的半年那一节事情,也解释得非常有趣。他说:

"在这半年中,我譬如是一只雄鸡,在和对方呆斗。这呆斗的方式,并不是两边就咬起来,却是振冠击羽,保持着一段相当距离的对视。因为对方的假君子,背后是有政治力量的,你若一经示弱,对方就会用无论哪一种卑鄙的手段,来加你以压迫。

"因而有一次,大学里来请我讲演,伪君子正在庆幸机会到了,可以罗织成罪我的证据。但我却不忙不迫地讲了些魏晋人的风度之类,而对于时局和政治,一个字也不曾提起。"

在广州闲住了半年之后，对方的注意力有点松懈了，就是对方的雄鸡，坚忍力有点不能支持了；他就迅速地整理行囊，乘其不备，而离开了广州。

人虽则离开了，但对于代表恶势力而和他反对的人，他却始终不会忘记。所以，他的文章里，无论在哪一篇，只教用得上去的话，他总不肯放松一着，老会把这代表恶势力的敌人押解出来示众。

对于这一点，我也曾再三地劝他过，劝他不要上当。因为有许多无理取闹，来攻击他的人，都想利用了他来成名。实际上，这一个文坛登龙术，是屡试屡验的法门；过去曾经有不少的青年，围攻鲁迅而成了名的。但他的解释，却很彻底。他说：

"他们的目的，我当然明了。但我的反攻，却有两种意思。第一，是正可以因此而成全了他们；第二，是也因为了他们，而真理愈得阐明。他们的成名，是烟火似的一时的现象，但真理却是永久的。"

他在上海住下之后，这些攻击他的青年，愈来愈多了。最初是高长虹等，其次是太阳社的钱杏邨等，后来则有创造社的叶灵凤等。他对于这些人的攻击，都三倍四倍地给了反攻，他的杂文的光辉，也正因了这些不断的搏斗而增加了熟练与光辉。他的《全集》的十分之六七，是这种搏斗的火花，成绩俱在，在这里可以不必再说。

此外还有些并不对他攻击，而亦受了他的笔伐的人，如张若谷、曾今可等；他对于他们，在酒兴浓溢的时候，老笑着对我说：

"我对他们也并没有什么仇。但因为他们是代表恶势力的缘故,所以我就做了堂·克蓄德,而他们却做了活的风车。"

关于堂·克蓄德这一名词,也是钱杏邨他们奉赠给他的。他对这名词并不嫌恶,反而是很喜欢的样子。同样在有一时候,叶灵凤引用了苏俄讥高尔基的话来骂他,说他是"阴阳面的老人",他也时常笑着说:"他们比得我太大了,我只恐怕承当不起。"

创造社和鲁迅的纠葛,系开始在成仿吾的一篇批评,后来一直地继续到了创造社的被封时为止。

鲁迅对创造社,虽则也时常有讥讽的言语,散发在各杂文里;但根底却并没有恶感。他到广州去之先,就有意和我们结成一条战线,来和反动势力拮抗的;这一段经过,恐怕只有我和鲁迅及景宋女士三人知道。

至于我个人与鲁迅的交谊呢,一则因系同乡,二则因所处的时代、所看的书和所与交游的友人,都是同一类属的缘故,始终没有和他发生过冲突。

后来,创造社因被王独清挑拨离间,分成了派别,我因一时感情作用,和创造社脱离了关系。在当时,一批幼稚病的创造社同志,都受了王独清等的煽动,与太阳社联合起来攻击鲁迅,但我却始终以为他们的行动是越出了常轨,所以才和他计划出了《奔流》这一个杂志。

《奔流》的出版,并不是想和他们对抗,用意是在想介绍些真正的革命文艺的理论和作品,把那些犯幼稚病的左倾青年,稍稍纠正一点过来。

当编《奔流》的这一段时期,我以为是鲁迅的一生之中,对中国文艺影响最大的一个转变时期。

在这一年当中，鲁迅的介绍左翼文艺的正确理论的一步工作，才开始立下了系统。而他的后半生的工作的纲领，差不多全是在这一个时期里定下来的。

当时在上海负责在做秘密工作的几位同志，大抵都是在我静安寺路的寓居里进出的人；左翼作家联盟，和鲁迅的结合，实际上是我做的媒介。不过，左联成立之后，我却并不愿意参加，原因是因为我的个性是不适合于这些工作的，我对于我自己，认识得很清，决不愿担负一个空名，而不去做实际的事务；所以，左联成立之后，我就在一月之内，对他们公然地宣布了辞职。

但是暗中站在超然的地位，为左联及各工作者的帮忙，也着实不少。除来不及营救、已被他们杀死的许多青年不计外，在龙华，在租界捕房被拘去的许多作家，或则减刑，或则拒绝引渡，或则当时释放等案件，我现在还记得起来的，当不只十件八件的少数。

鲁迅的热心于提拔青年的一件事情，是大家在说的。但他的因此而受痛苦之深刻，却外边很少有人知道。像有些先受他的提拔，而后来却用攻击的方法以成自己的名的事情，还是彰明显著的事实，而另外还有些"挑了一担同情来到鲁迅那里，强迫他出很高的代价"的故事，外边的人，却大抵都不晓得了。在这里，我只举一个例：

在广州的时候，有一位青年的学生，因平时被鲁迅所感化而跟他到了上海。到了上海之后，鲁迅当然也收留他一道住在景云里那一所三层楼的弄堂房子里。但这一位青年，误解了鲁迅的意思，以为他没有儿子——当时海婴还没有生——所以收留自己和他住下，大约总是想把自己当作他的儿子的意思。后来，他又去找了一位女朋友来同住，意思是为鲁迅当儿媳妇的。可是，两人坐食在鲁迅的家里，零用、衣饰之类，鲁迅当然是供给不了的；于是这一位自定的鲁迅的子嗣，就发生了很大的不满，要求鲁迅，一定要为他谋一出路。

鲁迅没法子，就来找我，教我为这青年去谋一职业，如报馆校对、书局伙计之类；假使是真的找不到职业，那么亦必须请一家书店或报馆在名义上用他做事，而每月的薪水三四十元，当由鲁迅自己拿出，由我转交给这书局或报馆，作为月薪来发给。

这事我向当时的现代书局说了，已经说定是每月由书局和鲁迅各拿出一半的钱来，使用这一位青年。但正当说好的时候，这一位青年却和爱人脱离了鲁迅而走了。

这一件事情，我记得章锡琛曾在鲁迅去世的时候写过一段短短的文章；但事实却很复杂，使鲁迅为难了好几个月。从这一回事情之后，鲁迅就爱说"青年是挑了一担同情来的"趣话。不过这仅仅是一例，此外，因同情青年的遭遇，而使他受到痛苦的事实还正多着哩！

民国十八年以后，因国共分家的结果，有许多青年，以及正义的斗士，都无故而被牺牲了。此外，还有许多从事革命运动的青年，在南京、上海，以及长江流域的通都大邑里，被捕的，正不知有多少。在上海专为这些革命志士以及失业工人等救济而设的一个团体，是共济会。但这时候，这救济会已经遭了当局之忌，不能公开工作了；所以弄成请了律师，也不能公然出庭，有了店铺作保，也不能去向法庭请求保释的局面。在这时候，带有国际性的民权保障自由大同盟，才在孙夫人（宋庆龄女士）、蔡先生（孑民）等的领导下，在上海成立了起来。鲁迅和我，都是这自由大同盟的发起人，后来也连做了几任的干部，一直到南京的通缉令下来，杨杏佛被暗杀的时候为止。

在这自由大同盟活动的期间，对于平常的集会，总不出席的鲁迅，却于每次开会时一定先期而到；并且对于事务是一向不善处置的鲁迅，将分派给他的事务，也总办得井井有条。从这里，我们又可以看出，鲁迅不仅是一个只会舞文弄墨的空头文学家，对于实务，他原是也具有实际干才的。说到了实务，我又不得不想起我们合编的那一个杂志《奔流》——名义上，虽则是我和他合编的刊物，但关于校对、集稿、算发稿费等琐碎的事务，完全是鲁迅一个人效的劳。

他的做事务的精神，也可以从他的整理书斋和校阅原稿等小事件上看得出来。一般和我们在同时做文字工作的人，在我所认识的中间，大抵十个有九个都是把书斋弄得杂乱无章的。而鲁迅的书斋，却在无论什么时候，都整理得必清必楚。他的校对的稿子，以及他自己的文章，涂改当然是不免，但总缮写得非常的清楚。

直到海婴长大了，有时候老要跑到他的书斋里去翻弄他的书本杂志之类；当这样的时候，我总看见他含着苦笑，对海婴说："你这小捣乱看好了没有？"海婴含笑走了的时候，他总是一边谈着笑话，一边先把那些搅得零乱的书本子堆叠得好好，然后再来谈天。

记得有一次，海婴已经会说话的时候了，我到他的书斋去的前一刻，海婴正在那里捣乱，翻看书里的插画。我去的时候，书本子还没有理好。鲁迅一见着我，就大笑着说："海婴这小捣乱，他问我几时死；他的意思是我死了之后，这些书本都应该归他的。"

鲁迅的开怀大笑，我记得要以这一次为最兴高采烈。听这话的我，一边虽也在高笑，但暗地里一想到了"死"这一个定命，心里总不免有点难过。尤其是像鲁迅这样的人，我平时总不会把死和他联合起来想在一道。就是他自己，以及在旁边也在高笑的景宋女士，在当时当然也对于死这一个观念的极微细的实感都没有的。

这事情，大约是在他去世之前的两三年的时候；到了他死之后，在万国殡仪馆成殓出殡的上午，我一面看到了他的遗容，一面又看见海婴仍是若无其事地在人前穿了小小的丧服在那里快快乐乐地跑，我的心真有点儿绞得难耐。

鲁迅的著作的出版者，谁也知道是北新书局。北新书局的创始人李小峰，本是北大鲁迅的学生；因为孙伏园从《晨报副刊》出来之后，和鲁迅、启明及语堂等，开始经营《语丝》之发行，当时还没有毕业的李小峰，就做了《语丝》的发行兼管理印刷的出版业者。

北新书局从北平分到上海，大事扩张的时候，所靠的也是鲁迅的几本著作。

后来一年一年地过去，鲁迅的著作也一年一年地多起来了，北新和鲁迅之间的版税交涉，当年成了一个很大的问题。

北新对著作者，平时总只含混地说，每月致送几百元版税，到了三节，便开一清单来报账的。但一则他的每月致送的款项，老要拖欠,再则所报之账,往往不十分清爽。

后来,北新对鲁迅及其他的著作人,简直连月款也不提,节账也不算了。靠版税在上海维持生活的鲁迅,一时当然也破除了情面,请律师和北新提起了清算版税的诉讼。

照北新开给鲁迅的旧账单等来计算,在鲁迅去世的前六七年,早该积欠有两三万元了。这诉讼,当然是鲁迅的胜利,因为欠债还钱,是古今中外一定不易的自然法律。北新看到了这一点,就四处地托人向鲁迅讲情,要请他不必提起诉讼,大家来设法谈判。

当时我在杭州小住,打算把一部不曾写了的《蜃楼》写它完来。但住不上几天,北新就有电报来了,催我速回上海,为这事尽一点力。

后来经过几次的交涉,鲁迅答应把诉讼暂时不提,而北新亦愿意按月摊还积欠两万余元,分十个月还了;新欠则每月致送四百元,决不食言。

这一场事情,总算是这样地解决了;但在事情解决,北新请大家吃饭的那一天晚上,鲁迅和林语堂两人,却因误解而起了正面的冲突。

冲突的原因,是在一个不在场的第三者,也是鲁迅的学生,当时也在经营出版事业的某君。北新方面,满以为这一次鲁迅的提起诉讼,完全系出于这同行第三者的挑拨。而忠厚诚实的林语堂,于席间偶尔提起了这一个人的名字。

鲁迅那时,大约也有了一点酒意,一半也疑心语堂在责备这第三者的话,是对鲁迅的讽刺;所以脸色发青,从座位里站了起来,大声地说:

"我要声明！我要声明！"

他的声明，大约是声明并非由这第三者的某君挑拨的。语堂当然也要声辩他所讲的话，并非是对鲁迅的讽刺；两人针锋相对，形势真弄得非常的险恶。

在这席间，当然只有我起来做和事佬；一面按住鲁迅坐下，一面我就拉了语堂和他的夫人，走下了楼。

这事当然是两方的误解，后来鲁迅原也明白了；他和语堂之间，是有过一次和解的。可是到了他去世之前年，又因为劝语堂多翻译一点西洋古典文学到中国来，而语堂说这是老年人做的工作之故，而各起了反感。但这当然也是误解，当鲁迅去世的消息传到当时寄居在美国的语堂耳里的时候，语堂是曾有极悲痛的唁电发来的。

鲁迅住的景云里那一所房子，是在北四川路尽头的西面，去虹口花园很近的地方。因而去狄思威路北的内山书店亦只有几百步路。

书店主人内山完造，在中国先则卖药，后则经营贩卖书籍，前后总已有了二十几年的历史。他生活很简单，懂得生意经，并且也染上了中国人的习气，喜欢讲交情。因此，我们这一批在日本住久的人在上海，总老喜欢到他店里去坐坐谈谈；鲁迅于在上海住下之后，也就是这内山书店的常客之一。

一·二八沪战发生，鲁迅住的那一个地方，去天通庵只有一箭之路，交战的第二日，我们就在担心着鲁迅一家的安危。到了第三日，并且谣言更多了，说和鲁迅同住的他的三弟乔峰（周建人）被宪兵殴伤了；但就在这一个下午，我却在四川路桥南，内山书店的一家分店的楼上，会到了鲁迅。

他那时也听到了这谣传了，并且还在报上看见了我寻他和其他几位住在北四川路的友人的启事。他在这兵荒马乱之间，也依然不消失他那种幽默的微笑；讲到乔峰被殴伤的那一段谣言的时候，还加上了许多我们所不曾听见过的新鲜资料，证明一般空闲人的喜欢造谣生事，乐祸幸灾。

在这中间，我们就开始了向全世界文化人呼吁，出刊物公布狞恶侵略者面目的工作，鲁迅当然也是签名者之一；他的实际参加联合抗敌的行动，和一班左翼作家的接近，实际上是从这一个时期开始的。

一·二八战事过后，他从景云里搬了出来，住在内山书店斜对面的一家大厦的三层楼上；租金比较的贵，生活方式也比较的奢侈；因而一般平时要想寻出一点弱点来攻击他的人，就又像是发掘得了至宝。

但他在那里住得也并不久，到了南京的秘密通缉令下来，上海的反动空气很浓厚的时候，他却搬上了内山书店的北面，新造好的大陆新村（四达里对面）的六十几号房屋去住了。在这里，一直住到了他去世的时候为止。

南京的秘密通缉令，列名者共有六十几个，多半是与民权保障自由大同盟有关的文化人。而这通缉令呈请者，却是在杭州的浙江省党部的诸先生。

说起杭州，鲁迅绝端地厌恶；这通缉案的呈请者们，原是使他厌恶的原因之一，而对于山水的爱好，别有见解，也是他厌恶杭州的一个原因。

有一年夏天，他曾同许钦文到杭州去玩过一次；但因湖上的闷热、蚊子的众多、饮水的不洁等关系，他在旅馆里一晚没有睡觉，第二天就逃回到上海来了。自从这一回之后，他每听见人提起杭州，就要摇头。

后来，我搬到杭州去住的时候，他曾写过一首诗送我，头一句就是"钱王登遐仍如在"；这诗的意思，他曾同我说过，指的是杭州党政诸人的无理的高压。他从五代时的记录里，曾看到过钱武肃王的时候，浙江老百姓被压榨得连裤子都没有得穿，不得不以砖瓦来遮盖下体。这事不知是出在哪一部书里，我到现在也还没有查到，但他的那句诗的原意，却就系指此而言。我因不听他的忠告，终于搬到杭州去住了，结果竟不出他之所料，被一位党部的先生，弄得家破人亡；这一位吃党饭出身、积私财至数百万、曾经呈请南京中央党部通缉过我们的先生，对我竟做出了比邻人对待我们老百姓还更凶恶的事情，而且还是在这一次的抗战军兴之后。我现在虽则已远离祖国，再也受不到他的奸淫残害的毒爪了；但现在仍还在执掌以礼义廉耻为信条的教育大权的这一位先生，听说近来因天高皇帝远、浑水好捞鱼之故，更加加重了他对老百姓的这一种远溢过钱武肃王的德政。

鲁迅不但对于杭州没有好感，就是对他出身地的绍兴，也似乎并没有什么依依不舍的怀恋。这可从有一次他的谈话里看得出来。是他在上海住下不久的时候，有一回我们谈起了前两天刚见过面的孙伏园。他问我伏园住在哪里，我说，他已经回绍兴去了，大约总不久就会出来的。鲁迅言下就笑着说：

"伏园的回绍兴，实在也很可观！"他的意思，当然是绍兴又凭什么值得这样的频频回去。

所以从他到上海之后，一直到他去世的时候为止，他只匆匆地上杭州去住了一夜，而绝没有回去过绍兴一次。

预言者每不为其故国所容，我于鲁迅更觉得这一句格言的确凿。各地党部的对待鲁迅，自从浙江党部发动了那大弹劾案之后，似乎态度都是一致的。抗日战争前一年的冬天，我路过厦门，当时有许多厦大同学曾来看我，谈后就说到了厦大门前，经过南普陀的那一条大道，他们想呈请市政府改名"鲁迅路"以资纪念。并且说，这事已经由鲁迅纪念会（主其事的是厦门《星光日报》社长胡资周及记者们与厦大学生代表等人）呈请过好几次了，但都被搁置着不批下来。我因为和当时的厦门市长及工务局长等都是朋友，所以就答应他们说这事一定可以办到。但后来去市长那里一查问，才知道又是党部在那里反对，绝对不准人们纪念鲁迅。这事情，后来我又同陈主席说了，陈主席当然是表示赞成的。可是，这事还没有办理完成，而抗日战争军兴，现在并且连厦门这一块土地，也已经沦陷了一年多了。

自从我搬到杭州去住下之后，和他见面的机会，就少了下去，但每一次当我上上海去的中间，无论如何忙，我总抽出一点时间来去和他谈谈，或和他吃一次饭。

而上海的各书店、杂志编辑者、报馆之类，要想拉鲁迅的稿子的时候，也总是要我到上海去和鲁迅交涉的回数多。譬如，黎烈文初编《自由谈》的时候，我就和鲁迅说，我们一定要维持它，因为在中国最老不过的《申报》，也晓得要用新文学了，就是新文学的胜利。所以，鲁迅当时也很起劲，《伪自由书》《花边文学》集里许多短稿，就是这时候的作品。在起初，他的稿子就是由我转交的。

此外，像良友书店、天马书店，以及"生活"出的《文学》杂志之类，对鲁迅的稿件，开头大抵都是由我为他们拉拢的。尤其是当鲁迅对编辑者们发脾气的时候，做好做歹，仍复替他们调停和解这一角色，总是由我来担当。所以，在杭州住下的两三年中，光是为鲁迅之故，而跑上海的事情，前后总也有了好多次。

在他去世的前一年春天，我到了福建，这中间，和他见面的机会更加少了。但记得就在他作古的前两个月，我回上海，他曾告诉了我他的病状，说医生说他的肺不对，他想于秋天到日本去疗养，问我也能够同去不能。我在那时候，也正在想去久别了的日本一次，看看他们最近的社会状态，所以也轻轻谈到了同去岚山看红叶的事情。可是从此一别，我就再也没有和他做长谈的幸运了。

关于鲁迅的回忆，枝枝节节，另外也正还多着；可是他给我的信件之类，有许多已在搬回杭州去之先烧了，有几封在上海北新书局里存着，现在又没有日记在手头，所以就在这里，先暂搁笔，以后若有机会，或许再写也说不定。

弘一法师之出家

夏丏尊

今年旧历九月二十日，是弘一法师满六十岁诞辰。佛学书局因为我是他的老友，嘱写些文字以为纪念，我就把他出家的经过加以追叙。他是三十九岁那年夏间披剃的，到现在已整整过了二十一年的僧侣生涯。我这里所述的，也都是二十一年前的旧事。

说起来也许会教大家不相信，弘一法师的出家，可以说和我有关，没有我，也许不至于出家。关于这层，弘一法师自己也承认。有一次，记得是他出家二三年后的事，他要到新城掩关去了，杭州知友们在银洞巷虎跑寺下院替他饯行，有白衣，有僧人。斋后，他在座间指了我向大家道：

"我的出家，大半由于这位夏居士的助缘。此恩永不能忘！"

我听了不禁面红耳赤，惭悚无以自容。因为：一、我当时自己尚无信仰，以为出家是不幸的事情，至少是受苦的事情。弘一法师出家以后即修种种苦行，我见了常不忍。二、他因我之助缘而出家修行去了，我却竖不起肩膀，仍浮沉在醉生梦死的凡俗之中。所以深深地感到对于他的责任，很是难过。

我和弘一法师相识，是在杭州浙江两级师范学校任教的时候。这个学校有一个特别的地方，不轻易更换教职员。我前后担任了十三年，他担任了七年。在这七年中，我们晨夕一堂，相处得很好。他比我长六岁，当时我们已是三十左右的人，少年名士气息铲除将尽，想在教育上做些实际功夫。我担任舍监职务，兼教修身课，时时感觉对于学生感化力不足。他教的是图画、音乐二科。这两种科目，在他未来以前，是学生所忽视的。自他任教以后，就忽然被重视起来，几乎把全校学生的注意力都牵引过去了。课余但闻琴声歌声，假日常见学生出外写生。这原因一半当然是他对于这二科实力充足，一半也由于他的感化力大。只要提起他的名字，全校师生以及工役没有人不起敬的。他的力量，全由诚敬中发出，我只好佩服他，不能学他。举一个实例来说，有一次寄宿舍里学生失少了财物了，大家猜测是某一个学生偷的，检查起来，却没有得到证据。我身为舍监，深觉惭愧苦闷，向他求教。他所指教我的方法，说也怕人，教我自杀！说：

"你肯自杀吗？你若出一张布告，说做贼者速来自首。如三日内无自首者，足见舍监诚信未孚，誓一死以殉教育。果能这样，一定可以感动人，一定会有人来自首——这话须说得诚实，三日后如没有人自首，真非自杀不可。否则便无效力。"

这话在一般人看来是过分之辞，他说来的时候，却是真心的流露，并无虚伪之意。我自愧不能照行，向他笑谢，他当然也不责备我。

我们那时颇有些道学气，俨然以教育者自任，一方面又痛感到自己力量不够。可是所想努力的，还是儒家式的修养，至于宗教方面简直毫不关心的。

有一次，我从一本日本的杂志上见到一篇关于断食的文章，说断食是身心"更新"的修养方法，自古宗教上的伟人，如释迦，如耶稣，都曾断过食。断食能使人除旧换新，改去恶德，生出伟大的精神力量。并且还列举实行的方法及应注意的事项，又介绍了一本专讲断食的参考书。我对于这篇文章很有兴味，便和他谈及，他就好奇地向我要了杂志去看。以后我们也常谈到这事，彼此都有"有机会时最好断食来试试"的话，可是并没有做过具体的决定，至少在我自己是说过就算了。约莫经过了一年，他竟独自去实行断食了。这是他出家前一年阳历年假的事。他有家眷在上海，平日每月回上海二次，年假、暑假当然都回上海的。阳历年假只十天，放假以后我也就回家去了，总以为他仍照例回到上海了。假满返校，不见到他，过了两个星期他才回来，据说假期中没有回上海，在虎跑寺断食。我问他："为什么不告诉我？"他笑说："你是能说不能行的，并且这事预先教别人知道也不好，旁人大惊小怪起来，容易发生波折。"他的断食共三星期：第一星期逐渐减食至尽；第二星期除水以外完全不食；第三星期起，由粥汤逐渐增加至常量。据说经过很顺利，不但并无痛苦，而且身心反觉轻快，有飘飘欲仙之像。他平日是每日早晨写字的，在断食期间，仍以写字为常课，三星期所写的字，有魏碑，有篆文，有隶书，笔力比平日并不减弱。他说断食时，心比平时灵敏，颇有文思，恐出毛病，终于不敢作文。他断食以后，食量大增，且能吃整块的肉（平日虽不茹素，不多食肥腻肉类）。自己觉得脱胎换骨过了，用老子"能婴儿乎"之意改名李婴，依然教课，依然替人写字，并没有什么和前不同的情形。据我知道，这时他只看些宋元人的理学书和道家的书类，佛学尚未谈到。

转瞬阴历年假到了，大家又离校。哪知他不回上海，又到虎跑寺去了。因为他在那里住过三星期，喜其地方清静，所以又到那里去过年。他的皈依三宝，可以说由这时候开始的。据说，他自虎跑寺断食回来，曾去访过马一浮先生，说虎跑寺如何清静，僧人招待如何殷勤。阴历新年，马先生有一个朋友彭先生，求马先生介绍一个幽静的寓处，马先生忆起弘一法师前几天曾提起虎跑寺，就把这位彭先生陪送到虎跑寺去住。恰好弘一法师正在那里，经马先生之介绍，就认识了这位彭先生。同住了不多几天，到了正月初八日，彭先生忽然发心出家了，由虎跑寺当家为他剃度。弘一法师目击当时的一切，大大感动。可是还不就想出家，仅皈依三宝，拜老和尚了悟法师为皈依师。演音的名、弘一的号，就是那时取定的。假期满后，仍回到学校里来。

从此以后，他茹素了，有念珠了，看佛经，室中供佛像了。宋元理学书偶然仍看，道家书似已疏远。他对我说明一切经过及未来志愿，说出家有种种难处，以后打算暂以居士资格修行，在虎跑寺寄住，暑假后不再担任教师职务。我当时非常难堪，平素所敬爱的这样的好友将弃我遁入空门去了，不胜寂寞之感。在这七年之中，他想离开杭州一师，有三四次之多。有时是因对于学校当局有不快，有时是因为别处有人来请他。他几次要走，都是经我苦劝而作罢的。甚至于有一时期，南京高师苦苦求他任课，他已接受聘书了，因我恳留他，他不忍拂我之意，于是杭州南京两处跑，一个月中要坐夜车奔波好几次。他的爱我，可谓已超出寻常友谊之外，眼看这样的好友，因信仰的变化要离我而去，而信仰上的事不比寻常名利关系，可以迁就。料想这次恐已无法留得他住，深悔从前不该留他。他若早离开杭州，也许不会遇到这样复杂的因缘的。暑假渐近，我的苦闷也愈加甚。他虽常用佛法好言安慰我，我总熬不住苦闷。有一次，我对他说过这样的一番狂言：

"这样做居士究竟不彻底。索性做了和尚,倒爽快!"

我这话原是愤激之谈,因为心里难过得熬不住了,不觉脱口而出。说出以后,自己也就后悔。他却仍是笑颜对我,毫不介意。

暑假到了。他把一切书籍、字画、衣服,等等,分赠朋友学生及校工们——我所得到的是他历年所写的字、他所有的折扇及金表等——自己带到虎跑寺去的,只是些布衣及几件日常用品。我送他出校门,他不许再送了,约期后会,黯然而别。暑假后,我就想去看他,忽然我父亲病了,到半个月以后才到虎跑寺去。相见时我吃了一惊,他已剃去短须,头皮光光,着起海青,赫然是个和尚了!他笑说:

"昨天受剃度的。日子很好,恰巧是大势至菩萨生日。"

"不是说暂时做居士,在这里住住修行,不出家的吗?"我问。

"这也是你的意思,你说索性做了和尚……"

我无话可说,心中真是感慨万分,他问过我父亲的病况,留我小坐,说要写一幅字叫我带回去,作他出家的纪念。他回进房去写字,半小时后才出来,写的是《楞严大势至念佛圆通章》,且加跋语,详记当时因缘,末有"愿他年同生安养共圆种智"的话。临别时我和他作约,尽力护法,吃素一年。他含笑点头,念一句"阿弥陀佛"。

自从他出家以后,我已不敢再谤毁佛法,可是对于佛法见闻不多,对于他的出家,最初总由俗人的见地,感到一种责任:以为如果我不苦留他在杭州,如果我不提出断食的话头,也许不会有虎跑寺马先生、彭先生等因缘,他不会出家。如果最后我不因惜别而发狂言，他即使要出家，也许不会那么快速。我一向为这责任之感所苦，尤其在见到他做苦修行或听到他有疾病的时候。近几年以来，我因他的督励，也常亲近佛典，略识因缘之不可思议，知道像他那样的人，是于过去无量数劫种了善根的。他的出家、他的弘法度生，都是夙愿使然，而且都是稀有的福德，正应代他欢喜，代众生欢喜，觉得以前的对他不安、对他负责任，不但是自寻烦恼，而且是一种僭妄了。

弘一大师的遗书

夏丏尊

丏尊居士文席朽人已于九月初四日迁化曾赋二偈附录于后
　　君子之交　　其淡如水　　执象而求　　咫尺千里
　　问余何适　　廓尔亡言　　华枝春满　　天心月圆
谨达不宜　　　　　　　　　亲启
　　　　前所记月日系依农历　　　　　又白

十月三十一日星期六上午，依例到开明书店去办事。才坐下，管庶务的余先生笑嘻嘻地交给我一封信，说"弘一法师又有挂号信来了"。师与开明书店向有缘，他给我的信，差不多封封同仁公看，遇到有结缘的字寄来，最先得到的也就是开明同仁。所以他有信给我，不但我欢喜，大家也欢喜的。

信是相当厚的一封，正信以外还有附件。我抽出一纸来看，读到"朽人已于九月初四日迁化"云云，为之大惊大怪。惊的是噩耗来得突然，本星期一曾接到过他阳历十月一日发的信，告诉我双十节后要闭关著作，不能通信，且附了佛号和去秋九月所摄的照片来，好好地怎么就会"迁化"。怪的是"迁化"的消息怎么会由"迁化"者自己报道。既而我又自己解释，他的圆寂谣言，在报上差不多每年有一次的，"海外东坡"在他是寻常之事。

这次也许因为要闭关，怕有人再去扰他，所以自报"迁化"的吧。信上"九""初四"三字用红笔写，似乎不是他的亲笔，是另外一个人填上去的。算起来农历九月初四恰是双十节后三日，也许就在这日闭关吧。我捧着一张信纸，呆了许久，竟忘了这封信中还有附件。

大概同仁见我脸色有异了。有人过来把信封中的附件抽出来看，大叫说"弘一法师圆寂了"。这才提醒了我，急急去看附件，见一张是大开元寺性常法师的信，说弘一老人已于九月初四日下午八时生西，遗书是由他代寄的。还有一张是剪下的泉州当地报纸，其中关于弘一法师的示疾临终经过有详细的长篇记载，连这封遗书也抄登上面。证据摆在眼前，无法再加否认。唉，方外挚友弘一法师真已迁化，这封是来与我诀别的，真是遗书了，不禁万感交进，为之泫然。

据报上记载：师于旧历八月廿三日感到不适，连日写字，把人家托写的书件了讫；至廿七日已不进食物。廿八日下午还写遗嘱与妙莲法师，以临命终时的事相托；至九月一日上午还替黄居士写纪念册二种，下午又写"悲欣交集"四字与妙莲法师；直到初二才不再执笔；算起来不写字的日子只有初三初四两天。这封遗书似乎是卧病以前早写好在那里的，笔势挺拔，偈语隽美，印章打得位置适当，一切决不像病中所能做到。前一封信是阳历十月一日发来的，和阴历对照起来，那日是八月廿二，恰好是他感到不适的前一天。信中所说，如"将于双十书后闭关"，"以后于尊处亦未能通信"，且特地把一张照片寄赠，谆谆嘱嗣后和诸善知识亲近，从现在看来，已俨然对我做了暗示了。预知时至，这两封信都可作为铁证，不过后一封是取着遗书的形式罢了。

师的要在逝世时写遗书给我，是十多年前早有成约的，当白马湖山房落成之初，他独自住在其中，一切由我招呼。有一天我和他戏谈，问他说："万一你有不讳，临终咧，入龛咧，荼毗咧，我是全外行，怎么办？"他笑说："我已写好了一封遗书在这里，到必要时会交给你。如果你在别地，我会嘱你家里发电报叫你回来。你看了遗书，一切照办就是了。"后来他离开白马湖云游四方，那封早已写好的遗书，一定会带在身边，不知今犹在否。猜想起来，其内容当与这次妙莲法师所得到的差不多吧。同是遗书，我未曾得到那封，却得到了这样的一封，足见万事全是个缘。

这封信不但在我个人是一个珍贵的纪念品，在佛教史上也是非常重要的文献，值得郑重保存的。

本文方写好，友人某君以三十年二月澳门觉音社所出《弘一法师六十纪念专刊》见示，在李芳远先生所作送别晚晴老人一文中，有这样一段："去秋赠余偈云，'问余何适，廓尔亡言。华枝春满，天心月圆'，下署晚晴老人遗偈。"如此则遗书中第二偈是师早已撰就，预备用以作谢世之辞的了。又记。

四位先生

老 舍

吴组缃先生的猪

从青木关到歌乐山一带,在我所认识的文友中要算吴组缃先生最为阔绰。他养着一口小花猪。据说,这小动物的身价,值六百元!

每次我去访组缃先生,必附带地向小花猪致敬,因为我与组缃先生核计过了:假若他与我共同登广告卖身,大概也不会有人出六百元来买!

有一天,我又到吴宅去。给小江——组缃先生的少爷——买了几个比醋还酸的桃子。拿着点东西,好搭讪着骗顿饭吃,否则就太不好意思了。一进门,我看见吴太太的脸比晚日还红。我心里一想,便想到了小花猪,假若小花猪丢了,或是出了别的毛病,组缃先生的阔绰便马上不存在了!一打听,果然是为了小花猪:它已绝食一天了。我很着急,急中生智,主张给它点奎宁吃,恐怕是打摆子。大家都不赞同我的主张。我又建议把它抱到床上盖上被子睡一觉,出点汗也许就好了:焉知道不是感冒呢?这年月的猪比人还娇贵呀!大家还是不赞成。后来,把猪医生请来了。我颇兴奋,要看看猪怎么吃药。猪医生把一些草药包在竹筒的大厚皮儿里,使小花猪横衔着,两头向后束在脖子上:这样,药味与药汁便慢慢走入里边去。把药包儿束好,小花猪的口中好像生了两个翅膀,倒并不难看。

虽然吴宅有此骚动,我还是在那里吃了午饭——自然稍微地有点不得劲儿!

过了两天,我又去看小花猪——这回是专程探病,绝不为看别人;我知道现在猪的价值有多大——小花猪口中已无那个药包,而且也吃点东西了。大家都很高兴,我就又就棍打腿地骗了顿饭吃,并且提出声明:到冬天,得分给我几斤腊肉!组缃先生与太太没加任何考虑便答应了。吴太太说:"几斤?十斤也行!想想看,那天它要是一病不起……"大家听罢,都出了冷汗!

马宗融先生的时间观念

马宗融先生的表大概是,我想,一个装饰品。无论约他开会,还是吃饭,他总迟到一个多钟头,他的表并不慢。

来重庆,他多半是住在白象街的作家书屋。有的说也罢,没的说也罢,他总要谈到夜里两三点钟。假若不是别人都困得不出一声了,他还想不起上床去。有人陪着他谈,他能一直坐到第二天夜里两点钟。表、月亮、太阳,都不能引起他注意到时间。

比如说吧,下午三点他须到观音岩去开会,到两点半他还毫无动静。"宗融兄,不是三点,有会吗?该走了吧?"有人这样提醒他。他马上去戴上帽子,提起那有茶碗口粗的木棒,向外走。"七点吃饭。早回来呀!"大家告诉他。他回答声"一定回来"

便匆匆地走出去。

到三点的时候，你若出去，你会看见马宗融先生在门口与一位老太婆，或是两个小学生，谈话儿呢！即使不是这样，他在五点以前也不会走到观音岩。路上每遇到一位熟人，便须谈，至少十分钟的话。若遇上打架吵嘴的，他得过去解劝，还许把别人劝开，而他与另一位劝架的打起来！遇上某处起火，他得帮着去救。有人追赶扒手，他必然得加入，非捉到不可。看见某种新东西，他得过去问问价钱，不管买与不买。看到戏报子，马上他去借电话，问还有票没有……这样，他从白象街到观音岩，可以走一天，幸而他记得开会那件事，所以只走两三个钟头，到了开会的地方，即使大家已经散了会，他也得坐两点钟，他跟谁都谈得来，都谈得有趣，很亲切，很细腻。有人随便哼了一句二簧，他立刻请教给他；有人刚买一条绳子，他马上拿过来练习跳绳——五十岁了啊！

七点，他想起来回白象街吃饭。归路上，又照样的劝架、救人、追贼、问物价、打电话……至早，他在八点半左右走到目的地。满头大汗，三步当作两步走的，他走了进来。饭早已开过了。

所以，我们与友人定约会的时候，若说随便什么时间，早晨也好，晚上也好，反正我一天不出门，你哪时来也可以，我们便说"马宗融的时间吧"！

姚蓬子先生的砚台

作家书屋是个神秘的地方。不信你交到那里一份文稿，而三五日后再亲自去索回，你就必定不说我扯谎了。

进到书屋，十之八九你找不到书屋的主人——姚蓬子先生。他不定在哪里藏着呢。他的被褥是稿子，他的枕头是稿子，他的桌上、椅上、窗台上……全是稿子。简单地说吧，他被稿子埋起来了。当你要稿子的时候，你可以看见一个奇迹。假如说尊稿是十张纸写的吧，书屋主人会由枕头底下翻出两张，由裤袋里掏出三张，书架里找出两张，窗子上揭下一张，还欠两张。你别忙，他会由老鼠洞里拉出那两张，一点也不少。

单说蓬子先生的那块砚台，也足够惊人了！那是块无法形容的石砚。不圆不方，有许多角儿，有任何角度。有一点沿儿，豁口甚多，底子最奇，四周翘起，中间的一点凸出，如元宝之背，它会像陀螺似的在桌子乱转，还会一头高一头低地倾斜，如浪中之船。我老以为孙悟空就是由这块石头跳出去的！

到磨墨的时候，它会由桌子这一端滚到那一端，而且响如快跑的马车。我每晚十时必就寝，而对门儿书屋的主人要办事办到天亮。从十时到天亮，他至少有十次过，一次比一次响——到夜最静的时候，大概连南岸都感到一点震动。从我到白象街起，我没做过一个好梦，刚一入梦，砚台来了一阵雷雨，梦为之断。在夏天，砚一响，我就起来拿臭虫。冬天可就不好办，只好咳嗽几声，使之闻之。

现在，我已交给作家书屋一本书，等到出版，我必定破费几十元，送给书屋主人一块平底的、不出声的砚台！

何容先生的戒烟

首先要声明：这里所说的烟是香烟，不是鸦片。

从武汉到重庆,我老同何容先生在一间屋子里,一直到前年八月间。在武汉的时候,我们都吸大前门或使馆牌;小大英似乎都不够味儿。到了重庆,小大英似乎变了质,越来越"够"味儿了,前门与使馆倒仿佛没了什么意思。慢慢地,刀牌与哈德门又变成我们的朋友,而与小大英,不管是谁的主动吧,好像冷淡得日甚一日,不久,刀牌与哈德门又与我们发生了意见,差不多要绝交的样子。何容先生就决心戒烟!

在他戒烟之前,我已声明过:"先上吊。后戒烟!"本来嘛,"弃妇抛雏"地流亡在外,吃不敢进大三元,喝么也不过是清一色(黄酒贵,只好吃点白干),女友不敢去交,男友一律是穷光蛋,住是二人一室,睡是臭虫满床,再不吸两支香烟,还活着干嘛呢?可是,一看何容先生戒烟,我到底受了感动,既觉自己无勇,又钦佩他的伟大;所以,他在屋里,我几乎不敢动手取烟,以免动摇他的坚决!

何容先生那天睡了十六个钟头,一支烟没吸!醒来,已是黄昏,他便独自走出去。我没敢陪他出去,怕不留神递给他一支烟,破了戒!掌灯之后,他回来了,满面红光地、含着笑地、从口袋中掏出一包土产卷烟来。"你尝尝这个,"他客气地让我,"才一个铜板一支!有这个,似乎就不必戒烟了!没有必要!"把烟接过来,我没敢说什么,怕伤了他的尊严。面对面地,把烟燃上,我俩细细地欣赏。头一口就惊人,冒的是黄烟。我以为他误把爆竹买来了!听了一会儿,还好,并没有爆炸,就放胆继续地吸。吸了不到四五口,我看见蚊子都争着向外边飞!我很高兴。既吸烟,又驱蚊,太可贵了!再吸几口之后,墙上又发现了臭虫,大概也要搬家,我更高兴了!吸到了半支,何容先生与我也跑出去了,他低声地说:"看样子,还得戒烟!"

何容先生二次戒烟,有半天之久。当天的下午,他买来了烟斗与烟叶。"几毛钱的烟叶,够吃三四天的,何必一定戒烟呢!"他说。吸了几天的烟斗,他发现了:(一)不便携带。(二)不用力,抽不到;用力,烟油射在舌头上。(三)费洋火。(四)须天天收拾,麻烦!有此四弊,他就戒烟斗,而又吸上香烟了。"始作卷烟者,其无后乎!"他说。

最近二年,何容先生不知戒了多少次烟了,而指头上始终是黄的。

我的母亲

老 舍

母亲的娘家是北平德胜门外、土城儿外边、通大钟寺的大路上的一个小村里。村里一共有四五家人家,都姓马。大家都种点不十分肥美的地,但是与我同辈的兄弟们,也有当兵的、做木匠的、做泥水匠的和当巡察的。他们虽然是农家,却养不起牛马,人手不够的时候,妇女便也须下地做活。

对于姥姥家,我只知道上述的一点。外公、外婆是什么样子,我就不知道了,因为他们早已去世。至于更远的族系与家史,就更不晓得了;穷人只能顾眼前的衣食,没有功夫谈论什么过去的光荣;"家谱"这字眼,我在幼年就根本没有听说过。

母亲生在农家,所以勤俭诚实,身体也好。这一点事实却极重要,因为假若我没有这样的一位母亲,我以为我恐怕也就要大大地打个折扣了。

母亲出嫁大概是很早,因为我的大姐现在已是六十多岁的老太婆,而我的大外甥女还长我一岁啊。我有三个哥哥、四个姐姐,但能长大成人的,只有大姐、二姐、三哥与我。我是"老"儿子。生我的时候,母亲已有四十一岁,大姐、二姐已都出了阁。

由大姐与二姐所嫁人的家庭来推断,在我生下之前,我的家里,大概还马马虎虎地过得去。那时候定婚讲究门当户对,而大姐丈是做小官的，二姐丈也开过一间酒馆，他们都是相当体面的人。

可是，我，我给家庭带来了不幸：我生下来，母亲晕过去半夜，才睁眼看见她的老儿子——感谢大姐，把我揣在怀里，致未冻死。

一岁半，我把父亲"克"死了。

兄不到十岁，三姐十二三岁，我才一岁半，全仗母亲独立抚养了。父亲的寡姐跟我们一块儿住，她吸鸦片，她喜摸纸牌，她的脾气极坏。为我们的衣食，母亲要给人家洗衣服，缝补或裁缝衣裳。在我的记忆中，她的手终年是鲜红微肿的。白天，她洗衣服，洗一两大绿瓦盆。她做事永远丝毫也不敷衍，就是屠户们送来的黑如铁的布袜，她也给洗得雪白。晚间，她与三姐抱着一盏油灯，还要缝补衣服，一直到半夜。她终年没有休息，可是在忙碌中她还把院子屋中收拾得清清爽爽。桌椅都是旧的，柜门铜活久已残缺不全，可是她的手老使破桌面上没有尘土，残破的铜活发着光。院中，父亲遗留下的几盆石榴与夹竹桃，永远会得到应有的浇灌与爱护，年年夏天开许多花。

哥哥似乎没有同我玩耍过。有时候，他去读书；有时候，他去学徒；有时候，他也去卖花生或樱桃之类的小东西。母亲含着泪把他送走，不到两天，又含着泪接他回来。我不明白这都是什么事，而只觉得与他很生疏。与母亲相依如命的是我与三姐。因此，她们做事，我老在后面跟着。她们浇花，我也张罗着取水；她们扫地，我就撮土……从这里，我学得了爱花、爱清洁、守秩序。这些习惯至今还被我保存着。

有客人来，无论手中怎么窘，母亲也要设法弄一点东西去款待。舅父与表哥们往往是自己掏钱买酒肉食，这使她脸上羞得飞红，可是殷勤地给他们温酒做面，又给她一些喜悦。遇上亲友家中有喜丧事，母亲必把大褂洗得干干净净，亲自去贺吊——份礼也许只是两吊小钱。到如今如我的好客的习性，还未全改，尽管生活是这么清苦，因为自幼儿看惯了的事情是不易于改掉的。

姑母常闹脾气。她单在鸡蛋里找骨头。她是我家中的阎王。直到我入了中学，她才死去，我可是没有看见母亲反抗过。"没受过婆婆的气，还不受大姑子的吗？命当如此！"母亲在非解释一下不足以平服别人的时候，才这样说。是的，命当如此。母亲活到老，穷到老，辛苦到老，全是命当如此。她最会吃亏。给亲友邻居帮忙，她总跑在前面：她会给婴儿洗三——穷朋友们可以因此少花一笔"请姥姥"钱——她会刮痧，她会给孩子们剃头，她会给少妇们绞脸……凡是她能做的，都有求必应。但是吵嘴、打架，永远没有她。她宁吃亏，不斗气。当姑母死去的时候，母亲似乎把一世的委屈都哭了出来，一直哭到坟地。不知道哪里来的一位侄子，声称有继承权，母亲便一声不响，教他搬走那些破桌子烂板凳，而且把姑母养的一只肥母鸡也送给他。

可是，母亲并不软弱。父亲死在庚子闹"拳"的那一年。联军入城，挨家搜索财物、鸡鸭，我们被搜两次。母亲拉着哥哥与三姐坐在墙根，等着"鬼子"进门，街门是开着的。"鬼子"进门，一刺刀先把老黄狗刺死，而后入室搜索。他们走后，母亲把破衣箱搬起，才发现了我。假若箱子不空，我早就被压死了。皇上跑了，丈夫死了，鬼子来了，满城是血光火焰，可是母亲不怕，她要在刺刀下、饥荒中，保护着儿女。北平有多少变乱啊，有时候兵变了，街市整条地烧起，火团落在我们的院中。有时候内战了，城门紧闭，铺店关门，昼夜响着枪炮。这惊恐，这紧张，再加上一家饮食的筹划、儿女安全的顾虑，岂是一个软弱的老寡妇所能受得起的？可是，在这种时候，母亲的心横起来，她不慌不哭，要从无办法中想出办法来。她的泪会往心中落！这点软而硬的个性，也传给了我。我对一切人与事，都取和平的态度，把吃亏看作当然的。但是，在做人上，我有一定的宗旨与基本的法则，什么事都可以将就，而不能超过自己划好的界限。我怕见生人，怕办杂事，怕出头露面；但是到了非我去不可的时候，我便不得不去，正像我的母亲。从私塾到小学，到中学，我经历过起码有二十位教师吧，其中有给我很大影响的，也有毫无影响的，但是我的真正的教师，把性格传给我的，是我的母亲。母亲并不识字，她给我的是生命的教育。

当我在小学毕了业的时候，亲友一致地愿意我去学手艺，好帮助母亲。我晓得我应当去找饭吃，以减轻母亲的勤劳困苦。可是，我也愿意升学。我偷偷地考入了师范学校——制服、饭食、书籍、宿处，都由学校供给。只有这样，我才敢对母亲提升学的话。入学，要交十元的保证金。这是一笔巨款！母亲作了半个月的难，把这巨款筹到，而后含泪把我送出门去。她不辞劳苦，只要儿子有出息。当我由师范毕业，而被派为小学校校长，母亲与我都一夜不曾合眼。我只说了句："以后，您可以歇一歇了！"她的回答只有一串串的眼泪。我入学之后，三姐结了婚。母亲对儿女是都一样疼爱的，但是假若她也有点偏爱的话，她应当偏爱三姐，因为自父亲死后，家中一切的事情都是母亲和三姐共同撑持的。三姐是母亲的右手。但是母亲知道这右手必须割去，她不能为自己的便利而耽误了女儿的青春。当花轿来到我们的破门外的时候，母亲的手就和冰一样的凉，脸上没有血色——那是阴历四月，天气很暖。大家都怕她晕过去。可是，她挣扎着，咬着嘴唇，手扶着门框，看花轿徐徐地走去。不久，姑母死了。三姐已出嫁，哥哥不在家，我又住学校，家中只剩母亲自己。她还须自晓至晚地操作，可是终日没人和她说一句话。新年到了，正赶上政府倡用阳历，不许过旧年。除夕，我请了两小时的假，由拥挤不堪的街市回到清炉冷灶的家中。母亲笑了。及至听说我还须回校，她愣住了。半天，她才叹出一口气来。到我该走的时候，她递给我一些花生："去吧，小子！"街上是那么热闹，我却什么也没看见，泪遮迷了我的眼。今天，泪又遮住了我的眼，又想起当日孤独地过那凄惨的除夕的慈母。可是慈母不会再候盼着我了，她已入了土！

　　儿女的生命是不依顺着父母所设下的轨道一直前进的，所以老人总免不了伤心。我二十三岁，母亲要我结了婚，我不要。我请来三姐给我说情，老母含泪点了头。我爱母亲，但是我给了她最大的打击。时代使我成为逆子。二十七岁，我上了英国。为了自己，我给六十多岁的老母以第二次打击。在她七十大寿的那一天，我还远在异域。那天，据姐姐们后来告诉我，老太太只喝了两口酒，很早地便睡下。她想念她的幼子，而不便说出来。

　　七七抗战后，我由济南逃出来。北平又像庚子那年似的被鬼子占据了。可是母亲日夜惦念的幼子却跑西南来。母亲怎样想念我，我可以想象得到，可是我不能回去。每逢接到家信，我总不敢马上拆看，我怕，怕，怕，怕有那不祥的消息。人，即使活到八九十岁，有母亲便可以多少还有点孩子气。失了慈母便像花插在瓶子里，虽然还有色有香，却失去了根。有母亲的人，心里是安定的。我怕，怕，怕家信中带来不好的消息，告诉我已是失了根的花草。

去年一年，我在家信中找不到关于老母的起居情况。我疑虑、害怕。我想象得到，如有不幸，家中念我流亡孤苦，或不忍相告。母亲的生日是在九月，我在八月半写去祝寿的信，算计着会在寿日之前到达。信中嘱咐千万把寿日的详情写来，使我不再疑虑。十二月二十六日，由文化劳军的大会上回来，我接到家信。我不敢拆读。就寝前，我拆开信，母亲已去世一年了！

生命是母亲给我的。我之能长大成人，是母亲的血汗灌养的。我之能成为一个不十分坏的人，是母亲感化的。我的性格、习惯，是母亲传给的。她一世未曾享过一天福，临死还吃的是粗粮。唉！还说什么呢？心痛！心痛！

初恋的自白

胡也频

下面所说的，是一个春青已经萎谢，而还是独身着的或人的故事：

大约是十二岁，父亲就送我到相隔两千余里之远的外省去读书。离开家乡，不觉间已是足足的三年零四个月了。就在这一年的端午节后三日得了我母亲的信，她要我回家，于是我就非常不能耐地等着时光的过去，盼望暑假到来；并且又像得了属于苦工的赦免一般，考完试验；及到了讲演堂前面那赭色古旧的墙上，由一个正害着眼病的校役，斜斜地贴出那实授海军少将的校长的放学牌示之时，我全个的胸膛里都充满着欢喜了，差不多快乐得脸上不断地浮现着微笑。

从这个学校回到我的家，是经过两个大海，但是许多人都羡慕的这一次的海上风光，却被我忽略去了，因为我正在热心地思想着家乡的情景。

一切的事物在眷恋中，不必是美丽的，也都成为可爱了——尤其是对于曾偷吃过我的珍珠鸟的那只黑猫，我也宽恕它既往的过失，而生起亲切的怀念。

到了家，虽说很多的事实和所想象的相差，但那欢喜却比意料的更大了。

母亲为庆贺这家庭中新的幸福,发出了许多请帖,预备三桌酒席说是替我接风。

第二天便来了大人和小孩的男男女女的客。

在这些相熟和只能仿佛地觉得还认识的客中,我特别注意到那几个年约十二三岁的女孩子。她们看在我的眼中,虽说模样各异,却全是可爱,但是在这可爱中而觉得出众的美丽的——是我不知道叫她作什么名字的那个。

因为想起她是和我的表姨妈同来,两人相像,我就料定她也是我的表妹妹;她只有我的眉头高。

"表妹!"一直到傍晚时分,我才向她说,这时她正和一个高低相等的女孩子,躲在西边的厢房里面,折叠着纸塔玩。

听我在叫她,她侧过脸来,现出一点害羞,但随着在娇媚的脸儿上便浮起微笑。

"是不是叫你作表妹?"我顺手拿起另一张纸,也学她折叠纸塔。

她不语。

那个女孩子也不知怎的,悄悄地走开了,于是这个宽大的厢房里面只剩下两个人,我和她。

她很自然,依样低头的,用她那娇小的手指,继续着折叠那纸塔。我便跑开去,拿来我所心爱的英文练习本,把其中的漂亮的洋纸扯开,送给她,并且我自己还折了火轮船、屋子、虾蟆和鸟儿之类的东西,也都送给她。她接受了我的这些礼物,却不说出一句话来,只用她的眼光和微笑,向我致谢。

我忽然觉到,我的心原先是空的,这时才因她的眼光和微笑而充满了异样的喜悦。

她的塔折叠好了,约有一尺多高,就放在其余的纸物件中间,眼睛柔媚地斜着去看,这不禁使我小小的心儿跳动了。

　　"这好看,"我说,"把它送给我,行不行?"

　　她不说话,只用手把那个塔拿起来,放到我面前,又微笑,眼光充满着明媚。

　　我正想叫她一声"观音菩萨",作为感谢,一个仆妇却跑来,并且慌慌张张地,把她拉走了,她不及拿去我送给她的那些东西。看她临走时,很不愿意离开的回望我的眼波,我惘然了,若有所失的对那些纸物件痴望。

　　因久等仍不见她来,我很心焦地跑到外面去找,但是在全屋子里面,差不多每一个空隙都瞧过了,终不见她的半点影子。于是,在我的母亲和女客们的谈话中间,关于她,我听到不幸的消息,那是她的父亲病在海外,家里突接到这样的信,她和她的母亲全回家去了。我心想,她今夜无论如何,是不会再到这里来上酒席了。我就懊悔到尽痴望纸塔,而不曾随她出去,在她身边,和她说我心里的话,要她莫忘记我;并且,那些纸折的东西也是应该给她的。我觉得我全然做错了。

　　我一个人闷闷地,又来到西厢房,看见那些小玩意儿,心更惘然了;我把它们收起,尤其是那个塔,珍重地放到小小的皮箱里去。

　　这一夜在为我而设的酒席上面,因想念她,纵有许多男男女女的客都向我说笑,我也始终没有感到欢乐,只觉得很无聊似的;我的心情是完全被怅惘所包围着。

　　由是,一天天的,我的心只希望着她能够再来。看一次她的影子也好;但是这希望,无论我是如何的诚恳、如何的急切,全等于梦，渺茫的，而且不可摸捉，使得我仿佛曾受了什么很大的损失。我每日怅怅的，母亲以为我有了不适，然而我能够向她说出些什么话呢？我年纪还小，旧礼教的权威又压迫着我的全心灵，我终于撒谎了，说是因为我的肚子受了寒气。

我不能对于那失望，用一种明瞭的解释，我只模模糊糊地觉得，没有看见她，我是很苦恼的。

大约是第四天，或是第五天吧，那个仆妇单独地来到，说是老爷的病症更加重，太太和小姐都坐海船走了——呵！这些话在我的耳里便变成了巨雷！我知道，我想再见到她，是不可能的事了。我永远记着这个该诅咒的日子。

始终没有和她做第二的见面，那学校的开学日期却近了，于是我又离开家；这一次的离家依样带着留恋，但在我大部分的心中，是充满着恼恨。

在校中，每次写信给双亲的时候，我曾想——其实是因想到她，才想起给家里写信，但结果都被胆怯所制，不敢探问到她，即有时已写就了几句，也终于涂抹了，或者又连信扯碎。

第二年的夏天，我毕业了，本想借这机会回家去，好生地看望她，向她说出我许久想念她的心事；但当时却突然由校长的命令（为的我是高才生），不容人拒绝和婉却地，把我送到战舰上去实事练习了。于是，另一种新的生活，我就开始了，并且脚踪更无定，差不多整年地浮在海面，漂泊去，又漂泊来，离家也就更远了。因此，我也就更深地想念着她。

时光——这东西像无稽的梦幻，模糊的，在人的不知觉间，消去了，我就这样忽忽地，并且没有间断地在狂涛怒浪之中，足足地度过六年，我以为也像一个星期似的。

其实，这六年，想起来是何等可怕的长久呵。在期间，尤其是在最后的那两年，因了我年纪的增长，我已明瞭所谓男女之间的关系了，但因这，对于我从幼小时所深印的她的影子，也随着更活泼，更鲜明，并且更觉得美丽和可爱了，我一想到她应该有所谓及笄年纪的时候，我的心就越跳跃，我愿向她这样说：我是死了，我的心烂了，我的一切都完了，我没有梦的背景和生活的希望了，倘若我不能得到你的爱！——并且我还要继续说——倘若你爱我，我的心将充满欢乐，我不死了，我富有一切，我有了美丽的梦和生活的意义，我将成为宇宙的幸福王子……想着时，我便重新展览了用全力去珍重保存的那些纸折的物件，我简直要发狂了，我毫无顾忌地吻她的那个纸塔——我的心就重新抨击着两件东西：幸福和苦恼。

我应该补说一句：在这六年中，我的家境全变了，父亲死去，唯一的弟弟也病成瘫子，母亲因此哭瞎了眼睛……那么，关于我所想念的她，我能用什么方法去知道呢？能在我瞎子的母亲面前，不说家境所遭遇的不幸，而恳恳地只关心于我所爱恋的她么？我只能常常向无涯的天海，默祷神护祐，愿她平安，快乐和美丽……！

倘若我无因地想起她也许嫁人，在这时，我应该怎样说？我的神！我是一个壮者，我不畏狂涛，不畏飓风，然而我哭了，我仿佛就觉得死是美丽，唯有死才是我最适合的归宿，我是失去我的生活的一切能力了。

不过，想到她还是待人的处女的时候，我又恢复了所有生活的兴趣，我有驱逐一切魔幻的勇气，我是全然醒觉了，存在了。

总而言之，假使生命须一个主宰，那么她就是主宰我生命的神！

我的生活是建设在她上面。

然而，除了她的眼光和微笑，我能够多得一些什么？

这一直到六年之最末的那天，我离开那只战舰，回到家里的时候，……

能够用什么话去形容我的心情？

我看见到她（这是在表姨妈家里），她是已出嫁两年了，拖着毛氄氄黄头发不满周岁的婴儿，还像当年模样，我惊诧了，我欲狂奔去，但是我突然被了一种感觉，我又安静着；啊，只有神知道，我的心是如何的受着无形的利刃的宰割！

为了不可攻的人类的虚伪，我忘却了自己，好像真的忘却了一般，我安静而且有礼地问她好，抚摩她的小孩，她也殷勤地关心我海上的生活情况并且叹息我家境的变迁，彼此都坦然地，孜孜地说着许许多多零碎的话，差不多所想到的事件都说出了。

真的，我们的话语是像江水一般不绝地流去，但是我始终没有向她说："表妹，你还记得么，七年前你折叠的那个纸塔，还在我箱子里呢！"

父亲和他的故事

胡也频

我常常听别人说到我父亲：有的说他是个大傻子，有的说他是个天下最荒唐的人，有的说……总而言之人家所说的都没有好话，不是讥讽就是嘲笑。有一次养鸡的那个老太婆骂她的小孩子，我记得，她是我们乡里顶凶的老太婆，她开口便用一张可怕的脸——

"给你的那个铜子呢？"

"输了。"那孩子显得很害怕。

"输给谁呢？"

"输——输给小二。"

"怎么输的？"

"两条狗打架……我说黄的那条打赢，他说不，就这样输给他了。"那孩子一面要哭的鼓起嘴。

"你这个小毛虫！"老太婆一顺手便是一个耳光，接着骂道："这么一点年纪就学坏，长大了，你一定是个败家子，也像那个高鼻子似的……"所谓高鼻子，这就是一般乡人只图自己快活而送给我父亲的绰号。

真的，对于我父亲，全乡的人并没有谁曾生过一些敬意——不，简直在人格上连普通的待遇也没有，好像他是一个罪不可赦的罪人，什么人只要不像他。便什么都好了。

然而父亲在我的心中，却实在并不同于别人那样的轻视，我看见我父亲，我觉得他可怜了。

父亲的脸总是沉默的，沉默得可怕，轻易看不到他的笑容。他终日工作的辛苦，使得他的眼睛失了充足的光彩。因为他常常蹙着眉头，那额上，便自自然然添出两条很深的皱纹了。我不能在他这样的脸貌上看出使人家侮蔑的证据。并且，父亲纵然是非常寡言，但是并不冷酷，只有一次他和母亲生气打破一只饭碗之外，我永远觉得父亲是慈爱可亲的。我一看见我父亲就欢喜了。

不过人言也总有它的力量。听别人这样那样说，我究竟也对于父亲生过怀疑。我想："为什么人家不说别人的坏话，单单要说父亲一个呢？"可是一看见到父亲，我就觉得这种怀疑是我的罪过，我不该在如此慈爱可亲的父亲面前怀疑他年轻时曾做过什么不合人情的事。父亲的确是个好父亲、好人，我这样确定。倘若像父亲这样的人是个坏人，那么全世界的人就没有一个好的，我并且想。

虽说我承认我父亲并不是乡人所说的那种人，但人家一说到坏处就拿"高鼻子"做比喻，却是永远继续下去了。

这直到有一天，我记得，就是那只黄母鸡连生两个蛋的那一天。这天一天亮太阳就是红的。父亲拿着锄头到菜园里去了。母亲为了病的缘故还躺在床铺上。她把我推醒了，说：

"你也该起来了，狗狗！"

我擦着眼屎回答："今天不去。"

"为什么？"

"两只母牛全有病，那只公牛又要牵到城里去。"

"那么，"母亲忽然欢喜了，"趁今天，你多睡一会吧，好孩子，你天天总没有睡够的！"

我便合上眼睛，然而总不能睡，一种习惯把我弄得非醒着不可了，于是我问到父亲。

"到菜园去了。"

想着父亲每天不是到菜园就是到田里去做工，那怜悯他的心情，又油然而生：在我，我是只承认父亲应该在家里享福的，像别的有钱的人在家里享福一样。然而父亲是穷人，他只能到田里或菜园去，把锄头捎在白脑壳后面（因为他的头发全白了），这就是我很固执地可怜他的缘故。

我这时并且联想到许多人言——那每一个字音都是不怀好意的侮蔑，我不禁又怀疑起父亲了。我觉得，倘若这人言是有因的，那么母亲一定知道这秘密。

"爸爸是好人，可是全乡的人都讲他不好。"我开头说。

母亲不作声。她用惊疑的眼光看我，大约我说的话太出她意外了。

"人家一说到不好的事情就拿他做比喻……"

母亲闭起眼睛，想着什么似的。

我又说："为什么呢，大家都这样鄙视爸爸？为什么他们不鄙视别人？爸爸是好人，我相信——"

母亲把眼睛张开了，望了我一眼，便叹了一口气。

于是我疑惑了。母亲的这举动，使我不能不猜疑到父亲或者真有了什么故事，为大家所瞧不起的。

我默着。我不想再说什么了。我害怕母亲将说出父亲的什么坏事。我不愿在慈爱可亲的父亲身上发现了永远难忘的秘密。我望着母亲，我希望她告诉我：父亲是怎样值得敬重的人物……我又想着许多人言去了。

我一面极力保存我的信仰，这就是父亲仍然是一个慈爱可亲的父亲。他的那沉默苦闷的脸，那因了辛苦的白头发，便在一瞬间全浮到我心上来了。我便又可怜他。我觉得人家的坏话是故意捏造的，捏造的缘故，正是人们容不得有个好人。

然而母亲却开口了，第一句她就埋怨说：

"怪得别人么？"

这是怎样一种不幸事实的开头呢。我害怕。我不愿父亲变成不是我所敬爱的父亲。我几乎发呆地望着母亲，在我的心中我几乎要哭了，可是母亲并不懂得这意思，她只管说她的感慨。

"只怪他自己！"

显然父亲曾做过什么坏事了。我只想把母亲的嘴掩住，不要她再说出更不好的关于父亲的事情。

可是母亲又说下去了："自己做的事正应该自己去承受！"她又叹了一口气："女人嫁到这样的男子，真是前世就做过坏梦的女人。"

我吓住了。我真个发呆地望着她。我央告地说：

"不——妈妈，你不要再说下去了。"

母亲不理会。也许她并不曾听见我所说的。她又继续她的感慨：

"真的，天下的男人（女人也在内），可没有第二个人比你父亲还会傻的。傻得真岂有此理——"

（她特别望了我一眼。）

"你以为我冤枉他么？冤枉，一点也不。他实在比天下人都傻。我从没有听说过有人会像他那样的荒唐！你想想，孩子，你爸爸做的是什么事情。"

"说来年代可久了。那是二十五年前的事——你还没有出世呢——我嫁给你父亲还不到两年。这两年以前的生活却也过得去。这两年以后么，见鬼啦，我永远恨这个傻子，荒唐到出奇的人。我到现在还没有寻死，也就是要恨他才活着的。"

"这一年是一个荒年。真荒得厉害。差不多三个月不下一滴雨。把水龙神游街了五次，并且把天后娘娘也请出官来了，然而全白费。哪里见一滴雨？田干了，池子干了，河水干了，鱼虾也干了。什么都变了模样！树叶是黄的，菜叶是黄的，秧苗也是黄的，石板发烧，木头快要发火了，牲畜拖着舌头病倒了，人也要热得发狂了。那情景，真是，好像什么都要暴动的样子：天也要暴动，地也要暴动……到处都是蝗虫。"

"直到现在，我还是害怕太阳比害怕死还害怕，说到那一年的旱荒，没有一个人有胆子再去回想一趟。（她咽了一下口水。）你——有福气的孩子，没有遇上那种荒年，真是比什么人都有福气的。"

"你父亲干的荒唐事就在那时候。这个大傻子，我真不愿讲起他，讲起他来我的心就会不平，我永远不讲他才好。"

（母亲不自禁地却又讲下去。）

"你父亲除了一个菜园、一个小柴山，是还有三担田的。因为自己有田，所以对于那样的旱天，便格外焦心了。他天天跑到田里去看：那才出地三寸多长的秧慢慢地软了，瘪了，黄了，干了，秋收绝望了。这是何等重大的事情啊，一个秋收的绝望！其实还不止没有谷子收，连菜也没有，果木更不用说了——每一个枝上都生虫了。"

"你父亲整天地叹气：完了，什么都完了！"

"不消说，他也和别人一样，明知是秧干了，菜黄了，一切都死了，纵然下起雨来也没有救了，然而还是希望着下雨的。你父亲希望下雨的心比谁都强。他竟至于发誓说：只要下雨，把他的寿数减去十年，他也愿意的。"

"他的荒唐事就在这希望中发生了。这真是千古没有的荒唐事！你想想看是一种什么事呀？"

"你父亲正在菜园里，一株一株地拔去那干死的油菜，那个——我这一辈子不会忘记他——那个曾当过刽子手的王大保，他走来了，你父亲便照例向他打招呼。两个人便开始谈话了。"

"他先说：'唉！今年天真干得可以！'"

"'可不是？'你父亲回答，'什么都死了。'"

"'天灾啊！'"

"'谁说不是呢？我们这一县从今年起可就穷到底了。'"

"'有田的人也没有米吃……'"

"'没有田的人更要饿死了。'"

"'你总可以过得去吧。去年你的田收成很好呀。'"

"'吃两年无论如何是不够的。说不定这田明年也下不得种：太干了，下种也不会出苗的。'"

"'干得奇怪！大约一百年所没有的。'"

"'再不下雨，人也要干死了。'"

"'恐怕这个月里面不会下吧。'"

"'不。我想不出三天一定会下的。'"

"'怎么见得呢？'"

"'我说不出理由。横直在三天之内一定会下的。'"

"'我不信。'"

"'一定会的。'"

"'你看这天气，三天之内能下雨么？'"

"'准能够。'"

"'我说，一定不会下的。'"

"'一定会——'"

"'三天之内能下雨，那才是怪事呢——'"

"'怎么，你不喜欢下雨么？'"

"'为什么说我不喜欢？'"

"'你自己没有田——'"

"'你简直侮辱人……'"

"'要是不，为什么你硬说要不会下雨呢？'"

"'看天气是不会下的。'"

"'一定会——'"

"'打个赌！'"

"'好的，你说打什么？'"

"'把我的人打进去都行。'"

"'那么，你说——'"

"'我有四担田——就是你知道的，我就把这四担田和你打赌。'"

"'那我只有三担田。'"

"'添上你的那个柴山好了。'"

"'好的。'"

"'说赌就是真赌。'"

"'不要脸的人才会反悔。'"

"其实你父亲并不想赢人家的田。他只是相信他自己所觉得的，三天之内的下雨。"

"谁知三天过去了，满天空还是火热的，不但不下雨，连一块像要下雨的云都没有。这三天的最后一天，你父亲真颓丧得像个什么，不吃饭，也不到田里去，只在房里独自地烦恼，愤怒得几乎要发疯了。"

"于是第四天一清早，那个王大保就来了，他开头说：'打赌的事情你大约已经忘记了！'"

"'谁忘记呢！'你父亲的生性是不肯受一点儿委屈的。"

"'那么这三天中你看见过下雨么？'"

"你父亲不作声。"

"他又说：'那个赌算是真赌还是假赌？'"

"你父亲望着他。"

"'不要脸的人才会反悔——这是你自己说的话呀。'王大保冷冷地笑。"

"'我反悔过没有？'你父亲动气了。"

"'不反悔那就得实行我们的打赌。'"

"'大丈夫一言既出——破产算个什么呢。'你父亲便去拿田契。"

"唉！（母亲特别感慨了。）这是什么事情啊。我的天！为了讲笑话一样的打赌，就真的把仅有的三担田输给别人么？没有人干过的事！那时候我和你父亲争执了半天，我死命不让他把田契拿去，可是他终于把我推倒，一伸腿就跑开了。"

"我是一个女人，女人能够做什么事呢？我只有哭了。眼泪好几天没有干。可是流泪又有什么用处呢？"

"你父亲——这个荒唐鬼——大大方方地就把一个小柴山和三担田给人家去了。自己祖业已成为别人的财产了。什么事只有男子才干得出来的。我有什么能力？一个女人，女人固然是男子所喜欢的，但是女人要男子不做他任意的事情可不行。我哭，哭也没有用；我恨，恨死他，还不是空的。"

"啊，我记起了，我和你父亲还打了一场架呢。"

"他说：'与其让别人说我放赖，说我是一个打不起赌的怯汉，与其受这种羞辱，我宁肯做叫花子或是饿死的！'"

"然而结果呢？把柴山给人家了，把田也给人家了，还不是什么人都说你父亲的坏话？这个傻子……"

母亲把话停住，我看见她的眼泪慢慢地流出来。

"要不是，"她又说，"我们也不会这样苦呀。"声音是呜咽了。

我害怕母亲的哭，便悄悄地跑下楼去。

这一天的下午我看见到父亲，我便问：

"爸爸，你从前曾和一个刽子手打赌，是不是？"

父亲吃了一惊。

"听谁说的？"他的脸忽然阴郁了。

"人家都说你不好，所以我问母亲，母亲告诉我的。"

父亲的眉头紧蹙起来，闭起眼睛，显得万分难过的样子。

"对了，爸爸曾有过这么一回事。"他轻轻地拍一下我的肩膀说，"这都是爸爸的错处，害得你母亲吃苦，害得你到现在还替人家看牛……"

父亲想哭似地默着走去了。

从这时起我便觉得我父亲是一个非凡的人物。而这故事便是证明他非凡的故事。

愁情一缕付征鸿

庐　隐

颦：

你想不到我有冒雨到陶然亭的勇气吧！妙极了，今日的天气，从黎明一直到黄昏，都是阴森着，沉重的愁云紧压着山尖，不由得我的眉峰蹙起——可是在时刻挥汗的酷暑中，忽有这么仿佛秋凉的一天，多么使人兴奋！汗自然地干了，心头也不会燥热得发跳；简直是初赦的囚人，四围顿觉松动。

颦！你当然理会得，关于我的癖性，我是喜欢暗淡的光线和模糊的轮廓，我喜欢远树笼烟的画境，我喜欢晨光熹微中的一切——天地间的美，都在这不可捉摸的前途里，所以我最喜欢"笑而不答心自闲"的微妙人生。雨丝若笼雾的天气，要比丽日当空时玄妙得多呢！

今日我的工作，比任何一天都多，成绩都好。当我坐在公事房的案前，翠碧的树影横映于窗间，唰唰的雨滴声如古琴的幽韵，我写完了一篇温妮的故事，心神一直浸在冷爽的雨境里。

雨丝一阵紧，一阵稀，一直落到黄昏。忽在叠云堆里，露出一线淡薄的斜阳，照在一切沐浴后的景物上。真的，颦！比美女的秋波还要清丽动怜，我真不知怎样形容才恰如其分，但我相信你总领会得，是不是？

这时君素忽来约我到陶然亭去，颦！你当然深切地记得陶然亭的景物——万顷芦田，翠苇已有人高。我们下了车，慢慢踏着湿润的土道走着，从苇隙里已看见白玉石牌矗立。呵！颦！我的灵海颤动了，我想到千里外的你，更想到隔绝人天的涵和辛。我悲郁的长叹，使君素诧异，或者也许有些惘然了。他悄悄对我望着，而且他不让我多在辛的墓旁停留，真催得我紧！我只得跟着他走了；上了一个小土坡，那便是鹦鹉冢，我蹲在地下，细细辨认鹦鹉曲。颦！你总明白北京城我的残痕最多，这陶然亭，更深深地埋葬着不朽的残痕。五六年前的一个秋晨吧，蓼花开得正好，梧桐还不曾结子，可是翠苇比现在还要高，我们在这里履行最凄凉的别宴。自然没有很丰盛的筵席，并且除了我和涵也更没有第三人。我们带来一瓶血色的葡萄酒和一包五香牛肉干，还有几个辛酸的梅子。我们来到鹦鹉冢旁，把东西放下，搬了两块白石，权且坐下。涵将酒瓶打开，我用小玉杯倒了满满的一盏，鹦鹉冢前，虔诚的礼祝后，就把那一盏酒竟洒在鹦鹉冢旁。这也许没有什么意义，但到如今这印象兀自深印心头呢！

我祭奠鹦鹉以后，涵似乎得了一种暗示，他握着我的手说："音！我们的别宴不太凄凉吗？"我自然明白他言外之意，但是我不愿这迷信是有证实的可能，我咽住凄意笑道："我闹着玩呢，你别管那些，咱们喝酒吧，你不是说在你离开之先，要在我面前一醉吗？好，涵！你尽量地喝吧。"他果然拿起杯子，连连喝了几杯。他的量最浅，不过三四杯的葡萄酒，他已经醉了——两颊红润得如黄昏时的晚霞，他闭眼斜卧在草地上，我坐在他的身旁，把剩下大半瓶的酒，完全喝了；我由不得想到涵明天就要走了，离别是什么滋味？不孤零如沙漠中的旅人吗？无人对我的悲叹注意，无人为我的不眠嘘唏！我颤抖，我失却一切矜持的力，我悄悄地垂泪。涵睁开眼对我怔视，仿佛要对我剖白什么似的，但他始终未哼出一个字，他用手帕紧紧捂住脸，隐隐透出啜泣之声，这旷野荒郊充满了幽厉之凄音。

蘩！悲剧中的一角之造成，真有些自甘陷溺之愚蠢，但自古到今，有几个能自拔？这就是天地缺陷的唯一原因吧！

我在鹦鹉冢旁眷怀往事，心痕爆裂。蘩！我相信如果你在跟前，我必致放声痛哭，不过除了在你面前，我不愿向人流泪，况且君素又催我走，结果我咽下将要崩泻的泪液。我们绕过了芦堤，沿着土路走到群冢时，细雨又轻轻飘落，我冒雨在晚风中悲嘘。蘩！呵！我实在觉得羡慕你，辛的死，为你遗留下整个的爱，使你常在憧憬的爱园中踯躅。那满地都开着紫罗兰的花，常有爱神出没其中，永远是圣洁的。我的遭遇，虽有些像你，但是比你差逊多了。我不能将涵的骨骸，葬埋在我所愿他葬埋的地方，他的心也许是我的，但除了这不可捉摸的心以外，一切都受了牵掣。我不能像你般替他树碑，也不能像你般，将寂寞的心泪，时时浇洒他的墓土。呵！蘩！我真觉得自己可怜！我每次想痛哭，但是没有地方让我恣意地痛哭。你自然记得，我屡次想伴你到陶然亭去，你总是摇头说："你不用去吧！"蘩！你怜惜我的心，我何尝不知道，因此我除了那一次醉后痛快地哭过，到如今我一直抑积着悲泪，我不敢让我的泪泉溢出。蘩！你想这不太难堪吗？世界上的悲情，孰有过于要哭而不敢哭的呢？！你虽是怜惜我，但你也曾想到这怜惜的结果吗？！

我也知道，残情是应当将它深深地埋葬，可恨我是过分的懦弱，眉目间虽时时含有英气，可济什么事呢？风吹草动，一点禁不住撩拨呵！

　　雨丝越来越紧，君素急要回去，我也知道在这里守着也无味，跟着他离开陶然亭。车子走了不远，我又回头前望，只见丛芦翠碧，雨雾幂幂，一切渐渐模糊了。

　　到家以后，大雨滂沱，君素也不能回去，我们坐在书房里，君素在案上写字，我悄悄坐在沙发上沉思。颦呵！我们相隔千里，我固然不知道你那时在做什么；可是我想你的心魂，日夜萦绕着陶然亭旁的孤墓呢！人间是空虚的，我们这种摆脱不开，聪明人未免要笑我们多余——有时我自己也觉得似乎多余！然而只有颦你能明白：这绵绵不尽的哀愁，在我们有生之日，无论如何，是不能扫尽抛开的呵！

　　我往往想做英雄——但此念越强，我的哀愁越深。为人类流同情的泪，固然比较一切伟大，不过对于自身的伤痕，不知抚摸悯惜的人，也绝对不是英雄。颦，我们将来也许能做到英雄，不过除非是由辛和涵给我们的悲愁中扎挣起来，我们绝不会有受过陶炼的热情，在我们深邃的心田中蒸勃呢！

　　我知道你近来心绪不好，本不应再把这些近乎撩拨的话对你诉说，然而我不说，便如鲠在喉，并且我痴心希望，说了后可以减少彼此的深郁的烦纡，所以这一缕愁情，终付征鸿，颦呵！请你恕我吧！

灵魂的伤痕

庐　隐

我没有事情的时候，往往喜欢独坐深思，这时我便把我自己站在高高的地方——暂且和那旅馆作别，不轩敞的屋子——矮小的身体——和深闭的窗子——两只懒睁开的眼睛——我远远地望着，觉得也有可留恋的地方，所以我虽然和它是暂别，也不忍离它太远，不过在比较光亮的地方，玩耍些时，也就回来了。

有一次我又和我的旅馆分别了，我站在月亮光底下，月亮光的澄澈便照见了我的全灵魂。这时自己很骄傲的，心想我在那矮小旅馆里，住得真够了，我的腰向来没伸直过，我的头向来没抬起来过，我就没有看见完全的我，到底是什么样子，今天夜里我可以伸腰了！我可以抬头了！我可以看见我自己了！月亮就仿佛是反光镜，我站在它的面前，我是透明的，我细细看着月亮中的透明，自己十分的得意。后来我忽发现在我的心房的那里，有一个和豆子般的黑点，我不禁吓了一跳，不禁用手去摩，谁知不动还好，越动着这个黑点越大，并且觉得微微发痛了！黑点的扩张竟把月光遮了一半，在那黑点的圈子里，不很清楚的影片一张一张地过去了，我把我所看见的记下来：

眼前一所学校门口挂着一个木牌，写的是："京都市立高等女学校"。我走进门来，觉得太阳光很强，天气有些燥热，外围的气压，使得我异常沉闷。我到讲堂里看她们上课，有的做刺绣，有的做裁缝，有的做算学，她们十分的忙碌，我十分的不耐烦，我便悄悄地出了课堂的门，独自站在院子里，想藉着松林里吹来的风，和绿草送过来的草花香，医医我心头的燥闷。不久下堂了，许多学生站在石阶上，和我同进去的参观的同学也出来了，我们正和她们站个面对面，她们对我们做好奇的观望，我们也不转眼地看着她们。在她们中间，有一个穿着紫色衣裙的学生，走过来和我们谈话，然而她用的是日本语言，我们一句也不能领悟，石阶上她的同学们都拍着手笑了。她羞红了两颊，低头不语，后来竟用手巾拭起泪来，我们满心罩住疑云，狭窄的心，也几乎迸出急泪来！

我们彼此忙忙地过了些时，她忽然蹲在地下，用一块石头子，在土地上写道："我是中国厦门人。"这几个字打到大家眼睛里的时候，都不禁发出一声惊喜，又含着悲哀的叹声来！

那时候我站在那学生的对面，心里似喜似悲的情绪，又勾起我无穷的深思。我想，我这次离开我自己的家乡，到此地来，不是孤寂的，我有许多同伴，我，不是漂泊天涯的客子，我为什么见了她——听说是同乡，我就受了偌大的刺激呢？……但是想是如此想，无奈理性制不住感情。当她告诉我，她在这里，好像海边一只雁那么孤单，我竟为她哭了。她说她想说北京话，而不能说，使她的心急得碎了，我更为她止不住泪了！她又说她的父母现在住在台湾，她自幼就看见台湾不幸的民族的苦况……她知道在那里永没有发展的机会，所以她才留学到此地来……但她不时思念祖国，好像想她的母亲一样，她更想到北京去，只恨没有能力，见了我们增无限的凄楚！她伤心得哭肿了眼睛，我看着她那暗淡的面容、莹莹的泪光：我实在觉得十分刺心，我亦不忍往下看了，也忍不住往下听了！我一个人走开了，无意中来到一株姿势苍老的松树底下来。在那树荫下，有一块平滑的白石头，石头旁边有一株血般的红的杜鹃花，正迎风做势；我就坐在石上，对花出神；无奈兴奋的情绪，正好像开了机关的车轮，不绝地旋转。我想到她孤身做客——她也许有很好的朋友，但是不自然的藩篱，已从天地开始，就布置了人间，她和她们能否相容，谁敢回答呵！

她说她父亲现在台湾，使我不禁更想到台湾，我的朋友招治——她是一个台湾人——曾和我说："进了台湾的海口，便失了天赋的自由；若果是有血气的台湾人，一定要为应得的自由而奋起，不至像夜般的消沉！""唉！这话能够细想吗？我没有看见台湾人的血，但是我却看见眼前和血一般的杜鹃花了；我没有听见台湾人的悲啼，我却听见天边的孤雁嘹栗的哀鸣了！"

呵！人心是肉做的。谁禁得起铁锤打、热炎焚呢？我听见我心血的奔腾了，我感到我鼻管的酸辣了！我也觉得热泪是缘两颊流下来了！

天赋我思想的能力，我不能使它不想；天赋我沸腾的热血，我不能使它不沸；天赋我泪泉我不能使它不流！

呵！热血沸了！

泪泉涌了！

我不怕人们的冷嘲，也不怕泪泉有干枯的时候。

呵！热血不住地沸吧！

泪泉不竭地流吧！

万事都一瞥过去了，只灵魂的伤痕，深深地印着！

悼亡妻黄仲玉

蔡元培

呜呼！仲玉，竟舍我而先逝耶！自汝与我结婚以来，才二十年，累汝以儿女，累汝以家计，累汝以国内、国外之奔走，累汝以贫困，累汝以忧患，使汝善书、善画、善为美术之天才，竟不能无限发展，而且积劳成疾，以不得尽汝之天年。呜呼！我之负汝何如耶！

我与汝结婚之后，屡与汝别，留青岛三月，留北京译学馆半年，留德意志四年；革命以后，留南京及北京阅月；前年留杭县四月；加以其他短期之旅行，二十年中，与汝欢聚者不过十二三年耳。呜呼！孰意汝舍我如是其速耶！

凡我与汝别，汝往往大病，然不久即愈。我此次往湖南而汝病，我归汝病剧，及汝病渐痊，医生谓不日可以康复，我始敢放胆而为此长期之旅行。岂意我别汝而汝病加剧，以至于死，而我竟不得与汝一诀耶！我将往湖南，汝恐我不及再回北京，先为我料理行装，一切完备。我今所服用者，何一非汝所采购，汝所整理！

处处触目伤心，我其何以堪耶！

汝孝于亲，睦于弟妹，慈于子女。我不知汝临终时，一念及汝死后老父、老母之悲切，弟妹之伤悼，稚女、幼儿之哀痛，汝心其何以堪耶！

汝时时在纷华靡丽之场，内之若上海及北京，外之若柏林及巴黎，我间欲为汝购置稍稍入时之衣饰，偕往普通之场所，而汝辄不愿。对于北京妇女以酒食赌博相征逐，或假公益之名以鹜声气而因缘为利者，尤慎避之，不敢与往来。常克勤克俭以养我之廉，以端正子女之习惯。呜呼！我之感汝何如，而意不得一当以报汝耶！

汝爱我以德，无微不至。对于我之饮食、起居、疾痛、疴养，时时悬念，所不待言。对于我所信仰之主义、我所信仰之朋友，或所见不与我同，常加规劝，我或不能领受，以至与汝争论；我事后辄非常悔恨，以为何不稍稍忍耐，以免伤汝之心。呜呼！而今而后，再欲闻汝之规劝而不可得矣，我唯有时时铭记汝往日之言以自检耳。

汝病剧时，劝我按预约之期以行，而我不肯。汝自料不免于死，常祈速死，以免误我之行期。我当时认为此不过病中愤感之谈，及汝小愈，则亦置之。呜呼！岂意汝以小愈促我行，而意不免死于我行以后耶！

我自行后，念汝病，时时不宁。去年十一月二十六日，在舶中发一无线电于蒋君，询汝近况，冀得一痊愈之消息以告慰，而复电仅言小愈；我意非痊愈，则必加剧，小愈必加剧之讳言，聊以宽我耳，我于是益益不宁。到里昂后，即发一电于李君，询汝近况，又久不得复。直至我已由里昂而巴黎，而瑞士，始由里昂转到谭、蒋二君之电，始知汝竟于我到巴黎之次日，已舍我而长逝矣！呜呼！我之旅行，为对社会应尽之义务，本不能以私废公；然迟速之间，未尝无商量之余地。尔时，李夫人曾劝我展缓行期,我竟误信医生之言决行,致不得调护汝以蕲免于死。呜呼!我负汝如此,我虽追悔,其尚可及耶!

我得电时,距汝死已八日矣。我既无法速归,归亦已无济于事;我不能不按我预定计划,尽应尽之义务而后归。呜呼!汝如有知,能不责我负心耶!汝所爱者,老父、老母也,我祝二老永远健康,以副汝之爱。汝所爱者,我也,我当善自保养,尽力于社会,以副汝之爱。汝所爱者,威廉也,柏龄也,现在托庇于汝之爱妹,爱护周至,必不让于汝。我回国以后,必躬自抚养,使得受完全教育,为世界上有价值之人物,有的贡献于世界,以为汝母教之纪念,以副汝之爱。呜呼!我所以慰汝者,如此而已。汝如有知,其能满意否耶!

汝自幼受妇德之教育,居恒慕古烈妇人之所为。自与我结婚以后,见我多病而常冒危险,常与我约,我死则汝必以身殉。我谆谆劝汝,万不可如此,宜善抚子女,以尽汝之母之天职。呜呼!孰意我尚未死,而汝竟先我而死耶!我守我劝汝之言,不敢以身殉汝。然后早衰而多感,我有生之年,亦复易尽;死而有知,我与汝聚首之日不远矣。

呜呼!死者果有知耶?我平日决不敢信;死者果无知耶!我今日为汝而不敢信;我今日唯有认汝为有知,而与汝做此最后之通讯,以稍稍纾我之悲悔耳!呜呼!仲玉!

我在北京大学的经历

蔡元培

北京大学的名称,是从民国元年起的;民元以前,名为京师大学堂;包有师范馆、仕学馆等,而译学馆亦为其一部;我在民元前六年,曾任译学馆教员,讲授国文及西洋史,是为我在北大服务之第一次。

民国元年,我长教育部,对于大学有特别注意的几点:一、大学设法、商等科的,必设文科;设医、农、工等科的,必设理科。二、大学应设大学院(即今研究院),为教授、留校的毕业生与高级学生研究的机关。三、暂定国立大学五所,于北京大学外,再筹办大学各一所于南京、汉口、四川、广州等处。(尔时想不到后来各省均有办大学的能力。)四、因各省的高等学堂,本仿日本制,为大学预备科,但程度不齐,于入大学时发生困难,乃废止高等学堂,于大学中设预科。(此点后来为胡适之先生等所非难,因各省既不设高等学堂,就没有一个荟萃较高学者的机关,文化不免落后;但自各省竞设大学后,就不必顾虑了。)

是年,政府任严幼陵君为北京大学校长;两年后,严君辞职,改任马相伯君;不久,马君又辞,改任何锡侯君;不久又辞,乃以工科学长胡次珊君代理。民国五年冬,我在法国,接教育部电,促回国,任北大校长。我回来,初到上海,友人中劝不必就职的颇多，说北大太腐败，进去了，若不能整顿，反于自己的声名有碍。这当然是出于爱我的意思。但也有少数的人说，既然知道他腐败，更应进去整顿，就是失败，也算尽了心。这也是爱人以德的说法。我到底服从后说，进北京。

我到京后，先访医专校长汤尔和君，问北大情形。他说："文科预科的情形，可问沈尹默君；理工科的情形，可问夏浮筠君。"汤君又说："文科学长如未定，可请陈仲甫君；陈君现改名独秀，主编《新青年》杂志，确可为青年的指导者。"因取《新青年》十余本示我。我对于陈君，本来有一种不忘的印象，就是我与刘申叔君同在《警钟日报》服务时，刘君语我："有一种在芜湖发行之白话报，发起的若干人，都因困苦及危险而散去了，陈仲甫一个人又支持了好几个月。"现在听汤君的话，又翻阅了《新青年》，决意聘他。从汤君处探知陈君寓在前门外一旅馆。我即往访，与之订定；于是陈君来北大任文科学长，而夏君原任理科学长，沈君亦原任教授，一仍旧贯；乃相与商定整顿北大的办法，次第执行。

我们第一要改革的，是学生的观念。我在译学馆的时候，就知道北京学生的习惯。他们平日对于学问上并没有什么兴会，只要年限满后，可以得到一张毕业文凭。教员是自己不用功的，把第一次的讲义，照样印出来，按期分散给学生，在讲坛上读一遍，学生觉得没有趣味，或瞌睡，或看看杂书；下课时，把讲义带回去，堆在书架上。等到学期、学年或毕业的考试，教员认真的，学生就拼命地连夜阅读讲义，只要把考试对付过去，就永远不再去翻一翻了。要是教员通融一点，学生就先期要求教员告知他要出的题目，至少要求表示一个出题目的范围；教员为避免学生的怀恨与顾全自身的体面起见,往往把题目或范围告知他们了,于是他们不用功的习惯,得了一种保障了。尤其北京大学的学生,是从京师大学堂"老爷"式学生嬗继下来(初办时所收学生,都是京官,所以学生都被称为"老爷",而监督及教员都被称为"中堂"或"大人")。他们的目的,不但在毕业,而尤注重在毕业以后的出路。所以专门研究学术的教员,他们不见得欢迎;要是点名时认真一点,考试时严格一点,他们就借个话头反对他,虽罢课也在所不惜。若是一位在政府有地位的人,来兼课,虽时时请假,他们还是欢迎得很;因为毕业后可以有阔老师做靠山。这种科举时代遗留下来的劣根性,是于求学上很有妨碍的。所以我到校后第一次演说,就说明"大学学生,当以研究学术为天职,不当以大学为升官发财之阶梯"。然而要打破这些习惯,只有从聘请积学而热心的教员着手。

那时候因《新青年》上文学革命的鼓吹,而我得认识留美的胡适之君。他回国后,即请到北大任教授。胡君真是"旧学邃密"而且"新知深沉"的一个人,所以一方面与沈尹默、兼士兄弟,钱玄同、马幼渔、刘半农诸君以新方法整理国故,一方面整理英文系。因胡君之介绍而请到的好教员,颇不少。

我素信学术上的派别,是相对的,不是绝对的;所以每一种学科的教员,即使主张不同,若都是"言之成理、持之有故"的,就让他们并存,令学生有自由选择的余地。最明白的,是胡适之君与钱玄同君等绝对地提倡白话文学,而刘申叔、黄季刚诸君仍极端维护文言的文学;那时候就让他们并存。我信为应用起见,白话文必要盛行,我也常常作白话文,也替白话文鼓吹;然而我也声明:作美术文,用白话也好,用文言也好。例如我们写字，为应用起见，自然要写行楷，若如江艮庭君的用篆隶写药方，当然不可；若是为人写斗方或屏联，做装饰品，即写篆隶章草，有何不可？

那时候各科都有几个外国教员，都是托中国驻外使馆或外国驻华使馆介绍的，学问未必都好，而来校既久，看了中国教员的阑珊，也跟了阑珊起来。我们斟酌了一番，辞退几人，都按着合同上的条件办的。有一法国教员要控告我；有一英国教习竟要求英国驻华公使朱尔典来同我谈判，我不答应。朱尔典出去后，说："蔡元培是不要再做校长的了。"我也一笑置之。

我从前在教育部时，为了各省高等学堂程度不齐，故改为各大学直接的预科；不意北大的预科，因历年校长的放任与预科学长的误会，竟演成独立的状态。那时候预科中受了教会学校的影响，完全偏重英语及体育两方面；其他科学比较的落后，毕业后若直升本科，发生困难。预科中竟自设了一个预科大学的名义，信笺上亦写此等字样。于是不能不加以改革，使预科直接受本科学长的管理，不再设预科学长。预科中主要的教课，均由本科教员兼任。

我没有本校与他校的界线，常为之通盘打算，求其合理化。是时北大设文、理、工、法、商五科，而北洋大学亦有工、法两科。北京又有一工业专门学校，都是国立的。我以为无此重复的必要，主张以北大的工科并入北洋，而北洋之法科，克期停办。得北洋大学校长同意，及教育部核准，把土木工与矿冶工并到北洋去了。把工科省下来的经费，用在理科上。我本来想把法科与法专并成一科，专授法律，但是没有成功。我觉得那时候的商科，毫无设备，仅有一种普通商业学教课，于是并入法科，使已有的学生毕业后停止。

我那时候有一个理想，以为文、理两科，是农、工、医、药、法、商等应用科学的基础，而这些应用科学的研究时期，仍然要归到文、理两科来。所以文、理两科，必须设各种的研究所；而此两科的教员与毕业生必有若干人是终身在研究所工作，兼任教员，而不愿往别种机关去的。所以完全的大学，当然各科并设，有互相关联的便利。若无此能力，则不妨有一大学专办文理两科，名为本科，而其他应用各科，可办专科的高等学校，如德、法等国的成例，以表示学与术的区别。因为北大的校舍与经费，绝没有兼办各种应用科学的可能，所以想把法律分出去，而编为本科大学，然没有达到目的。

那时候我又有一个理想，以为文、理是不能分科的。例如文科的哲学，必植基于自然科学；而理科学者最后的假定，亦往往牵涉哲学。从前心理学附入哲学，而现在用实验法，应列入理科；教育学与美学，也渐用实验法，有同一趋势。地理学的人文方面，应属文科，而地质、地文等方面属理科。历史学自有史以来，属文科，而推原于地质学的冰期与宇宙生成论，则属于理科。所以把北大的三科界限撤去而列为十四系，废学长，设系主任。

我素来不赞成董仲舒罢黜百家，独尊孔氏的主张。清代教育宗旨有"尊孔"一款，已于民元在教育部宣布教育方针时说它不合用了。到北大后，凡是主张文学革命的人，没有不同时主张思想自由的，因而为外间守旧者所反对。适有赵体孟君以编印明遗老刘应秋先生遗集，贻我一函，属约梁任公、章太炎、林琴南诸君品题；我为分别发函后，林君复函，列举彼对于北大怀疑诸点；我复一函，与他辩；这两函颇可窥见那时候两种不同的见

解，所以抄在下面：（略）

这两函虽仅为文化一方面之攻击与辩护，然北大已成为众矢之的，是无可疑了。越四十余日，而有五四运动。我对于学生运动，素有一种成见，以为学生在学校里面，应以求学为最大目的，不应有何等政治的组织。其有年在二十岁以上，对于政治有特殊兴趣者，可以个人资格，参加政治团体，不必牵涉学校。所以民国七年夏间，北京各校学生，曾为外交问题，结队游行，向总统府请愿；当北大学生出发时，我曾力阻他们，他们一定要参与；我因此引咎辞职。经慰留而罢。到八年五月四日，学生又有不签字于巴黎和约与罢免亲日派曹、陆、章的主张，仍以结队游行为表示，我也就不去阻止他们了。他们因愤激的缘故，遂有焚曹汝霖住宅及搋殴章宗祥的事，学生被警厅逮捕者数十人，各校皆有，而北大学生居多数；我与各专门学校的校长向警厅力保，始释放。但被拘的虽已保释，而学生尚抱再接再厉的决心，政府亦且持不做不休的态度。都中宣传政府将明令免我职而以马其昶君任北大校长，我恐若因此增加学生对于政府的纠纷，我个人且将有运动学生保持地位的嫌疑，不可以不速去。乃一面呈政府引咎辞职，一面秘密出京，时为五月九日。

那时候学生仍每日分队出去演讲，政府逐队逮捕，因人数太多，就把学生都监禁在北大第三院。北京学生受了这样大的压迫，于是引起全国学生的罢课，而且引起各大都会工商界的同情与公愤，将以罢工、罢市为同样之要求。政府知势不可侮，乃释放被逮诸生，决定不签和约，罢免曹、陆、章，于是五四运动之目的完全达到了。

五四运动之目的既达，北京各校的秩序均恢复，独北大因校长辞职问题，又起了多少纠纷。政府曾一度任命胡次珊君继任，而为学生所反对，不能到校；各方面都要我复职。我离校时本预定决不回去；不但为校务的困难，实因校务以外，常常有许多不相干的缠绕，度一种劳而无功的生活，所以启事上有"杀君马者道旁儿；民亦劳止，汔可小休；我欲小休矣"等语。但是隔了几个月，校中的纠纷，仍在非我回校不能解决的状态中，我不得已，乃允回校。回校以前，先发表一文，告北京大学学生及全国学生联合会，告以学生救国，重在专研学术，不可常为救国运动而牺牲（全文见《蔡子民先生言行录》下册三三七至三四一页）。到校后，在全体学生欢迎会演说，说明德国大学学长、校长均每年一换，由教授会公举；校长且由神学、医学、法学、哲学四科之教授轮值，从未生过纠纷；完全是教授治校的成绩。北大此后亦当组成健全的教授会，使学校决不因校长一人的去留而起恐慌（全文见《言行录》三四一至三四四页）。

那时候蒋梦麟君已允来北大共事，请他通盘计划，设立教务、总务两处，及聘任财务等委员会，均以教授为委员。请蒋君任总务长，而顾孟余君任教务长。

北大关于文学、哲学等学系，本来有若干基本教员，自从胡适之君到校后，声应气求，又引进了多数的同志，所以兴会较高一点。预定的自然科学、社会科学、文学、国学四种研究所，只有国学研究所先办起来了。在自然科学与社会科学方面，比较地困难一点。自民国九年起，自然科学诸系，请到了丁巽甫、颜任光、李润章诸君主持物理系；李仲揆君主持地质系；在化学系本有王抚五、陈聘丞、丁庶为诸君，而这时候又增聘程寰西、石蘅青诸君；在生物学系本已有钟宪鬯君在东南、西南各省搜罗动植物标本，有李石曾君讲授学理，而这时候又增聘谭仲逵君。于是整理各系的实验室与图书室，使学生在教员指导之下，切实用功；改造第二院礼堂与庭园，使合于讲演之用。在社会科学方面，请到王雪艇、周鲠生、皮皓白诸君；一面诚意指导提起学生好学的精神，一面广购图书杂志，给学生以自由考索的工具。丁巽甫君以物理学教授兼预科主任，提高预科程度。于是北大始达到各系平均发展的境界。

我是素来主张男女平等的。九年，有女学生要求进校，以考期已过，姑录为旁听生。及暑假招考，就正式招收女生。有人问我："兼收女生是新法，为什么不先请教育部核准？"我说："教育部的大学令，并没有专收男生的规定；从前女生不来要求，所以没有女生；现在女生来要求，而程度又够得上，大学就没有拒绝的理。"这是男女同校的开始，后来各大学都兼收女生了。

我是佩服章实斋先生的。那时候国史馆附设在北大，我定了一个计划，分征集、纂辑两股；纂辑股又分通史、民国史两类；均从长编入手，并编历史辞典。聘屠敬山、张蔚西、薛阆仙、童亦韩、徐贻孙诸君分任征集、编纂等务。后来政府忽又有国史馆独立一案，别行组织。于是张君所编的民国史，薛、童、徐诸君所编的辞典，均因篇帙无多，视同废纸；只有屠君在馆中仍编他的蒙兀儿史，躬自保存，没有散失。

我本来很注意于美育的。北大有美学及美术史教课，除中国美术史由叶浩吾君讲授外，没有人肯讲美学。十年，我讲了十余次，因足疾进医院停止。至于美育的设备，曾设书法研究会，请沈尹默、马叔平诸君主持。设画法研究会，请贺履之、汤定之诸君教授国画；请国楷次君教授油画。设音乐研究会，请萧友梅君主持。均听学生自由选习。

我在爱国学社时，曾断发而习兵操。对于北大学生之愿受军事训练的，常特别助成；曾集这些学生，编成学生军，聘白雄远君任教练之责，亦请蒋百里、黄膺白诸君到场演讲。白君勤恳而有恒，历十年如一日，实为难得的军人。

我在九年的冬季，曾往欧美考察高等教育状况，历一年回来。这期间的校长任务，是由总务长蒋君代理的。回国以后，看北京政府的情形，日坏一日，我处在与政府常有接触的地位，日想脱离。十一年冬，财政总长罗钧任君忽以金佛郎问题被逮；释放后，又因教育总长彭允彝君提议，重复收禁。我对于彭君此举，在公议上，认为是蹂躏人权献媚军阀的勾当；在私情上，罗君是我在北大时的同事，而且于考察教育时为最密切的同伴，他的操守，为我所深信，我不免大抱不平，与汤尔和、邵飘萍、蒋梦麟诸君会商，均认为有表示的必要。我于是一面递辞呈，一面离京。隔了几个月，贿选总统的布置，渐渐地实现；而要求我回校的代表，还是不绝，我遂于十二年七月间重往欧洲，表示决心；至十五年，始回国。那时候，京津间适有战争，不能回校一看。十六年，国民政府成立，我在大学院，试行大学区制，以北大划入北平大学区范围，于是我的北京大学校长的名义，始得取消。

综计我居北京大学校长的名义，十年有半；而实际在校办事，不过五年有半。一经回忆，不胜惭悚。

墓畔哀歌

石评梅

一

我由冬的残梦里惊醒，春正吻着我的睡靥低吟！晨曦照上了窗纱，望见往日令我醺醉的朝霞，我想让丹彩的云流，再认认我当年的颜色。

披上那件绣着蛱蝶的衣裳，姗姗地走到尘网封锁的妆台旁。呵！明镜里照见我憔悴的枯颜，像一朵颤动在风雨中苍白凋零的梨花。

我爱，我原想追回那美丽的皎容，祭献在你碧草如茵的墓旁，谁知道青春的残蕾已和你一同殉葬。

二

假如我的眼泪真凝成一粒一粒珍珠，到如今我已替你缀织成绕你玉颈的围巾。

假如我的相思真化作一颗一颗的红豆，到如今我已替你堆集永久勿忘的爱心。

哀愁深埋在我心头。

我愿燃烧我的肉身化成灰烬，我愿放浪我的热情怒涛汹涌，天呵！这蛇似的蜿蜒、蚕似的缠绵，就这样悄悄地偷去了我生命的青焰。

我爱，我吻遍了你墓头青草在日落黄昏；我祷告，就是空幻的梦吧，也让我再见见你的英魂。

三

明知道人生的尽头便是死的故乡，我将来也是一座孤冢，衰草斜阳。有一天呵！我离开繁华的人寰，悄悄入葬，这悲艳的爱情一样是烟消云散，昙花一现，梦醒后飞落在心头的都是些残泪点点。

然而我不能把记忆毁灭，把埋我心墟上的残骸抛却，只求我能永久徘徊在这垒垒荒冢之间，为了看守你的墓茔，祭献那茉莉花环。

我爱，你知否我无言的忧衷，怀想着往日轻盈之梦。梦中我低低唤着你小名，醒来只是深夜长空有孤雁哀鸣！

四

黯淡的天幕下，没有明月也无星光，这宇宙像数千年的古墓；皑皑白骨上，飞动闪映着惨绿的磷花。我匍匐哀泣于此残锈的铁栏之旁，愿烘我愤怒的心火，烧毁这黑暗丑恶的地狱之网。

命运的魔鬼有意捉弄我弱小的灵魂，罚我在冰雪寒天中，寻觅那凋零了的碎梦。求上帝饶恕我，不要再残害我这仅有的生命,剩得此残躯在,容我杀死那狞恶的敌人!

我爱,纵然宇宙变成烬余的战场,野烟都腥:在你给我的甜梦里,我心长系驻于虹桥之中,赞美永生!

五

我整天踟蹰于垒垒荒冢,看遍了春花秋月不同的风景,抛弃了一切名利虚荣,来到此无人烟的旷野,哀吟缓行。我登了高岭,向云天苍茫的西方招魂,在绚烂的彩霞里,望见了我沉落的希望之陨星。

远处是烟雾冲天的古城,火星似金箭向四方飞游!隐约地听见刀枪搏击之声,那狂热的欢呼令人震惊!在碧草萋萋的墓头,我举起了胜利的金觥,饮吧我爱,我奠祭你静寂无言的孤冢!

星月满天时,我把你遗我的宝剑纤手轻擎,宣誓向长空:愿此生永埋了英雄儿女的热情。

六

假如人生只是虚幻的梦影,那我这些可爱的映影,便是你赠予我的全生命。我常觉你在我身后的树林里,骑着马轻轻地走过去。常觉你停息在我的窗前,徘徊着等我的影消灯熄。常觉你随着我唤你的声音悄悄走近了我,又含泪退到了墙角。常觉你站在我低垂的雪帐外,哀哀地对月光而叹息!

在人海尘途中,偶然逢见个像你的人,我停步凝视后,这颗心呵!便如秋风横扫落叶般冷森凄零!我默思我已经得到爱之心，如今只是荒草夕阳下，一座静寂无语的孤冢。

我的心是深夜梦里，寒光闪烁的残月；我的情是青碧冷静，永不再流的湖水。残月照着你的墓碑，湖水环绕着你的坟，我爱，这是我的梦，也是你的梦，安息吧，敬爱的灵魂！

七

我自从混迹到尘世间，便忘却了我自己；在你的灵魂我才知是谁？

记得也是这样夜里，我们在河堤的柳丝中走过来，走过去。我们无语，心海的波浪也只有月儿能领会。你倚在树上望明月沉思，我枕在你胸前听你的呼吸。抬头看见黑翼飞来掩遮住月儿的清光，你抖颤着问我："假如这苍黑的翼是我们的命运时，应该怎样？"

我认识了欢乐，也随来了悲哀，接受了你的热情，同时也随来了冷酷的秋风。往日，我怕恶魔的眼睛凶，白牙如利刃；我总是藏伏在你的腋下趑趄不敢进，你一手执宝剑，一手扶着我践踏着荆棘的途径，投奔那如花的前程！

如今，这道上还留着你斑斑血痕，恶魔的眼睛和牙齿还是那样凶狠。但是我爱，你不要怕我孤零，我愿用这一纤细的弱玉腕，建设那如意的梦境。

八

春来了，催开桃蕾又飘到柳梢，这般温柔慵懒的天气真使人恼！她似乎躲在我眼底有意缭绕，一阵阵风翼，吹起了我灵海深处的波涛。

这世界已换上了装束，如少女般那样娇娆，她披拖着浅绿的轻纱，蹁跹在她那姹紫嫣红中舞蹈。伫立于白杨下，我心如捣，强睁开模糊的泪眼，细认你墓头，萋萋芳草。

满腔辛酸与谁道？愿此恨吐向青空将天地包。它纠结围绕着我的心，像一堆枯黄的蔓草，我爱，我待你用宝剑来挥扫，我待你用火花来焚烧。

九

垒垒荒冢上，火光熊熊，纸灰缭绕，清明到了。这是碧草绿水的春郊。墓畔有白发老翁，有红颜年少，向这一抔黄土致不尽的怀忆和哀悼，云天苍茫处我将魂招；白杨萧条，暮鸦声声，怕孤魂归路迢迢。

逝去了，欢乐的好梦，不能随墓草而复生，明朝此日，谁知天涯何处寄此身？叹漂泊我已如落花浮萍，且高歌，且痛饮，拼一醉烧熄此心头余情。

我爱，这一杯苦酒细细斟，邀残月与孤星和泪共饮，不管黄昏，不论夜深，醉卧在你墓碑傍，任霜露侵凌吧！我再不醒。

纪念志摩去世四周年

林徽因

今天是你走脱这世界的四周年！朋友，我们这次拿什么来纪念你？前两次的用香花感伤地围上你的照片，抑住嗓子底下叹息和悲哽，朋友和朋友无聊地对望着，完成一种纪念的形式，俨然是愚蠢的失败。因为那时那种近于伤感，而又不够宗教庄严的举动，除却点明了你和我们中间的距离、生和死的间隔外，实在没有别的成效；几乎完全不能达到任何真实纪念的意义。

去年今日我意外地由浙南路过你的家乡，在昏沉的夜色里我独立火车门外，凝望着那幽暗的站台，默默地回忆许多不相连续的过往残片，直到生和死间居然幻成一片模糊，人生和火车似的蜿蜒一串疑问在苍茫间奔驰。我想起你的：

　　火车擒住轨，在黑夜里奔
　　过山，过水，过……

如果那时候我的眼泪曾不自主地溢出睫外，我知道你定会原谅我的。你应当相信我不会向悲哀投降，什么时候我都相信倔强的忠于生的，即使人生如你底下所说：

>就凭那精窄的两道，算是轨，
>
>驮着这份重，梦一般的累赘！

就在那时候我记得火车慢慢地由站台拖出，一程一程地前进，我也随着酸怆的诗意，那"车的呻吟"，"过荒野，过池塘，……过噤口的村庄"。到了第二站——我的一半家乡。

今年又轮到今天这一个日子！世界仍旧一团糟，多少地方是黑云布满着粗筋络往理想的反面猛进，我并不在瞎说，当我写：

>信仰只一细炷香，
>
>那点子亮再经不起西风
>
>沙沙的隔着梧桐树吹

朋友，你自己说，如果是你现在坐在我这位子上，迎着这一窗太阳：眼看着菊花影在墙上描画作态；手臂下倚着两叠今早的报纸；耳朵里不时隐隐地听着朝阳门外"打靶"的枪弹声；意识地，潜意识地，要明白这生和死的谜，你又该写成怎样一首诗来，纪念一个死别的朋友？

此时，我却是完全的一个糊涂！习惯上我说，每桩事都像是造物的意旨，归根都是运命，但我明知道每桩事都像有我们自己的影子在里面烙印着！我也知道每一个日子是多少机缘巧合凑拢来拼成的图案，但我也疑问其间的排布谁是主宰。据我看来：死是悲剧的一章，生则更是一场悲剧的主干！我们这一群剧中的角色自身性格与性格矛盾；理智与情感两不相容；理想与现实当面冲突，侧面或反面激成悲哀。日子一天一天向前转，昨日和昨日堆垒起来混成一片不可避脱的背景，做成我们周遭的墙壁或气氛，那么结实又那么缥缈，使我们每一人站在每一天的每一个时候里都是那么主要，又是那么渺小无能为力！

此刻我几乎找不出一句话来说，因为，真的，我只是个完全的糊涂；感到生和死一样的不可解，不可懂。

但是我却要告诉你，虽然四年了你脱离去我们这共同活动的世界，本身停掉参加牵引事体变迁的主力，可是谁也不能否认，你仍立在我们烟涛渺茫的背景里，间接的是一种力量，尤其是在文艺创造的努力和信仰方面。间接的你任凭自然的音韵、颜色，不时的风清月白，人的无定律的一切情感，悠断悠续地仍然在我们中间继续着生，仍然与我们共同交织着这生的纠纷，继续着生的理想。你并不离我们太远。你的身影永远挂在这里那里，同你生前一样的飘忽，爱在人家经意时茁止，带来勇气的笑声也总是那么嘹亮；还有，还有经过你热情或焦心苦吟的那些诗，一首一首仍串着许多人的心旋转。

说到你的诗，朋友，我正要正经地同你再说一些话。你不要不耐烦，这话迟早我们总要说清的。人说盖棺定论，前者早已成了事实，这后者在这四年中，说来叫人难受，我还未曾读到一篇中肯或诚实的论评，虽然对你的赞美和攻讦由你去世后一两周间，就纷纷开始了。但是他们每人手里拿的都不像纯文艺的天秤；有的喜欢你的为人，有的疑问你私人的道德；有的单单尊崇你诗中所表现的思想哲学，有的仅喜爱那些软弱的细致的句子；有的每发议论必须牵涉到你的个人生活之合乎规矩方圆，或断言你是轻薄，或引证你是浮奢豪侈！朋友，我知道你从不介意过这些，许多人的浅陋老实或刻薄处你早就领略过一堆，你不止未曾生过气,并且常常表示怜悯同原谅;你的心情永远是那么洁净;头老抬得那么高;胸中老是那么完整的诚挚;臂上老有那么许多不折不挠的勇气。但是现在的情形与以前却稍稍不同,你自己既已不在这里,做你朋友的,眼看着你被误解、曲解,乃至于谩骂,有时真忍不住替你不平。

但你可别误会我心眼儿窄,把不相干的看成重要,我也知道误解、曲解、谩骂,都是不相干的,但是朋友,我们谁都需要有人了解我们的时候,真了解了我们,即使是痛下针砭,骂着了我们的弱处、错处,那整个的我们却因而更增添了意义,一个作家文艺的总成绩更需要一种就文论文、就艺术论艺术的和平判断。

你在《猛虎集》"序"中说"世界上再没有比写诗更惨的事",你却并未说明为什么写诗是一桩惨事,现在让我来个注脚好不好?我看一个人一生为着一个愚诚的倾向,把所感受到的复杂的情绪尝味到的生活,放到自己的理想和信仰的锅炉里烧炼成几句悠扬铿锵的语言(哪怕是几声小唱),来满足他自己本能的艺术的冲动,这本来是个极寻常的事,哪一个地方哪一个时代,都不断有这种人。轮着做这种人的多半是为着他情感来得比寻常人浓富敏锐,而为着这情感而发生的冲动更是非实际的——或不全是实际的——追求,而需要那种艺术的满足而已。说起来写诗的人的动机多么简单可怜,正是如你"序"里所说"我们都是受支配的善良的生灵"!虽然有些诗人因为他们的成绩特别高厚广阔,包括了多数人,或整个时代的艺术和思想的冲动,从此便在人间披上神秘的光圈,使"诗人"两字无形中挂着崇高的色彩。这样使一般努力于用韵文表现或描画人在自然万物相交错时的情绪思想的,便被人的成见看作夸大狂的旗帜,需要同时代人的极冷酷的讥讪和不信任来扑灭它，以挽救人类的尊严和健康。

我承认写诗是惨淡经营，孤立在人中挣扎的勾当，但是因为我知道太清楚了，你在这上面单纯的信仰和诚恳的尝试，为同业者奋斗，卫护他们情感的愚诚，称扬他们艺术的创造，自己从未曾求过虚荣，我觉得你始终是很逍遥舒畅的。如你自己所说"满头血水"，你"仍不曾低头"，你自己相信"一点性灵还在那里挣扎"，"还想在实际生活的重重压迫下透出一些声响来"。

简单地说，朋友，你这写诗的动机是坦白而不由自主的，你写诗的态度是诚实、勇敢而倔强的。这在讨论你诗的时候，谁都先得明了的。

至于你诗的技巧问题、艺术上的造诣，在这新诗仍在彷徨歧路的尝试期间，谁也不能坚决地论断。不过有一桩事我很想提醒现在讨论新诗的人，新诗之由于无条件无形制宽泛到几乎没有一定的定义时代，转入这讨论外形内容。以至于音节、韵脚、章句、意象、组织等艺术技巧问题的时期，即是根据着对这方面努力尝试过的那一些诗，你的头两个诗集子就是供给这些讨论见解最多材料的根据。外国的土话说"马总得放在马车的前面"，不是？没有一些尝试的成绩放在那里，理论家是不能老在那里发一堆空头支票的，不是？

你自己一向不止在那里倔强地尝试用功，你还会用尽你所有活泼的热心鼓励别人尝试，鼓励"时代"起来尝试——这种工作是最犯风头嫌疑的，也只有你胆子大头皮硬顶得下来！我还记得你要印诗集子时我替你捏一把汗，老实说还替你在有文采的老前辈中间难为情过，我也记得我初听到人家找你办《晨报副刊》时我的焦急，但你居然板起个脸抓起两把鼓槌子为文艺吹打开路乃至于扫地，铺鲜花，不顾旧势力的非难、新势力的怀疑，你干你的事，"事在人为，做了再说"那股子劲，以后别处也还很少见。

现在你走了，这些事渐渐在人的记忆中模糊下来，你的诗和文也散漫在各小本集子里，压在有极新鲜的封皮的新书后面，谁说起你来，不是马马虎虎地承认你是过去中一个势力，就是拿能够挑剔看轻你的诗为本事（散文人家很少提到，或许"散文家"没有诗人那么光荣，不值得注意）。朋友，这是没法子的事，我却一点不为此灰心，因为我有我的信仰。

我认为我们这写诗的动机既如前边所说那么简单愚诚；因在某一时，或某一刻敏锐地接触到生活上的锋芒，或偶然地触遇到理想峰巅上云彩星霞，不由得不在我们所习惯的语言中，编缀出一两串近于音乐的句子来，慰藉自己，解放自己，去追求超实际的真美。读诗者的反应一定有一大半也和我们这写诗的一样诚实天真，仅想在我们句子中间由音乐性的愉悦，接触到一些生活的底蕴掺和着美丽的憧憬；把我们的情绪给他们的情绪搭起一座浮桥，把我们的灵感，给他们生活添些新鲜；把我们的痛苦伤心再揉成他们自己忧郁的安慰！

我们的作品会不会再长存下去，就看它们会不会活在那一些我们从不认识的人，我们作品的读者，散在各时、各处互相不认识的孤单的人的心里的，这种事它自己有自己的定律，并不需要我们的关心的。你的诗据我所知道的，它们仍旧在这里浮沉流落，你的影子也就浓浓参差地系在那些诗句中，另一端印在许多不相识人的心里。朋友，你不要过于看轻这种间接的生存，许多热情的人他们会为着你的存在，而加增了生的意识的。伤心的仅是那些你最亲热的朋友们和同兴趣的努力者，你不在他们中间的事实,将要永远是个不能填补的空虚。你走后大家就提议要为你设立一个"志摩奖金"来继续你鼓励人家努力诗文的素志,勉强象征你那种对于文艺创造拥护的热心,使不及认得你的青年人永远对你保存着亲热。如果这事你不觉到太寒伧不够热气,我希望你原谅你这些朋友们的苦心,在冥冥之中笑着给我们勇气来做这一些蠢诚的事吧。

我的母亲

邹韬奋

说起我的母亲,我只知道她是"浙江海宁查氏",至今不知道她有什么名字!这件小事也可表示今昔时代的不同。现在的女子未出嫁的固然很"勇敢"地公开着她的名字,就是出嫁了的,也一样地公开着她的名字。不久以前,出嫁后的女子还大多数要在自己的姓上面加上丈夫的姓;通常人们的姓名只有三个字,嫁后女子的姓名往往有四个字。在我年幼的时候,知道担任商务印书馆出版的《妇女杂志》笔政的朱胡彬夏,在当时算是有革命性的"前进的"女子了,她反抗了家里替她订的旧式婚姻,以致她的顽固的叔父宣言要用手枪打死她,但是她却仍在"胡"字上面加着一个"朱"字!近来的女子就有很多在嫁后仍只由自己的姓名,不加不减。这意义表示女子渐渐地有着她们自己的独立的地位,不是属于任何人所有的了。但是在我的母亲的时代,不但不能学"朱胡彬夏"的用法,简直根本就好像没有名字!我说"好像",因为那时的女子也未尝没有名字,但在实际上似乎就用不着。像我的母亲,我听见她的娘家的人们叫她作"十六小姐",男家大家族里的人们叫她作"十四少奶",后来我的父亲做了官,人们便叫她作"太太",她始终没有用她自己名字的机会!我觉得这种情形也可以暗示妇女在封建社会里所处的地位。

我的母亲在我十三岁的时候就去世了。我生的那一年是在九月里生的,她死的那一年是在五月里死的,所以我们母子两人在实际上相聚的时候只有十一年零九个月。我在这篇文里对于母亲的零星追忆,只是这十一年里的前尘影事。

我现在所能记得的最初对于母亲的印象,大约在两三岁的时候。我记得有一天夜里,我独自一人睡在床上,由梦里醒来,朦胧中睁开眼睛,模糊中看见由垂着的帐门射进来的微微的灯光。在这微微的灯光里瞥见一个青年妇人拉开帐门,微笑着把我抱起来。她嘴里叫我什么,并对我说了什么,现在都记不清了,只记得她把我负在她的背上,跑到一个灯光灿烂、人影幢幢往来的大客厅里,走来走去"巡阅"着。大概是元宵吧,这大客厅里除有不少成人谈笑着外,有二三十个孩童提着各色各样的纸灯,里面燃着蜡烛,三五成群地跑着玩。我此时伏在母亲的背上,半醒半睡似的微张着眼看这个,望那个。那时我的父亲还在和祖父同住,过着"少爷"的生活;父亲有十来个弟兄,有好几个都结了婚,所以这大家族里有着这么多的孩子。母亲也做了这大家族里的一分子。她十五岁就出嫁,十六岁那年养我,这个时候才十七八岁。我由现在追想当时伏在她的背上睡眼惺忪所见着的她的容态,还感觉到她的活泼的欢悦的柔和的青春的美。我生平所见过的女子,我的母亲是最美的一个,就是当时伏在母亲背上的我,也能觉到在那个大客厅里许多妇女里面,没有一个及得到母亲的可爱。我现在想来,大概在我睡在房里的时候,母亲看见许多孩子玩灯热闹,便想起了我,也许蹑手蹑脚到我床前看了好几次,见我醒了,便负我出去一饱眼福。这是我对母亲最初的感觉,虽则在当时的幼稚脑袋里当然不知道什么叫作母爱。

后来祖父年老告退，父亲自己带着家眷在福州做候补官。我当时大概有了五六岁，比我小两岁的二弟已生了。家里除父亲母亲和这个小弟弟外，只有母亲由娘家带来的一个青年女仆，名叫妹仔。"做官"似乎怪好听，但是当时父亲赤手空拳出来做官，家里一贫如洗。我还记得，父亲一天到晚不在家里，大概是到"官场"里"应酬"去了，家里没有米下锅；妹仔替我们到附近施米给穷人的一个大庙里去领"仓米"，要先在庙前人山人海里面拥挤着领到竹签，然后拿着竹签再从挤得水泄不通的人群中，带着粗布袋挤到里面去领米；母亲在家里横抱着哭泣着的二弟踱来踱去，我在旁坐在一只小椅上呆呆地望着母亲，当时不知道这就是穷的景象，只诧异着母亲的脸何以那样苍白，她那样静寂无语地好像有着满腔无处诉的心事。妹仔和母亲非常亲热，她们竟好像母女，共患难，直到母亲病得将死的时候，她还是不肯离开她，把孝女自居，寝食俱废地照顾着母亲。

母亲喜欢看小说，那些旧小说，她常常把所看的内容讲给妹仔听。她讲得娓娓动听，妹仔听着忽而笑容满面，忽而愁眉双锁。章回的长篇小说一下讲不完，妹仔就很不耐地等着母亲再看下去，看后再讲给她听。往往讲到孤女患难，或义妇含冤的凄惨的情形，她两人便都热泪盈眶，泪珠尽往颊上涌流着。那时的我立在旁边瞧着，莫名其妙，心里不明白她们为什么那样无缘无故地挥泪痛哭一顿，和在上面看到穷的景象一样地不明白其所以然。现在想来，才感觉到母亲的情感的丰富，并觉得她的讲故事能那样地感动着妹仔。如果母亲生在现在，有机会把自己造成一个教员，必可成为一个循循善诱的良师。

我六岁的时候，由父亲自己为我"发蒙"，读的是《三字经》，第一天上的课是："人之初，性本善；性相近，习相远。"一点儿莫名其妙！一个人坐在一个小客厅的炕床上"朗诵"了半天，苦不堪言！母亲觉得非请一位"西席"老夫子总教不好，所以家里虽一贫如洗，情愿节衣缩食，把省下的钱请一位老夫子。说来可笑，第一个请来的这位老夫子，每月束脩只须四块大洋（当然供膳宿），虽则这四块大洋，在母亲已是一件很费筹措的事情。我到十岁的时候，读的是"孟子见梁惠王"，教师的每月束脩已加到十二元，算增加了三倍。到年底的时候，父亲要"清算"我平日的功课，在夜里亲自听我背书，很严厉，桌上放着一根两指阔的竹板。我的背向着他立着背书，背不出的时候，他提一个字，就叫我回转身来把手掌展放在桌上，他拿起这根竹板很重地打下来。我吃了这一下苦头，痛是血肉的身体所无法避免的感觉，当然失声地哭了，但是还要忍住哭，回过身去再背。不幸又有一处中断，背不下去，经他再提一字，再打一下。呜呜咽咽地背着那位前世冤家的"见梁惠王"的"孟子"！我自己呜咽着背，同时听得见坐在旁边缝着的母亲也唏唏嘘嘘地泪如泉涌地哭着。我心里知道她见我被打，她也觉得好像刺心的痛苦，和我表着十二分的同情，但她却时时从呜咽着的断断续续的声音里勉强说着"打得好！"。她的饮泣吞声，为的是爱她的儿子；勉强硬着头皮说声"打得好"，为的是希望她的儿子上进。由现在看来，这样的教育方法真是野蛮之至！但于我不敢怪我的母亲，因为那个时候就只有这样野蛮的教育法；如今想起母亲见我被打，陪着我一同哭，那样的母爱，仍然使我感念着我的慈爱的母亲。背完了半本"梁惠王"，右手掌打得发肿有半寸高，偷向灯光中一照，通亮，好像满肚子装着已成熟的丝的蚕身一样。母亲含着泪抱我上床，轻轻把被窝盖上，向我额上吻了几吻。

　　当我八岁的时候，二弟六岁，还有一个妹妹三岁。三个人的衣服鞋袜，没有一件不是母亲自己做的。她还时常收到一些外面的女红来做，所以很忙。我在七八岁时，看见母亲那样辛苦，心里已知道感觉不安。记得有一个夏天的深夜，我忽然从睡梦中醒了起来，因为我的床背就紧接着母亲的床背，所以从帐里望得见母亲独自一人在灯下做鞋底，我心里又想起母亲的劳苦，辗转反侧睡不着，很想起来陪陪母亲。但是小孩子深夜不好好地睡，是要受到大人的责备的，就说是要起来陪陪母亲，一定也要被申斥几句，万不会被准许的（这至少是当时我的心理），于是想出一个借口来试试看，便叫声母亲，说太热睡不着，要起来坐一会儿。出乎我意料之外的，母亲居然许我起来坐在她的身边。我眼巴巴地望着她额上的汗珠往下流，手上一针不停地做着布鞋——做给我穿的。这时万籁俱寂，只听到滴答的钟声，和可以微闻得到的母亲的呼吸。我心里暗自想念着，为着我要穿鞋，累母亲深夜工作不休，心上感到说不出的歉疚，又感到坐着陪陪母亲，似乎可以减轻些心里的不安成分。当时一肚子里充满着这些心事，却不敢对母亲说出一句。才坐了一会儿，又被母亲赶上床去睡觉，她说小孩子不好好地睡，起来干什么！现在我的母亲不在了，她始终不知道她这个小儿子心里有过这样的一段不敢说出的心理状态。

　　母亲死的时候才二十九岁，留下了三男三女。在临终的那一夜，她神志非常清楚，忍泪叫着一个一个子女嘱咐一番。她临去最舍不得的就是她这一群的子女。

　　我的母亲只是一个平凡的母亲，但是我觉得她的可爱的性格、她的努力的精神、她的能干的才具，都埋没在封建社会的一个家族里，都葬送在没有什么意义的事务上，否则她一定可以成为社会上一个更有贡献的分子。我也觉得，像我的母亲这样被埋没葬送掉的女子不知有多少！

回忆鲁迅先生

萧 红

鲁迅先生的笑声是明朗的,是从心里的欢喜。若有人说了什么可笑的话,鲁迅先生笑得连烟卷都拿不住了,常常是笑得咳嗽起来。

鲁迅先生走路很轻捷,尤其使人记得清楚的,是他刚抓起帽子来往头上一扣,同时左腿就伸出去了,仿佛不顾一切地走去。

鲁迅先生不大注意人的衣裳,他说:"谁穿什么衣裳我看不见的……"

鲁迅先生生的病,刚好了一点,窗子开着,他坐在躺椅上,抽着烟,那天我穿着新奇的火红的上衣,很宽的袖子。

鲁迅先生说:"这天气闷热起来,这就是梅雨天。"他把他装在象牙烟嘴上的香烟,又用手装得紧一点,往下又说了别的。

许先生忙着家务跑来跑去,也没有对我的衣裳加以鉴赏。

于是我说:"周先生,我的衣裳漂亮不漂亮?"

鲁迅先生从上往下看了一眼:"不大漂亮。"

过了一会又接着说:"你的裙子配的颜色不对,并不是红上衣不好看,各种颜色都是好看的,红上衣要配红裙子,不然就是黑裙子，咖啡色的就不行了；这两种颜色放在一起很混浊……你没看到外国人在街上走的吗？绝没有下边穿一件绿裙子，上边穿一件紫上衣，也没有穿一件红裙子而后穿一件白上衣的……"

鲁迅先生就在躺椅上看着我："你这裙子是咖啡色的，还带格子，颜色混浊得很，所以把红色衣裳也弄得不漂亮了。"

"……人瘦不要穿黑衣裳，人胖不要穿白衣裳；脚长的女人一定要穿黑鞋子，脚短就一定要穿白鞋子；方格子的衣裳胖人不能穿，但比横格子的还好；横格子的，胖人穿上，就把胖子更往两边裂着，更横宽了，胖子要穿竖条子的，竖的把人显得长，横的把人显得宽……"

那天鲁迅先生很有兴致，把我一双短统靴子也略略批评一下，说我的短靴是军人穿的，因为靴子的前后都有一条线织的拉手，这拉手据鲁迅先生说是放在裤子下边的……

我说："周先生，为什么那靴子我穿了多久了而不告诉我，怎么现在才想起来呢？现在我不是不穿了吗？我穿的这不是另外的鞋吗？"

"你不穿我才说的，你穿的时候，我一说你该不穿了。"

那天下午要赴一个宴会去，我要许先生给我找一点布条或绸条束一束头发。许先生拿了来米色的绿色的还有桃红色的。经我和许先生共同选定的是米色的。为着取笑，把那桃红色的，许先生举起来放在我的头发上，并且许先生很开心地说着：

"好看吧！多漂亮！"

我也非常得意，很规矩又顽皮地在等着鲁迅先生往这边看我们。

鲁迅先生这一看，他就生气了，他的眼皮往下一放向着我们这边看着：

"不要那样装她……"

许先生有点窘了。

我也安静下来。

鲁迅先生在北平教书时，从不发脾气，但常常好用这种眼光看人。许先生常跟我讲，她在女师大读书时，周先生在课堂上，一生气就用眼睛往下一掠，看着她们。这种眼光是鲁迅先生在记范爱农先生的文字曾自己述说过，而谁曾接触过这种眼光的人就会感到一个旷代的全智者的催逼。

我开始问："周先生怎么也晓得女人穿衣裳的这些事情呢？"

"看过书的，关于美学的。"

"什么时候看的……"

"大概是在日本读书的时候……"

"买的书吗？"

"不一定是买的，也许是从什么地方抓到就看的……"

"看了有趣味吗？！"

"随便看看……"

"周先生看这书做什么？"

"……"没有回答。好像很难以答。

许先生在旁说："周先生什么书都看的。"

在鲁迅先生家里做客人，刚开始是从法租界来到虹口，搭电车也要差不多一个钟头的工夫，所以那时候来的次数比较少。还记得有一次谈到半夜了，一过十二点电车就没有的，但那天不知讲了些什么，讲到一个段落就看看旁边小长桌上的圆钟，十一点半了,十一点四十五分了,电车没有了。

"反正已十二点,电车也没有,那么再坐一会。"许先生如此劝着。

鲁迅先生好像听了所讲的什么引起了幻想,安顿地举着象牙烟嘴在沉思着。

一点钟以后,送我(还有别的朋友)出来的是许先生,外边下着蒙蒙的小雨,弄堂里灯光全然灭掉了,鲁迅先生嘱咐许先生一定让坐小汽车回去,并且一定嘱咐许先生付钱。

以后也住到北四川路来,就每夜饭后必到大陆新村来了,刮风的天、下雨的天,几乎没有间断的时候。

鲁迅先生很喜欢北方饭,还喜欢吃油炸的东西,喜欢吃硬的东西,就是后来生病的时候,也不大吃牛奶。鸡汤端到旁边用调羹舀了一二下就算了事。

有一天约好我去包饺子吃,那还是住在法租界,所以带了外国酸菜和用绞肉机绞成的牛肉。就和许先生站在客厅后边的方桌边包起来,海婴公子围着闹得起劲,一会按成圆饼的面拿去了,他说做了一只船来,送在我们的眼前,我们不看它;转身他又做了一只小鸡,许先生和我都不去看它,对他竭力避免加以赞美,若一赞美起来,怕他更做得起劲。

客厅后边没到黄昏就先黑了,背上感到些微微的寒凉,知道衣裳不够了,但为着忙,没有加衣裳去。等把饺子包完了看看那数目并不多,这才知道许先生与我们谈话谈得太多,误了工作。许先生怎样离开家的,怎样到天津读书的,在女师大读书时怎样做了家庭教师,她去考家庭教师的那一段描写,非常有趣,只取一名,可是考了好几十名,她之能够当选算是难的了。指望对于学费有一点补足，冬天来了，北平又冷，那家离学校又远，每月除了车子钱之外若伤风感冒还得自己拿出买阿司匹林的钱来，每月薪金十元要从西城跑到东城……

饺子煮好，一上楼梯，就听到楼上明朗的鲁迅先生的笑声冲下楼梯来，原来有几个朋友在楼上也正谈得热闹。那一天吃得是很好的。

以后我们又做过韭菜合子，又做过合叶饼，我一提议鲁迅先生必然赞成，而我做得又不好，可是鲁迅还是在桌上举着筷子问许先生："我再吃几个吗？"

因为鲁迅先生胃不大好，每饭后必吃脾自美胃药丸一二粒。

有一天下午鲁迅先生正在校对着瞿秋白的《海上述林》，我一走进卧室去，从那圆转椅上鲁迅先生转过来了，向着我，还微微站起了一点。

"好久不见，好久不见。"一边说着一边向我点头。

刚刚我不是来过了吗？怎么会好久不见？就是上午我来的那次周先生忘记了，可是我也每天来呀……怎么都忘记了吗？

周先生转身坐在躺椅上才自己笑起来，他是在开着玩笑。

梅雨季节，很少有晴天。一天的上午刚一放晴，我高兴极了，就到鲁迅先生家去了，跑得上楼还喘着，鲁迅先生说："来啦！"我说："来啦！"

我喘着连茶也喝不下。

鲁迅先生就问我：

"有什么事吗？"

我说："天晴啦，太阳出来啦。"

许先生和鲁迅先生都笑着，一种对于冲破忧郁心境的展然的会心的笑。

海婴一看到我非拉我到院子里和他一道玩不可，拉我的头发或拉我的衣裳。

为什么他不拉别人呢？据周先生说："他看你梳着辫子，和他差不多，别人在他眼里都是大人，就看你小。"

许先生问着海婴："你为什么喜欢她呢？不喜欢别人？"

"她有小辫子。"说着就来拉我的头发。

鲁迅先生家生客人很少，几乎没有，尤其是住在他家里的人更没有。一个礼拜六的晚上，在二楼上鲁迅先生的卧室里摆好了晚饭，围着桌子坐满了人。每逢礼拜六晚上都是这样的，周建人先生带着全家来拜访的。在桌子边坐着一个很瘦的很高的穿着中国小背心的人，鲁迅先生介绍说："这是一位同乡，是商人。"

初看似乎对的，穿着中国裤子，头发剃得很短。当吃饭时，他还让别人酒，也给我倒一盅，态度很活泼，不大像个商人；等吃完了饭，又谈到《伪自由书》及《二心集》。这个商人，开明得很，在中国不常见。没有见过的，就总不大放心。

下一次是在楼下客厅后的方桌上吃晚饭，那天很晴，一阵阵地刮着热风，虽然黄昏了，客厅后还不昏黑。鲁迅先生是新剪的头发，还能记得桌上有一盘黄花鱼，大概是顺着鲁迅先生的口味，是用油煎的。鲁迅先生前面摆着一碗酒，酒碗是扁扁的，好像用作吃饭的饭碗。那位商人先生也能喝酒，酒瓶手就站在他的旁边。他说蒙古人什么样，苗人什么样，从西藏经过时，那西藏女人见了男人追她，她就如何如何。

这商人可真怪，怎么专门走地方，而不做买卖？并且鲁迅先生的书他也全读过，一开口这个，一开口那个。并且海婴叫他×先生，我一听那×字就明白他是谁了。×先生常常回来得很迟，从鲁迅先生家里出来，在弄堂里遇到了几次。

有一天晚上×先生从三楼下来，手里提着小箱子，身上穿着长袍子，站在鲁迅先生的面前，他说他要搬了。他告了辞，许先生送他下楼去了。这时候周先生在地板上绕了两个圈子，问我说：

"你看他到底是商人吗？"

"是的。"我说。

鲁迅先生很有意思地在地板上走几步，而后向我说："他是贩卖私货的商人，是贩卖精神上的……"

×先生走过二万五千里回来的。

青年人写信，写得太草率，鲁迅先生是深恶痛绝之的。

"字不一定要写得好，但必须得使人一看了就认识，青年人现在都太忙了……他自己赶快胡乱写完了事，别人看了三遍五遍看不明白，这费了多少工夫，他不管。反正这费的工夫不是他的。这存心是不太好的。"

但他还是展读着每封由不同角落里投来的青年的信，眼睛不济时，便戴起眼镜来看，常常看到夜里很深的时光。

鲁迅先生坐在××电影院楼上的第一排，那片名忘记了，新闻片是苏联纪念五一节的红场。

"这个我怕看不到的……你们将来可以看得到。"鲁迅先生向我们周围的人说。

珂勒惠支的画,鲁迅先生最佩服,同时也很佩服她的做人。珂勒惠支受希特勒的压迫,不准她做教授,不准她画画,鲁迅先生常讲到她。

史沫特烈,鲁迅先生也讲到,她是美国女子,帮助印度独立运动,现在又在援助中国。

鲁迅先生介绍人去看的电影:《夏伯阳》《复仇艳遇》……其余的如《人猿泰山》……或者非洲的怪兽这一类的影片,也常介绍给人的。鲁迅先生说:"电影没有什么好的,看看鸟兽之类倒可以增加些对于动物的知识。"

鲁迅先生不游公园,住在上海十年,兆丰公园没有进过。虹口公园这么近也没有进过。春天一到了,我常告诉周先生,我说公园里的土松软了,公园里的风多么柔和,周先生答应选个晴好的天气,选个礼拜日,海婴休假日,好一道去,坐一乘小汽车一直开到兆丰公园,也算是短途旅行。但这只是想着而未有做到,并且把公园给下了定义,鲁迅先生说:"公园的样子我知道的……一进门分作两条路,一条通左边,一条通右边,沿着路种着点柳树什么树的,树下摆着几张长椅子,再远一点有个水池子。"

我是去过兆丰公园,也去过虹口公园或是法国公园的,仿佛这个定义适用在任何国度的公园设计者。

鲁迅先生不戴手套,不围围巾,冬天穿着黑石蓝的棉布袍子,头上戴着灰色毡帽,脚穿黑帆布胶皮底鞋。

胶皮底鞋夏天特别热,冬天又凉又湿,鲁迅先生的身体不算好,大家都提议把这鞋子换掉。鲁迅先生不肯,他说胶皮底鞋子走路方便。

"周先生一天走多少路呢?也不就一转弯到××书店走一趟吗?"

鲁迅先生笑而不答。

"周先生不是很好伤风吗?不围巾子,风一吹不就伤风了吗?"

鲁迅先生这些个都不习惯,他说:

"从小就没戴过手套围巾,戴不惯。"

鲁迅先生一推开门从家里出来时,两只手露在外边,很宽的袖口冲着风就向前走,腋下夹着个黑绸子印花的包袱,里边包着书或者是信,到老靶子路书店去了。

那包袱每天出去必带出去,回来必带回来。出去时带着回给青年们的信,回来又从书店带来新的信和青年请鲁迅先生看的稿子。

鲁迅先生抱着印花包袱从外边回来,还提着一把伞,一进门客厅早坐着客人,把伞挂在衣架上就陪客人谈起话来。谈了很久了,伞上的水滴顺着伞杆在地板上已经聚了一堆水。

鲁迅先生上楼去拿香烟,抱着印花包袱,而那把伞也没有忘记,顺手也带到楼上去。

鲁迅先生的记忆力非常之强,他的东西从不随便散置在任何地方。

鲁迅先生很喜欢北方口味。许先生想请一个北方厨子,鲁迅先生以为开销太大,请不得的,男用人,至少要十五元钱的工钱。

所以买米买炭都是许先生下手，我问许先生为什么用两个女用人都是年老的，都是六七十岁的？许先生说她们做惯了，海婴的保姆，海婴几个月时就在这里。

正说着那矮胖胖的保姆走下楼梯来了，和我们打了个迎面。

"先生，没吃茶吗？"她赶快拿了杯子去倒茶，那刚刚下楼时气喘的声音还在喉管里咕噜咕噜的，她确是年老了。

来了客人，许先生没有不下厨房的，菜食很丰富，鱼、肉……都是用大碗装着，起码四五碗，多则七八碗。可是平常就只三碗菜：一碗素炒豌豆苗，一碗笋炒咸菜，再一碗黄花鱼。

这菜简单到极点。

鲁迅先生的原稿，在拉都路一家炸油条的那里用着包油条，我得到了一张，是译《死魂灵》的原稿。写信告诉了鲁迅先生，鲁迅先生不以为稀奇，许先生倒很生气。

鲁迅先生出书的校样，都用来揩着桌，或做什么的。请客人在家里吃饭，吃到半道，鲁迅先生回身去拿来校样给大家分着，客人接到手里一看，这怎么可以？鲁迅先生说：

"擦一擦，拿着鸡吃，手是腻的。"

到洗澡间去，那边也摆着校样纸。

许先生从早晨忙到晚上，在楼下陪客人，一边还手里打着毛线。不然就是一边谈着话一边站起来用手摘掉花盆里花上已干枯了的叶子。许先生每送一个客人，都要送到楼下门口，替客人把门开开，客人走出去而后轻轻地关了门再上楼来。

来了客人还到街上去买鱼或买鸡,买回来还要到厨房里去工作。

鲁迅先生临时要寄一封信,就得许先生换起皮鞋子来到邮局或者大陆新村旁边信筒那里去。落着雨天,许先生就打起伞来。

许先生是忙的,许先生的笑是愉快的,但是头发有一些是白了的。

夜里去看电影,施高塔路的汽车房只有一辆车,鲁迅先生一定不坐,一定让我们坐。许先生、周建人夫人……海婴、周建人先生的三位女公子。我们上车了。

鲁迅先生和周建人先生,还有别的一二位朋友在后边。

看完了电影出来,又只叫到一部汽车,鲁迅先生又一定不肯坐,让周建人先生的全家坐着先走了。

鲁迅先生旁边走着海婴,过了苏州河的大桥去等电车去了。等了二三十分钟电车还没有来,鲁迅先生依着沿苏州河的铁栏杆坐在桥边的石围上了,并且拿出香烟来,装上烟嘴,悠然地吸着烟。

海婴不安地来回地乱跑,鲁迅先生还招呼他和自己并排坐下。

鲁迅先生坐在那和一个乡下的安静老人一样。

鲁迅先生吃的是清茶,其余不吃别的饮料。咖啡、可可、牛奶、汽水之类,家里都不预备。

鲁迅先生陪客人到深夜,必同客人一道吃些点心。那饼干就是从铺子里买来的,装在饼干盒子里。到夜深许先生拿着碟子取出来,摆在鲁迅先生的书桌上。吃完了,许先生打开立柜再取一碟。还有向日葵子差不多每来客人必不可少。鲁迅先生一边抽着烟,一边剥着瓜子吃,吃完了一碟鲁迅先生必请许先生再拿一碟来。

鲁迅先生备有两种纸烟,一种价钱贵的,一种便宜的。便宜的是绿听子的,我不认识那是什么牌子,只记得烟头上带着黄纸的嘴,每五十支的价钱大概是四角到五角,是鲁迅先生自己平日用的。另一种是白听子的,是前门烟,用来招待客人的,白听烟放在鲁迅先生书桌的抽屉里。来客人鲁迅先生下楼,把它带到楼下去,客人走了,又带回楼上来照样放在抽屉里。而绿听子的永远放在书桌上,是鲁迅先生随时吸着的。

鲁迅先生的休息,不听留声机,不出去散步,也不倒在床上睡觉,鲁迅先生自己说:

"坐在椅子上翻一翻书就是休息了。"

鲁迅先生从下午二三点钟起就陪客人,陪到五点钟,陪到六点钟,客人若在家吃饭,吃完饭又必要在一起喝茶,或者刚刚吃完茶走了,或者还没走又来了客人,于是又陪下去,陪到八点钟、十点钟,常常陪到十二点钟。从下午两三点钟起,陪到夜里十二点,这么长的时间,鲁迅先生都是坐在藤躺椅上,不断地吸着烟。

客人一走,已经是下半夜了,本来已经是睡觉的时候了,可是鲁迅先生正要开始工作。在工作之前，他稍微阖一阖眼睛，燃起一支烟来，躺在床边上，这一支烟还没有吸完，许先生差不多就在床里边睡着了。（许先生为什么睡得这样快？因为第二天早晨六七点钟就要起来管理家务。）海婴这时也在三楼和保姆一道睡着了。

全楼都寂静下去，窗外也一点声音没有了，鲁迅先生站起来，坐到书桌边，在那绿色的台灯下开始写文章了。

许先生说鸡鸣的时候，鲁迅先生还是坐着，街上的汽车嘟嘟地叫起来了，鲁迅先生还是坐着。

有时许先生醒了，看着玻璃窗白萨萨的了，灯光也不显得怎么亮了，鲁迅先生的背影不像夜里那样黑大。

鲁迅先生的背影是灰黑色的，仍旧坐在那里。

人家都起来了，鲁迅先生才睡下。

海婴从三楼下来了，背着书包，保姆送他到学校去，经过鲁迅先生的门前，保姆总是吩咐他说：

"轻一点走，轻一点走。"

鲁迅先生刚一睡下，太阳就高起来了。太阳照着隔院子的人家，明亮亮的，照着鲁迅先生花园的夹竹桃，明亮亮的。

鲁迅先生的书桌整整齐齐的，写好的文章压在书下边，毛笔在烧瓷的小龟背上站着。

一双拖鞋停在床下，鲁迅先生在枕头上边睡着了。

鲁迅先生喜欢吃一点酒，但是不多吃，吃半小碗或一碗。鲁迅先生吃的是中国酒，多半是花雕。

老靶子路有一家小吃茶店，只有门面一间，在门面里边设座，座少，安静，光线不充足，有些冷落。鲁迅先生常到这吃茶店来，有约会多半是在这里边，老板是犹太人也许是白俄，胖胖的，中国话大概他听不懂。

鲁迅先生这一位老人，穿着布袍子，有时到这里来，泡一壶红茶，和青年人坐在一道谈了一两个钟头。

有一天鲁迅先生的背后那茶座里边坐着一位摩登女子，身穿紫裙子黄衣裳，头戴花帽子……那女子临走时，鲁迅先生一看她，就用眼瞪着她，很生气地看了她半天。而后说：

"是做什么的呢？"

鲁迅先生对于穿着紫裙子、黄衣裳，戴花帽子的人就是这样看法的。

鬼到底是有的是没有的？传说上有人见过，还跟鬼说过话，还有人被鬼在后边追赶过，吊死鬼一见了人就贴在墙上。但没有一个人捉住一个鬼给大家看看。

鲁迅先生讲了他看见过鬼的故事给大家听：

"是在绍兴……"鲁迅先生说，"三十年前……"

那时鲁迅先生从日本读书回来，在一个师范学堂里也不知是什么学堂里教书，晚上没有事时，鲁迅先生总是到朋友家去谈天。这朋友住的离学堂几里路，几里路不算远，但必得经过一片坟地。谈天有的时候就谈得晚了，十一二点钟才回学堂的事也常有。有一天鲁迅先生就回去得很晚，天空有很大的月亮。

鲁迅先生向着归路走得很起劲时，往远处一看，远远有一个白影。

鲁迅先生不相信鬼的，在日本留学时是学的医，常常把死人抬来解剖的，鲁迅先生解剖过二十几个，不但不怕鬼，对死人也不怕，所以对坟地也就根本不怕。仍旧是向前走的。

走了不几步，那远处的白影没有了，再看突然又有了。并且时小时大，时高时低，正和鬼一样。鬼不就是变幻无常的吗？

鲁迅先生有点踌躇了，到底向前走呢，还是回过头来走？本来回学堂不止这一条路，这不过是最近的一条就是了。

鲁迅先生仍是向前走，到底要看一看鬼是什么样，虽然那时候也怕了。

鲁迅先生那时从日本回来不久，所以还穿着硬底皮鞋，鲁迅先生决心要给那鬼一个致命的打击，等走到那白影旁边时，那白影缩小了，蹲下了，一声不响地靠住了一个坟堆。

鲁迅先生就用了他的硬皮鞋踢了出去。

那白影嗷的一声叫起来，随着就站起来，鲁迅先生定眼看去，他却是个人。

鲁迅先生说在他踢的时候，他是很害怕的，好像一下不把那东西踢死，自己反而会遭殃的，所以用了全力踢出去。

原来是个盗墓子的人在坟场上半夜做着工作。

鲁迅先生说到这里就笑了起来。

"鬼也是怕踢的，踢他一脚就立刻变成人了。"

我想，倘若是鬼常常让鲁迅先生踢踢倒是好的，因为给了他一个做人的机会。

从福建菜馆叫的菜，有一碗鱼做的丸子。

海婴一吃就说不新鲜，许先生不信，别的人也都不信。因为那丸子有的新鲜，有的不新鲜，别人吃到嘴里的恰好都是没有改味的。

许先生又给海婴一个,海婴一吃,又不是好的,他又嚷嚷着。别人都不注意,鲁迅先生把海婴碟里的拿来尝尝,果然不是新鲜的。鲁迅先生说:

"他说不新鲜,一定也有他的道理,不加以查看就抹杀是不对的。"

…………

以后我想起这件事来,私下和许先生谈过,许先生说:"周先生的做人,真是我们学不了的。哪怕一点点小事。"

鲁迅先生包一个纸包也要包得整整齐齐,常常把要寄出的书,鲁迅先生从许先生手里拿过来自己包,许先生本来包得多么好,而鲁迅先生还要亲自动手。

鲁迅先生把书包好了,用细绳捆上,那包方方正正的,连一个角也不准歪一点或扁一点,而后拿着剪刀,把捆书的那绳头都剪得整整齐齐。

就是包这书的纸都不是新的,都是从街上买东西回来留下来的。许先生上街回来把买来的东西一打开随手就把包东西的牛皮纸折起来,随手把小细绳圈了一个圈,若小细绳上有一个疙瘩,也要随手把它解开的。准备着随时用随时方便。

鲁迅先生住的是大陆新村九号。

一进弄堂口,满地铺着大方块的水门汀,院子里不怎样嘈杂,从这院子出入的有时候是外国人,也能够看到外国小孩在院子里零星的玩着。

鲁迅先生隔壁挂着一块大的牌子，上面写着一个"茶"字。在一九三五年十月一日。

鲁迅先生的客厅里摆着长桌，长桌是黑色的，油漆不十分新鲜，但也并不破旧，桌上没有铺什么桌布，只在长桌的当心处摆着一个绿豆青色的花瓶，花瓶里长着几株大叶子的万年青，围着长桌有七八张木椅子。尤其是在夜里，全弄堂一点什么声音也听不到。

那夜，就和鲁迅先生和许先生一道坐在长桌旁边喝茶的。当夜谈了许多关于伪满洲国的事情，从饭后谈起，一直谈到九点钟、十点钟而后到十一点钟，时时想退出来，让鲁迅先生好早点休息，因为我看出来鲁迅先生身体不大好，又加上听许先生说过，鲁迅先生伤风了一个多月，刚好了的。

但鲁迅先生并没有疲倦的样子。虽然客厅里也摆着一张可以卧倒的藤椅，我们劝他几次想让他坐在藤椅上休息一下，但是他没有去，仍旧坐在椅子上。并且还上楼一次，去加穿了一件皮袍子。

那夜鲁迅先生到底讲了些什么，现在记不起来了。也许想起来的不是那夜讲的而是以后讲的也说不定。过了十一点，天就落雨了，雨点淅沥淅沥地打在玻璃窗上，窗子没有窗帘，所以偶一回头，就看到玻璃窗上有小水流往下流。夜已深了，并且落了雨，心里十分着急，几次站起来想要走，但是鲁迅先生和许先生一再说再坐一下："十二点以前终归有车子可搭的。"所以一直坐到将近十二点，才穿起雨衣来，打开客厅外边的响着的铁门，鲁迅先生非要送到铁门外不可。我想为什么他一定要送呢？对于这样年轻的客人，这样的送是应该的吗？雨不会打湿了头发，受了寒伤风不又要继续下去吗？站在铁门外边，鲁迅先生说，并且指着隔壁那家写着"茶"字的大牌子："下次来记住这个'茶'字，就是这个'茶'的隔壁。"而且伸出手去，几乎是触到了钉在锁门旁边的那个九号的"九"字："下次来记住'茶'的旁边九号。"

于是脚踏着方块的水门汀，走出弄堂来，回过身去往院子里边看了一看，鲁迅先生那一排房子统统是黑洞洞的，若不是告诉得那样清楚，下次来恐怕要记不住的。

鲁迅先生的卧室，一张铁架大床，床顶上遮着许先生亲手做的白布刺花的围子，顺着床的一边折着两床被子，都是很厚的，是花洋布的被面。挨着门口的床头的方面站着抽屉柜。一进门的左手摆着八仙桌，桌子的两旁藤椅各一，立柜站在和方桌一排的墙角，立柜本是挂衣服的，衣裳却很少，都让糖盒子、饼干筒子、瓜子罐给塞满了。有一次××老板的太太来拿版权的图章花，鲁迅先生就从立柜下边大抽屉里取出的。沿着墙角往窗子那边走，有一张装饰台，桌子上有一个方形的满浮着绿草的玻璃养鱼池，里边游着的不是金鱼而是灰色的扁肚子的小鱼。除了鱼池之外另有一只圆的表，其余那上边满装着书。铁床架靠窗子的那头的书柜里书柜外都是书。最后是鲁迅先生的写字台，那上边也都是书。

鲁迅先生家里，从楼上到楼下，没有一个沙发，鲁迅先生工作时坐的椅子是硬的，休息时的藤椅是硬的，到楼下陪客人时坐的椅子又是硬的。

鲁迅先生的写字台面向着窗子，上海弄堂房子的窗子差不多满一面墙那么大，鲁迅先生把它关起来，因为鲁迅先生工作起来有一个习惯,怕吹风。他说,风一吹,纸就动,时时防备着纸跑,文章就写不好。所以屋子里热得和蒸笼似的,请鲁迅先生到楼下去,他又不肯,鲁迅先生的习惯是不换地方。有时太阳照进来,许先生劝他把书桌移开一点都不肯。只有满身流汗。

鲁迅先生的写字桌,铺了张蓝格子的油漆布,四角都用图钉按着。桌子上有小砚台一方,墨一块,毛笔站在笔架上。笔架是烧瓷的,在我看来不很细致,是一个龟,龟背上带着好几个洞,笔就插在那洞里。鲁迅先生多半是用毛笔的,钢笔也不是没有,是放在抽屉里。桌上有一个方大的白瓷的烟灰盒,还有一个茶杯,杯子上戴着盖。

鲁迅先生的习惯与别人不同,写文章用的材料和来信都压在桌子上,把桌子都压得满满的,几乎只有写字的地方可以伸开手,其余桌子的一半被书或纸张占有着。

左手边的桌角上有一个带绿灯罩的台灯,那灯泡是横着装的,在上海那是极普通的台灯。

冬天在楼上吃饭,鲁迅先生自己拉着电线把台灯的机关从棚顶的灯头上拔下,而后装上灯泡子。等饭吃过了,许先生再把电线装起来,鲁迅先生的台灯就是这样做成的,拖着一根长长的电线在棚顶上。

鲁迅先生的文章,多半是在这台灯下写。因为鲁迅先生的工作时间,多半是下半夜一两点起,天将明了休息。

卧室就是如此,墙上挂着海婴公子一个月婴孩的油画像。

挨着卧室的后楼里边,完全是书了,不十分整齐,报纸和杂志或洋装的书,都混在这间屋子里,一走进去多少还有些纸张气味，地板被书遮盖得太小了，几乎没有了，大网篮也堆在书中。墙上拉着一条绳子或者是铁丝，就在那上边系了小提盒、铁丝笼之类，风干荸荠就盛在铁丝笼里，扯着的那铁丝几乎被压断了在弯弯着。一推开藏书室的窗子，窗子外边还挂着一筐风干荸荠。

"吃吧，多得很，风干的，格外甜。"许先生说。

楼下厨房传来了煎菜的锅铲的响声，并且两个年老的娘姨慢重重地在讲一些什么。

厨房是家里最热闹的一部分。整个三层楼都是静静的。喊娘姨的声音没有，在楼梯上跑来跑去的声音没有。鲁迅先生家里五六间房子只住着五个人，三位是先生的全家，余下的二位是年老的女用人。

来了客人都是许先生亲自倒茶，即或是麻烦到娘姨时，也是许先生下楼去吩咐，绝没有站到楼梯口就大声呼唤的时候。所以整个房子都在静悄悄之中。

只有厨房比较热闹了一点，自来水哗哗地流着，洋瓷盆在水门汀的水池子上每拖一下磨着嚓嚓地响，洗米的声音也是嚓嚓的。鲁迅先生很喜欢吃竹笋的，在菜板上切着笋片笋丝时，刀刃每划下去都是很响的。其实比起别人家的厨房来却冷清极了，所以洗米声和切笋声都分开来听得样样清清晰晰。

客厅的一边摆着并排的两个书架，书架是带玻璃橱的，里边有朵斯托益夫斯基的全集和别的外国作家的全集，大半都是日文译本。地板上没有地毯，但擦得非常干净。

海婴公子的玩具橱也站在客厅里，里边是些毛猴子、橡皮人、火车汽车之类，里边装得满满的，别人是数不清的，只有海婴自己伸手到里边找些什么就有什么。过新年时在街上买的兔子灯，纸毛上已经落了灰尘了，仍摆在玩具橱顶上。

客厅只有一个灯头，大概五十烛光。客厅的后门对着上楼的楼梯，前门一打开有一个一方丈大小的花园，花园里没有什么花看，只有一棵很高的七八尺高的小树，大概那树是柳桃，一到了春天，喜欢生长蚜虫，忙得许先生拿着喷蚊虫的机器，一边陪着谈话，一边喷着杀虫药水。沿了墙根，种了一排玉米，许先生说："这玉米长不大的，这土是没有养料的，海婴一定要种。"

春天，海婴在花园里掘着泥沙，培植着各种玩意儿。

三楼则特别静了，向着太阳开着两扇玻璃门，门外有一个水门汀的突出的小廊子，春天很温暖地抚摸着门口长垂着的帘子，有时帘子被风打得很高，飘扬的饱满的和大鱼泡似的。那时候隔院的绿树照进玻璃门扇里边来了。

海婴坐在地板上装着小工程师在修着一座楼房，他那楼房是用椅子横倒了架起来修的，而后遮起一张被单来算作屋瓦，全个房子在他自己拍着手的赞誉声中完成了。

这间屋感到些空旷和寂寞，既不像女工住的屋子，又不像儿童室。海婴的眠床靠着屋子的一边放着那大圆顶帐子日里也不打起来，长拖拖的好像从棚顶一直拖到地板上。那床是非常讲究的，属于刻花的木器一类的。许先生讲过，租这房子时，从前一个房客转留下来的。海婴和他的保姆，就睡在五六尺宽的大床上。

冬天烧过的火炉，三月里还冷冰冰的在地板上站着。

海婴不大在三楼上玩的，除了到学校去，就是在院里踏脚踏车，他非常欢喜跑跳，所以厨房、客厅、二楼，他是无处不跑的。

三楼整天在高处空着，三楼的后楼住着另一个老女工，一天很少上楼来，所以楼梯擦过之后，一天到晚干净得溜明。

一九三六年三月里鲁迅先生病了，靠在二楼的躺椅上，心脏跳动得比平日厉害，脸色微灰了一点。

许先生正相反的，脸色是红的，眼睛显得大了，讲话的声音是平静的，态度并没有比平日慌张。在楼下一走进客厅来许先生就告诉说：

"周先生病了，气喘……喘得厉害，在楼上靠在躺椅上。"

鲁迅先生呼喘的声音，不用走到他的旁边，一进了卧室就听得到的。鼻子和胡须在扇着，胸部一起一落。眼睛闭着，差不多永久不离开手的纸烟，也放弃了。躺藤椅后边靠着枕头，鲁迅先生的头有些向后，两只手空闲地垂着。眉头仍和平日一样没有聚皱，脸上是平静的，舒展的，似乎并没有任何痛苦加在身上。

"来了吧？"鲁迅先生睁一睁眼睛，"不小心，着了凉……呼吸困难……到藏书的房子去翻一翻书……那房子因为没有人住，特别凉……回来就……"

许先生看周先生说话吃力，赶紧接着说周先生是怎样气喘的。

医生看过了，吃了药，但喘并未停；下午医生又来过，刚刚走。

卧室在黄昏里边一点一点地暗下去，外边起了一点小风，隔院的树被风摇着发响。别人家的窗子有的被风打着发出自动关开的响声，家家的流水道都是哗啦哗啦地响着水声，一定是晚餐之后洗着杯盘的剩水。晚餐后该散步的散步去了，该会朋友的会朋友去了，弄堂里来去地稀疏不断地走着人，而娘姨们还没有解掉围裙呢，就依着后门彼此搭讪起来。小孩子们三五一伙前门、后门地跑着，弄堂外汽车穿来穿去。

鲁迅先生坐在躺椅上，沉静地、不动地阖着眼睛，略微灰了的脸色被炉里的火染红了一点。纸烟听子蹲在书桌上，盖着盖子，茶杯也蹲在桌子上。

许先生轻轻地在楼梯上走着，许先生一到楼下去，二楼就只剩了鲁迅先生一个人坐在椅子上，呼喘把鲁迅先生的胸部有规律性地抬得高高的。

鲁迅先生必得休息的，须藤医生这样说的。可是鲁迅先生从此不但没有休息，并且脑子里所想的更多了，要做的事情都像非立刻就做不可，校《海上述林》的校样，印珂勒惠支的画，翻译《死魂灵》下部；刚好了，这些就都一起开始了，还计算着出三十年集（即《鲁迅全集》）。

鲁迅先生感到自己的身体不好，就更没有时间注意身体，所以要多做，赶快做。当时大家不解其中的意思，都以为鲁迅先生不加休息不以为然，后来读了鲁迅先生《死》的那篇文章才了然了。

鲁迅先生知道自己的健康不成了，工作的时间没有几年了，死了是不要紧的，只要留给人类更多，鲁迅先生就是这样。

不久书桌上德文字典和日文字典都摆起来了，果戈里的《死魂灵》，又开始翻译了。

鲁迅先生的身体不大好，容易伤风，伤风之后，照常要陪客人，回信，校稿子。所以伤风之后总要拖下去一个月或半个月的。

瞿秋白的《海上述林》校样，一九三五年冬、一九三六年的春天，鲁迅先生不断地校着。几十万字的校样，要看三遍，而印刷所送校样来总是十页八页的，并不是统统一道地送来，所以鲁迅先生不断地被这校样催索着，鲁迅先生竟说：

"看吧，一边陪着你们谈话，一边看校样的，眼睛可以看，耳朵可以听……"

有时客人来了，一边说着笑话，一边鲁迅先生放下了笔。有的时候也说："就剩几个字了……请坐一坐……"

一九三五年冬天许先生说：

"周先生的身体是不如从前了。"

有一次鲁迅先生到饭馆里去请客，来的时候兴致很好，还记得那次吃了一只烤鸭子，整个的鸭子用大钢叉子叉上来时，大家看着这鸭子烤得又油又亮的，鲁迅先生也笑了。

菜刚上满了，鲁迅先生就到竹躺椅上吸一支烟，并且阖一阖眼睛。一吃完了饭，有的喝多了酒的，大家都闹乱了起来，彼此抢着苹果，彼此讽刺着玩，说着一些刺人可笑的话，而鲁迅先生这时候，坐在躺椅上，阖着眼睛，很庄严地在沉默着，让拿在手上纸烟的烟丝，慢慢地上升着。

别人以为鲁迅先生也是喝多了酒吧！

许先生说，并不的。

"周先生的身体是不如从前了，吃过了饭总要阖一阖眼睛稍微休息一下，从前一向没有这习惯。"

周先生从椅子上站起来了，大概说他喝多了酒的话让他听到了。

"我不多喝酒的，小的时候，母亲常提到父亲喝了酒，脾气怎样坏，母亲说，长大了不要喝酒，不要像父亲那样子……所以我不多喝的……从来没喝醉过……"

鲁迅先生休息好了，换了一支烟，站起来也去拿苹果吃，可是苹果没有了。鲁迅先生说：

"我争不过你们了，苹果让你们抢没了。"

有人抢到手的还在保存着的苹果，奉献出来，鲁迅先生没有吃，只在吸烟。

一九三六年春，鲁迅先生的身体不大好，但没有什么病，吃过了夜饭，坐在躺椅上，总要闭一闭眼睛沉静一会。

许先生对我说，周先生在北平时，有时开着玩笑，手按着桌子一跃就能够跃过去，而近年来没有这么做过，大概没有以前那么灵便了。

这话许先生和我是私下讲的，鲁迅先生没有听见，仍靠在躺椅上沉默着呢。

许先生开了火炉的门，装着煤炭哗哗地响，把鲁迅先生震醒了。一讲起话来鲁迅先生的精神又照常一样。

鲁迅先生睡在二楼的床上已经一个多月了。气喘虽然停止，但每天发热，尤其是在下午热度总在三十八度三十九度之间，有时也到三十九度多，那时鲁迅先生的脸是微红的，目力是疲弱的，不吃东西，不大多睡，没有一些呻吟，似乎全身都没有什么痛楚的地方。躺在床上的时候张开眼睛看着，有的时候似睡非睡的安静地躺着，茶吃得很少。差不多一刻也不停的纸烟，而今几乎完全放弃了，纸烟听子不放在床边，而仍很远地蹲在书桌上，若想吸一支，是请许先生付给的。

许先生从鲁迅先生病起，更过度的忙了。按着时间给鲁迅先生吃药，按着时间给鲁迅先生试温度表，试过了之后还要把一张医生发给的表格填好，那表格是一张硬纸，上面画了无数根线，许先生就在这张纸上拿着米度尺画着度数，那表画得和尖尖的小山丘似的，又像尖尖的水晶石，高的低的一排连一排地站着。许先生虽然每天画，但那像是一条接连不断的线，不过从低处到高处，从高处到低处，这高峰越高越不好，也就是鲁迅先生的热度越高了。

来看鲁迅先生的人，多半都不到楼上来了，为的是请鲁迅先生好好的静养，所以把客人这些事也推到许先生身上来了。还有书、报、信，都要许先生看过，必要的就告诉鲁迅先生，不十分必要的，就先把它放在一处放一放，等鲁迅先生好些了再取出来交给他。然而这家庭里边还有许多琐事，比方年老的娘姨病了，要请两天假；海婴的牙齿脱掉一个要到牙医那里去看过，但是带他去的人没有，又得许先生。海婴在幼稚园里读书，又是买铅笔，买皮球，还有临时出些个花头，跑上楼来了，说要吃什么花生糖什么牛奶糖，他上楼来是一边跑着一边喊着，许先生连忙拉住了他，拉他下了楼才跟他讲：

"爸爸病啦。"而后拿出钱来，嘱咐好了娘姨，只买几块糖而不准让他格外的多买。

收电灯费的来了，在楼下一打门，许先生就得赶快往楼下跑，怕的是再多打几下，就要惊醒了鲁迅先生。

海婴最喜欢听讲故事，这也是无限的麻烦，许先生除了陪海婴讲故事之外，还要在长桌上偷一点工夫来看鲁迅先生为着病耽搁下来尚未校完的校样。

在这期间，许先生比鲁迅先生更要担当一切了。

鲁迅先生吃饭，是在楼上单开一桌，那仅仅是一个方木盘，许先生每餐亲手端到楼上去。那黑油漆的方木盘中摆着三四样小菜，每样都用小吃碟盛着；那小吃碟直径不过二寸，一碟豌豆苗或菠菜或苋菜，把黄花鱼或者鸡之类也放在小碟里端上楼去；若是鸡，那鸡也是全鸡身上最好的一块地方拣下来的肉；若是鱼，也是鱼身上最好一部分许先生才把它拣下放在小碟里。

许先生用筷子来回地翻着楼下的饭桌上菜碗里的东西，菜拣嫩的，不要茎，只要叶；鱼肉之类，拣烧得软的，没有骨头没有刺的。

心里存着无限的期望、无限的要求，用了比祈祷更虔诚的目光，许先生看着她自己手里选得精精致致的菜盘子，而后脚板触了楼梯上了楼。

希望鲁迅先生多吃一口，多动一动筷，多喝一口鸡汤。鸡汤和牛奶是医生所嘱的，一定要多吃一些的。

把饭送上去，有时许先生陪在旁边，有时走下楼来又做些别的事，半个钟头之后，到楼上去取这盘子。这盘子装得满满的，有时竟照原样一动也没有动又端下来了，这时候许先生的眉头微微地皱了一点。旁边若有什么朋友，许先生就说："周先生的热度高，什么也吃不落，连茶也不愿意吃，人很苦，人很吃力。"

有一天许先生用波浪式的专门切面包的刀切着一个面包,是在客厅后边方桌上切的,许先生一边切着一边对我说:

"劝周先生多吃些东西,周先生说,人好了再保养,现在勉强吃也是没有用的。"

许先生接着似乎问着我:

"这也是对的?"

而后把牛奶面包送上楼去了。一碗烧好的鸡汤,从方盘里许先生把它端出来了,就摆在客厅后的方桌上。许先生上楼去了,那碗热的鸡汤在方桌上自己悠然地冒着热气。

许先生由楼上回来还说呢:

"周先生平常就不喜欢吃汤之类,在病里,更勉强不下了。"

那已经送上去的一碗牛奶又带下来了。

许先生似乎安慰着自己似的。

"周先生人强,喜欢吃硬的、油炸的,就是吃饭也喜欢吃硬饭……"

许先生楼上楼下地跑,呼吸有些不平静,坐在她旁边,似乎可以听到她心脏的跳动。

鲁迅先生开始独桌吃饭以后,客人多半不上楼来了,经许先生婉言把鲁迅先生健康的经过报告了之后就走了。

鲁迅先生在楼上一天一天地睡下去,睡了许多日子就有些寂寞了,有时大概热度低了点就问许先生:

"有什么人来过吗?"

看鲁迅先生精神好些,就一一地报告过。

有时也问到有什么刊物来吗?

鲁迅先生病了一个多月了。

证明了鲁迅先生是肺病,并且是肋膜炎,须藤老医生每天来了,为鲁迅先生把肋膜积水用打针的方法抽净,共抽过两三次。

这样的病,为什么鲁迅先生自己一点也不晓得呢?许先生说,周先生有时觉得肋痛了就自己忍着不说,所以连许先生也不知道,鲁迅先生怕别人晓得了又要不放心,又要看医生,医生一定又要说休息。鲁迅先生自己知道做不到的。

福民医院美国医生的检查,说鲁迅先生肺病已经二十年了。这次发了怕是很严重。

医生规定个日子,请鲁迅先生到福民医院去详细检查,要照X光的。

但鲁迅先生当时就下楼是下不得的,又过了许多天,鲁迅先生到福民医院去检查病去了。照X光后给鲁迅先生照了一个全部的肺部的照片。

这照片取来的那天许先生在楼下给大家看了,右肺的上尖角是黑的,中部也黑了一块,左肺的下半部都不大好,而沿着左肺的边边黑了一大圈。

这之后,鲁迅先生的热度仍高,若再这样热度不退,就很难抵抗了。

那查病的美国医生,只查病,而不给药吃,他相信药是没有用的。

须藤老医生,鲁迅先生早就认识,所以每天来,他给鲁迅先生吃了些退热药,还吃停止肺部菌活动的药。他说若肺不再坏下去,就停止在这里,热自然就退了,人是不危险的。

在楼下的客厅里许先生哭了。许先生手里拿着一团毛线，那是海婴的毛线衣拆了洗过之后又团起来的。

鲁迅先生在无欲望状态中，什么也不吃，什么也不想，睡觉似睡非睡的。

天气热起来了，客厅的门窗都打开着，阳光跳跃在门外的花园里。麻雀来了停在夹竹桃上叫了三两声就又飞去，院子里的小孩们叽叽喳喳地玩耍着，风吹进来好像带着热气，扑到人的身上，天气刚刚发芽的春天，变为夏天了。

楼上老医生和鲁迅先生谈话的声音隐约可以听到。

楼下又来客人。来的人总要问：

"周先生好一点吗？"

许先生照常说："还是那样子。"

但今天说了眼泪就又流了满脸。一边拿起杯子来给客人倒茶，一边用左手拿着手帕按着鼻子。

客人问：

"周先生又不大好吗？"

许先生说：

"没有的，是我心窄。"

过了一会鲁迅先生要找什么东西，喊许先生上楼去，许先生连忙擦着眼睛，想说她不上楼的，但左右看了一看，没有人能替代了她，于是带着她那团还没有缠完的毛线球上楼去了。

楼上坐着老医生，还有两位探望鲁迅先生的客人，许先生一看了他们就自己低了头不好意思地笑了，她不敢到鲁迅先生的面前去，背转着身问鲁迅先生要什么呢，而后又是慌忙地把线缕挂在手上缠了起来。

一直到送老医生下楼，许先生都是把背向着鲁迅先生而站着的。

每次老医生走，许先生都是替老医生提着皮提包送到前门外的。许先生愉快地、沉静地带着笑容打开铁门闩，很恭敬地把皮包交给老医生，眼看着老医生走了才进来关了门。

这老医生出入在鲁迅先生的家里，连老娘姨对他都是尊敬的，医生从楼上下来时，娘姨若在楼梯的半道，赶快下来躲开，站到楼梯的旁边。有一天老娘姨端着一个杯子上楼，楼上医生和许先生一道下来了，那老娘姨躲闪不灵，急得把杯里的茶都颠出来了。等医生走过去，已经走出了前门，老娘姨还在那里呆呆地望着。

"周先生好了点吧？"

有一天许先生不在家，我问着老娘姨。她说：

"谁晓得，医生天天看过了不声不响地就走了。"

可见老娘姨对医生每天是怀着期望的眼光看着他的。

许先生很镇静，没有紊乱的神色，虽然说那天当着人哭过一次，但该做什么，仍是做什么，毛线该洗的已经洗了，晒的已经晒起，晒干了的随手就把它团起团子。

"海婴的毛线衣，每年拆一次，洗过之后再重打起，人一年一年的长，衣裳一年穿过，一年就小了。"

在楼下陪着熟的客人，一边谈着，一边开始手里动着竹针。

这种事情许先生是偷工就做的，夏天就开始预备着冬天的，冬天就做夏天的。

许先生自己常常说：

"我是无事忙。"

这话很客气，但忙是真的，每一餐饭，都好像没有安静的吃过。海婴一会要这个，要那个；若一有客人，上街临时买菜，下厨房煎炒还不说，就是摆到桌子上来，还要从菜碗里为着客人选好的夹过去。饭后又是吃水果，若吃苹果还要把皮削掉，若吃荸荠看客人削得慢而不好也要削了送给客人吃，那时鲁迅先生还没有生病。

许先生除了打毛线衣之外，还用机器缝衣裳，剪裁了许多件海婴的内衫裤在窗下缝。

因此许先生对自己忽略了，每天上下楼跑着所穿的衣裳都是旧的，次数洗得太多，纽扣都洗脱了，也磨破了，都是几年前的旧衣裳，春天时许先生穿了一个紫红宁绸袍子，那料子是海婴在婴孩时候别人送给海婴做被子的礼物。做被子，许先生说很可惜，就拣起来做一件袍子。正说着，海婴来了，许先生使眼神，且不要提到，若提到海婴又要麻烦起来了，一要说是他的，他就要要。

许先生冬天穿一双大棉鞋，是她自己做的。一直到二三月早晚冷时还穿着。

有一次我和许先生在小花园里拍一张照片，许先生说她的纽扣掉了，还拉着我站在她前边遮着她。

许先生买东西也总是到便宜的店铺去买，再不然，到减价的地方去买。

处处俭省，把俭省下来的钱，都印了书和印了画。

现在许先生在窗下缝着衣裳，机器声咯哒咯哒的，震着玻璃门有些颤抖。

窗外的黄昏，窗内许先生低着的头，楼上鲁迅先生的咳嗽声,都搅混在一起了,重续着、埋藏着力量。在痛苦中,在悲哀中,一种对于生的强烈的愿望站得和强烈的火焰那样坚定。

许先生的手指把捉了在缝的那张布片,头有时随着机器的力量低沉了一两下。

许先生的面容是宁静的、庄严的、没有恐惧的,她坦荡地在使用着机器。

海婴在玩着一大堆黄色的小药瓶,用一个纸盒子盛着,端起来楼上楼下地跑。向着阳光照是金色的,平放着是咖啡色的,他召集了小朋友来,他向他们展览,向他们夸耀,这种玩意儿只有他有而别人不能有。他说:

"这是爸爸打药针的药瓶,你们有吗?"

别人不能有,于是他拍着手骄傲地呼叫起来。

许先生一边招呼着他,不叫他喊,一边下楼来了。

"周先生好了些?"

见了许先生大家都是这样问的。

"还是那样子,"许先生说,随手抓起一个海婴的药瓶来,"这不是么,这许多瓶子,每天打针,药瓶也积了一大堆。"

许先生一拿起那药瓶,海婴上来就要过去,很宝贵地赶快把那小瓶摆到纸盒里。

在长桌上摆着许先生自己亲手做的蒙着茶壶的棉罩子,从那蓝缎子的花罩下拿着茶壶倒着茶。

楼上楼下都是静的了,只有海婴快活的和小朋友们的吵嚷躲在太阳里跳荡。

海婴每晚临睡时必向爸爸妈妈说:"明朝会!"

有一天他站在上三楼去的楼梯口上喊:

"爸爸,明朝会!"

鲁迅先生那时正病得沉重,喉咙里边似乎有痰,那回答的声音很小,海婴没有听到,于是他又喊:

"爸爸,明朝会!"他等一等,听不到回答的声音,他就大声地连串地喊起来:

"爸爸,明朝会,爸爸,明朝会……爸爸,明朝会……"

他的保姆在前边往楼上拖他,说是爸爸睡下了,不要喊了。可是他怎么能够听呢,仍旧喊。

这时鲁迅先生说"明朝会",还没有说出来喉咙里边就像有东西在那里堵塞着,声音无论如何放不大。到后来,鲁迅先生挣扎着把头抬起来才很大声地说出:

"明朝会,明朝会。"

说完了就咳嗽起来。

许先生被惊动得从楼下跑来了,不住地训斥着海婴。

海婴一边笑着一边上楼去了,嘴里唠叨:

"爸爸是个聋人哪!"

鲁迅先生没有听到海婴的话,还在那里咳嗽着。

鲁迅先生在四月里,曾经好了一点,有一天下楼去赴一个约会,把衣裳穿得整整齐齐,手下夹着黑花布包袱,戴起帽子来,出门就走。

许先生在楼下正陪客人,看鲁迅先生下来了,赶快说:

"走不得吧,还是坐车子去吧。"

鲁迅先生说:"不要紧,走得动的。"

许先生再加以劝说,又去拿零钱给鲁迅先生带着。

鲁迅先生说不要不要,坚决地走了。

"鲁迅先生的脾气很刚强。"

许先生无可奈何地,只说了这一句。

鲁迅先生晚上回来,热度增高了。

鲁迅先生说:

"坐车子实在麻烦,没有几步路,一走就到。还有,好久不出去,愿意走走……动一动就出毛病……还是动不得……"

病压服着鲁迅先生又躺下了。

七月里,鲁迅先生又好些。

药每天吃,记温度的表格照例每天好几次在那里画,老医生还是照常地来,说鲁迅先生就要好起来了。说肺部的菌已经停止了一大半,肋膜也好了。

客人来差不多都要到楼上来拜望,拜望,鲁迅先生带着久病初愈的心情,又谈起话来,披了一张毛巾子坐在躺椅上,纸烟又拿在手里了,又谈翻译,又谈某刊物。

一个月没有上楼去,忽然上楼还有些心不安,我一进卧室的门,觉得站也没地方站,坐也不知坐在哪里。

许先生让我吃茶,我就依着桌子边站着。好像没有看见那茶杯似的。

鲁迅先生大概看出我的不安来了,便说:

"人瘦了,这样瘦是不成的,要多吃点。"

鲁迅先生又在说玩笑话了。

"多吃就胖了,那么周先生为什么不多吃点?"

鲁迅先生听了这话就笑了,笑声是明朗的。

从七月以后鲁迅先生一天天地好起来了,牛奶、鸡汤之类,为了医生所嘱也隔三岔五地吃着，人虽是瘦了，但精神是好的。

鲁迅先生说自己体质的本质是好的，若差一点的，就让病打倒了。

这一次鲁迅先生保持了很长时间。没有下楼更没有到外边去过。

在病中，鲁迅先生不看报，不看书，只是安静地躺着。但有一张小画是鲁迅先生放在床边上不断看着的。

那张画，鲁迅先生未生病时，和许多画一道拿给大家看过的，小得和纸烟包里抽出来的那画片差不多。那上边画着一个穿大长裙子飞散着头发的女人在大风里边跑，在她旁边的地面上还有小小的红玫瑰的花朵。

记得是一张苏联某画家着色的木刻。

鲁迅先生有很多画，为什么只选了这张放在枕边？

许先生告诉我的，她也不知道鲁迅先生为什么常常看这小画。

有人来问他这样那样的，他说：

"你们自己学着做，若没有我呢！"

这一次鲁迅先生好了。

还有一样不同的，觉得做事要多做……

鲁迅先生以为自己好了，别人也以为鲁迅先生好了。

准备冬天要庆祝鲁迅先生工作三十年。

又过了三个月。

一九三六年十月十七日，鲁迅先生病又发了，又是气喘。

十七日,一夜未眠。

十八日,终日喘着。

十九日的下半夜,人衰弱到极点了。天将发白时,鲁迅先生就像他平日一样,工作完了,他休息了。

回忆辜鸿铭先生

罗家伦

在清末民初一位以外国文字名满海内外，而又以怪诞见称的，那便是辜鸿铭先生了。辜先生号汤生，福建人，因为家属侨居海外，所以他很小就到英国去读书，在一个著名的中学毕业，受过很严格的英国文学训练。这种学校对于拉丁文、希腊文，以及英国古典文学，都很认真而彻底地教授。这乃是英国当时的传统。毕业以后，他考进伯明罕大学学工程（有人误以为他在大学学的是文学，那是错的）。

回国以后，他的工程知识竟然没有发挥的余地。当时张之洞做两湖总督，请他做英文文案。张之洞当年提倡工业建设，办理汉冶萍煤铁等项工程，以"中学为体，西学为用"相号召，为好谈时务之人。他幕府里也有外国顾问，大概不是高明的外国人士，辜先生不曾把他们放在眼里。有一天，一个外国顾问为起草文件，来向辜先生请问一个英文字用法。辜默然不语，走到书架上抱了一本又大又重的英文字典，砰然一声丢在那外国顾问的桌上说："你自己去查去！"这件小故事是蔡孑民先生告诉我的，这可以看出辜先生牢骚抑郁和看不起庸俗外国顾问的情形。

民国四年，我在上海愚园游玩，看见愚园走廊的壁上嵌了几块石头，刻着拉丁文的诗，说是辜鸿铭先生做的。我虽然看不懂，可是心里有种佩服的情绪，认为中国人会做拉丁文的诗，大概是一件了不得的事。后来我到北京大学读书，蔡先生站在学术的立场上网罗了许多很奇怪的人物。辜先生虽然是老复辟派的人物，因为他外国文学的特长，也被聘在北大讲授英国文学。因此我接连上了三年辜先生主讲的英国诗这门课程。我记得第一天他老先生拖了一条大辫子，是用红丝线夹在头发里辫起来的，戴了一顶红帽结黑缎子平顶的瓜皮帽，大摇大摆地走上汉花园北大文学院的红楼，颇是一景。到了教室之后，他首先对学生宣告："我有三章约法，你们受得了的就来上我的课，受不了的就趁早退出：第一章，我进来的时候你们要站起来，上完课要我先出去你们才能出去；第二章，我问你们话和你们问我话时都得站起来；第三章，我指定你们要背的书，你们都要背，背不出不能坐下。"我们全班的同学都认为第一第二都容易办到，第三却有点困难，可是大家都慑于辜先生的大名，也就不敢提出异议。

三年之间，我们课堂里有趣的故事多极了。我曾开玩笑地告诉同学们说："有没有人想要立刻出名，若要出名，只要在辜先生上楼梯时，把他那条大辫子剪掉，那明天中外报纸一定都会竞相刊载。"当然，这个名并没有人敢出的。辜先生对我们讲英国诗的时候，有时候对我们说："我今天教你们外国大雅。"有时候说："我今天教你们外国小雅。"有时候说："我今天教你们洋离骚。"这"洋离骚"是什么呢？原来是密尔顿（John Milton）的一首长诗 *Lycidas*。为什么 *Lycidas* 会变"洋离骚"呢？这大概因为此诗是密尔顿吊他一位在爱尔兰海附近淹死亡友而写成的。

在辜先生的班上，我前后背熟过几十首英文长短的诗篇。在那时候叫我背书倒不是难事，最难的是翻译。他要我们翻什么呢？要我们翻《千字文》，把"天地玄黄，宇宙洪荒"翻成英文，这个真比孙悟空戴紧箍咒还要痛苦。我们翻过之后，他自己再翻。他翻的文字我早已记不清了，我现在想来，那一定也是很牵强的。还有一天把他自己一首英文诗要我们翻成中文，当然我们班上有几种译文，最后他把自己的译文写出来了，这个译文是："上马复上马，同我伙伴儿，男儿重意气，从此赴戎机，剑柄执在手，别泪不沾衣，寄语越溪女，喁喁复何为！"英文可能是很好，但译文并不很高明，因为辜先生的中国文学是他回国后再用功研究的，虽然也有相当的造诣，却不自然。这也同他在黑板上写中国字一样，他写中国字常常会缺一笔多一笔，而他自己毫不觉得。

我们在教室里对辜先生是很尊重的，可是有一次，我把他气坏了。这是正当五四运动的时候，辜先生在一个日本人办的《华北正报》(*North China Standard*)里写了一篇文章，大骂学生运动，说我们这班学生是暴徒，是野蛮。我看报之后受不住了，把这张报纸带进教室，质问辜先生道："辜先生，你从前著的《春秋大义》(*The Spirit of the Chinese People*) 我们读了都很佩服，你既然讲春秋大义，你就应该知道春秋的主张是'内中国而外夷狄'的，你现在在夷狄的报纸上发表文章骂我们中国学生，是何道理？"这一下把辜先生气得脸色发青，他很大的眼睛突出来了，一两分钟说不出话，最后站起来拿手敲着讲台说道："我当年连袁世凯都不怕，我还怕你？"

这件故事，现在想起来还觉得很有趣味。辜先生有一次谈到在袁世凯时代他不得已担任了袁世凯为准备帝制而设立的参政院的议员（辜先生虽是帝制派，但他主张的帝制是清朝的帝制，不是袁世凯的帝制)。有一天他从会场上出来，收到三百银元的出席费，他立刻拿了这大包现款到八大胡同去逛窑子。北平当时妓院的规矩，是唱名使妓女鱼贯而过，任狎妓者挑选其所看上的。辜先生到每个妓院点一次名，每个妓女给一块大洋，到三百块大洋花完了，乃哈哈大笑，扬长而去。

当时在他们旧式社会里，逛妓院与娶姨太太并不认为是不正当的事，所以辜先生还有一个日本籍的姨太太。他是公开主张多妻主义的，他一个最出名的笑话就是："人家家里只有一个茶壶配上几个茶杯，哪有一个茶杯配上几个茶壶的道理？"这个譬喻早已传诵一时，但其本质确是一种诡辩。不料以后还有因此而连带发生的一个引申的譬喻。陆小曼同徐志摩结婚以后，她怕徐志摩再同别人谈恋爱，所以对志摩说："志摩！你不能拿辜先生茶壶的譬喻来作借口，你要知道，你不是我的茶壶，乃是我的牙刷，茶壶可以公开用的，牙刷是不能公开用的！"作文和说理用譬喻在逻辑上是犯大忌的，因为譬喻常常用性质不同的事物作比，并在这里面隐藏着许多遁词。

辜先生英文写作的特长，就是作深刻的讽刺。我在国外时，看见一本英文杂志里有他的一篇文章，所采的体裁是欧洲中世纪基督教常用的问答传习体（Catechism）。其中有几条我至今还记得很清楚，如："什么是天堂？天堂是在上海静安寺路最舒适的洋房里！谁是傻瓜？傻瓜是任何外国人在上海不能发财的！什么是侮辱上帝？侮辱上帝是说赫德（Sir Robert Hatt）总税务司为中国定下的海关制度并非至善至美。"诸如此类的问题有二三十个，用字和造句的深刻和巧妙，真是可以令人拍案叫绝。大约是在一九二〇年美国《纽约时报》的星期杂志上有一篇辜先生的论文，占满第一页全面。中间插入一个辜先生的漫画像,穿着前清的顶戴朝服,后面拖了一根大辫子。这篇文章的题目是《没有文化的美国》(*The Uncivilized United States*)。他批评美国文学的时候说美国除了 Edgar Allan Poe 所著的 *Annabelle Lee* 之外,没有一首好诗。诸如此类的议论很多,可是美国这个权威的大报,却有这种幽默感把他全文登出。美国人倒是有种雅量,欢喜人家骂他,愈骂得痛快,他愈觉得舒服,只要你骂的技术够巧妙。像英国的王尔德、萧伯纳都是用这一套方法得到美国人的崇拜。在庚子八国联军的时候,辜先生曾用拉丁文在欧洲发表一篇替中国说话的文章,使欧洲人士大为惊奇。善于运用中国的观点来批评西洋的社会和文化,能够搔着人家的痒处,这是辜先生能够得到西洋文艺界赞美佩服的一个理由。

无疑义的,辜先生是一个有天才的文学家,常常自己觉得怀才不遇,所以搞到恃才傲物。他因为生长在华侨社会之中,而华侨常饱受着外国人的歧视,所以他对外国人自不免取嬉笑怒骂的态度以发泄此种不平之气。他又生在中国混乱的社会里,更不免愤世嫉俗。他走到旧复辟派这条路上去,亦是不免故意好奇立异,表示与众不同。他曾经在教室里对我们说过:"现在中国只有两个好人,一个是蔡元培先生,一个是我。因为蔡先生点了翰林之后不肯做官就去革命,到现在还是革命。我呢?自从跟张文襄(之洞)做了前清的官以后,到现在还是保皇。"这可能亦是他自己的解嘲和答客难吧!

第二辑　市井拾趣

谈　吃

夏丏尊

说起新年的行事，第一件在我脑中浮起的是吃。回忆幼时一到冬季，就日日盼望过年，等到过年将届就乐不可支。因为过年的时候，有种种乐趣，第一是吃的东西多。

中国人是全世界善吃的民族。普通人家，客人一到，男主人即上街办吃场，女主人即入厨罗酒浆，客人则坐在客堂里口嗑瓜子，耳听碗盏刀俎的声响，等候吃饭。吃完了饭，大事已毕。客人拔起步来说"叨扰"，主人说"没有什么好的待你"，有的还要苦留："吃了点心去"，"吃了夜饭去"。

遇到婚丧，庆吊只是虚文，果腹倒是实在。排场大的大吃七日五日，小的大吃三日一日。早饭、午饭、点心、夜饭、夜点心，吃了一顿又一顿，吃得来不亦乐乎，真是酒可为池，肉可成林。

过年了，轮流吃年饭，送食物。新年了，彼此拜来拜去，讲吃局。端午要吃，中秋要吃，生日要吃，朋友相会要吃，相别要吃。只要取得出名词，就非吃不可，而且一吃就了事，此外不必有别的什么。

小孩子于三顿饭以外，每日好几次地向母亲讨铜板，买食吃。普通学生最大的消费不是学费，不是书籍费，乃是吃的用途。成人对于父母的孝敬，重要的就是奉甘旨。中馈自古占着女子教育上的主要部分。"食不厌精，脍不厌细"，"沽酒，市脯"，"割不正"，圣人不吃。梨子蒸得味道不好，贤人就可以出妻。家里的老婆如果弄得出好菜，就可以骄人。古来许多名士至于费尽苦心，别出心裁，考案出好几部特别的食谱来。

不但活着要吃，死了仍要吃。他民族的鬼，只要香花就满足了，而中国的鬼，仍依旧非吃不可。死后的饭碗，也和活时的同样重要，或者还更重要。普通人为了死后的所谓"血食"，不辞广蓄姬妾，预置良田。道学家为了死后的冷猪肉，不辞假仁假义，拘束一世。朱竹垞宁不吃冷猪肉，不肯从其诗集中删去《风怀二百韵》的艳诗，至今犹传为难得的美谈，足见冷猪肉牺牲不掉的人之多了。

不但人要吃，鬼要吃，神也要吃，甚至连没嘴巴的山川也要吃，天地也要吃。有的但吃猪头，有的要吃全猪，有的是专吃羊的，有的是专吃牛的，各有各的胃口，各有各的嗜好，古典中大都详有规定，一查就可知道。较之于他民族的对神只做礼拜，他民族的神，远是唯心，中国的神，远是唯物，似乎都是主张马克思学说的。

梅村的诗道，"十家三酒店"，街市里最多的是食物铺。俗语说，"开门七件事"，家庭中最麻烦的不是教育或是什么，乃是料理食物。学校里最难处置的不是程度如何提高、教授如何改进，乃是饭厅风潮。

俗语说得好，只有"两脚的爷娘不吃，四脚的眠床不吃"。中国人吃的范围之广，真可使他国人为之吃惊。中国人于世界普通的食物之外，还吃着他国人所不吃的珍馐：吃西瓜的实，吃鲨鱼的鳍，吃燕子的窠，吃狗，吃乌龟，吃狸猫，吃癞虾蟆，吃癞头鼋，吃小老鼠。有的或竟至吃到小孩的胞衣以及直接从人身上取得的东西。如果能够，怕连天上的月亮也要挖下来尝尝哩。

至于吃的方法，更是五花八门，有烤，有炖，有蒸，有卤，有炸，有烩，有熏，有醉，有炙，有熘，有炒，有拌，真真一言难尽。古来尽有许多做菜的名厨司，其名字都和名卿相一样煊赫地留在青史上。不，他们之中有的并升到高位，老老实实就是名卿相。如果中国有一件事可以向世界自豪的，那么这并不是历史之久、土地之大、人口之众、军队之多、战争之频繁，乃是善吃的一事。中国的肴菜，已征服了全世界了。有人说，中国人有三把刀为世界所不及，第一把就是厨刀。

不见到喜庆人家挂着的福禄寿三星图吗？福禄寿是中国民族生活上的理想。画上的排列是禄居中央，右是福，寿居左。禄也者，拆穿了说，就是吃的东西。老子也曾说过："虚其心实其腹"，"圣人为腹不为目"。吃最要紧，其他可以不问。"嫖赌吃着"之中，普通人皆认吃最实惠。所谓"着威风，吃受用，赌对冲，嫖全空"，什么都假，只有吃在肚里是真的。

吃的重要，更可于国人所用的言语上证之。在中国，吃字的意义特别复杂，什么都会带了"吃"字来说。被人欺负曰"吃亏"，打巴掌曰"吃耳光"，希求非分曰"想吃天鹅肉"，诉讼曰"吃官司"，中枪弹曰"吃卫生丸"，此外还有什么"吃生活""吃排头"，等等。相见的寒暄，他民族说"早安""午安""晚安"，而中国人则说："吃了早饭没有？""吃了中饭没有？""吃了夜饭没有？"对于职业，普通也用吃字来表示，营什么职业就叫作吃什么饭。"吃赌饭""吃堂子饭""吃洋行饭""吃教书饭"，诸如此类，不必说了。甚至对于应以信仰为本的宗教者、应以保卫国家为职志的军士，也都加吃字于上。在中国，教徒不称信者，叫作"吃天主教的""吃耶稣教的"，从军的不称军人，叫作"吃粮的"，最近还增加了什么"吃党饭""吃三民主义"的许多新名词。

衣食住行为生活四要素，人类原不能不吃。但吃字的意义如此复杂，吃的要求如此露骨，吃的方法如此麻烦，吃的范围如此广泛，好像除了吃以外就无别事也者，求之于全世界，这怕只有中国民族如此的了。

在中国，衣不妨污浊，居室不妨简陋，道路不妨泥泞，而独在吃上，却分毫不能马虎。衣食住行的四事之中，食的程度，远高于其余一切，很不调和。中国民族的文化，可以说是口的文化。

佛家说六道轮回，把众生分为天、人、修罗、畜生、地狱、饿鬼六道。如果我们相信这话，那么中国民族是否都从饿鬼道投胎而来，真是一个疑问。

幽默的叫卖声

夏丏尊

住在都市里,从早到晚,从晚到早,不知要听到多少种类、多少次数的叫卖声。深巷的卖花声是曾经入过诗的,当然富于诗趣,可惜我们现在实际上已不大听到。寒夜的"茶叶蛋""细砂粽子""莲心粥",等等,声音发沙,十之七八似乎是"老枪"的喉咙,困在床上听去,颇有些凄清。每种叫卖声,差不多都有着特殊的情调。

我在这许多叫卖者中发现了两种幽默家。

一种是卖臭豆腐干的。每日下午五六点钟,弄堂口常有臭豆腐干担歇着或是走着叫卖,担子的一头是油锅,油锅里现炸着臭豆腐干,气味臭得难闻,卖的人大叫"臭豆腐干!""臭豆腐干!",态度自若。

我以为这很有意思。"说真方,卖假药""挂羊头,卖狗肉",是世间一般的毛病,以香相号召的东西,实际往往是臭的。卖臭豆腐干的居然不欺骗大众,自叫"臭豆腐干",把"臭"作为口号标语,实际的货色真是臭的。如此言行一致、名副其实、不欺骗别人的事情,恐怕世间再也找不出了吧,我想。

"臭豆腐干!"这呼声在欺诈横行的现世,俨然是一种愤世嫉俗的激越的讽刺!

还有一种是五云日升楼卖报者的叫卖声。那里的卖报的和别处不同，没有十多岁的孩子，都是些三四十岁的老枪瘪三，身子瘦得像腊鸭，深深的乱头发、青屑屑的烟脸，看去活像是个鬼，早晨是不看见他们的，他们卖的总是夜报，傍晚坐电车打那儿经过，就会听到一片发沙的卖报声。

他们所卖的似乎都是两个铜板的东西（如《新夜报》《时报号外》之类），叫卖的方法很特别，他们不叫"刚刚出版××报"，却把价目和重要新闻标题联在一起，叫起来的时候，老是用"两个铜板"打头，下面接着"要看到"三个字，再下去是当日的重要的国家大事的题目，再下去是一个"哪"字。"两个铜板要看到剿匪胜利哪！"在剿匪消息胜利的时候，他们就这样叫。"两个铜板要看到十九路军反抗中央哪！"在福建事变起来的时候，他们就这样叫。"两个铜板要看到剿匪胜利哪！"在剿匪消息胜利的时候，他们就这样叫。"两个铜板要看到日本副领事在南京失踪哪！"藏本事件开始的时候，他们就这样叫。

在他们的叫声里任何国家大事都只要花两个铜板就可以看到，似乎任何国家大事都只值两个铜板的样子。我每次听到，总深深地感到冷酷的滑稽情味。

"臭豆腐干！""两个铜板要看到××××哪！"这两种叫卖者颇有幽默家的风格。前者似乎富于热情，像个矫世的君子，后者似乎鄙夷一切，像个玩世的隐士。

猫

郑振铎

我家养了好几次的猫,结局总是失踪或死亡。三妹是最喜欢猫的,她常在课后回家时,逗着猫玩。有一次,从隔壁要了一只新生的猫来。花白的毛,很活泼,常如带着泥土的白雪球似的,在廊前太阳光里滚来滚去。三妹常常的,取了一条红带,或一根绳子,在它面前来回地拖摇着,它便扑过来抢,又扑过去抢。我坐在藤椅上看着他们,可以微笑着消耗过一二小时的光阴,那时太阳光暖暖的照着,心上感着生命的新鲜与快乐。后来这只猫不知怎的忽然消瘦了,也不肯吃东西,光泽的毛也污涩了,终日躺在厅上的椅下,不肯出来。三妹想着种种方法逗它,它都不理会。我们都很替它忧郁。三妹特地买了一个很小很小的铜铃,用红绫带穿了,挂在它颈下,但只显得不相称,它只是毫无生意地、懒惰地、郁闷地躺着。有一天中午,我从编译所回来,三妹很难过地说道:"哥哥,小猫死了!"

我心里也感着一缕的酸辛,可怜这两月来相伴的小侣!当时只得安慰着三妹道:"不要紧,我再向别处要一只来给你。"

隔了几天,二妹从虹口舅舅家里回来,她道,舅舅那里有三四只小猫,很有趣,正要送给人家。三妹便怂恿着她去拿一只来。礼拜天,母亲回来了,却带了一只浑身黄色的小猫同来。立刻三妹一部分的注意，又被这只黄色小猫吸引去了。这只小猫较第一只更有趣，更活泼。它在园中乱跑，又会爬树，有时蝴蝶安详地飞过时，它也会扑过去捉。它似乎太活泼了，一点也不怕生人，有时由树上跃到墙上，又跑到街上，在那里晒太阳。我们都很为它提心吊胆，一天都要"小猫呢？小猫呢？"地查问得好几次。每次总要寻找了一回，方才寻到。三妹常指它笑着骂道："你这小猫呀，要被乞丐捉去后才不会乱跑呢！"我回家吃中饭，总看见它坐在铁门外边，一见我进门，便飞也似的跑进去了。饭后的娱乐，是看它在爬树。隐身在阳光隐约里的绿叶中，好像在等待着要捕捉什么似的。把它捉了下来，又极快地爬上去了。过了二三个月，它会捉鼠了。有一次，居然捉到一只很肥大的鼠，自此，夜间便不再听见讨厌的吱吱的声了。

某一日清晨，我起床来，披了衣下楼，没有看见小猫，在小园里找了一遍，也不见。心里便有些亡失的预警。

"三妹，小猫呢？"

她慌忙地跑下楼来，答道："我刚才也寻了一遍，没有看见。"

家里的人都忙乱地在寻找，但终于不见。

李妈道："我一早起来开门，还见它在厅上。烧饭时，才不见了它。"

大家都不高兴，好像亡失了一个亲爱的同伴，连向来不大喜欢它的张妈也说："可惜，可惜，这样好的一只小猫。"

我心里还有一线希望，以为它偶然跑到远处去，也许会认得归途的。

午饭时，张妈诉说道："刚才遇到隔壁周家的丫头，她说，早上看见我家的小猫在门外,被一个过路的人捉去了。"

于是这个亡失证实了。三妹很不高兴地、咕噜着道:"他们看见了,为什么不出来阻止?他们明晓得它是我家的!"

我也怅然地、愤恨地、在诅骂着那个不知名的夺去我们所爱的东西的人。

自此,我家好久不养猫。

冬天的早晨,门口蜷伏着一只很可怜的小猫,毛色是花白,但并不好看,又很瘦。它伏着不去。我们如不取来留养,至少也要为冬寒与饥饿所杀。张妈把它拾了进来,每天给它饭吃。但大家都不大喜欢它,它不活泼,也不像别的小猫之喜欢顽游,好像是具着天生的忧郁性似的,连三妹那样爱猫的,对于它,也不加注意。如此的,过了几个月,它在我家仍是一只若有若无的动物。它渐渐的肥胖了,但仍不活泼。大家在廊前晒太阳闲谈着时,它也常来蜷伏在母亲或三妹的足下。三妹有时也逗着它玩,但没有对于前几只小猫那样感兴趣。有一天,它因夜里冷,钻到火炉底下去,毛被烧脱好几块,更觉得难看了。

春天来了,它成了一只壮猫了,却仍不改它的忧郁性,也不去捉鼠,终日懒惰地伏着,吃得胖胖的。

这时,妻买了一对黄色的芙蓉鸟来,挂在廊前,叫得很好听。妻常常叮嘱着张妈换水,加鸟粮,洗刷笼子。那只花白猫对于这一对黄鸟,似乎也特别注意,常常跳在桌上,对鸟笼凝望着。

妻道:"张妈,留心猫,它会吃鸟呢。"

张妈便跑来把猫捉了去。隔一会,它又跳上桌子对鸟笼凝望着了。

一天，我下楼时，听见张妈在叫道："鸟死了一只，一条腿被咬去了，笼板上都是血。是什么东西把它咬死的？"

我匆匆跑下去看，果然一只鸟是死了，羽毛松散着，好像它曾与它的敌人挣扎了许久。

我很愤怒，叫道："一定是猫，一定是猫！"于是立刻便去找它。

妻听见了，也匆匆地跑下来，看了死鸟，很难过，便道："不是这猫咬死的还有谁？它常常对鸟笼望着，我早就叫张妈要小心了。张妈！你为什么不小心？！"

张妈默默无言，不能有什么话来辩护。

于是猫的罪状证实了。大家都去找这可厌的猫，想给它以一顿惩戒。找了半天，却没找到。真是"畏罪潜逃"了，我以为。

三妹在楼上叫道："猫在这里了。"

它躺在露台板上晒太阳，态度很安详，嘴里好像还在吃着什么。我想，它一定是在吃着这可怜的鸟的腿了，一时怒气冲天，拿起楼门旁倚着的一根木棒，追过去打了一下。它很悲楚地叫了一声"咪呜！"便逃到屋瓦上了。

我心里还愤的，以为惩戒得还没有快意。

隔了几天，李妈在楼下叫道："猫，猫！又来吃鸟了。"同时我看见一只黑猫飞快地逃过露台，嘴里衔着一只黄鸟。我开始觉得我是错了！

我心里十分的难过，真的，我的良心受伤了，我没有判断明白，便妄下断语，冤苦了一只不能说话辩诉的动物。想到它的无抵抗的逃避，益使我感到我的暴怒、我的虐待，都是针，刺我的良心的针！

我很想补救我的过失,但它是不能说话的,我将怎样地对它表白我的误解呢?

　　两个月后,我们的猫忽然死在邻家的屋脊上。我对于它的亡失,比以前的两只猫的亡失,更难过得多。

　　我永无改正我的过失的机会了!

　　自此,我家永不养猫。

海 燕

郑振铎

乌黑的一身羽毛,光滑漂亮,积伶积俐,加上一双剪刀似的尾巴,一对劲俊轻快的翅膀,凑成了那样可爱的活泼的一只小燕子。当春间二三月,轻飔微微地吹拂着,如毛的细雨无因地由天上洒落着,千条万条的柔柳,齐舒了他们的黄绿的眼,红的白的黄的花,绿的草,绿的树叶,皆如赶赴市集者似的奔聚而来,形成了烂漫无比的春天时,那些小燕子,那么伶俐可爱的小燕子,便也由南方飞来,加入了这个隽妙无比的春景的图画中,为春光平添了许多的生趣。小燕子带了他的双剪似的尾,在微风细雨中,或在阳光满地时,斜飞于旷亮无比的天空之上,唧的一声,已由这里稻田上,飞到了那边的高柳之下了。再几只却隽逸地在粼粼如縠纹的湖面横掠着,小燕子的剪尾或翼尖,偶沾了水面一下,那小圆晕便一圈一圈地荡漾了开去。那边还有飞倦了的几对,闲散地憩息于纤细的电线上——嫩蓝的春天,几支木杆,几痕细线连于杆与杆间,线上是停着几个粗而有致的小黑点,那便是燕子,是多么有趣的一幅图画呀!还有一家家的快乐家庭,他们还特为我们的小燕子备了一个两个小巢,放在厅梁的最高处,假如这家有了一个匾额,那匾后便是小燕子最好的安巢之所。第一年,小燕子来住了;第二年,我们的小燕子,就是去年的一对，它们还要来住。

"燕子归来寻旧垒"，还是去年的主，还是去年的宾，他们宾主间是如何的融融泄泄呀！偶然的有几家，小燕子却不来光顾，那便很使主人忧戚，他们邀召不到那么隽逸的嘉宾，每以为自己运命的蹇劣呢。

这便是我们故乡的小燕子，可爱的活泼的小燕子，曾使几多的孩子们欢呼着，注意着，沉醉着，曾使几多的农人们、市民们忧戚着，或舒怀地指点着，且曾平添了几多的春色、几多的生趣于我们的春天的小燕子！

如今，离家是几千里！离国是几千里！托身于浮宅之上，奔驰于万顷海涛之间，不料却见着我们的小燕子。

这小燕子，便是我们故乡的那一对、两对么？便是我们今春在故乡所见的那一对、两对么？

见了他们，游子们能不引起了，至少是轻烟似的，一缕两缕的乡愁么？

海水是皎洁无比的蔚蓝色，海波是平稳得如春晨的西湖一样，偶有微风，只吹起了绝细绝细的千万个粼粼的小皱纹，这更使照晒于初夏之太阳光之下的、金光烂灿的水面显得温秀可喜。我没有见过那么美的海！天上也是皎洁无比的蔚蓝色，只有几片薄纱似的轻云，平贴于空中，就如一个女郎，穿了绝美的蓝色夏衣，而颈间却围绕了一段绝细绝轻的白纱巾。我没有见过那么美的天空！我们倚在青色的船栏上，默默地望着这绝美的海天；我们一点杂念也没有，我们是被沉醉了，我们是被带入晶天中了。

就在这时，我们的小燕子，二只，三只，四只，在海上出现了。他们仍是隽逸地从容地在海面上斜掠着，如在小湖面上一样,海水被他的似剪的尾与翼尖一打,也仍是连漾了好几圈圆晕。小小的燕子,浩莽的大海,飞着飞着,不会觉得倦么?不会遇着暴风疾雨么?我们真替他们担心呢!

小燕子却从容地憩着了。他们展开了双翼,身子一落,落在海面上了,双翼如浮圈似的支持着体重,活是一只乌黑的小水禽,在随波上下地浮着,又安闲,又舒适。海是他们那么安好的家,我们真是想不到。

在故乡,我们还会想象得到我们的小燕子是这样的一个海上英雄么?

海水仍是平贴无波,许多绝小绝小的海鱼,为我们的船所惊动,群向远处窜去;随了他们飞蹿着,水面起了一条条的长痕,正如我们当孩子时之用瓦片打水镖在水面所划起的长痕。这小鱼是我们小燕子的粮食么?

小燕子在海面上斜掠着,浮憩着。他们果是我们故乡的小燕子么?

啊,乡愁呀,如轻烟似的乡愁呀!

宴之趣

郑振铎

虽然是冬天,天气却并不怎么冷,雨点渐渐沥沥地滴个不已,灰色云是弥漫着;火炉的火是熄下了,在这样的秋天似的天气中,生了火炉未免是过于燠暖了。家里一个人也没有,他们都出外"应酬"去了。独自在这样的房里坐着,读书的兴趣也引不起,偶然地把早晨的日报翻着,翻着,看看它的广告,忽然想起去看 Merry Widow 吧。于是独自地上了电车,到派克路跳下了。

在黑漆的影戏院中,乐队悠扬地奏着乐,白幕上的黑影,坐着,立着,追着,哭着,笑着,愁着,怒着,恋着,失望着,决斗着,那还不是那一套,他们写了又写,演了又演的那一套故事。

但至少,我是把一句话记住在心上了:

"有多少次,我是饿着肚子从晚餐席上跑开了。"

这是一句隽妙无比的名句;借来形容我们宴会无虚日的交际社会,真是很确切的。

每一个商人、每一个官僚、每一个略略交际广了些的人,差不多他们的每一个黄昏,都是消磨在酒楼菜馆之中的。有的时候,一个黄昏要赶着去赴三四处的宴会。这些忙碌的交际者真是妓女一样，在这里坐一坐，就走开了；又赶到另一个地方去了，在那一个地方又只略坐一坐，又赶到再一个地方去了。他们的肚子定是不会饱的，我想。有几个这样的交际者，当酒阑灯炧，应酬完毕之后，定是回到家中，叫底下人烧了稀饭来堆补空肠的。

我们在广漠繁华的上海，简直是一个村气十足的"乡下人"；我们住的是乡下，到"上海"去一趟是不容易的，我们过的是乡间的生活，一月中难得有几个黄昏是在"应酬"场中度过的。有许多人也许要说我们是"孤介"，那是很清高的一个名词。但我们实在不是如此，我们不过是不惯征逐于酒肉之场，始终保持着不大见世面的"乡下人"的色彩而已。

偶然的有几次，承一二个朋友的好意，邀请我们去赴宴。在座的至多只有三四个熟人，那一半生客，还要主人介绍或自己去请教尊姓大名，或交换名片，把应有的初见面的应酬的话讷讷地说完了之后，便默默地相对无言了。说的话都不是有着落，都不是从心里发出的；泛泛的，是几个音声，由喉咙头溜到口外的而已。过后自己想起那样的敷衍的对话，未免要为之失笑。如此的，说是一个黄昏在繁灯絮语之宴席上度过了，然而那是如何没有生趣的一个黄昏呀！

有几次，席上的生客太多了，除了主人之外没有一个是认识的；请教了姓名之后，也随即忘记了。除了和主人说几句话之外，简直地无从和他们谈起。不晓得他们是什么行业，不晓得他们是什么性质的人，有话在口头也不敢随意地高谈起来。那一席宴，真是如坐针毡；精美的羹菜，一碗碗地捧上来，也不知是什么味儿。终于忍不住了，只好向主人撒一个谎，说身体不大好过，或是说还有应酬，一定要去的——如果在谣言很多的这几天当然是更好托词了，说我怕戒严提早，要被留在华界之外——虽然这是无礼貌的，不大应该的，虽然主人是照例地殷勤地留着，然而我却不顾一切地不得不走了。这个黄昏实在是太难挨得过去了！回到家里以后，买了一碗稀饭，即使只有一小盏萝卜干下稀饭，反而觉得舒畅，有意味。

如果有什么友人做喜事，或寿事，在某某花园、某某旅社的大厅里，大张旗鼓地宴客，不幸我们是被邀请了，更不幸我们是太熟的友人，不能不到，也不能道完了喜或拜完了寿，立刻就托词溜走的，于是这又是一个可怕的黄昏。常常地张大了两眼，在寻找熟人。好容易找到了，一定要紧紧地和他们挤在一处，不敢失散。到了座席时，便至少有两三人在一块儿可以谈谈了，不至于一个人独自地局促在一群生面孔的人当中，惶恐而且空虚。当我们两三人在津津地谈着自己的事时，偶然抬起眼来看着对面的一个坐客，他是凄然无侣地坐着；大家酒杯举了，他也举着；菜来了，一个人说"请，请"，同时把牙箸伸到盘边，他也说"请，请"，也同样地把牙箸伸出。除了吃菜之外，他没有目的，菜完了，他便局促地独坐着。我们见了他，总要代他难过，然而他终于能够终了席方才起身离座。

宴会之趣味如果仅是这样的，那么，我们将咒诅那第一个发明请客的人；喝酒的趣味如果仅是这样的，那么，我们也将打倒杜康与狄奥尼修士了。

然而又有的宴会却幸而并不是这样的，我们也还有别的可以引起喝酒的趣味的环境。

独酌，据说，那是很有意思的。我少时，常见祖父一个人执了一把锡的酒壶，把黄色的酒倒在白磁小杯里，举了杯独酌着；喝了一小口，真正一小口，便放下了，又拿起筷子来夹菜。因此，他食得很慢，大家的饭碗和筷子都已放下了，且已离座了，而他却还在举着酒杯，不匆不忙地喝着。他的吃饭，尚在再一个半点钟之后呢。而他喝着酒，颜微酡着，常常叫道："孩子，来。"，而我们便到了他的跟前。他夹了一块只有他独享着的菜蔬放在我们口中，问道："好吃么？"我们往往以点点头答之。在孙男与孙女中，他特别地喜欢我，叫我前去的时候尤多。常常地，他把有了短髭的嘴吻着我的面颊，微微有些刺痛，而他的酒气从他的口鼻中直喷出来，这是使我很难受的。

这样地，他消磨过了一个中午和一个黄昏。天天都是如此。我没有享受过这样的乐趣，然而回想起来，似乎他那时是非常的高兴，他是陶醉着，为快乐的雾所围着，似乎他的沉重的忧郁都从心上移开了，这里便是他的全个世界，而全个世界也便是他的。

别一个宴之趣，是我们近几年所常常领略到的，那就是集合了好几个无所不谈的朋友，全座没有一个生面孔，在随意地喝着酒，吃着菜，上天下地地谈着。有时说着很轻妙的话，说着很可发笑的话，有时是如火如剑的激动的话，有时是深切的论学谈艺的话，有时是随意地取笑着，有时是面红耳热地争辩着，有时是高妙的理想在我们的谈锋上触着，有时是恋爱的遇合与家庭的与个人的身世使我们谈个不休。每个人都把他的心胸赤裸裸地袒开了，每个人都把他的向来不肯给人看的面孔显露出来了；每个人都谈着，谈着，谈着，只有更兴奋地谈着，毫不觉得"疲倦"是怎么一个样子。酒是喝得干了，菜是已经没有了，而他们却还是谈着，谈着，谈着。那个地方，即使是很喧闹的，很湫狭的，向来所不愿意多坐的，而这时大家却都忘记了这些事，只是谈着，谈着，谈着，没有一个人愿意先说起告别的话。要不是为了戒严或家庭的命令，竟不会有人想走开的。虽然这些闲谈都是琐屑之至的，都是无意味的，而我们却已在其间得到宴之趣了——其实在这些闲谈中，我们是时时可发现许多珠宝的；大家都互相地受着影响，大家都更进一步了解他的同伴，大家都可以从那里得到些教训与利益。

"再喝一杯，只要一杯，一杯。"

"不，不能喝了，实在的。"

不会喝酒的人每每这样的被强迫着而喝了过量的酒。面部红红的，映在灯光之下，是向来所未有的壮美的丰采。

"圣陶，干一杯，干一杯。"我往往地举起杯来对着他说，我是很喜欢一口一杯的喝酒的。

"慢慢地，不要这样快，喝酒的趣味，在于一小口一小口地喝，不在于'杯干'。"圣陶反抗似的说，然而终于他是一口干了，一杯又是一杯。

连不会喝酒的愈之、雁冰，有时，竟也被我们强迫地干了一杯。于是大家哄然地大笑，是发出于心之绝底的笑。

再有，佳年好节，合家团团地坐在一桌上，放了十几双的红漆筷子，连不在家中的人也都放着一双筷子，都排着一个坐位。小孩子笑孜孜地闹着吵着，母亲和祖母温和地笑着，妻子忙碌着，指挥着厨房中厅堂中仆人们的做菜、端菜，那也是特有一种融融泄泄的乐趣，为孤独者所妒羡不置的，虽然并没有和同伴们同在时那样的宴之趣。

还有，一对恋人独自在酒店的密室中晚餐；还有，从戏院中偕了妻子出来，同登酒楼喝一二杯酒；还有，伴着祖母或母亲在熊熊的炉火旁边，放了几盏小菜，闲吃着宵夜的酒，那都是使身临其境的人心醉神怡的。

宴之趣是如此的不同呀！

看 花

朱自清

生长在大江北岸一个城市里,那儿的园林本是著名的,但近来却很少;似乎自幼就不曾听见过"我们今天看花去"一类话,可见花事是不盛的。有些爱花的人,大都只是将花栽在盆里,一盆盆搁在架上;架子横放在院子里。院子照例是小小的,只够放下一个架子;架上至多搁二十多盆花罢了。有时院子里依墙筑起一座"花台",台上种一株开花的树;也有在院子里地上种的。但这只是普通的点缀,不算是爱花。

家里人似乎都不甚爱花;父亲只在领我们上街时,偶然和我们到"花房"里去过一两回。但我们住过一所房子,有一座小花园,是房东家的。那里有树,有花架(大约是紫藤花架之类),但我当时还小,不知道那些花木的名字;只记得爬在墙上的是蔷薇而已。园中还有一座太湖石堆成的洞门;现在想来,似乎也还好的。在那时由一个顽皮的少年仆人领了我去,却只知道跑来跑去捉蝴蝶;有时掐下几朵花,也只是随意揉弄着,随意丢弃了。至于领略花的趣味,那是以后的事:夏天的早晨,我们那地方有乡下的姑娘在各处街巷,沿门叫着,"卖栀子花来"。栀子花不是什么高品,但我喜欢那白而晕黄的颜色和那肥肥的个儿,正和那些卖花的姑娘有着相似的韵味。栀子花的香,浓而不烈,清而不淡，也是我乐意的。我这样便爱起花来了。也许有人会问："你爱的不是花吧？"这个我自己其实也已不大弄得清楚，只好存而不论了。

在高小的一个春天，有人提议到城外F寺里吃桃子去，而且预备白吃；不让吃就闹一场，甚至打一架也不在乎。那时虽远在五四运动以前，但我们那里的中学生却常有打进戏园看白戏的事。中学生能白看戏，小学生为什么不能白吃桃子呢？我们都这样想，便由那提议人纠合了十几个同学，浩浩荡荡地向城外而去。到了F寺，气势不凡地呵斥着道人们（我们称寺里的工人为道人），立刻领我们向桃园里去。道人们踌躇着说："现在桃树刚才开花呢。"但是谁信道人们的话？我们终于到了桃园里。大家都丧了气，原来花是真开着呢！这时提议人P君便去折花。道人们是一直步步跟着的，立刻上前劝阻，而且用起手来。但P君是我们中最不好惹的；"说时迟，那时快"，一眨眼，花在他的手里，道人已踉跄在一旁了。那一园子的桃花，想来总该有些可看；我们却谁也没有想着去看，只嚷着"没有桃子，得沏茶喝！"。道人们满肚子委屈地引我们到"方丈"里，大家各喝一大杯茶。这才平了气，谈谈笑笑地进城去。大概我那时还只懂得爱一朵朵的栀子花，对于开在树上的桃花，是并不了然的；所以眼前的机会，便从眼前错过了。

以后渐渐念了些看花的诗，觉得看花颇有些意思。但到北平读了几年书，却只到过崇效寺一次；而去得又嫌早些，那有名的一株绿牡丹还未开呢。北平看花的事很盛，看花的地方也很多；但那时热闹的似乎也只有一班诗人名士，其余还是不相干的。那正是新文学运动的起头，我们这些少年，对于旧诗和那一班诗人名士，实在有些不敬；而看花的地方又都远不可言，我是一个懒人，便干脆地断了那条心了。后来到杭州做事，遇见了 Y 君，他是新诗人兼旧诗人，看花的兴致很好。我和他常到孤山去看梅花。孤山的梅花是古今有名的，但太少；又没有临水的，人也太多。有一回坐在放鹤亭上喝茶，来了一个方面有须、穿着花缎马褂的人，用湖南口音和人打招呼道："梅花盛开嗒！""盛"字说得特别重，使我吃了一惊；但我吃惊的也只是说在他嘴里"盛"这个声音罢了，花的盛不盛，在我倒并没有什么的。

有一回，Y 来说，灵峰寺有三百株梅花；寺在山里，去的人也少。我和 Y，还有 N 君，从西湖边雇船到岳坟，从岳坟入山。曲曲折折走了好一会，又上了许多石级，才到山上寺里。寺甚小，梅花便在大殿西边园中。园也不大，东墙下有三间净室，最宜喝茶看花；北边有座小山，山上有亭，大约叫"望海亭"吧，望海是未必，但钱塘江与西湖是看得见的。梅树确是不少，密密地低低地整列着。那时已是黄昏，寺里只我们三个游人；梅花并没有开，但那珍珠似的繁星似的骨都儿，已经够可爱了；我们都觉得比孤山上盛开时有味。大殿上正做晚课，送来梵呗的声音，和着梅林中的暗香，真叫我们舍不得回去。在园里徘徊了一会，又在屋里坐了一会，天是黑定了，又没有月色，我们向庙里要了一个旧灯笼，照着下山。路上几乎迷了道，又两次三番地狗咬；我们的 Y 诗人确有些窘了，但终于到了岳坟。船夫远远迎上来道："你们来了，我想你们不会冤我呢！"在船上，我们还不离口地说着灵峰的梅花，直到湖边电灯光照到我们的眼。

Y 回北平去了，我也到了白马湖。那边是乡下，只有沿湖与杨柳相间着种了一行小桃树，春天花发时，在风里娇媚地笑着。

还有山里的杜鹃花也不少。这些日日在我们眼前，从没有人像煞有介事地提议"我们看花去"。但有一位S君，却特别爱养花；他家里几乎是终年不离花的。我们上他家去，总看他在那里不是拿着剪刀修理枝叶，便是提着壶浇水。我们常乐意看着。他院子里一株紫薇花很好，我们在花旁喝酒，不知多少次。白马湖住了不过一年，我却传染了他那爱花的嗜好。但重到北平时，住在花事很盛的清华园里，接连过了三个春，却从未想到去看一回。只在第二年秋天，曾经和孙三先生在园里看过几次菊花。"清华园之菊"是著名的，孙三先生还特地写了一篇文，画了好些画。但那种一盆一干一花的养法，花是好了，总觉没有天然的风趣。直到去年春天，有了些余闲，在花开前，先向人问了些花的名字。一个好朋友是从知道姓名起的，我想看花也正是如此。恰好Y君也常来园中，我们一天二四趟地到那些花下去徘徊。今年Y君忙些，我便一个人去。我爱繁花老干的杏、临风婀娜的小红桃、贴梗累累如珠的紫荆，但最恋恋的是西府海棠。海棠的花繁得好，也淡得好；艳极了，却没有一丝荡意。疏疏的高干子，英气隐隐逼人。可惜没有趁着月色看过；王鹏运有两句词道："只愁淡月朦胧影，难验微波上下潮。"我想月下的海棠花，大约便是这种光景吧。为了海棠，前两天在城里特地冒了大风到中山公园去，看花的人倒也不少；但不知怎的，却忘了畿辅先哲祠。Y告我那里的一株，遮住了大半个院子；别处的都向上长，这一株却是横里伸张的。花的繁没有法说；海棠本无香，昔人常以为恨，这里花太繁了，却酝酿出一种淡淡的香气，使人久闻不倦。Y告我，正是刮了一日还不息的狂风的晚上；他是前一天去的。他说他去时地上已有落花了，这一日一夜的风，准完了。他说北平看花，是要赶着看的：春光太短了，又晴的日子多；今年算是有阴的日子了，但狂风还是逃不了的。我说北平看花，比别处有意思，也正在此。这时候，我似乎不甚菲薄那一班诗人名士了。

潭柘寺　戒坛寺

朱自清

早就知道潭柘寺、戒坛寺。在商务印书馆的《北平指南》上，见过潭柘的铜图，小小的一块，模模糊糊的，看了一点没有想去的意思。后来不断地听人说起这两座庙，有时候说路上不平静，有时候说路上红叶好。说红叶好的劝我秋天去，但也有人劝我夏天去。有一回骑驴上八大处，赶驴的问逛过潭柘没有，我说没有。他说潭柘风景好，那儿满是老道，他去过，离八大处七八十里地，坐轿骑驴都成。我不大喜欢老道的装束，尤其是那满蓄着的长头发，看上去啰里啰唆、龌里龌龊的。更不想骑驴走七八十里地，因为我知道驴子与我都受不了。真打动我的倒是"潭柘寺"这个名字。不懂不是？就是不懂的妙。躲懒的人念成"潭拓寺"，那更莫名其妙了。这怕是中国文法的花样；要是来个欧化，说是"潭和柘的寺"，那就用不着咬嚼或吟味了。还有在一部诗话里看见近人咏戒坛松的七古，诗腾挪夭矫，想来松也如此。所以去。但是在夏秋之前的春天，而且是早春；北平的早春是没有花的。

这才认真打听去过的人。有的说住潭柘好，有的说住戒坛好。有的人说路太难走，走到了筋疲力尽，再没兴致玩儿；有人说走路有意思。又有人说，去时坐了轿子，半路上前后两个轿夫吵起来，把轿子搁下，直说不抬了。于是心中暗自决定，不坐轿，也不走路；取中道，骑驴子。又按普通说法，总是潭柘寺在前，戒坛寺在后，想着戒坛寺一定远些；于是决定住潭柘，因为一天回不来，必得住。门头沟下车时，想着人多，怕雇不着许多驴，但是并不然——雇驴的时候，才知道戒坛去便宜一半，那就是说近一半。这时候自己忽然逞起能来，要走路。走吧。

这一段路可够瞧的。像是河床，怎么也挑不出没有石子的地方，脚底下老是绊来绊去的，教人心烦。又没有树木，甚至于没有一根草。这一带原是煤窑，拉煤的大车往来不绝，尘土里饱和着煤屑，变成黯淡的深灰色，教人看了透不出气来。走一点钟光景。自己觉得已经有点办不了，怕没有走到便筋疲力尽；幸而山上下来一头驴，如获至宝似的雇下，骑上去。这一天东风特别大。平常骑驴就不稳，风一大真是祸不单行。山上东西都有路，很窄，下面是斜坡；本来从西边走，驴夫看风势太猛，将驴拉上东路，就这么着，有一回还几乎让风将驴吹倒；若走西边，没有准儿会驴我同归哪。想起从前人画风雪骑驴图，极是雅事；大概那不是上潭柘寺去的。驴背上照例该有些诗意，但是我，下有驴子，上有帽子、眼镜，都要照管；又有迎风下泪的毛病，常要掏手巾擦干。当其时真恨不得生出第三只手来才好。

东边山峰渐起，风是过不来了；可是驴也骑不得了，说是坎儿多。坎儿可真多。这时候精神倒好起来了：崎岖的路正可以练腰脚，处处要眼到心到脚到，不像平地上。人多更有点竞赛的心理，总想走上最前头去；再则这儿的山势虽然说不上险，可是突兀、丑怪，巉刻的地方有的是。我们说这才有点儿山的意思；老像八大处那样，真叫人气闷闷的。于是一直走到潭柘寺后门；这段坎儿路比风里走过的长一半，小驴毫无用处，驴夫说："咳，这不过给您做个伴儿！"

墙外先看见竹子，且不想进去。又密，又粗，虽然不够绿。北平看竹子，真不易。又想到八大处了，大悲庵殿前那一溜儿，薄得可怜，细得也可怜，比起这儿，真是小巫见大巫了。进去过一道角门，门旁突然亭亭地矗立着两竿粗竹子，在墙上紧紧地挨着；要用批文章的成语，这两竿竹子足称得起"天外飞来之笔"。

正殿屋角上两座琉璃瓦的鸱吻，在台阶下看，值得徘徊一下。神话说殿基本是青龙潭，一夕风雨，顿成平地，涌出两鸱吻。只可惜现在的两座太新鲜，与神话的朦胧幽秘的境界不相称。但是还值得看，为的是大得好，在太阳里嫩黄得好，闪亮得好；那拴着的四条黄铜链子也映衬得好。寺里殿很多，层层折折高上去，走起来已经不平凡，每殿大小又不一样，塑像摆设也各出心裁。看完了，还觉得无穷无尽似的。正殿下延清阁是待客的地方，远处群山像屏障似的。屋子结构甚巧，穿来穿去，不知有多少间，好像一所大宅子。可惜尘封不扫，我们住不着。话说回来，这种屋子原也不是预备给我们这么多人挤着住的。寺门前一道深沟，上有石桥；那时没有水，若是现在去，倚在桥上听潺潺的水声，倒也可以忘我忘世。过桥四株马尾松，枝枝覆盖，叶叶交通，另成一个境界。西边小山上有个古观音洞。洞无可看，但上去时在山坡上看潭柘的侧面，宛如仇十洲的《仙山楼阁图》；往下看是陡峭的沟岸，越显得深深无极，潭柘简直有海上蓬莱的意味了。寺以泉水著名，到处有石槽引水长流，倒也涓涓可爱。只是流觞亭雅得那样俗，在石地上楞刻着蚯蚓般的槽；那样流觞，怕只有孩子们愿意干。现在兰亭的"流觞曲水"也和这儿的一鼻孔出气，不过规模大些。晚上因为带的铺盖薄，冻得睁着眼，却听了一夜的泉声；心里想要不冻着，这泉声够多清雅啊！寺里并无一个老道，但那几个和尚，满身铜臭，满眼势利，教人老不能忘记，倒也麻烦的。

第二天清早，二十多人满雇了牲口，向戒坛而去，颇有浩浩荡荡之势。我的是一匹骡子，据说稳得多。这是第一回，高高兴兴骑上去。这一路要翻罗喉岭。只是土山，可是道儿窄，又曲折；虽不高，老那么凸凸凹凹的。许多处只容得一匹牲口过去。平心说，是险点儿。想起古来用兵，从间道袭敌人，许也是这种光景吧。

戒坛在半山上，山门是向东的。一进去就觉得平旷；南面只有一道低低的砖栏，下边是一片平原，平原尽处才是山，与众山屏蔽的潭柘气象便不同。进二门，更觉得空阔疏朗，仰看正殿前的平台，仿佛汪洋千顷。这平台东西很长，是戒坛最胜处，眼界最宽，教人想起"振衣千仞冈"的诗句。三株名松都在这里。"卧龙松"与"抱塔松"同是偃仆的姿势，身躯奇伟，鳞甲苍然，有飞动之意。"九龙松"老干槎枒，如张牙舞爪一般。若在月光底下，森森然的松影当更有可看。此地最宜低徊流连，不是匆匆一览所可领略。潭柘以层折胜，戒坛以开朗胜；但潭柘似乎更幽静些。戒坛的和尚，春风满面，却远胜于潭柘的；我们之中颇有悔不该住潭柘的。戒坛后山上也有个观音洞。洞宽大而深，大家点了火把嚷嚷闹闹地下去；半里光景的洞满是油烟，满是声音。洞里有石虎、石龟、上天梯、海眼、等等，无非是凑凑人的热闹而已。

还是骑骡子。回到长辛店的时候，两条腿几乎不是我的了。

吃 的

朱自清

提到欧洲的吃喝，谁总会想到巴黎，伦敦是算不上的。不用说别的，就说煎山药蛋吧。法国的切成小骨牌块儿，黄争争的，油汪汪的，香喷喷的；英国的"条儿"（chips）却半黄半黑，不冷不热，干干儿的什么味也没有，只可以当饱罢了。再说英国饭吃来吃去，主菜无非是煎炸牛肉排、羊排骨，配上两样素菜；记得在一个人家住过四个月，只吃过一回煎小牛肝儿，算是新花样。可是菜做得简单，也有好处；材料坏容易见出，像大陆上厨子将坏东西做成好样子，在英国是不会的。大约他们自己也觉着腻味，所以一九二六那一年有一位华衣脱女士（Miss F. White）组织了一个英国民间烹调社，搜求各市各乡的食谱，想给英国菜换点儿花样，让它好吃些。一九三一年十二月烹调社开了一回晚餐会，从十八世纪以来的食谱中选了五样菜（汤和点心在内），据说是又好吃，又不费事。这时候正是英国的国货年，所以报纸上颇为揄扬一番。可是，现在欧洲的风气，吃饭要少要快，那些陈年的老古董，怕总有些不合时宜吧。

吃饭要快，为的忙，欧洲人不能像咱们那样慢条斯理儿的，大家知道。干嘛要少呢？为的卫生，固然不错，还有别的：女的男的都怕胖。女的怕胖，胖了难看；男的也爱那股标劲儿，要像个运动家。这个自然说的是中年人少年人，老头子挺着个大肚子的却有的是。欧洲人一日三餐，分量颇不一样。像德国，早晨只有咖啡、面包，晚间常冷食，只有午饭重些。法国早晨是咖啡、月牙饼，午饭、晚饭似乎一般分量。英国却早、晚饭并重，午饭轻些。英国讲究早饭，和我国成都等处一样。有麦粥、火腿蛋、面包、茶，有时还有薰咸鱼、果子。午饭顶简单的，可以只吃一块烤面包、一杯咖啡；有些小饭店里出卖午饭盒子，是些冷鱼冷肉之类，却没有卖晚饭盒子的。

伦敦头等饭店总是法国菜，二等的有意大利菜、法国菜、瑞士菜之分；旧城馆子和茶饭店等才是本国味道。茶饭店与煎炸店其实都是小饭店的别称。茶饭店的"饭"原指的午饭，可是卖的东西并不简单，吃晚饭满成；煎炸店除了煎炸牛肉排、羊排骨之外，也卖别的。头等饭店没去过，意大利的馆子却去过两家。一家在牛津街，规模很不小，晚饭时有女杂耍和跳舞。只记得那回第一道菜是生蚝之类；一种特制的盘子，边上围着七八个圆格子，每格放半个生蚝，吃起来很雅相。另一家在由斯敦路，也是个热闹地方。这家却小小的，通心细粉做得最好；将粉切成半分来长的小圈儿，用黄油煎熟了，平铺在盘儿里，洒上干酪（计司）粉，轻松鲜美，妙不可言。还有炸"搁气蚝"，鲜嫩清香，螃蜞、瑶柱，都不能及；只有宁波的蛎黄仿佛近之。

茶饭店便宜的有三家：拉衣恩司（Lyons）、快车奶房、ABC面包房。每家都开了许多店子，遍布市内外；ABC比较少些，也贵些，拉衣恩司最多。快车奶房炸小牛肉、小牛肝和红烧鸭块都还可口；他们烧鸭块用木炭火，所以颇有中国风味。ABC炸牛肝也可吃，但火急肝老，总差点儿事；点心烤得却好，有几件比得上北平法国面包房。拉衣恩司似乎没什么出色的东西；但他家有两处"角店"，都在闹市转角处，那里却有好吃的。角店一是上下两大间，一是三层三大间，都可容一千五百人左右；晚上有乐队奏乐。一进去只见黑压压地坐满了人，过道处窄得可以，但是气象颇为阔大（有个英国学生讥为"穷人的宫殿"，也许不错）；在那里往往找了半天、站了半天才等着空位子。这三家所有的店子都用女侍者，只有两处角店里却用了些男侍者——男侍者工钱贵些。男女侍者都穿了黑制服，女的更戴上白帽子，分层招待客人。也只有在角店里才要给点小费（虽然门上标明"无小费"字样），别处这三家开的铺子里都不用给的。曾去过一处角店，烤鸡做得还入味；但是一只鸡腿就合中国一元五角，若吃鸡翅还要贵点儿。茶饭店有时备着骨牌，等等，供客人消遣，可是向侍者要了玩的极少；客人多的地方，老是有人等位子，干脆就用不着备了。此外还有一些生蚝店，专吃生蚝，不便宜；一位房东太太告诉我说"不卫生"，但是吃的人也不见少。吃生蚝却不宜在夏天，所以英国人说月名中没有"R"（五六七八月），生蚝就不当令了。伦敦中国饭店也有七八家，贵贱差得很大，看地方去。菜虽也有些高低，可都是变相的广东味儿，远不如上海新雅好。在一家广东楼要过一碗鸡肉馄饨，合中国一元六角，也够贵了。

　　茶饭店里可以吃到一种甜烧饼（muffin）和窝儿饼（crumpet）。甜烧饼仿佛我们的火烧，但是没馅儿，软软的，略有甜味，好像参了米粉做的。窝儿饼面上有好些小窝窝儿，像蜂房，比较的薄，也像参了米粉。这两样大约都是法国来的；但甜烧饼来的早，至少二百年前就有了。饼师多住在祝来巷（Drury Lanc），就是那著名的戏园子的地方；从前用盘子顶在头上卖，手里摇着铃子。那时节人家都爱吃，买了来，多多抹上黄油，在客厅或饭厅壁炉上烤得热辣辣的，让油都浸进去，一口咬下来，要不沾到两边口角上。这种偷闲的生活是很有意思的。但是后来的窝儿饼浸油更容易，更香，又不太厚，太软，易咬嚼些，样式也波俏；人们渐渐地喜欢它，就少买那甜烧饼了。一位女士看了这种光景，心下难过；便写信给《泰晤士报》，为甜烧饼抱不平。《泰晤士报》特地作了一篇小社论，劝人吃甜烧饼以存古风；但对于那位女士所说的窝儿饼的坏话，却宁愿存而不论，大约那论者也是爱吃窝儿饼的。

复活节（三月）时候，人家吃煎饼（pancake），茶饭店里也卖；这原是忏悔节（二月底）忏悔人晚饭后去教堂之前吃了好熬饿的，现在却在早晨吃了。饼薄而脆，微甜。北平中原公司卖的"胖开克"（煎饼的音译）却未免太"胖"，而且软了——说到煎饼，想起一件事来：美国麻省勃克夏地方（Berkshire Country）有"吃煎饼竞争"的风俗，据《泰晤士报》说，一九三二的优胜者一气吃下四十二张饼，还有腊肠热咖啡。这可算"真正大肚皮"了。

英国人每日下午四时半左右要喝一回茶，就着烤面包黄油。请茶会时，自然还有别的，如火腿夹面包、生豌豆苗夹面包、茶馒头（tea scone），等等。他们很看重下午茶，几乎必不可少。又可乘此请客，比请晚饭简便省钱得多。英国人喜欢喝茶，过于喝咖啡，和法国人相反；他们也煮不好咖啡。喝的茶现在多半是印度茶；茶饭店里虽卖中国茶，但是主顾寥寥。不让利权外溢固然也有关系，可是不利于中国茶的宣传（如说制时不干净）和茶味太淡才是主要原因。印度茶色浓味苦，加上牛奶和糖正合式；中国红茶不够劲儿，可是香气好。奇怪的是茶饭店里卖的，色香味都淡得没影子。那样茶怎么会运出去，真莫名其妙。

街上偶然会碰着提着筐子卖落花生的（巴黎也有），推着四轮车卖炒栗子的，教人有故国之思。花生栗子都装好一小口袋一小口袋的，栗子车上有炭炉子，一面炒，一面装，一面卖。这些小本经纪在伦敦街上也颇古色古香，点缀一气。栗子是干炒，与我们"糖炒"的差得太多了——英国人吃饭时也有干果，如核桃、榛子、榧子，还有巴西乌菱（原名 Brazils，巴西出产，中国通称"美国乌菱"），乌菱实大而肥，香脆爽口，运到中国的太干，便不大好。他们专有一种干果夹，像钳子，将干果夹进去，使劲一握夹子柄，"咯"的一声，皮壳碎裂，有些蹦到远处，也好玩儿的。苏州有瓜子夹，像剪刀，却只透着玲珑小巧，用不上劲儿去。

春 雨

梁遇春

整天的春雨，接着是整天的春阴，这真是世上最愉快的事情了。我向来厌恶晴朗的日子，尤其是骄阳的春天；在这个悲惨的地球上忽然来了这么一个欣欢的气象，简直像无聊赖的主人宴饮生客时拿出来的那副古怪笑脸，完全显出宇宙里的白痴成分。在所谓大好的春光之下，人们都到公园大街或者名胜地方去招摇过市，像猩猩那样嘻嘻笑着，真是得意忘形，弄到变成为四不像了。可是阴霾四布或者急雨滂沱的时候，就是最沾沾自喜的财主也会感到苦闷，因此也略带了一些人的气味，不像好天气时候那样望着阳光，盛气凌人地大踏步走着，颇有上帝在上，我得其所的意思。至于懂得人世哀怨的人们，黯淡的日子可说是他们唯一光荣的时光。穹苍替他们流泪，乌云替他们皱眉，他们觉到四围都是同情的空气，仿佛一个堕落的女子躺在母亲怀中，看见慈母一滴滴的热泪溅到自己的泪痕，真是润遍了枯萎的心田。斗室中默坐着，忆念十载相违的密友、已经走去的情人，想起生平种种的坎坷、一身经历的苦楚，倾听窗外檐前凄清的滴沥，仰观波涛浪涌、似无止期的雨云，这时一切的荆棘都化作洁净的白莲花了，好比中古时代那班圣者被残杀后所显的神迹。"最难风雨故人来"，阴森森的天气使我们更感到人世温情的可爱，替从苦雨凄风中来的朋友倒上一杯热茶时候,我们很有放下屠刀,立地成佛子的心境。"风雨如晦,鸡鸣不已",人类真是只有从悲哀里滚出来才能得到解脱,千锤百炼,腰间才有这一把明晃晃的钢刀,"今日把似君,谁为不平事""山雨欲来风满楼",这很可以象征我们孑立人间,尝尽辛酸,远望来日大难的气概,真好像思乡的客子拍着栏杆,看到郭外的牛羊,想起故里的田园,怀念着宿草新坟里当年的竹马之交,泪眼里仿佛模糊辨出龙钟的父老蹒跚走着,或者只瞧见几根靠在破壁上的拐杖的影子。所谓生活术恐怕就在于怎么样当这么一个临风的征人吧。无论是风雨横来,无论是澄江一练,始终好像惦记着一个花一般的家乡,那可说就是生平理想的结晶,蕴在心头的诗情,也就是明哲保身的最后壁垒了;可是同时还能够认清眼底的江山,把住自己的步骤,不管这个异地的人们是多么残酷,不管这个他乡的水土是多么不惯,却能够清瘦地站着,戛戛然好似狂风中的老树。能够忍受,却没有麻木,能够多情,却不流于感伤,仿佛楼前的春雨,悄悄下着,遮着耀目的阳光,却滋润了百草同千花。檐前的燕子躲在巢中,对着如诗如梦的细雨呢喃,真有点像也向我道出此中的消息。

可是春雨有时也凶猛得可以,风驰电掣,从高山倾泻下来也似的,万紫千红,都付诸流水,看起来好像是煞风景的,也许是别有怀抱吧。生平性急,一二知交常常焦急万分地苦口劝我,可是暗室扪心,自信绝不是追逐事功的人,不过对于纷纷扰扰的劳生却常感到厌倦,所谓性急无非是疲累的反响吧。有时我却极有耐心,好像废殿上的玻璃瓦,一任他风吹雨打,霜蚀日晒,总是那样子痴痴地望着空旷的青天。我又好像能够在没字碑面前坐下,慢慢地去冥想这块石板的深意,简直是个蒲团已碎,呆然趺坐着的老僧,想赶快将世事了结,可以抽身到紫竹林中去逍遥,跟把世事撇在一边,大隐隐于市,就站在热闹场中来仰观天上的白云,这两种心境原来是不相矛盾的。我虽然还没有,而且绝不会跳出人海的波澜,但是拳拳之意自己也略知一二,大概摆动于焦躁与倦怠之间,总以无可奈何天为中心吧。所以我虽然爱蒙蒙茸茸的细雨,我也爱大刀阔斧的急雨,纷至沓来,洗去阳光,同时也洗去云雾,使我们想起也许此后永无风恬日美的光阴了,也许老是一阵一阵的暴雨,将人世哀乐的踪迹都漂到大海里去,白浪一翻,什么渣滓也看不出了。焦躁同倦怠的心境在此都得到涅槃的妙悟,整个世界就像客走后,撤下筵席,洗得顶干净,排在厨房架子上的杯盘。当个主妇的创造主看着大概也会微笑吧,觉得一天的工作总算告终了。最少我常常臆想这个还了本来面目的大地。

可是最妙的境界恐怕是尺牍里面那句滥调,所谓"春雨缠绵"吧。一连下了十几天的梅雨,好像再也不会晴了,可是时时刻刻都有晴朗的可能。有时天上现出一大片的澄蓝,雨脚也慢慢收束了,忽然间又重新点滴凄清起来,那种捉摸不到,万分别扭的神情真可以做这个哑谜一般的人生的象征。记得十几年前每当连朝春雨的时候,常常剪纸做和尚形状,把他倒贴在水缸旁边,意思是叫老天不要再下雨了,虽然看到院子里雨脚下一粒一粒新生的水泡我总觉到无限的欣欢,尤其当急急走过檐前,脖子上溅几滴雨水的时候。可是那时我对于春雨的情趣是不知不觉之间领略到的,并没有凝神去寻找,等到知道怎样去欣赏恬适的雨声时候,我却老在干燥的此地做客,单是夏天回去,看看无聊的骤雨,过一过雨瘾罢了。因此"小楼一夜听春雨"的快乐当面错过,从我指尖上滑走了。盛年时候好梦无多,到现在彩云已散,一片白茫茫,生活不着边际,如堕五里雾中,对于春雨的怅惘只好算作内中的一小节吧,可是仿佛这一点很可以代表我整个的悲哀情绪。但是我始终喜欢冥想春雨,也许因为我对于自己的愁绪很有顾惜爱抚的意思;我常常把陶诗改过来,向自己说道:"衣沾不足惜,但愿恨无违。"我会爱凝恨也似的缠绵春雨,大概也因为自己有这种的心境吧。

又是一年春草绿

梁遇春

一年四季，我最怕的却是春天。夏的沉闷、秋的枯燥、冬的寂寞，我都能够忍受，有时还感到片刻的欣欢。灼热的阳光、憔悴的霜林、浓密的乌云，这些东西跟满目疮痍的人世是这么相称，真可算作这出永远演不完的悲剧的绝好背景。当个演员，同时又当个观客的我虽然心酸，看到这么美妙的艺术，有时也免不了陶然色喜，传出灵魂上的笑涡了。坐在炉边，听到呼呼的北风，一页一页翻阅一些畸零人的书信或日记，我的心境大概有点像人们所谓春的情调吧。可是一看到阶前草绿，窗外花红，我就感到宇宙的不调和，好像在弥留病人的榻旁听到少女的轻脆的笑声，不，简直好像参加婚礼时候听到凄楚的丧钟。这到底是恶魔的调侃呢，还是垂泪的慈母拿几件新奇的玩物来哄临终的孩子呢？

每当大地春回的时候，我常想起《哈姆雷特》里面那位姑娘戴着鲜花圈子，唱着歌儿，沉到水里去了。这真是莫大的悲剧呀，比哈姆雷特的命运还来得可伤，叫人们啼笑皆非，只好蒙眬地徜徉于迷途之上，在谜的空气里度过鲜血染着鲜花的一生了。坟墓旁年年开遍了春花，宇宙永远是这样二元，两者错综起来，就构成了这个杂乱下劣的人世了。其实不单自然界是这样子安排颠倒遇颠连，人事也无非如此白莲与污泥相接。在卑鄙坏恶的人群里偏有些雪白晶清的灵魂，可是旷世的伟人又是三寸名心未死，落个白玉之玷了。天下有了伪君子，我们虽然亲眼看见美德，也不敢贸然去相信了；可是极无聊，极不堪的下流种子有时却磊落大方，一鸣惊人，情愿把自己牺牲了。席勒说："只有错误才是活的，真理只好算作个死东西罢了。"可见连抽象的境界里都不会有个称心如意的事情了。"可哀惟有人间世"，大概就是为着这个原因吧。

　　我是个常带笑脸的人，虽然心绪凄其的时候居多。可是我的笑并不是百无聊赖时的苦笑，假使人生单使我们觉得无可奈何，"独闭空斋画大圈"，那么这个世界也不值得一笑了。我的笑也不是世故老人的冷笑，忙忙扰扰的哀乐虽然尝过了不少，鬼鬼祟祟的把戏虽然也窥破了一二，我却总不拿这类下流的伎俩放在眼里，以为不值得尊称为世故的对象，所以不管我多么焦头烂额，立在这片瓦砾场中，我向来不屑对于这些加之以冷笑。我的笑也不是哀莫大于心死以后的狞笑，我现在最感到苦痛的就是我的心太活跃了，不知怎的，无论到哪儿去，总有些触目伤心，凄然泪下的意思，大有失恋与伤逝冶于一炉的光景，怎么还会狞笑呢。我的辛酸心境并不是年青人常有的那种略带诗意的感伤情调，那是生命之杯盛满后溅出来的泡花，那是无上的快乐呀，释迦牟尼佛所以会那么陶然，也就是为着他具了那个清风朗月的慈悲境界吧。走入人生迷园而不能自拔的我怎么会有这种的闲情逸致呢！我的辛酸心境也不是像丁尼生所说的"天下最沉痛的事情莫过于回忆起欣欢的日子"。这位诗人自己却又说道："曾经亲爱过，后来永诀了，总比绝没有亲爱过好多了。"我是没有过这么一度的鸟语花香，我的生涯好比没有绿洲的空旷沙漠，好比没有棕榈的热带国土，简直是挂着蛛网，未曾听过管弦声的一所空屋。我的辛酸心境更不是像近代仕女们脸上故意贴上的"黑点"，朋友们看到我微笑着道出许多伤心话，总是不能见谅，以为这些娓娓酸语无非拿来点缀风光，更增生活的妩媚罢了。"知己从来不易知"，其实我们也用不着这样苛求，谁敢说真知道了自己呢，否则希腊人也不必在神庙里刻上"知道你自己"那句话了。可是我就没有走过芳花缤纷的蔷薇的路，我只看见枯树同落叶；狂欢的宴席上排了一个白森森的人头固然可以叫古代的波斯人感到人生的悠忽而更见沉醉，骷髅搂着如花的少女跳舞固然可以使荒山上月光里的撒但摇着头上的两角哈哈大笑，但是八百里的荆棘岭总不能算作愉快的旅程吧；梅花落后，雪月空明，当然是个好境界，可是牛山濯濯的峭壁上一年到底只有一阵一阵的狂风瞎吹着，那就会叫人思之欲泣了。这些话虽然言之过甚，缩小来看，也可以映出我这个无可为欢处的心境了。

在这个无时无地都有哭声回响着的世界里年年偏有这么一个春天；在这个满天澄蓝、泼地草绿的季节，毒蛇却也换了一套春装睡眼蒙眬地来跟人们做伴了，禁闭于层冰底下的秽气也随着春水的绿波传到情侣的身旁了。这些矛盾恐怕就是数千年来贤哲所追求的宇宙本质吧！蕞尔的我大概也分了一份上帝这笔礼物吧。笑涡里贮着泪珠儿的我活在这个乌云里夹着闪电，早上彩霞暮雨凄凄的宇宙里，天人合一，也可以说是无憾了，何必再去寻找那个无根的解释呢。"满眼春风百事非"，这般就是这般。

泪与笑

梁遇春

匆匆过了二十多年，我自然也是常常哭，常常笑，别人的啼笑也看过无数回了。可是我生平不怕看见泪，自己的热泪也好，别人的呜咽也好；对于几种笑我却会惊心动魄，吓得连呼吸都不敢大声，这些怪异的笑声，有时还是我亲口发出的。当一位极亲密的朋友忽然说出一句冷酷无情冰一般的冷话来，而且他自己还不知道他说的会使人心寒，这时候我们只好哈哈哈莫名其妙地笑了，因为若使不笑，叫我们怎么样好呢？我们这个强笑或者是出于看到他真正的性格（他这句冷语所显露的）和我们先前所认为的他的性格的矛盾，或者是我们要勉强这么一笑来表示我们是不会给他的话所震动，我们自己另有一个超乎一切的生活，他的话是不会损坏我们于毫发的，或者……但是那时节我们只觉到不好不这么大笑一声，所以才笑，实在也没有闲暇去仔细分析自己了。当我们心里有说不出的苦痛缠着，正要向人细诉，那时我们平时尊敬的人却用个极无聊的理由（甚至于最卑鄙的）来解释我们这穿过心灵的悲哀，看到这深深一层的隔膜，我们除开无聊赖地破涕为笑，还有什么别的办法吗？有时候我们倒霉起来，整天从早到晚做的事没有一件不是失败的，到晚上疲累非常，懊恼万分，悔也不是，哭也不是，也只好咽下眼泪，空心地笑着。我们一生忙碌，把不可再得的光阴消磨在马蹄轮铁，以及无谓敷衍之间，整天打算，可是自己不晓得为什这么费心机，为了要活着用尽苦心来延长这生命，却又不觉得活着到底有何好处，自己并没有享受生活过，总之黑漆一团活着，夜阑人静，回头一想，那能够不吃吃地笑，笑时感到无限的生的悲哀。就说我们淡于生死了，对于现世界的厌烦同人事的憎恶还会像毒蛇般蜿蜒走到面前，缠着身上，我们真可说倦于一切，可惜我们也没有爱恋上死神，觉得也不值得花那么大劲去求死。在此不生不死的心境里，只见伤感重重来袭，偶然挣些力气，来叹几口气，叹完气免不了失笑，那笑是多么酸苦的。这几种笑声发自我们的口里，自己听到，心中生个不可言喻的恐怖，或者又引起另一个鬼似的狞笑。若使是由他人口里传出，只要我们探讨出它们的源泉，我们也会惺惺惜惺惺而心酸，同时害怕得全身打战。此外失望人的傻笑、下头人挨了骂对于主子的赔笑、趾高气扬的热官对于贫贱故交的冷笑、老处女在他人结婚席上所呈的干笑、生离永别时节的苦笑——这些笑全是"自然"跟我们为难，把我们弄得没有办法，我们承认失败了的表现，是我们心灵的堡垒下面刺目的降幡。莎士比亚的妙句"对着悲哀微笑"（smiling at grief）说尽此中的苦况。拜伦在他的杰作 *Don Juan* 里有二句："Of all tales'tis the saddest-and more sad. Because it makes us smile." 这两句是我愁闷无聊时所喜欢反复吟诵的，因为真能传出"笑"的悲剧的情调。

泪却是肯定人生的表示。因为生活是可留恋的，过去是春天的日子，所以才有伤逝的清泪。若使生活本身就不值得我们的一顾，我们哪里会有惋惜的情怀呢？当一个中年妇人死了丈夫时候，她号啕地大哭，她想到她儿子这么早丢失了父亲，没有人指导，免不了伤心流泪，可是她隐隐地对于这个儿子有无穷的慈爱同希望。她的儿子又死了，她或者会一声不作地料理丧事，或者发疯狂笑起来，因为她已厌倦于人生，她微弱的心已经麻木死了。我每回看到人们的流泪，不管是失恋的刺痛，或者丧亲的悲哀，我总觉人世真是值得一活的。眼泪真是人生的甘露。当我是小孩时候，常常觉得心里有说不出的难过，故意去臆造些伤心事情，想到有味时候，有时会不觉流下泪来，那时就感到说不出的快乐。现在却再寻不到这种无根的泪痕了。哪个有心人不爱看悲剧，亚里士多德所说的净化的确不错。我们精神所纠结郁积的悲痛随着台上的凄惨情节发出来，哭泣之后我们有形容不出的快感，好似精神上吸到新鲜空气一样，我们的心灵忽然间呈非常健康的状态。Gogol 的著作人们都说是笑里有泪，实在正是因为后面有看不见的泪，所以他小说会那么诙谐百出，对于生活处处有回甘的快乐。中国的诗词说高兴赏心的事总不大感人，谈愁语恨却是易工，也由于那些怨词悲调是泪的结晶，有时会逗我们洒些同情的泪，所以亡国的李后主、感伤的李义山始终是我们爱读的作家。天下最爱哭的人莫过于怀春的少女同情海中翻身的青年，可是他们的生活是最有力、色彩最浓、最不虚过的生活。人到老了，生活力渐渐消磨尽了，泪泉也干了，剩下的只是无可无不可那种将就木的心境和好像慈祥实在是生的疲劳所产生的微笑——我所怕的微笑。十八世纪初期浪漫派诗人格雷在他的 *On a Distant Prospect of Eton College* 里说：

　　　　流下也就忘记了的泪珠，

那是照耀心胸的阳光。
The tear forgot as soon as shed.
The sunshine of the breast.

这些热泪只有青年才会有，它是同青春的幻梦同时消灭的，泪尽了，个个人心里都像苏东坡所说的"存亡惯见浑无泪"那样的冷淡了，坟墓的影已染着我们的残年。

途 中

梁遇春

  今天是个潇洒的秋天,飘着零雨,我坐在电车里,看到沿途店里的伙计们差不多都是懒洋洋地在那里谈天、看报、喝茶——喝茶的尤其多,因为今天实在有点冷起来了。还有些只是倚着柜头,望望天色。总之纷纷扰扰的十里洋场顿然现出闲暇悠然的气概,高楼大厦的商店好像都化作三间两舍的隐庐,里面那班平常替老板挣钱,向主顾赔笑的伙计们也居然感到了生活余裕的乐处,正在拉闲扯散地过日,仿佛全是古之隐君子了。路上的行人也只是稀稀的几个,连坐在电车里面上银行去办事的洋鬼子们也燃着烟斗,无聊赖地看报上的广告,平时的燥气全消,这大概是那件雨衣的效力吧!到了北站,换上去西乡的公共汽车,雨中的秋之田野是别有一种风味的。外面的蒙蒙细雨是看不见的,看得见的只是车窗上不断地来临的小雨点,同河面上错杂得可喜的纤纤雨脚。此外还有粉般的小雨点从破了的玻璃窗进来,栖止在我的脸上。我虽然有些寒战,但是受了雨水的洗礼,精神变成格外地清醒。已撄世网,醉生梦死久矣的我真不容易有这么清醒,这么气爽。再看外面的景色,既没有像春天那娇艳得使人们感到它的不能久留,也不像冬天那样树枯草死,好似世界是快毁灭了,却只是静默默地,一层轻轻的雨雾若隐若现地盖着,把大地美化了许多，我不禁微吟着乡前辈姜白石的诗句，真是"人生难得秋前雨"。忽然想到今天早上她皱着眉头说道："这样凄风苦雨的天气，你也得跑那么远的路程，这真可厌呀！"我暗暗地微笑。她哪里晓得我正在凭窗赏玩沿途的风光呢？她或者以为我现在必定是哭丧着脸，像个到刑场的死囚，万不会想到我正流连着这叶尚未凋，草已添黄的秋景。同情是难得的，就是错误的同情也是无妨，所以我就让她老是这样可怜着我的仆仆风尘吧；并且有时我有什么逆意的事情，脸上露出不豫的颜色，可以借路中的辛苦来遮掩，免得她一再追究，最后说出真话，使她平添了无数的愁绪。

其实我是个最喜欢在十丈红尘里奔走道路的人。我现在每天在路上的时间差不多总在两点钟以上，这是已经有好几月了，我却一点也不生厌，天天走上电车，老是好像开始蜜月旅行一样。电车上和道路上的人们彼此多半是不相识的，所以大家都不大拿出假面孔来，比不得讲堂里、宴会上、衙门里的人们那样彼此拼命地一味敷衍。公园、影戏院、游戏场、馆子里面的来客个个都是眉开眼笑的，最少也装出那么样子，墓地、法庭、医院、药店的主顾全是眉头皱了几十纹的，这两下都未免太单调了，使我们感到人世的平庸无味。车子里面和路上的人们却具有万般色相，你坐在车里，只要你睁大眼睛不停地观察了卅分钟，你差不多可以在所见的人们脸上看出人世一切的苦乐感觉同人心的种种情调。你坐在位子上默默地鉴赏，同车的客人们老实地让你从他们的形色举止上去推测他们的生平同当下的心境，外面的行人一一现你眼前，你尽可恣意瞧着，他们并不会晓得，而且他们是这么不断地接连走过，你很可以拿他们来彼此比较，这种普通人的行列的确是比什么赛会都有趣得多，路上源源不绝的行人可说是上帝设计的赛会，当然胜过了我们佳节时红红绿绿的玩意儿了。并且在路途中我们的心境是最宜于静观的，最能吸收外界的刺激的。我们通常总是有事干，正经事也好，歪事也好，我们的注意免不了特别集中在一点上，只有路途中，尤其走熟了的长路，在未到目的地以前，我们的方寸是悠然的，不专注于一物，却是无所不留神的，在匆匆忙忙的一生里，我们此时才得好好地看一看人生的真况。所以无论从哪一方面说起，途中是认识人生最方便的地方。车中，船上同人行道可说是人生博览会的三张入场券，可惜许多人把它们当作废纸，空走了一生的路。我们有一句古话："读万卷书，行万里路。"所谓行万里路自然是指走遍名山大川、通都大邑，但是我觉换一个解释也是可以。一条的路你来往走了几万遍，凑成了万里这个数目，只要你真用了你的眼睛，你就可以算是懂得人生的人了。俗语说道："秀才不出门，能知天下事。"我们不幸未得入泮，只好多走些路，来见见世面罢！对于人生有了清澈的观照，世上的荣辱祸福不足以扰乱内心的恬静，我们的心灵因此可以获到永久的自由，可见个个的路都是到自由的路，并不限于罗素先生所钦定的：所怕的就是面壁参禅，目不窥路的人们，他们自甘沦落，不肯上路，的确是无法可办。读书是间接地去了解人生，走路是直接地去了解人生，一落言诠，便非真谛，所以我觉得万卷书可以搁开不念，万里路非放步走去不可。

　　了解自然，便是非走路不可。但是我觉得有意的旅行倒不如通常的走路那样能与自然更见亲密。旅行的人们心中只惦着他的目的地，精神是紧张的。实在不宜于裕然地接受自然的美景。并且天下的风光是活的,并不拘于一谷一溪、一洞一岩,旅行的人们所看的却多半是这些名闻四海的死景,人人莫名其妙地照例赞美的胜地。旅行的人们也只得依样画葫芦一番,做了万古不移的传统的奴隶。这又何苦呢?并且只有自己发现出的美景对着我们才会有贴心的亲切感觉,才会感到了整个心灵,而这些好景却大抵是得之偶然的,绝不能强求。所以有时因公外出,在火车中所瞥见的田舍风光会深印在我们的心坎里,而花了盘川,告了病假去赏玩的名胜倒只是如烟如雾地浮动在记忆的海里。今年的春天同秋天,我都去了一趟杭州,每天不是坐在划子里听着舟子的调度,就是跑山,恭敬地聆着车夫的命令,一本薄薄的指南隐隐地含有无上的威权,等到把所谓胜景一一领略过了,重上火车,我的心好似去了重担。当我再继续过着我通常的机械生活,天天自由地东瞧西看,再也不怕受了舟子、车夫、游侣的责备,再也没有什么应该非看不可的东西,我真快乐得几乎发狂。西泠的景色自然是渐渐消失得无影无迹,可惜消失得太慢,起先还做了我几个噩梦的背景。当我梦到无私的车夫,带我走着崎岖难行的宝石山或者光滑不能驻足的往龙井的石路,不管我怎样求免,总是要迫我去看烟霞洞的烟霞同龙井的龙角。谢谢上帝,西湖已经不再浮现在我的梦中了。而我生平所最赏心的许多美景是从到西乡的公共汽车的玻璃窗得来的。我坐在车里,任它一上一下、一左一右地跳荡,看着老看不完的十八世纪长篇小说,有时闭着书随便望一望外面天气,忽然觉得青翠迎人,遍地散着香花,晴天现出不可描摹的蓝色。我顿然感到春天已到大地,这时我真是神魂飞在九霄云外了。再去细看一下,好景早已过去,剩下的是闸北污秽的街道,明天再走到原地,一切虽然仍旧,总觉得有所不足,与昨天是不同的，于是乎那天的景色永留在我的心里。甜蜜的东西看得太久了也会厌烦，真真的好景都该这样一瞬即逝，永不重来。婚姻制度的最大毛病也就是在于日夕聚首：将一切好处都因为太熟而化成坏处了。此外在热狂的夏天，风雪载途的冬季我也常常出乎意料地获到不可名言的妙境，滋润着我的心田。会心不远，真是陆放翁所谓的"何处楼台无月明"。自己培养有一个易感的心境，那么走路的确是了解自然的捷径。

"行"不单是可以使我们清澈地了解人生同自然，它自身又是带有诗意的、最浪漫不过的。雨雪霏霏，杨柳依依，这些境界只有行人才有福享受的。许多奇情逸事也都是靠着几个人的漫游而产生的。《西游记》、《镜花缘》、《老残游记》、Cervantes 的《吉诃德先生》(*Don Quixote*)、Swift 的《海外轩渠录》(*Gulliver's Travels*)、Bunyan 的《天路历程》(*Pilgrim's Progress*)、Cowper 的《痴汉骑马歌》(*John Gilpin*)、Dickens 的 *Pickwick Papers*、Byron 的 *Childe Harold's Pilgrimage*、Fielding 的 *Joseph Andrews*、Gogols 的 *Dead Souls* 等不可一世的杰作没有一个不是以"行"为骨子的，所说的全是途中的一切，我觉得文学的浪漫题材在爱情以外，就要数到"行"了。陆放翁是个豪爽不羁的诗人，而他最出色的杰作却是那些纪行的七言。我们随便抄下两首，来代我们说出"行"的浪漫性吧！

剑南道中遇微雨

衣上征尘杂酒痕，远游无处不销魂，
此身合是诗人未，细雨骑驴入剑门。

南定楼遇急雨

行遍梁州到益州，今年又作度沪游，
江山重复争供眼，风雨纵横乱入楼，
人语朱离逢峒獠，棹歌欸乃下吴州，
天涯住稳归心懒，登览茫然却欲愁。

因为"行"是这么会勾起含有诗意的情绪的，所以我们从"行"可以得到极愉快的精神快乐，因此"行"是解闷消愁的最好法子，将濒自杀的失恋人常常能够从漫游得到安慰，我们有时心境染了凄迷的色调，散步一下，也可以解去不少的忧愁。Hawthorne 同 Edgar Allen Poe 最爱描状一个心里感到空虚的悲哀的人不停地在城里的各条街道上回复地走了又走，以冀对于心灵的饥饿能够暂时忘却，Dostoivsky 的《罪与罚》里面的 Raskolinkov 犯了杀人罪之后，也是无目的到处乱走，仿佛走了一下，会减轻了他心中的重压。甚至于有些人对于"行"具有绝大的趣味，把别的趣味一齐压下了，Stevenson 的《流浪汉之歌》就表现出这样的一个人物，他在最后一段里说道："财富我不要，希望，爱情，知己的朋友，我也不要；我所要的只是上面的青天同脚下的道路。"

> Wealth I ask not, hope nor love,
> Nor a friend to know me;
> All I ask, the heaven above,
> And the road below me.

Walt Whitman 也是一个歌颂行路的诗人,他的《大路之歌》真是"行"的绝妙赞美诗,我就引他开头的雄浑诗句来做这段的结束吧!

> Afoot and light-hearted I take to the open road,
> Healthy, free, the world before me,
> The long brown path before me leading wherever I choose.

我们从摇篮到坟墓也不过是一条道路,当我们正寝以前,我们可说是老在途中。途中自然有许多的苦辛,然而四围的风光和同路的旅人都是极有趣的,值得我们跋涉这程路来细细鉴赏。除开这条悠长的道路外,我们并没有别的目的地,走完了这段征程,我们也走出了这个世界,重回到起点的地方了。科学家说我们就归于毁灭了,再也不能重走上这段路途,主张灵魂不灭的人们以为来日方长,这条路我们还能够一再重走了几千万遍。将来的事,谁去管它,也许这条路有一天也归于毁灭。我们还是今天有路今天走吧,最要紧的是不要闭着眼睛,蒙蒙一生,始终没有看到了世界。

上景山

许地山

无论哪一季,登景山最合宜的时间是在清早或下午三点以后。晴天,眼界可以望到天涯的朦胧处;雨天,可以赏雨脚的长度和电光的迅射;雪天,可以令人咀嚼着无色界的滋味。

在万春亭上坐着,定神看北上门后的马路(从前路在门前,如今路在门后)尽是行人和车马,路边的梓树都已掉了叶子。不错,已经立冬了,今年天气可有点怪,到现在还没冻冰。多谢芝荷的业主把残茎都去掉,教我们能看见紫禁城外护城河的水光还在闪烁着。

神武门上是关闭得严严的。最讨厌是楼前那支很长的旗杆,侮辱了全个建筑的庄严。门楼两旁树它一对,不成吗?禁城上时时有人在走着,恐怕都是外国的旅人。

皇宫一所一所排列着非常整齐。怎么一个那么不讲纪律的民族,会建筑这么严肃的宫廷?我对着一片黄瓦这样想着。不,说不讲纪律未免有点过火,我们可以说这民族是把旧的纪律忘掉,正在找一个新的咧。新的找不着,终久还要回来的。北京房子,皇宫也算在里头,主要的建筑都是向南的,谁也没有这样强迫过建筑者,说非这样修不可。但纪律因为利益所在,在不言中被遵守了。夏天受着解愠的熏风,冬天接着可爱的暖日,只要守着盖房子的法则，这利益是不用争而自来的。所以我们要问，在我们的政治社会里有这样的熏风和暖日吗？

最初在崖壁上写大字铭功的是强盗的老师，我眼睛看着神武门上的几个大字，心里想着李斯。皇帝也是强盗的一种，是个白痴强盗。他抢了天下，把自己监禁在宫中，把一切宝物聚在身边，以为他是富有天下。这样一代过一代，到头来还是被他的糊涂奴仆，或贪婪臣宰、讨、瞒、偷、换到连性命也不定保得住。这岂不是个白痴强盗？在白痴强盗底下才会产出大盗和小偷来。一个小偷，多少总要有一点跳女墙钻狗洞的本领，有他的禁忌，有他的信仰和道德。大盗只会利用他的奴性去请托攀缘，自赞赞他，禁忌固然没有，道德更不必提。谁也不能不承认盗贼是寄生人类的一种，但最可杀的是那班为大盗之一的斯文贼。他们不像小偷为延命去营鼠雀的生活；也不像一般的大盗，凭着自己的勇敢去抢天下。所以明火打劫的强盗最恨的是斯文贼。这里我又联想到张献忠。有一次他开科取士，檄诸州举贡生员后至者妻女充院，本犯剥皮，有司教官斩，连坐十家。诸生到时，他要他们在一丈见方的大黄旗上写个帅字，字画要像斗的粗大，还要一笔写成。一个生员王志道缚草为笔，用大缸贮墨汁将草笔泡在缸里，三天，再取出来写，果然一笔写成了。他以为可以讨献忠的喜欢，谁知献忠说："他日图我必定是你。"立即把他杀来祭旗。献忠对待念书人是多么痛快。他知道他们是寄生的寄生。他的使命是来杀他们。

东城西城的天空中，时见一群一群旋飞的鸽子。除去打麻雀、逛窑子、上酒楼以外，这也是一种古典的娱乐。这种娱乐也来得群众化一点。它能在空中发出和悦的响声，翩翩地飞绕着，教人觉得在一个灰白色的冷天，满天乱飞乱叫的老鸹的讨厌。然而在刮大风的时候，若是你有勇气上景山的最高处，看看天安门楼屋脊上的鸦群，噪叫的声音是听不见，它们随风飞扬，直像从什么大树飘下来的败叶，凌乱得有意思。

万春亭周围被挖得东一沟，西一窟，据说是管宫的当局挖来试看煤山是不是个大煤堆，像历来的传说所传的，我心里暗笑信这说的人们。是不是因为北宋亡国的时候，都人在城被围时，拆毁艮岳的建筑木材去充柴火，所以计划建筑北京的人预先堆起一大堆煤，万一都城被围的时，人民可以不拆宫殿。这是笨想头。若是我来计划，最好来一个米山。米在万急的时候，也可以生吃，煤可无论如何吃不得。又有人说景山是太行的最终一峰。这也是瞎说。从西山往东几十里平原，可怎么不偏不颇在北京城当中出了一座景山：若说北京的建设就是对着景山的子午，为什么不对北海的琼岛？我想景山明是开紫禁城外的护城河所积的土，琼岛也是累积从北海挖出来的土而成的。

从亭后的栝树缝里远远看见鼓楼。地安门前后的大街，人马默默地走，城市的喧嚣声，一点也听不见。鼓楼是不让正阳门那样雄壮地挺着。它的名字，改了又改，一会是明耻楼，一会又是齐政楼，现在大概又是明耻楼吧。明耻不难，雪耻得努力。只怕市民能明白那耻的还不多，想来是多么可怜。记得前几年"三民主义""帝国主义"这套名词随着北伐军到北平的时候，市民看些篆字标语，好像都明白各人蒙着无上的耻辱，而这耻辱是由于帝国主义的压迫。所以大家也随声附和，唱着打倒和推翻。

从山上下来，崇祯殉国的地方依然是那棵半死的槐树。据说树上原有一条链子锁着，庚子联军入京以后就不见了。现在那枯槁的部分，还有一个大洞，当时的链痕还隐约可以看见。义和团运动的结果，从解放这棵树，发展到解放这民族。这是一件多么可以发人深思的对象呢？山后的柏树发出幽恬的香气，好像对于这地方的永远供物。

寿皇殿锁闭得严严的，因为谁也不愿意努尔哈赤的种类再做白痴的梦。每年的祭祀不举行了，庄严的神乐再也不能听见，只有从乡间进城来唱秧歌的孩子们，在墙外打的锣鼓，有时还可以送到殿前。

到景山门，回头仰望顶上方才所坐的地方，人都下来了。树上几只很面熟却不认得的鸟在叫着。亭里残破的古佛还坐着结那没人能懂的手印。

先农坛

许地山

曾经一度繁华过的香厂,现在剩下些破烂不堪的房子,偶尔经过,只见大兵们在广场上练国技。望南再走,摆地摊的犹如往日,只是好东西越来越少,到处都看见外国来的空酒瓶、香水樽、胭脂盒,乃至簇新的东洋瓷器,估衣摊上的不入时的衣服,"一块八""两块四"叫卖的伙计连翻带地兜揽,买主没有,看主却是很多。

在一条凹凸得格别的马路上走,不觉进了先农坛的地界。从前在坛里唯一新建筑,"四面钟",如今只剩一座空洞的高台,四围的柏树早已变成富人们的棺材或家私了。东边一座礼拜寺是新的。球场上还有人在那里练习。绵羊三五群,遍地披着枯黄的草根。风稍微一动,尘土便随着飞起,可惜颜色太坏,若是雪白或朱红,岂不是很好的国货化妆材料?

到坛北门,照例买票进去。古柏依旧,茶座全空。大兵们住在大殿里,很好看的门窗,都被拆作柴火烧了。希望北平市游览区划定以后,可以有一笔大款来修理。北平的旧建筑,渐次少了,房主不断地卖折货。像最近的定王府,原是明朝胡大海的府邸,论起建筑的年代足有五百多年。假若政府有心保存北平古物,决不致于让市民随意拆毁。拆一间是少一间。现在坛里,大兵拆起公有建筑来了。爱国得先从爱惜公共的产业做起，得先从爱惜历史的陈迹做起。

观耕台上坐着一男一女，正在密谈，心情的热真能抵御环境的冷。桃树柳树都脱掉叶衣，做三冬的长眠，风摇、鸟唤，都不听见。雩坛边的鹿，伶俐的眼睛瞭望着过路的人。游客本来有三两个，它们见了格外相亲。在那么空旷的园囿，本不必栏着它们，只要四围开上七八尺深的沟，斜削沟的里壁，使当中成一个圆丘，鹿放在当中，虽没遮栏也跳不上来。这样，园景必定优美得多。星云坛比岳渎坛更破烂不堪。干蒿败艾，满布在砖缝瓦罅之间，拂人衣裾，便发出一种清越的香味。老松在夕阳底下默然站着。人说它像盘旋的虬龙，我说它像开屏的孔雀，一颗一颗的松球，衬着暗绿的针叶，远望着更像得很。松是中国人的理想性格，画家没有不喜欢画它。孔子说它后凋还是屈了它，应当说它不凋才对。英国人对于橡树的情感就和中国对于松树的一样。中国人爱松并不尽是因为它长寿，乃是因它当飘风飞雪的时节能够站得住，生机不断，可发荣的时间一到，便又青绿起来。人对着松树是不会失望的。它能给人一种兴奋，虽然树上留着许多枯枝丫，看来越发增加它的壮美。就是枯死，也不像别的树木等闲地倒下来。千年百年是那么立着，藤萝缠它，薜荔粘它，都不怕，反而使它更优越更秀丽。古人说松籁好听得像龙吟。龙吟我们没有听过，可是它所发出的逸韵，真能使人忘掉名利，动出尘的想头。可是要记得这样的声音，决不是一寸一尺的小松所能发出，非要经得百千年的磨炼，受过风霜或者吃过斧斨的亏，能够立得定以后，是做不到的。所以当年壮的时候，应学松柏的抵抗力、忍耐力和增进力；到年衰的时候，也不妨送出清越的籁。

对着松树坐了半天。金黄色的霞光已经收了，不免离开雩坛直出大门。门外前几年挖的战壕，还没填满。羊群领着我向着归路。道边放着一担菊花，卖花人站在一家门口与那淡妆的女郎讲价，不提防担里的黄花教羊吃了几棵。那人索性将两棵带泥丸的菊花向羊群猛掷过去，口里骂"你等死的羊孙子！"，可也没奈何。吃剩的花散布在道上，也教车轮碾碎了。

忆卢沟桥

许地山

记得离北平以前,最后到卢沟桥,是在二十二年的春天。我与同事刘兆蕙先生在一个清早由广安门顺着大道步行,经过大井村,已是十点多钟。参拜了义井庵的千手观音,就在大悲阁外少憩。那菩萨像有三丈多高,是金铜铸成的,体相还好,不过屋宇倾颓,香烟零落,也许是因为求愿的人们发生了求财赔本、求子丧妻的事情吧。这次的出游本是为访求另一尊铜佛而来的。我听见从宛平城来的人告诉我那城附近有所古庙塌了,其中许多金铜佛像,年代都是很古的。为知识上的兴趣,不得不去采访一下。大井村的千手观音是有著录的,所以也顺便去看看。

出大井村,在官道上,巍然立着一座牌坊,是乾隆四十年建的。坊东面额书"经环同轨",西面是"荡平归极"。建坊的原意不得而知,将来能够用来做凯旋门那就最合宜不过了。

春天的燕郊,若没有大风,就很可以使人流连。树干上或土墙边蜗牛在画着银色的涎路。它们慢慢移动,像不知道它们的小介壳以外还有什么宇宙似的。柳塘边的雏鸭披着淡黄色的氄毛,映着嫩绿的新叶;游泳时,微波随蹼翻起,泛成一弯一弯动着的曲纹,这都是生趣的示现。走乏了,且在路边的墓园少住一回。刘先生站在一座很美丽的窣堵波上,要我给他拍照。在榆树荫覆之下，我们没感到路上太阳的酷烈。寂静的墓园里，虽没有什么名花，野卉倒也长得顶得意的。忙碌的蜜蜂，两只小腿粘着些少花粉，还在采集着。蚂蚁为争一条烂残的蚱蜢腿，在枯藤的根本上争斗着。落网的小蝶，一片翅膀已失掉效用，还在挣扎着。这也是生趣的示现，不过意味有点不同罢了。

闲谈着，已见日丽中天，前面宛平城也在域之内了。宛平城在卢沟桥北，建于明崇祯十年，名叫"拱北城"，周围不及二里，只有两个城门，北门是顺治门，南门是永昌门。清改拱北为拱极，永昌门为威严门。南门外便是卢沟桥。拱北城本来不是县城，前几年因为北平改市，县衙才移到那里去，所以规模极其简陋。从前它是个卫城，有武官常驻镇守着，一直到现在，还是一个很重要的军事地点。我们随着骆驼队进了顺治门，在前面不远，便见了永昌门。大街一条，两边多是荒地。我们到预定的地点去探访，果见一个庞大的铜佛头和些铜像残体横陈在县立学校里的地上。拱北城内原有观音庵与兴隆寺，兴隆寺内还有许多已无可考的广慈寺的遗物，那些铜像究竟是属于哪寺的也无从知道。我们摩挲了一回，才到卢沟桥头的一家饭店午膳。

自从宛平县署移到拱北城，卢沟桥便成为县城的繁要街市。桥北的商店民居很多，还保存着从前中原数省入京孔道的规模。桥上的碑亭虽然朽坏，还矗立着。自从历年的内战，卢沟桥更成为戎马往来的要冲。加上长辛店战役的印象，使附近的居民都知道近代战争的大概情形，连小孩也知道飞机、大炮、机关枪都是做什么用的。到处墙上虽然有标语贴着的痕迹，而在色与量上可不能与卖药的广告相比。推开窗户，看着永定河的浊水穿过疏林，向东南流去，想起陈高的诗："卢沟桥西车马多，山头白日照清波。毡卢亦有江南妇，愁听金人出塞歌。"清波不见，浑水成潮，是记述与事实的相差，抑昔日与今时的不同，就不得而知了。但想象当日桥下雅集亭的风景，以及金人所掠江南妇女，经过此地的情形，感慨便不能不触发了。

从卢沟桥上经过的可悲可恨可歌可泣的事迹，岂止被金人所掠的江南妇女那一件？可惜桥槛上蹲着的石狮子个个只会张牙咧眦结舌无言，以致许多可以稍留印迹的史实，若不随蹄尘飞散，也教轮辐压碎了。我又想着天下最有功德的是桥梁。它把天然的阻隔联络起来，它从这岸渡引人们到那岸。在桥上走过的是好是歹，于它本来无关，何况在上面走的不过是长途中的一小段，它哪能知道何者是可悲可恨可泣呢？它不必记历史，反而是历史记着它。卢沟桥本名广利桥，是金大定二十七年始建，至明昌二年（公元一一八九至一一九二）修成的。它拥有世界的声名是因为曾入马哥博罗的记述。马哥博罗记作"普利桑乾"，而欧洲人都称它作"马哥博罗桥"，倒失掉记者赞叹桑乾河上一道大桥的原意了。中国人是擅于修造石桥的，在建筑上只有桥与塔可以保留得较为长久。中国的大石桥每能使人叹为鬼役神工，卢沟桥的伟大与那有名的泉州洛阳桥和漳州虎渡桥有点不同。论工程，它没有这两道桥的宏伟，然而在史迹上，它是多次系着民族安危。纵使你把桥拆掉，卢沟桥的神影是永不会被中国人忘记的。这个在七七事件发生以后，更使人觉得是如此。当时我只想着日军许会从古北口入北平，由北平越过这道名桥侵入中原，决想不到火头就会在我那时所站的地方发出来。

在饭店里，随便吃些烧饼，就出来，在桥上张望。铁路桥在远处平行地架着。驮煤的骆驼队随着铃铛的音节整齐地在桥上迈步。小商人与农民在雕栏下做交易上很有礼貌地计较。妇女们在桥下浣衣，乐融融地交谈。人们虽不理会国势的严重，可是从军队里宣传员口里也知道强敌已在门口。我们本不为做间谍去的，因为在桥上向路人多问了些话，便教警官注意起来。我们也自好笑。我是为当事官吏的注意而高兴，觉得他们时刻在提防着，警备着。过了桥，便望见实柘山，苍翠的山色，指示着日斜多了几度。在砾原上流连片时，暂觉晚风拂衣，若不回转，就得住店了。"卢沟晓月"是有名的。为领略这美景，到店里住一宿，本来也值得，不过我对于晓风残月一类的景物素来不大喜爱。我爱月在黑夜里所显的光明。晓月只有垂死的光，想来是很凄凉的，还是回家吧。

　　我们不从原路去，就在拱北城外分道。刘先生沿着旧河床，向北回海甸去。我捡了几块石头，向着八里庄那条路走。进到阜成门，望见北海的白塔已经成为一个剪影贴在洒银的暗蓝纸上。

五月的北平

张恨水

能够代表东方建筑美的城市，在世界上，除了北平，恐怕难找第二处了。描写北平的文字，由国文到外国文，由元代到今日，那是太多了，要把这些文字抄写下来，随便也可以出百万言的专书。现在要说北平，那真是一部廿四史，无从说起。若写北平的人物，就以目前而论，由文艺到科学，由最崇高的学者到雕虫小技的绝世能手，这个城圈子里，也俯拾即是，要一一介绍，也是不可能。北平这个城，特别能吸收有学问、有技巧的人才，宁可在北平为静止得到生活无告的程度，他们也不肯离开。不要名，也不要钱，就是这样穷困着下去。这实在是件怪事，你又叫我写哪一位才让圈子里的人过瘾呢？

静的不好写，动的也不好写，现在是五月（旧的历法合四月），我们还是写点五月的眼前景物吧。北平的五月，那是一年里的黄金时代。任何树木，都发生了嫩绿的叶子，处处是绿荫满地。卖芍药花的担子，天天摆在十字街头。洋槐树开着其白如雪的花，在绿叶上一球球地顶着。街，人家院落里，随处可见。柳絮飘着雪花，在冷静的胡同里飞。枣树也开花了，在人家的白粉墙头，送出兰花的香味。北平春季多风，但到五月，风季就过去了（今年春季无风）。市民开始穿起夹衣，在不暖的阳光里走。

北平的公园，既多又大。只要你有工夫，花不成其为数目的票价，亦可以在锦天铺地、雕栏玉砌的地方消磨一半天。

照着上面所谈，这范围还是太广，像看《四库全书》一样。虽然只成个提要，也觉得应接不暇。让我来缩小范围，只谈一个中人之家吧。北平的房子，大概都是四合院。这个院子，就可以雄视全国建筑。洋楼带花园，这是最令人羡慕的新式住房。可是在北平人看来，那太不算一回事了。北平所谓大宅门，哪家不是七八上下十个院子？哪个院子里不是花果扶疏？这且不谈，就是中产之家，除了大院一个，总还有一两个小院相配合。这些院子里，除了石榴树、金鱼缸，到了春深，家家由屋里度过寒冬搬出来。而院子里的树木，如丁香、西府海棠、藤萝架、葡萄架、垂柳、洋槐、刺槐、枣树、榆树、山桃、珍珠梅、榆叶梅，也都成人家普通的栽植物，这时，都次第地开过花了。尤其槐树，不分大街小巷，不分何种人家，到处都栽着有。在五月里，你如登景山之巅，对北平做个鸟瞰，你就看到北平市房全参差在绿海里。这绿海大部分就是槐树造成的。

洋槐传到北平，似乎不出五十年。所以这类树，树木虽也有高到五六丈的，都是树干还不十分粗。刺槐却是北平的土产，树兜可以合抱，而树身高到十丈的，那也很是平常。洋槐是树叶子一绿就开花，正在五月，花是成球的开着，串子不长，远望有些像南方的白绣球。刺槐是七月开花，都是一串串有刺，像藤萝（南方叫紫藤），不过是白色的而已。洋槐香浓，刺槐不大香，所以五月里草绿油油的季节，洋槐开花，最是凑趣。

在一个中等人家，正院子里可能就有一两株槐树，或者是一两株枣树。尤其是城北，枣树逐家都有，这是"早子"的谐音，取一个吉利。在五月里，下过一回雨，槐叶已在院子里着上一片绿荫。白色的洋槐花在绿枝上堆着雪球，太阳照着，非常地好看。枣子花是看不见的，淡绿色，和小叶的颜色同样，而且它又极小，只比芝麻大些，所以随便看不见。可是它那种兰蕙之香，在风停日午的时候，在月明如昼的时候，把满院子都浸润在幽静淡雅的境界。假使这人家有些盆景（必然有），石榴花开着火星样的红点，夹竹桃开着粉红的桃花瓣，在上下皆绿的环境中，这几点红色，娇艳绝伦。北平人又爱随地种草本的花籽，这时大小花秧全都在院子里拔地而出，一寸到几寸长的不等，全表示了欣欣向荣的样子。北平的屋子，对院子的一方面，照例下层是土墙，高二三尺，中层是大玻璃窗，玻璃大得像百货店的货窗相等，上层才是花格活窗。桌子靠墙，总是在大玻璃窗下。主人翁若是读书伏案写字，一望玻璃窗外的绿色，映入眉宇，那实在是含有诗情画意的。而且这样的点缀，并不花费主人什么钱的。

　　北平这个地方，实在适宜于绿树的点缀，而绿树能亭亭如盖的，又莫过于槐树。在东西长安街，故宫的黄瓦红墙，配上那一碧千株的槐林，简直就是一幅彩画。在古老的胡同里，四五株高槐，映带着平正的土路、低矮的粉墙。行人很少，在白天就觉得其意幽深，更无论月下了。在宽平的马路上，如南、北池子，如南、北长街，两边槐树整齐划一，连续不断，有三四里之长，远远望去，简直是一条绿街。在古庙门口，红色的墙、半圆的门，几株大槐树在庙外拥立，把低矮的庙整个罩在绿荫下，那情调是肃穆典雅的。在伟大的公署门口，槐树分立在广场两边，好像排列着伟大的仪仗，又加重了几分雄壮之气。太多了，我不能把她一一介绍出来，有人说五月的北平是碧槐的城市，那却是一点没有夸张。

当承平之时，北平人所谓"好年头儿"，在这个日子，也正是故都人士最悠闲舒适的日子。在绿荫满街的当儿，卖芍药花的平头车子整车的花菁蕾推了过去。卖冷食的担子，在幽静的胡同里叮当作响，敲着冰盏儿，这很表示这里一切的安定与闲静。渤海来的海味，如黄花鱼、对虾，放在冰块上卖，已是别有风趣。又如乳油杨梅、蜜饯樱桃、藤萝饼、玫瑰糕，吃起来还带些诗意。公园里绿叶如盖，三海中水碧如油，随处都是令人享受的地方。但是这一些，我不能，也不愿往下写。现在，这里是邻近炮火边沿，南方人来说这里是第一线了，北方人吃的面粉，三百多万元一袋；南方人吃的米，卖八万多元一斤。穷人固然是朝不保夕；中产之家虽改吃糙粮度日，也不知道这糙粮允许吃多久。街上的槐树虽然还是碧净如前，但已失去了一切悠闲的点缀。人家院子里，虽是不花钱的庭树，还依然送了绿荫来，这绿荫在人家不是幽丽，乃是凄凄惨惨的象征。谁实为之？孰令致之？我们也就无从问人。《阿房宫赋》前段写得那样富丽，后面接着是一叹："秦人不自哀！"现在的北平人，倒不是不自哀，其如他们哀亦无益何！

好一座富于东方美的大城市呀，他整个儿在战栗！好一座千年文化的结晶呀，他不断地在枯萎！呼吁于上天，上天无言；呼吁于人类，人类摇头。其奈之何！

天　坛

张恨水

上

天坛这地方，很好很好。这里外垣，周围十一华里；内垣，周围七华里。从正门到二门，约有一里路。单是这一截路，就已有一个公园大了。

进了第二道门，路面还是那么宽而平直。两边树木叶密。我走了约三里路，却遇着一条大坝似的大路，将去路拦住。坝约有三尺高，不用梯或坡子，是将路斜斜地修高。上了这条大路，看看有四丈宽。中间一条石头大路，石板有三尺长，三四尺宽，这路有多长呢？大概有一华里半那样长。这路是由北到南，两边是红墙砌成的三座圆门，北面有宫殿式的屋脊。

北面三座门，进门是个大院。再上几层石阶，就是祈年殿了，在祈年殿门口一望，那条大路果然平坦、宽阔，但当年的皇帝仅仅是每年来一次罢了。祈年门也像皇帝住的宫殿一样，可由三座门里的任何一座门进去，两边是配殿，房屋很高大，现在修饰中，里面摆列着古代乐器。正面的祈年殿，矗立在三层白石栏杆的露台当中。殿和露台一样，全是圆形。屋檐三层，瓦是琉璃质的，全用青色。这里露台，分成前后一层三个坡子，三层九个，东西都是一层一个。在露台上望白石栏杆，相当壮丽。爬过二十七层坡子，经过一截露台，便是祈年殿。进得殿来，这圆形殿中，有很大的座台，上面配了皇帝坐的宝座和桌子，是祭祀皇天上帝用的。中间红色般金花的柱子，直达圆形屋顶。屋顶下面，完全用金子描花，柱子也用金色。柱子有多大，有两个人合抱还抱不拢来那样大。这里柱子有四根，是什么意思？就是代表一年四季。四根柱子外头，又是十二根柱子，全部红漆，那是代表十二个月。再外边，和雕栏互相配合，也是十二根柱子代表着子丑寅卯十二个时辰。这柱子是从西康运来的，是那么长的冬青木。这柱子有多长呢，从平地到屋顶，三十八公尺。这样一棵大树，那个日子既无火车，也无汽车，我们人民能把它运来，真是力量伟大。

这殿本来是明朝永乐时候建的，到清光绪年间，不晓得如何失了火，再照原样子仿造，就是现在这个殿子。屋子有三十公尺高，那时候没有起重机，完全靠手支架直立起来，真是不容易啊！还有一层，是到这里来的人都欣赏的，就是这里上面凭了屋顶，用金色书了一条龙，下面配块儿大理石，大理石的花纹是天然生长成功的龙凤呈祥。云南大理，离北京几千里。运来这块儿大石头又不知花费了多少人多少个昼夜啊。

下

看了一会儿这祈年殿，对于过去的工人，产生了无穷的景仰。出殿后为乾皇殿，现在在整理中，将来陈列各国给我国的礼品。这些殿宇以前做什么用的呢？原来是皇帝每年在此祭祀皇天上帝，时间是在阴历正月初一日，谓为"以祈丰年"。东方有个廊子，共有七十二间那么长，用二十五间通到神厨，用四十七间通到宰牲亭。原来怕天阴下雪，盖廊子为避寒用。所以廊子下半截用砖墙，上半截打着直篱笆模样。后来清朝亡了，天坛年久失修，到一九三七年，北京才仿修。这廊子有两丈多宽，还刻着很好的壁画。关于通到宰牲亭的那四十七间，现在人民政府修得更美丽了，将玻璃装上了窗户，还配上了门，里面摆了许多陈列品，大概不久就要开放。顺了这廊子往外走，远远望到那边林子里，有八块儿小石头。七块儿是指天上的七星，一块儿指的是北极，所以虽然是八块儿，依然是称为七星石。

　　这一带的树，都在往上长，看着颇有生气，我就顺了原路走，看着两边树林，也就忘路之远近。出了成贞门，过两重院宇，又见树木丛起，路旁有一棵柏树，上面挂了一牌，云此树已过五百年。两旁树林中设有茶座及小卖处。东面有院墙，此处已经到了皇穹宇了。入门进去，四围圆形墙垣，壁上钉有木牌，有"回声处"字样，好多人靠墙侧耳细听。其实这个事是很容易知道的，那是声音由空中传播，有障碍的时候，凭原处改着它的方面前进。登坡而上，一个圆形小殿，便是皇穹宇。这皇穹宇比祈年殿小，屋架都是戽拱式。室内有八根柱子。这室还是明朝盖起，原封未动，所以这些柱子也就有四百年了。立这皇穹宇做什么用呢？就是在皇帝祭天的日子，把殿内的神位请下来，请到门外，在那圆丘上祭一下；祭完，又请进去。一年，也就是这样一回。皇穹宇逛完，就出门到圆丘。圆丘，先有两道围墙，四四方方，将这圆丘围住。墙垣上先开十六个门，都是白石砌起。圆丘有三层露台，全以白石为栏。头两层台，有十几步宽，顶上是平台，青石铺地，铺到中间，有一块儿圆形青石。台上周围，估量约有二三百步。举目四望，树木丛合，地方空阔。至于何以叫圆丘？圆，是天体；丘，是土地上高的地方。它的意思就是环境像天，这是专制时代皇帝骗人的玩意儿。

　　看完了圆丘，出了祭天的门，我就在小树林里了。这原都是高大的柏树林，被国民党军队砍得精光。人民政府来了，就力加整理，几年以来，种树、种花、修路、修整宫殿，所以天坛不但可复旧观，还要比从前好呢。我们试步林下，各种树木，慢慢都已成林。那春夏秋的花儿，也到处都是。远处小孩儿的欢呼声，告诉我们正在乐园里面兴致勃勃地玩儿呢。再上前去，是斋宫，四围绕上了水池，有一道石桥通至里面，这里面辟有露天剧场，有时，京戏、大鼓都演。这里空阔无边，树木林立，我们看过以往人民这样伟大的建筑，正可以缓步当车，徜徉散步而回呢。

游中山公园

张恨水

上

中山公园在明清之季是社稷坛，一九一四年（民国三年）十月十日开放，定名为中央公园。后中山先生死在北京，一九二五年为纪念先生，改名为中山公园。到今年已四十一年了。

到北京来，中山公园是不能不到的。入门，便见古柏夹道。两边全有游廊，东边游廊通到来今雨轩。西边游廊，又分两路，一条通到兰亭碑亭，一条通过这里的御河桥，直达水榭。向正中看去，石牌坊一个，其下人行大道，东边树木荫浓，西边草地整齐。再前进，有金银花无数本，银木搭架，任金银花盘绕。这里已是古柏凌云，几不见日。下面是水泥铺地，平坦可步。其前为习礼亭，面对红墙一弯，柿子丁香，分排左右。一对儿狮子，分守着大门，门里面就是社稷坛了。掉首南顾，一带游廊，中间有一所比地还矮三尺的房屋，那就是唐花坞。到这唐花坞来，就要看看这时候花坞里养些什么花儿。花坞是折面式扇面儿的屋子，有我们五间屋子大。

唐花坞对过儿，有一岛式平地，周围全是荷花池子围绕着，平地中间有一所屋，曰四宜轩。这里的杨柳居多，望对过儿水榭东南角，那杨柳高可拂天，景致更好。过红桥可以在此小歇。又过一桥，一带土山，上面栽满了丁香树；山崖里面，有一个草亭，叫迎晖亭。爬石坡而上有屋，半属陆上，半临水居，而且屋宇甚广，四周环连，此即为水榭。外人多借此地开展览会。进而东行，便是游廊。当荷花盛开时，在游廊漫步，莲花微香，才觉妙处，游廊末端，有亭一方，亭中一方大石碑，曰兰亭碑。上刻人物述王羲之三月三日修禊的事。这碑原在圆明园，圆明园火灾以后，便移植此地。出游廊北行，则古柏交加，浓荫伏地，夏季在树荫中小坐，忘暑已至，所以茶馆多设在此地。向北进，过山亭二处，有儿童运动场。此处另辟一门，直通南长街。从前原有一门，跨一长桥，通西华门侧面，现在不必走此弯路了。向东行，依然古柏很密，中有一格言亭，此系中山公园恰到一半儿的地方。东行为午门。转身南行，经过六方亭、十字亭，达一大厦，即来今雨轩。五月初，公园牡丹盛开。说到牡丹，觉得北京之花，仍以公园为第一。名种之多，约可以分为四大种，即丁香、牡丹、芍药、菊花。而四种之中，仍以牡丹为佳。昔日各公园未开放，北京人要看牡丹，都跑往崇效寺。该寺在宣武门外白纸坊，地极为幽僻。该寺虽牡丹开日，也不过二三十盆花。今公园单以种类论，就有三十多种；再以盆数论，有几百盆之多，和崇效寺比起来，是不可以道里计了。

下

中山公园外围，已算游过了，现在该游里面。里面有红墙一道，隔成四方形，统有四重门，一方一个。我们走南方进去，那里是南方种丁香，北方种芍药。社稷坛就在前面，这是公园最中央的地方，坛筑成正方形，三层石阶。土分五色，黄、红、青、白、黑。黄色居中心，其余四色，各占一方。四方也是以短墙支起，四面开门。这是从前皇帝祭祀土神、谷神之所，在明朝永乐年间就有了。上去是中山堂，从前叫作拜殿。后面还有一个殿，旧日题名，叫作戟门，从明朝传了下来，共有七十二把铁戟，存在这里，八国联军之后，这些戟却没有了。两边还有两块儿空地全成为花圃。谈到花圃，我们就要谈到菊展了。

本来菊花会，以往京城私人方面也常举行，不过盆数不多，收的种子也不齐。一九五五年中山公园菊花展览，有几千盆之多，就在社稷坛上，用芦席盖了个蔽风雨之所。有多大呢，直有五十步长，宽的上有百步那样宽。遮风雨的棚子下，也有丈来深，一丈多高，这要摆菊花，试问要摆多少？他们又玩儿些花样，用大盆栽着菊花，花是肉红色，将花编得一样齐，一盆一个字，合起来乃是"菊花展览"四字。站在社稷坛上一望，只觉红的、白的、黄的、紫色的，绿叶托着，一层又一层，摆得有五六尺高，真是万花竞艳，秋色无边。

陶然亭

张恨水

陶然亭好大一个名声，它就跟武昌黄鹤楼、济南趵突泉一样。来过北京的人回家后，家里人一定会问："你到过陶然亭吗？"因之在三十五年前，我到北京的第一件事，就是去逛陶然亭。

那时候没有公共汽车，也没有电车。找了一个三秋日子，真可以说是云淡风轻，于是前去一逛。可是路又极不好走，满地垃圾，坎坷不平，高一脚，低一脚。走到陶然亭附近，只看到一片芦苇，远处呢，半段城墙。至于四周人家，房屋破破烂烂。不仅如此，到处还有乱坟葬埋。虽然有些树，但也七零八落，谈不到什么绿荫。我手拂芦苇，慢慢前进。可是飞虫乱扑，最可恨是苍蝇、蚊子到处乱钻。我心想，陶然亭就是这个样子吗？

所谓陶然亭，并不是一个亭，是一个土丘，丘上盖了一所庙宇。不过北、西、南三面，都盖了一列房子，靠西的一面还有廊子，有点像水榭的形式。登这廊子一望，隐隐约约望见一抹西山，其近处就只有芦苇遍地了。据说这一带地方是饱经沧桑的，早年原不是这样，有水，有船，也有些树木。清朝康熙年间，有位工部郎中江藻，他看此地还有点儿野趣，就在这庙里盖了三间西厅房。采用了白居易的诗"更待菊黄家酿熟，与君一醉一陶然"的句子，称它作陶然亭，后来成为一些文人在重阳登高宴会之所。到了乾隆年间，这地方成了一片苇塘。乱坟本来就有，以后年年增加，就成为三十五年前我到北京来的模样了。

　　过去，北京景色最好的地方，都是皇帝的禁苑，老百姓是不能去的。只有陶然亭地势宽阔，又有些野景，它就成为普通百姓以及士大夫游览聚会之地。同时，应科举考试的人，中国哪一省都有，到了北京，陶然亭当然去逛过。因之陶然亭的盛名，在中国就传开了。我记得作《花月痕》的魏子安，有两句诗说陶然亭，诗说："水近万芦吹絮乱，天空一雁比人轻。"这要说到序属三秋的时候，说陶然亭还有点儿像。可是这三十多年以来，陶然亭一年比一年坏。我三度来到北京，而且住的日子都很长，陶然亭虽然去过一两趟，总觉得"水近万芦吹絮乱"句子而外，其余一点儿什么都没有。真是对不住那个盛名了。

　　一九五五年听说陶然亭修得很好；一九五六年听说陶然亭更好，我就在六月中旬，挑了一个晴朗的日子，带着我的妻女，坐公共汽车前去。一望之间，一片绿荫，露出两三个亭角，大道宽坦，两座辉煌的牌坊，遥遥相对。还有两路小小的青山，分踞着南北。好像这就告诉人，山外还有山呢。妻说："这就是陶然亭吗？我自小在这附近住过好多年，怎么改造得这样好，我一点儿都不认识了。"我指着大门边一座小青山说："你看，这就是窑台，你还认得吗？"妻说："哎呀！这山就是窑台？这地方原是个破庙，现在是花木成林，还有石坡可上啊！"她是从童年就生长在这里的人，现在连一点儿都不认得了。从她吃惊的情形就可以感觉到：陶然亭和从前一比，不知好到什么地步了。

　　陶然亭公园里面沿湖有三条主要的大路，我就走了中间这条路，路面是非常平整的。从东到西约两里多路宽的地方，挖了很大很深的几个池塘，曲折相连。北岸有游艇出租处，有几十只游艇，停泊在水边等候出租。我走不多远，就看见两座牌坊，雕刻精美，金碧辉煌，仿佛新制的一样。其实是东西长安街的两个牌楼迁移到这里重新修起来的。这两座妨碍交通的建筑在这里总算找到了它的归宿。

走进几步，就是半岛所在，看去，两旁是水，中间是花木。山脚一座凌霄花架，作为游人纳凉的地方。山上有一四方凉亭，山后就是过去香冢遗迹了。原来立的碑，尚完整存在，一诗一铭，也依然不少分毫。我看两个人在这里念诗，有一个人还是斑白胡子呢。顺着一条岔路，穿了几棵大树上前，在东角突然起一小山，有石级可以盘曲着上去。那里绿荫蓬勃，都是新栽不久的花木，都有丈把儿高了。这里也有一个亭子，站在这里，只觉得水木清华，尘飞不染。我点点头说："这里很不错啊！"

西角便是真正陶然亭了。从前进门处是一个小院子，西边脚下，有几间破落不堪的屋子。现在是一齐拆除，小院子成了平地，当中又栽了十几棵树，石坡也改为泥面的。登上土坛，只见两棵二百年的槐树，正是枝叶葱茏。远望四围一片苍翠，仿佛是绿色屏障，再要过了几年，这周围的树，更大更密，那园外尽管车水马龙，一概不闻不见，园中清静幽雅，就成为另一世界了。我们走进门去，过厅上挂了一块匾，大书"陶然"二字。那几间庙宇，可以不必谈。西、南、北三面房屋，门户洞开，偏西一面有一带廊子，正好远望。房屋已经过修饰，这里有服务外卖茶，并有茶点部。坐在廊下喝茶，感到非常幽静。

近处隔湖有云绘楼，水榭下面，清池一湾，有板桥通过这半岛。我心里暗暗称赞:"这样确是不错!"我妻就问:"有一些清代的小说之类,说起饮酒陶然亭,就是这里吗?"我说:"不错,就是我们坐的这里。你看这墙上嵌了许多石碑,这就是那些士大夫们留的文墨。至于好坏一层,用现在的眼光看起来,那总是好的很少吧。"

坐了一会儿,我们出了陶然亭,又跨过了板桥,这就上了云绘楼。这楼有三层,雕梁画栋,非常华丽。往西一拐,露出了两层游廊,游廊尽处,又是一层,题曰清音阁。阁后有石梯,可以登楼。这楼在远处觉得十分富丽雄壮,及向近处看,又曲折纤巧。打听别人,才知道原来是从中南海移建过来的。它和陶然亭隔湖相对,增加不少景色。

公园南面便是旧城脚下,现已打通了一个豁口。沿湖岸东走,处处都是绿荫,水色空蒙,回头望望,湖中倒影非常好看。又走了半里路,面前忽然开朗,有一个水泥面的月形舞场,四周柱灯林立。摆池足可以容纳得下二三百人。当夕阳西下,各人完了工,邀集二三友好,或者泛舟湖面,或者就在这里跳舞,是多好的娱乐啊!对着太平街另外一门,杨柳分外多,一面青山带绿,一面是清水澄明,阵阵轻风,扑人眉发。晚来更是清静。再取道西进,路北有小山一叠,有石级可上,山上还有一亭小巧玲珑。附近草坪又厚又软。这里的草,是河南来的,出得早,萎枯得晚,加之经营得好,就成了碧油油的一片绿毯了。

回头,我们又向西慢慢地徐行。过了儿童体育场,和清代时候盖的抱冰堂,就到了三个小山合抱的所在,这三个小山,把园内西南角掩藏了一些。如果没有这山,就直截了当地看到城墙这么一段,就没有这样妙了。

园内几个池塘，共有二百八十亩大，一九五二年开工，只挖了一百七十天就完工了，挖出的土就堆成七个小山，高低参差，增加了立体的美感。

这一趟游陶然亭公园，绕着这几座山共走了约五里路，临行还有一点儿留恋。这个面目一新的陶然亭，引起我不少深思。要照从前的秽土成堆，那过了两三年就湮没了。有些知道陶然亭的人，恐怕只有在书上找它陈迹了吧？现在逛陶然亭真是其乐陶陶了。

洛阳小记

张恨水

灯笼晃荡中到了洛阳

洛阳这个地名，说到口里，就觉得响亮，最近把这里一度改了行都，那就更贵重了。火车在黑暗里奔驰，我不时地由玻璃窗里向外张望，并没有什么，只是乌压压的一片低影子。我想着，一切留到明天再看吧，就坐着打瞌睡去。及到耳朵里听到人声嘈杂时，听到茶房说，到了洛阳了。匆匆地，收拾了行李，就走下车来。哈！这是新闻，那月台上很大的一片地方，只竖了两根长木头杆子，在上面挂了一盏小小的汽油灯，只是些混混的光，照着纷乱的人影子乱挤。在空场子南方，有了新鲜的玩意儿了，长的，方的，圆的，扁的，大大小小，罗列着一堆灯笼。我走近去，听到有人喊，中州旅馆吧？名利栈吧？大金台吧？这让我明白了，这些灯笼是旅馆里接客的。在郑州我就打听清楚了，洛阳以大金台旅馆为最好，这大金台三个字送到了耳朵里，我就决定了到他家去。将栈伙叫了过来，取了行李，受了检查，让栈伙引着路，我们就跟了他走。打灯笼的店伙，引着一车行李先走，另一个店伙，拿着手电筒，左右晃荡着引了我后跟。我所走的，是一条窄窄的土街，两边人家，都紧紧地闭着大门，每隔四五家门首，在那矮矮的屋檐下挂着一个白纸的方形吊灯，有的写着安寓客商，有的写着油盐杂货，仿佛我由二十世纪一跃而回到十八世纪了，我心里头简直说不出是一种什么感想。糊里糊涂地，随着那晃荡的灯笼，转了一个弯。这街上倒有几盏汽油灯，乃是理发店和洋货店，其余依然在混混灯光中。后来在一个圆纸灯笼下，我们进了一所大门。灯笼上有字，便是大金台了。这旅馆既像南方一条龙的房子，一层层向里，又有点像北方的房子，每进都是三合院。我挑了一间最好的房子住，里面是一副床、铺板、一张方桌，两把木椅，隔壁有间小黑屋子，一铺一桌，就让工友小李住了。那地皮还没收拾好，虽是土质，倒有些像鹅卵石铺面的，脚踏在上面，和上海新亚大酒店的地毯，有点儿两样。伙计送进一盏煤油灯来，昏黄的光，和这屋里倒很相衬，只听到小李在隔壁和店伙说："这是最好的旅馆，若不是最好的旅馆呢？"我在这边听着，也笑了。

到洛阳应留意的几件事

到洛阳，就是内地了，一切物质文明，去郑州很远。旅馆还是江南小客栈那种组织，第一是没有电灯，电话也很少（其实用不着），而且房间里也不预备铺盖。平常房间价钱由五角至一元二角，茶水还另外算钱。吃饭，到外面馆子里去叫，每晨有五六角，可以吃得很好。看官若也西行，当你到车站的时候，就可以叫栈伙来照应。不过你的行李挂了行李票的话，要立刻就到行李房去取。等到检查行李的军警走了，那就要等他明晨再来了（这是指乘晚车来的而言）。再说，洛阳有两个车站，东站是进城去的，西站是西宫。西宫是驻军重地，游历的人，大可以不必上那里去。就是由东站下车，也有进城不进城之别。车站到城里，还有两三里路，晚上是进不了城的。好在客栈都在车站边，若是作短期游历的人，就可以住在车站。

白马寺及其他名胜

洛阳是周汉唐许多朝代，建过都的所在，自然是古迹很多。不过到了现在，多半不可寻访了，只有汉朝的白马寺、北魏的龙门雕刻，这还是值得游人留恋的。现时来游洛阳的人，也都是注意这两个地方。到了次日早上，我叫店伙来问了一阵儿，知道到白马寺是二十多里路，到龙门是三十多里路，坐人力车子，当天都可以来回，每辆车子是一块钱。至于土匪，以前是出城门就保不住，现在绝对没事。我听了这话，半信半疑。不过最近有朋友到白马寺去过，我是知道的，且不问去龙门如何，我就决定了今天先到白马寺去。草草地吃了一些点心，由店伙雇好了两辆车，我和小李就于九点多钟出发。车子离开车站大街，穿过了一片麦田，先进了北门。这街虽是土铺的，两边的店铺，倒也应有尽有。东街上有几家古董店，我曾下车看了一看，十之八九，都是假货，连价钱我也不敢问。游客要在洛阳买古董，这应该找路子到古董商家里去看货，好东西是决不陈列出来的。出东关，经过一座魁星楼，到东大寺，这寺，也是唐代建的一座大丛林，现在却剩了一片瓦砾。寺旁有破的过街楼一间，旁边竖立一幢碑，大书夹马营三字。士大夫之流，对于这个地名，或者有些生疏，可是爱说赵匡胤故事的老百姓，他就知道，这是赵匡胤出世的地方。当年宋太祖做小孩子的时候，常是和那些野孩子在这里胡闹；后来他做了皇帝，在开封登了基，想起年小淘气的事，还回来看看呢。在这街口上，有个宋太祖庙，是后人立的，据说里面有一间屋子，就是赵家母子安身之所。如今只有大门是完整的，里面住了些和赵匡胤倒霉时候相同的人，也就无须寻访了。由这里坐了车子，顺了大路走，约莫走了十里路，车夫忽然停着车，指着很深的麦田里说："先生，可以看看，这里有古迹。"我心里想着，这麦田里哪有东西？上前一看，麦里横着一块石碑，上书管鲍分金处。管是指着管仲，鲍是指着鲍叔。鲍叔说管仲穷，分钱给他用，历史告诉我们，这是真的。不过鲍叔分钱给管仲，是不是在大路上干的事，这可是个疑问。洛邑那是周地。管仲齐人也，是到周地来和鲍叔分金吗？所以这一处名胜，我打一句官话，应当考证。再过去五六里路，就是白马寺了。说起这处寺，真个也是提起了此马来头大。在这里，也就当先研究研究这个寺字。寺，在汉时，也是一种官署，并不是专为出家人供佛修行的所在。现时，我们在戏里头还可以听到，如大理寺正卿这种话。汉朝明帝的时候，印度和尚摩腾、竺法兰带了佛经到东土来传道。因为他们那些佛经，是用白马驮来的，因之万岁爷在洛阳西雍门外盖了一幢官舍，供应这两个僧人，就叫作白马寺。这寺虽是屡废屡建，但是佛经同和尚初次到中国来的纪念，考古的人，是应当来看看的了。那庙门三座，坐北朝南，也不见怎样伟大。进门有一片大院子，左右两个大土馒头，这便是最初到中国来的两个和尚的坟，一个葬着摩腾，一个葬着竺法兰。

正面大殿，有三尊大佛，两边十八尊罗汉。这罗汉是明塑，有两尊神气很好。殿外两厢配殿，正在修理着呢，听说戴季陶院长到过这里，捐了一笔款子，所以庙里又大兴土木了。庙后有个高阁，还有点旧时的形式，里面供了一尊二尺多高的玉佛，也是新运来的。高阁边，有个敞轩，游人可以小歇。在那里和僧人谈笑，知道这庙，在两年前，本来破烂不堪。自国府一度把洛阳做了行都，自主席以下，都到这里来过，觉得这里是中国佛教发源地，不应该消灭了，大家提倡复修起来，捐款很多，而且还在上海找了一个老和尚德浩，到这里来当方丈呢。关于白马寺的沿革，院子里碑上记得有，在此前一届的修理，在明朝嘉靖年间。大意说：

> 汉明帝永平七年甲子，四月八日，帝寝南宫，夜梦金人，上因群臣之对，遂使人至西域求佛道，乃得摩腾、竺法兰，帝大悦，至十四年辛未，敕于西雍门外，建白马寺以居之。唐时，规模渐废，宋太宗命儒臣重修，以后历有兴废，明正德年间更大为修理。嘉靖年记。

由这点看起来，因为这是佛教源流所在，历代都设法保存它的了。庙的左边，不到半里路，有一座汉塔，现在还是好好的。这塔六角实心，仿佛一条大钢鞭，竖在地上，倒和平常不同。塔在土台子上，有好些个碑石，竖在旁边。最令人感到兴趣的，就是大金国的碑。南宋时候，金人曾取得了洛阳。碑上刻了许多金国汉官名姓，这也可以说是汉奸碑了。塔边，有狄仁杰的墓。

游白马寺须知

　　由洛阳到白马寺,并不是大路,中间只有个十里铺地方,可以歇歇。那里茶馆子,用瓦缸盛着冷水,放在屋檐下,送给过路人喝。我们若怕喝凉水,那就另花二三十枚铜子,叫茶店烧水喝好了。可是那水很混浊,茶叶也有气味,最好是用水瓶子,在洛阳背了水去喝。水既不好,吃的自然也没有,所以又当带一些点心在路上吃。人力车夫到了白马寺的时候,若遇到卖凉粉、油饼的,他得和你借钱买吃的。那完全是揩油,你斟酌着办。回到了洛阳去,时候还早,你可以叫车夫,拉你看看别处景致。据我所知道的,城里有中山公园(可以看点古物)。周公庙、邵康节祠、二程祠、范文正公祠,这一些,我只到了周公庙。庙在西关外,改了图书馆了。庙里唐碑最多,大大小小,有好几百块,多半是墓志铭。现在分藏在许多屋子里,嵌在墙上和砖台上。后殿有周公像,现在是图书馆办公的地方,不能去看了。游周公庙,还要在图书馆签名,不然门警不让进去的。游了这些地,和车夫说明,加他二三角酒钱,他很愿意的。反正是一趟生意,乐得多挣几文。游客呢,也免得二次进城。

关帝冢

　　孙权杀了关羽,将首级送给曹操。曹操就把首级配个木身子,葬在洛阳城外。这冢,现时还在。游关帝冢,和游龙门是一条路,坐人力车,依然是一元钱来回。出南门,渡过洛水(过渡钱，人车一角），顺着大路前进，约莫十里路，看到一带红墙，围住了柏林，那就是关帝冢了。进门有道干石桥，先到正殿。殿上除了关像而外，根据《三国演义》，有四个站将的像。墙边放一把青龙偃月刀，长约一丈。刀形，是龙口里吐出半边月亮来，故名。后殿分三间，一是塑的行像，可以坐轿子出游的。一是看书像，一是卧像。这后面，有个亭子，靠了土墩，那就是首级冢了。庙里并没有僧道，现时归官家管理。

龙门石刻

出关帝庙，再南行，远远看到一带山影，那就是龙门。因为这里有北魏石刻，洞里又有许多前代人的碑记，所以有许多人不远千里而来，要看一看。其实，真要为游龙门而来，那会大大扫兴的。听我慢慢说来。到龙门约一里多路，有个龙门堡，开有茶饭馆子，可以在那里先吃东西。面饭倒是都有，只是一不干净，二又太贵，一个人吃点喝点，总要花一块钱。出堡，不必坐车，可以步行。前面就是伊水，在伊水两岸，东边是伊阙，西边是龙门。伊阙山不大陡，所以那边石刻不多。这边呢，在面河的石壁上，高高低低，大大小小，都就了山石，刻着佛像。顺了山崖走，共有石楼、斋祓堂、宾阳洞、金刚崖、万佛洞、千佛洞、古阳洞等处。只是一层，大小佛头，一齐让人偷了去。小佛呢，连身子，都由石壁上挖了去。到了佛崖上，仿佛游历无头之国，你说扫兴不扫兴呢？石洞以斋祓堂宾阳洞最好，把山石凿空了，里面成为一个佛殿。宾阳洞外，有个石阁子，可以凭栏赏玩伊阙。龙门二十品在古阳洞顶上刻着，拓帖的人，要搭架倒拓，很费工夫。唯其是拓帖不容易，所以石刻还保存着，要不然，和佛像一样，早坏了。千佛洞、万佛洞工程浩大，是在石洞壁上四周刻了无数的小佛像，然而现在也都没有头了。石像完整的，只有金刚崖，要爬崖上去，才可以看到。这也就因为石像太大，不容易偷割的缘故，所以还完整些。在龙门买字帖，也要带眼睛。洞里卖的字帖，多是用原帖刻在木板上，翻版印出来的，这是游人一个小小学识，顺此奉告。

洛阳并无秀丽风景

古人说得好，三月洛阳花似锦。洛阳这个地方，当然山明水秀，可爱煞人，何以我所记的洛阳，却一点描写也没有呢？我就说，古人所说的洛阳，到底是怎么样，我没有看见，我不能胡说，若以现在的洛阳而论，关于风景方面，实在没有什么可写的。就把我向白马寺这条路说，所经过的，全是麦田。那道路有时在一条土沟里，有时在土坡上。只有人力车经过土坡上的时候，似乎有点儿趣味。因为这土坡纵切面所在，正有人开了窑洞门，车子在土坡上走，就是在人家屋顶上跑了。除了这个，再找不出有兴趣的了。向龙门这一条路呢，在洛阳的南关，有一条长廊巷，倒是特别。就是两旁人家，在大门外都有一截走廊。廊不很宽，约有四五尺，每截廊，都是四根黑柱子下地，截截相连，于是整条巷子，都有廊子了，这是别处所看不到的。其次便是乡下的寨子，我们由他寨前过，更看得亲切些，有那寨子筑得很好的，城外有壕沟，沟上还架着桥，那寨门的形式，也和普通城一样，不过小一点。在这一点上，我们可以想到河南农人团体是很坚固的了。此外，洛阳附近，并没有什么好看的山，洛河、伊河，都是黄水。龙门伊关，虽有许多古代建筑，却并没有深林茂草来陪衬，再说那破坏的程度也就只有增加游历家的不痛快罢了。

历史上的洛阳

洛阳既是并没有什么可游玩之处，何以名字这样的响亮呢？老实说一句，那就为了历史的关系。说起来话长。在周武王手上，他灭了殷朝，大概觉得西岐实在不如东边，就在洛邑做了房子，方才回朝。成王手上也照办，周公还把殷朝的九鼎，放在洛邑，到了平王，索性迁都到洛邑来过舒服日子了。那个时候，有两个城，一个叫王城，一个叫下都。汉高祖原也想在洛阳建都，被张良谏止了，可是还把这里叫东都。东汉世祖，就安都在洛阳。魏曹有五个都城，是洛阳、谯、许昌、长安、邺，可是到了还在洛阳住着。司马氏篡魏，由武帝到怀帝，都在洛阳做皇帝，这叫西晋。后魏孝文帝也是由平城迁都到此，过了好几代。隋炀帝手上，把洛阳还大大地建设了一下，叫作新都。唐朝有东西二京，洛阳是东京。武则天做女皇帝，就由西安迁都洛阳。五代梁太祖篡唐，在开封登基，迁都洛阳。五代唐庄宗也迁都洛阳，叫洛京。一直到宋，大概是经过多年的兵火，洛阳糟蹋得不像样子了，才定都开封，把洛阳由东京变作西京。洛阳在历史上，做过许多朝的都城，所以念书的人都知道很有名了。此外割据分封，在历朝都是要地。依我想，那大概都是为了政治和军事的关系，才把洛阳这样抬起来的。原来的洛阳古城，离现在的洛阳，往东有三十里之遥，所以白马寺，汉朝在西雍门外，如今反在东门外二十多里。于今的洛阳，已不是周汉都城遗址。周城东西十里，南北十三里。隋朝最大，周围七十三里，唐朝还有建筑，到了五代，就残废了，在后周世宗手里，改筑新城，周围由七十三里改成八里，直到现在灭有变更，这便是洛阳城有名无实的原因了。

年味儿忆燕都

张恨水

旧历年快到了,让人想起燕都的过年风味,悠然神往。我上次曾说过,北平令人留恋之处,就在那壮丽的建筑,和那历史悠久的安逸习惯。西人一年的趣味中心在圣诞,中国人的一年趣味中心,却在过年。而北平人士之过年,尤其有味。有钱的主儿,自然有各种办法,而穷人买他一二斤羊肉,一顿白菜馅饺子,全家闹他一个饱,也可以把忧愁丢开,至少快活二十四小时。人生这样子过去是对的,我就乐意永远在北平过年了。

我先提一件事,以见北平人过年趣味之浓。远在阴历七八月,小住家儿的就开始打蜜供了。蜜供是一种油炸白面条,外涂蜜糖的食物。这糖面条儿堆架起来,像一座宝塔,塔顶上插上一面小红纸旗儿。塔有大有小,大的高二三尺,小的高六七寸,重由二三斤到几两。到了大年三十夜,看人家的经济情形怎样,在祖先佛爷供桌上,或供五尊,或供三尊,在蜜供上加一个打字云者,乃打会转出来的名词。就是有专门做这生意的小贩,在七八月间起,向小住家儿的,按月份收定钱,到年终拿满价额交货。这么一点小事交秋就注意,可见他们年味之浓了。因此,一跨进十二月的门,廊房头条的绢灯铺,花儿市扎年花儿的,开始悬出他们的货。天津杨柳青出品的年画儿,也就有人整大批地运到北平来。假如大街上哪里有一堵空墙，或者有一段空走廊，卖年画儿的，就在哪里开着画展。东西南城的各处庙会，每到会期也更加热闹。由城市里人需要的东西，到市郊乡下的需要的东西，全换了个样儿，全换着与过年有关的。由腊八吃腊八粥起，以小市民的趣味，就完全寄托在过年上。日子越近年，街上的年景也越浓厚。十五以后，全市纸张店里，悬出了红纸桃符，写春联的落拓文人，也在避风的街檐下，摆出了写字摊子。送灶的关东糖瓜大筐子陈列出来，跟着干果子铺、糕饼铺，在玻璃门里大篮小篓陈列上中下三等的杂拌儿。打糖锣儿的，来得更起劲儿。他的担子上，换了适合小孩子抢着过年的口味，冲天子儿、炮打灯、麻雷子、空竹、花刀花枪，挑着四处串胡同。小孩儿一听锣声，便包围了那担子。所以无论在新来或久住的人，只要在街上一转，就会觉得年又快过完了。

　　北平是容纳着任何一省籍贯人民的都市。真正的宛平、大兴两县人，那百分比是微小得可怜的。但这些市民，在北平只要住上三年，就会传染了许多迎时过节的嗜好，而且越久传染越深。我在北平约莫过了十六七个年，因之尽管忧患余生，冲淡不了我对北平年味儿的回忆。自然，现在的北平小市民，已不能有百分之几的年味儿存在，而这也就越让我回忆着了。

市声拾趣

张恨水

我也走过不少的南北码头，所听到的小贩吆唤声，没有任何一地能赛过北平的。北平小贩的吆唤声，复杂而谐和，无论其是昼是夜，是寒是暑，都能给予听者一种深刻的印象，虽然这里面有部分是极简单的，如"羊头肉""肥卤鸡"之类，可是他们能在声调上，助字句之不足。至于字句多的，那一份优美，就举不胜举，有的简直是一首歌谣，例如夏天卖冰酪的，他在胡同的绿槐荫下，歇着红木漆的担子，手扶了扁担，吆唤着道："冰激凌，雪花酪，桂花糖，搁得多，又甜又凉又解渴。"这就让人听着感到趣味了。又像秋冬卖大花生的，他喊着："落花生，香来个脆啦，芝麻酱的味儿啦。"这就含有一种幽默感了。

也许是我们有点主观，我们在北平住久了的人，总觉得北平小贩的吆唤声，很能和环境适合，情调非常之美。如现在是冬天，我们就说冬季了。当早上的时候，黄黄的太阳，穿过院树落叶的枯条，晒在人家的粉墙上，胡同的犄角儿上，兀自堆着大大小小的残雪。这里很少行人，有两三个小学生背着书包上学，于是有辆平头车子，推着一个木火桶，上面烤了大大小小二三十个白薯，歇在胡同中间。小贩穿了件老羊毛背心儿，腰上系了条板带，两手插在背心里，喷着两条如云的白气，站在车把里叫道：

"噢……热啦……烤白薯啦……又甜又粉，栗子味儿。"当你早上在大门外一站，感到又冷又饿的时候，你就会因这种引诱，要买他几大枚白薯吃。

在北平住家儿稍久的人，都有这么一种感觉，卖硬面饽饽的人极为可怜，因为他总是在深夜里出来的。当那万籁俱寂、漫天风雪的时候，屋子外的寒气，像尖刀那般割人。这位小贩，却在胡同遥远的深处，发出那漫长的声音："硬面……饽饽哟……"我们在温暖的屋子里，听了这声音，觉得既凄凉，又惨厉，像深夜钟声那样动人，你不能不对穷苦者给予一个充分的同情。

其实，市声的大部分，都是给人一种喜悦的，不然，它也就不能吸引人了。例如，炎夏日子，卖甜瓜的，他这样一串的吆唤着："哦！吃啦，甜来一个脆，又香又凉冰激凌的味儿。吃啦，嫩藕似的苹果青脆甜瓜啦！"在碧槐高处一蝉吟的当儿，这吆唤是够刺激人的。因此，市声刺激，北平人是有着趣味的存在，小孩子就喜欢学，甚至借此凑出许多趣话。例如卖馄饨的，他吆喝着第一句是"馄饨开锅"。声音洪亮，极像大花脸唱倒板，于是他们就用纯土音编了一篇戏词来唱："馄饨开锅……自己称面自己和，自己剁馅自己包，虾米香菜又白饶。吆唤了半天，一个子儿没卖着，没留神丢了我两把勺。"因此，也可以想到北平人对于小贩吆唤声的趣味之浓了。

故都的秋

郁达夫

秋天，无论在什么地方的秋天，总是好的；可是啊，北国的秋，却特别地来得清，来得静，来得悲凉。我的不远千里，要从杭州赶上青岛，更要从青岛赶上北平来的理由，也不过想饱尝一尝这"秋"，这故都的秋味。

江南，秋当然也是有的；但草木凋得慢，空气来得润，天的颜色显得淡，并且又时常多雨而少风；一个人夹在苏州、上海、杭州，或厦门、香港、广州的市民中间，混混沌沌地过去，只能感到一点点清凉，秋的味，秋的色，秋的意境与姿态，总看不饱，尝不透，赏玩不到十足。秋并不是名花，也并不是美酒，那一种半开、半醉的状态，在领略秋的过程上，是不合适的。

不逢北国之秋，已十余年了。在南方每年到了秋天，总要想起陶然亭的芦花、钓鱼台的柳影、西山的虫唱、玉泉的夜月、潭柘寺的钟声。在北平即使不出门去吧，就是在皇城人海之中，租人家一椽破屋来住着，早晨起来，泡一碗浓茶，向院子一坐，你也能看得到很高很高的碧绿的天色，听得到青天下驯鸽的飞声。从槐树叶底，朝东细数着一丝一丝漏下来的日光，或在破壁腰中，静对着像喇叭似的牵牛花（朝荣）的蓝朵，自然而然地也能够感觉到十分的秋意。说到了牵牛花，我以为以蓝色或白色者为佳,紫黑色次之,淡红者最下。最好,还要在牵牛花底,教长着几根疏疏落落的尖细且长的秋草,使做陪衬。

北国的槐树,也是一种能使人联想起秋来的点缀。像花而不是花的那一种落蕊,早晨起来,会铺得满地。脚踏上去,声音也没有,气味也没有,只能感出一点点极微细极柔软的触觉。扫街的在树影下一阵扫后,灰土上留下来的一条条扫帚的丝纹,看起来既觉得细腻,又觉得清闲,潜意识下并且还觉得有点儿落寞,古人所说的梧桐一叶而天下知秋的遥想,大约也就在这些深沉的地方。

秋蝉的衰弱的残声,更是北国的特产;因为北平处处全长着树,屋子又低,所以无论在什么地方,都听得见它们的啼唱。在南方是非要上郊外或山上去才听得到的。这秋蝉的嘶叫,在北平可和蟋蟀、耗子一样,简直像是家家户户都养在家里的家虫。

还有秋雨哩,北方的秋雨,也似乎比南方的下得奇,下得有味,下得更像样。

在灰沉沉的天底下,忽而来一阵凉风,便息列索落地下起雨来了。一层雨过,云渐渐地卷向了西去,天又晴了,太阳又露出脸来了;着着很厚的青布单衣或夹袄的都市闲人,咬着烟管,在雨后的斜桥影里,上桥头树底去一立,遇见熟人,便会用了缓慢悠闲的声调,微叹着互答着地说:

"唉,天可真凉了——"(这了字念得很高,拖得很长。)

"可不是么?一层秋雨一层凉了!"

北方人念阵字,总老像是层字,平平仄仄起来,这念错的歧韵,倒来得正好。

北方的果树，到秋来，也是一种奇景。第一是枣子树；屋角、墙头、茅房边上、灶房门口，它都会一株株地长大起来。像橄榄又像鸽蛋似的这枣子颗儿，在小椭圆形的细叶中间，显出淡绿、微黄的颜色的时候，正是秋的全盛时期；等枣树叶落，枣子红完，西北风就要起来了，北方便是尘沙灰土的世界，只有这枣子、柿子、葡萄，成熟到八九分的七八月之交，是北国的清秋的佳日，是一年之中最好也没有的 Golden Days。

有些批评家说，中国的文人学士，尤其是诗人，都带着很浓厚的颓废色彩，所以中国的诗文里，颂赞秋的文字特别的多。但外国的诗人，又何尝不然？我虽则外国诗文念得不多，也不想开出账来，作一篇秋的诗歌散文钞，但你若去一翻英德法意等诗人的集子，或各国的诗文的 Anthology 来，总能够看到许多关于秋的歌颂与悲啼。各著名的大诗人的长篇田园诗或四季诗里，也总以关于秋的部分，写得最出色而最有味。足见有感觉的动物，有情趣的人类，对于秋，总是一样的能特别引起深沉、幽远、严厉、萧索的感触来的。不单是诗人，就是被关闭在牢狱里的囚犯，到了秋来，我想也一定会感到一种不能自已的深情；秋之于人，何尝有国别，更何尝有人种阶级的区别呢？不过在中国，文字里有一个"秋士"的成语，读本里又有着很普遍的欧阳子的《秋声》与苏东坡的《赤壁赋》等，就觉得中国的文人，与秋的关系特别深了。可是这秋的深味，尤其是中国的秋的深味，非要在北方，才感受得到底。

南国之秋，当然是也有它的特异的地方的，譬如廿四桥的明月、钱塘江的秋潮、普陀山的凉雾、荔枝湾的残荷，等等，可是色彩不浓，回味不永。比起北国的秋来，正像是黄酒之与白干，稀饭之与馍馍，鲈鱼之与大蟹，黄犬之与骆驼。

秋天，这北国的秋天，若留得住的话，我愿意把寿命的三分之二折去，换得一个三分之一的零头。

江南的冬景

郁达夫

凡在北国过过冬天的人,总都知道围炉煮茗,或吃煊羊肉、剥花生米、饮白干的滋味。而有地炉、暖炕等设备的人家,不管它们外面是雪深几尺,或风大若雷,而躲在屋里过活的两三个月的生活,却是一年之中最有劲的一段蛰居异境;老年人不必说,就是顶喜欢活动的小孩子们,总也是个个在怀恋的,因为当这中间,有的是萝卜、雅儿梨等水果的闲食,还有大年夜、正月初一、元宵等热闹的节期。

但在江南,可又不同:冬至过后,大江以南的树叶,也不至于脱尽。寒风——西北风——间或吹来,至多也不过冷了一日两日。到得灰云扫尽,落叶满街,晨霜白得像黑女脸上的脂粉似的清早,太阳一上屋檐,鸟雀便又在吱叫,泥地里便又放出水蒸气来,老翁、小孩就又可以上门前的隙地里去坐着曝背、谈天,营屋外的生涯了;这一种江南的冬景,岂不也可爱得很么?

我生长江南,儿时所受的江南冬日的印象,铭刻特深;虽则渐入中年,又爱上了晚秋,以为秋天正是读读书、写写字的人的最惠节季,但对于江南的冬景,总觉得是可以抵得过北方夏夜的一种特殊情调,说得摩登些,便是一种明朗的情调。

我也曾到过闽粤,在那里过冬天,和暖原极和暖,有时候到了阴历的年边,说不定还不得不拿出纱衫来着;走过野人的篱落,更还看得见许多杂七杂八的秋花!一番阵雨雷鸣过后,凉冷一点,至多也只好换上一件夹衣,在闽粤之间,皮袍棉袄是绝对用不着的;这一种极南的气候异状,并不是我所说的江南的冬景,只能叫它作南国的长春,是春或秋的延长。

江南的地质丰腴而润泽,所以含得住热气,养得住植物;因而长江一带,芦花可以到冬至而不败,红叶亦有时候会保持得三个月以上的生命。像钱塘江两岸的乌桕树,则红叶落后,还有雪白的桕子着在枝头,一点一丛,用照相机照将出来,可以乱梅花之真。草色顶多成了赭色,根边总带点绿意,非但野火烧不尽,就是寒风也吹不倒的。若遇到风和日暖的午后,你一个人肯上冬郊去走走,则青天碧落之下,你不但感不到岁时的肃杀,并且还可以饱觉着一种莫名其妙的含蓄在那里的生气;"若是冬天来了,春天也总马上会来"的诗人的名句,只有在江南的山野里,最容易体会得出。

说起了寒郊的散步,实在是江南的冬日,所给予江南居住者的一种特异的恩惠;在北方的冰天雪地里生长的人,是终他的一生,也决不会有享受这一种清福的机会的。我不知道德国的冬天,比起我们江浙来如何,但从许多作家的喜欢以 Spaziergang 一词来做他们的创作题目的一点看来,大约是德国南部地方,四季的变迁,总也和我们的江南差仿不多。譬如说十九世纪的那位乡土诗人洛在格(Peter Rosegger,1843—1918)吧,他用这一个"散步"做题目的文章尤其写得多,而所写的情形,却又是大半可以拿到中国江浙的山区地方来适用的。

江南河港交流,且又地濒大海,湖沼特多,故空气里时含水分；到得冬天，不时也会下着微雨，而这微雨寒村里的冬霖景象，又是一种说不出的悠闲境界。你试想想，秋收过后，河流边三五家人家会聚在一道的一个小村子里，门对长桥，窗临远阜，这中间又多是树枝槎桠的杂木树林；在这一幅冬日农村的图上，再洒上一层细得同粉也似的白雨，加上一层淡得几不成墨的背景，你说还够不够悠闲？若再要点些景致进去，则门前可以泊一只乌篷小船，茅屋里可以添几个喧哗的酒客，天垂暮了，还可以加一味红黄，在茅屋窗中画上一圈暗示着灯光的月晕。人到了这一个境界，自然会得胸襟洒脱起来，终至于得失俱亡，死生不问了；我们总该还记得唐朝那位诗人作的"暮雨潇潇江上村"的一首绝句吧？诗人到此，连对绿林豪客都客气起来了，这不是江南冬景的迷人又是什么？

一提到雨，也就必然地要想到雪；"晚来天欲雪，能饮一杯无？"自然是江南日暮的雪景。"寒沙梅影路，微雪酒香村"，则雪月梅的冬宵三友，会合在一道，在调戏酒姑娘了。"柴门村犬吠，风雪夜归人"，是江南雪夜，更深人静后的景况。"前树深雪里，昨夜一枝开"又到了第二天的早晨，和狗一样喜欢弄雪的村童来报告村景了。诗人的诗句，也许不尽是在江南所写，而作这几句诗的诗人，也许不尽是江南人，但假了这几句诗来描写江南的雪景，岂不直截了当，比我这一支愚劣的笔所写的散文更美丽得多？

有几年，在江南也许会没有雨没有雪的过一个冬，到了春间阴历的正月底或二月初再冷一冷下一点春雪的；去年（一九三四）的冬天是如此，今年的冬天恐怕也不得不然，以节气推算起来，大约大冷的日子，将在一九三六年的二月尽头，最多也总不过是七八天的样子。像这样的冬天，乡下人叫作旱冬，对于麦的收成或者好些，但是人口却要受到损伤；旱得久了，白喉、流行性感冒等疾病自然容易上身，可是想恣意享受江南的冬景的人，在这一种冬天，倒只会感到快活一点，因为晴和的日子多了，上郊外去闲步逍遥的机会自然也多；日本人叫作 Hiking，德国人叫作 Spaziergang 狂者，所最欢迎的也就是这样的冬天。

窗外的天气晴朗得像晚秋一样；晴空的高爽，日光的洋溢，引诱得使你在房间里坐不住，空言不如实践，这一种无聊的杂文，我也不再想写下去了，还是拿起手杖，搁下纸笔，上湖上散散步吧！

上海的茶楼

郁达夫

茶,当然是中国的产品。《尔雅》释槚为苦荼,早采为荼,晚采为茗。《茶经》分门别类,一曰茶,二曰槚,三曰蔎,四曰茗,五曰荈。《神农食经》,说茗茶宜久服,令人有功悦志。华佗《食论》,也说苦茶久食,益意思。因此中国人,差不多人人爱吃茶,天天要吃茶;柴米油盐酱醋茶,至将茶列入了开门七件事之一,为每人每日所不能缺的东西。

外国人的茶,最初当然也系由中国输入的奢侈品,所谓梯,泰(Tea, The')等音,说不定还是闽粤一带土人呼茶的字眼。日记大家Pepys头一次吃到茶的时候,还娓娓说到它的滋味性质,大书特书,记在他的那部可宝贵的日记里。外国人尚且推崇得如此,也难怪在出产地的中国,遍地都是卢仝、陆羽的信徒了。

茶店的始祖,不知是哪个人;但古时集社,想来总也少不了茶茗的供设;风传到了晋代,嗜茶者愈多,该是茶楼酒馆的极盛之期。以后一直下来,大约世界越乱,国民经济越不充裕的时候,茶馆店的生意也一定越好。何以见得?因为价廉物美,只消有几个钱,就可以在茶楼住半日,见到许多友人,发些牢骚,谈些闲天的缘故。

上面所说的,是关于茶及茶楼的一般的话;上海的茶楼,情形却有点儿不同，这原也像人口过多、五方杂处的大都会中常有的现象，不过在上海，这一种畸形的发达更要使人觉得奇怪而已。

上海的水陆码头、交通要道，以及人口密聚的地方的茶楼，顾客大抵是帮里的人。上茶馆里去解决的事情，第一是是非的公断，即所谓吃讲茶；第二是拐带的商量，女人的跟人逃走，大半是借茶楼出发地的；第三，总是一般好事的人的去消磨时间。所以上海的茶楼，若没这一批人的支持，营业是维持不过去的，而全上海的茶楼总数之中，以专营业这一种营业的茶店居五分之四；其余的一分，像城隍庙里的几家，像小菜场附近的有些，总是名副其实，供人以饮料的茶店。

譬如有某先生的一批徒弟，在某处做了一宗生意，其后更有某先生的同辈的徒弟们出来干涉了，或想分一点肥，或是牺牲者请出来的调人，或者竟系在当场因两不接头而起冲突的诸事件发生之后，大家要开谈判了，就约定时间，约定伙伴，一家上茶馆里去。这时候，聚集的人，自然是愈多愈好，文讲讲不下来，改日也许再去武讲的；比他们长一辈的先生们，当然要等到最后不能解决的时候，才来上场。这些帮里的人，也有着便衣的巡捕，也有穿私服的暗探，上面没有公事下来，或牺牲者未进呈子之先，他们当然都是那一票生意经的股东。这是吃讲茶的一般情形，结果大抵由理屈者方面惠茶钞，也许更上饭馆子去吃一次饭都说不定。至于赎票、私奔，或拐带等事情的谈判，表面上的当事人人数自然还要减少；但周围上下，目光炯炯，侧耳探头，装作毫不相干的神气，或坐或立地埋伏在四面的人，为数却也决不会少，不过紧急事情不发生，他们就可以不必出来罢了。从前的日升楼，现在的一乐天、仝羽居、四海升平楼等大茶馆，家家虽则都有禁吃讲茶的牌子挂在那里，但实际上顾客要吃起讲茶来，你又哪里禁止得他们住。

除了这一批有正经任务的短帮茶客之外，日日于一定的时间来一定的地方做顾客的，才是真正的卢仝、陆羽们。他们大抵是既有闲而又有钱的上海中产的住民；吃过午饭，或者早晨一早，他们的两只脚，自然走熟的地方走。看报也在那里，吃点点心也在那里，与日日见面的几个熟人谈推背图的实现，说东洋人的打仗，报告邻右一家小户人家的公鸡的生蛋也就在那里。

物以类聚，地借人传，像在跑马厅的附近，顾客的性质与种类自然又各别了。上海的茶店业，既然发达到了如此的极盛，自然，随茶店而起的副业，也要必然地滋生出来。第一，卖烧饼、油包，以及小吃品的摊贩，当然，城隍庙的境内的许多茶店，多半是或系弄古玩，或系养鸟儿，或者也有专喜欢听说书的专家茶客的集会之所。像湖心亭、春风得意楼等处，虽则并无专门的副作用留存着在，可是有时候，却也会集茶客的大成，坐得济济一堂，把各色有专门嗜好的茶人尽吸在一处的。至如有女招待的吃茶处，以及游戏场的露天茶棚之类，内容不同是等于眉毛之于眼睛一样，一定是家家茶店门口或近处都有的。

第二，是卖假古董小玩意的商人了；你只教在热闹市场里的茶楼上坐他一两个钟头，像这一种小商人起码可以遇见到十人以上。第三，是算命、测字、看相的人。第四，这总算是最新的一种营养者，而数目却也最多，就是航空奖券的推销员。至如卖小报、拾香烟蒂头，以及糖果、香烟的叫卖人等，都是这一游戏场中所共有的附属物，还算不得上海茶楼的一种特点。

还有茶楼的夜市,也是上海地方最著名的一种色彩。小时候在乡下,每听见去过上海的人,谈到四马路青莲阁四海升平楼的人肉市场,同在听天方夜谭一样,往往不能够相信。现在因国民经济破产,人口集中都市的结果,这一种肉阵的排列和拉撕的悲喜剧,都不必限于茶楼,也不必限于四马路一角才看得见了,所以不谈。

饮食男女在福州

郁达夫

福州的食品,向来就很为外省人所赏识;前十余年在北平,说起私家的厨子,我们总同声一致地赞成刘崧生先生和林宗孟先生家里的蔬菜的可口。当时宣武门外的忠信堂正在流行,而这忠信堂的主人,就系旧日刘家的厨子,曾经做过清室的御厨房的。上海的小有天以及现在早已歇业了的消闲别墅,在粤菜还没有征服上海之先,也曾盛行过一时。面食里的伊府面,听说还是汀州伊墨卿太守的创作;太守住扬州日久,与袁子才也时相往来,可惜他没有像随园老人那么的好事,留下一本食谱来,教给我们以烹调之法;否则,这一个福建萨伐郎(Savarin)的荣誉,也早就可以驰名海外了。

福州的菜所以会这样著名,而实际上却也实在是丰盛不过的原因,第一,当然是由于天然物产的富足。福建全省,东南并海,西北多山,所以山珍海味,一例的都贱如泥沙。听说沿海的居民,不必忧虑饥饿,大海潮回,只消上海滨去走走,就可以拾一篮海货来充作食品。又加以地气温暖,土质腴厚,森林蔬菜,随处都可以培植,随时都可以采撷。一年四季,笋类菜类,常是不断;野菜的味道,吃起来又比别处的来得鲜甜。福建既有了这样丰富的天产,再加上以在外省各地游宦营商者的数目的众多,作料采从本地,烹制学自外方,五味调和,百珍并列,于是乎闽菜之名,就喧传在饕餮家的口上了。清初周亮工著的《闽小纪》两卷,记述食品处独多,按理原也是应该的。

福州海味,在春三二月间,最流行而最肥美的,要算来自长乐的蚌肉,与海滨一带多有的蛎房。《闽小纪》里所说的西施舌,不知是否指蚌肉而言;色白而腴,味脆且鲜,以鸡汤煮得适宜,长圆的蚌肉,实在是色香味俱佳的神品。听说从前有一位海军当局者,老母病剧,颇思乡味;远在千里外,欲得一蚌肉,以解死前一刻的渴慕,部长纯孝,就以飞机运蚌肉至都。从这一件轶事看来,也可想见这蚌肉的风味了;我这一回赶上福州,正及蚌肉上市的时候,所以红烧、白煮,吃尽了几百个蚌,总算也是此生的豪举,特笔记此,聊志口福。

蛎房并不是福州独有的特产,但福建的蛎房,却比江浙沿海一带所产的,特别的肥嫩清洁。正二三月间,沿路的摊头店里,到处都堆满着这淡蓝色的水包肉;价钱的廉、味道的鲜,比到东坡在岭南所贪食的蚝,当然只会得超过。可惜苏公不曾到闽海去谪居,否则,阳羡之田,可以不买,苏氏子孙,或将永寓在三山二塔之下,也说不定。福州人叫蛎房作"地衣",略带"挨"字的尾声,写起字来,我想只有"蚝"字,可以当得。

在清初的时候,江瑶柱似乎还没有现在那么的通行,所以周亮工再三地称道,誉为逸品。在目下的福州,江瑶柱却并没有人提起了。鱼翅席上,缺少不得的,倒是一种类似宁波横脚蟹的蟳蟹,福州人叫作"新恩",《闽小纪》里所说的虎蟳,大约就是此物。据福州人说,蟳肉最滋补,也最容易消化,所以产妇病人以及体弱的人,往往爱吃。但由对蟹类素无好感的我看来,却仍赞成周亮工之言，终觉得质粗味劣，远不及蚌与蛎房或香螺的来得干脆。

福州海味的种类，除上述的三种以外，原也很多很多；但是别地方也有，我们平常在上海也常常吃得到的东西，记下来也没有什么价值，所以不说。至于与海错相对的山珍哩，却更是可以干制，可以输出的东西，益发的没有记述的必要了，所以在这里只想说一说叫作肉燕的那一种奇异的包皮。

初到福州，打从大街小巷里走过，看见好些店家，都有一个大砧头摆在店中；一两位壮强的男子，拿了木锥，只在对着砧上的一大块猪肉，一下一下地死劲地敲。把猪肉这样地乱敲乱打，究竟算什么回事？我每次看见，总觉得奇怪；后来向福州的朋友一打听，才知道这就是制肉燕的原料了。所谓肉燕者，就是将猪肉打得粉烂，和入面粉，然后再制成皮子，如包馄饨的外皮一样，用以来包制菜蔬的东西。听说这物事在福建，也只是福州独有的特产。

福州食品的味道，大抵重糖；有几家真正福州馆子里烧出来的鸡鸭四件，简直是同蜜饯的罐头一样，不杂入一粒盐花。因此福州人的牙齿，十人九坏。有一次去看三赛乐的闽剧，看见台上演戏的人，个个都是满口金黄；回头更向左右的观众一看，妇女子的嘴里也大半镶着全副的金色牙齿。于是天黄黄，地黄黄，弄得我这一向就痛恨金牙齿的偏执狂者，几乎想放声大哭，以为福州人故意在和我捣乱。

将这些脱嫌糖重的食味除起，若论到酒，则福州的那一种土黄酒，也还勉强可以喝得。周亮工所记的玉带春、梨花白、蓝家酒、碧霞酒、莲须白、河清、双夹、西施红、状元红等，我都不曾喝过，所以不敢品评。只有全城各处在卖的鸡酪酒，颜色却和绍酒一样的红似琥珀，味道略苦，喝多了觉得头痛。听说这是以一生鸡，悬之酒中，等鸡肉、鸡骨都化了后，然后开坛饮用的酒，自然也是越陈越好。福州酒店外面，都写酒库两字，发卖叫发扛，也是新奇得很的名称。以红糟酿的甜酒，味道有点像上海的甜白酒，不过颜色桃红，当是西施红等名目出处的由来。莆田的荔枝酒，颜色深红带黑，味甘甜如西班牙的宝德红葡萄，虽则名贵，但我却终不喜欢。福州一般宴客，喝的总还是绍兴花雕，价钱极贵，斤量又不足，而酒味也淡似沪杭各地，我觉得建庄终究不及京庄。

福州的水果花木，终年不断；橙柑、福橘、佛手、荔枝、龙眼、甘蔗、香蕉，以及茉莉、兰花、橄榄，等等，都是全国闻名的品物；好事者且各有谱牒之著，我在这里，自然可以不说。

闽茶半出武夷，就是不是武夷之产，也往往借这名山为号召。铁罗汉、铁观音的两种，为茶中柳下惠，非红非绿，略带赭色；酒醉之后，喝它三杯两盏，头脑倒真能清醒一下。其他若龙团玉乳，大约名目总也不少，我不恋茶娇，终是俗客，深恐品评失当，贻笑大方，在这里只好轻轻放过。

从《闽小纪》中的记载看来，番薯似乎还是福建人开始从南洋运来的代食品；其后因种植的便利、食味的甘美，就流传到内地去了；这植物传播到中国来的时代，只在三百年前，是明末清初的时候，因亮工所记如此，不晓得究竟是否确实。不过福建的米麦，向来就说不足，现在也须仰给于外省或台湾，但田稻倒又可以一年两植。而福州正式的酒席，大抵总不吃饭散场，因为菜太丰盛了，吃到后来，总已个个饱满，用不着再以饭颗来充腹之故。

饮食处的有名处所,城内为树春园、南轩、河上酒家、可然亭等。味和小吃,亦佳且廉;仓前的鸭面,南门兜的素菜与牛肉馆,鼓楼西的水饺子铺,都是各有长处的小吃处;久吃了自然不对,偶尔去一试,倒也别有风味。城外在南台的西菜馆,有嘉宾、西宴台、法大、西来,以及前临闽江,内设戏台的广聚楼等。洪山桥畔的义心楼,以吃形同比目鱼的贴沙鱼著名;仓前山的快乐林,以吃小盘西洋菜见称,这些当然又是菜馆中的别调。至如我所寄寓的青年会食堂,地方精洁宽广,中西菜也可以吃吃,只是不同耶稣的飨宴十二门徒一样,不许顾客醉饮葡萄酒浆,所以正式请客,大感不便。

此外则福建特有的温泉浴场,如汤门外的百合、福龙泉,飞机场的乐天泉等,也备有饮馔供客;浴客往往在这些浴场里可以鬼混一天,不必出外去买酒买食,却也便利。从前听说更可以在个人池内男女同浴,则饮食男女,就不必分求,一举竟可以两得了。

要说福州的女子,先得说一说福建的人种。大约福建土著的最初老百姓,为南洋近边的海岛人种;所以面貌习俗,与日本的九州一带,有点相像。其后汉族南下,与这些土人杂婚,就成了无诸种族,系在春秋战国,吴越争霸之后。到得唐朝,大兵入境;相传当时曾杀尽了福建的男子,只留下女人,以配光身的兵士;故而直至现在,福州人还呼丈夫为"唐晡人"。晡者系日暮袭来的意思,同时女人的"诸娘仔"之名,也出来了。还有现在东门外北门外的许多工女农妇,头上仍带着三把银刀似的簪为发饰,俗称他们作三把刀,据说犹是当时的遗制。因为她们的父亲、丈夫、儿子，都被外来的征服者杀了；她们誓死不肯从敌，故而时时带着三把刀在身边，预备复仇。只今台湾的福建籍妓女，听说也是一样；亡国到了现在，也已经有好多年了，而她们却仍不肯与日本的嫖客同宿。若有人破此旧习，而与日本嫖客同宿一宵者，同仁中就视作禽兽，耻不与伍，这又是多么悲壮的一幕惨剧！谁说犹唱后庭花处，商女都不知家国的兴亡哩！试看汉奸到处卖国，而妓女乃不肯辱身，其间相去，又岂止泾渭的不同？……

因为福州人种的血统，有这种种的沿革，所以福建人的面貌，和一般中原的汉族，有点两样。大致广颡深眼，鼻子与颧骨高突，两颊深陷成窝，下额部也稍稍尖凸向前。这一种面相，生在男人的身上，倒也并不觉得特别；但一生在女人的身上，高突部为嫩白的皮肉所调和，看起来却个个都是线条刻画分明，像是希腊古代的雕塑人形了。福州女子的另一特点，是在她们的皮色的细白。生长在深闺中的宦家小姐，不见天日，白腻原也应该；最奇怪的，却是那些住在城外的工农佣妇，也一例地有着那种嫩白微红，像刚施过脂粉似的皮肤。大约日夕灌溉的温泉浴是一种关系，吃的闽江江水，总也是一种关系。

我们从前没有居住过福建，心目中总只以为福建人种，是一种蛮族。后来到了那里，和他们的文化一接触，才晓得他们虽则开化得较迟，但进步得却很快；又因为东南是海港的关系，中西文化的交流，也比中原僻地为频繁，所以闽南的有些都市，简直繁华摩登得可以同上海来争甲乙。及至观察稍深，一移目到了福州的女性，更觉得她们的美的水准，比苏杭的女子要高好几倍；而装饰的入时、身体的康健，比到苏州的小型女子，又得高强数倍都不止。

　　"天生丽质难自弃"，表露欲、装饰欲，原是女性的特嗜；而福州女子所有的这一种显示本能，似乎比什么地方的人还要强一点。因而天晴气爽，或岁时伏腊，有迎神赛会的关头，南大街、仓前山一带，完全是美妇人披露的画廊。眼睛个个是灵敏深黑的，鼻梁个个是细长高突的，皮肤个个是柔嫩雪白的；此外还要加上以最摩登的衣饰，与来自巴黎纽约的化妆品的香雾与红霞，你说这幅福州晴天午后的全景，美丽不美丽？迷人不迷人？

　　…………

金鱼——草木虫鱼之一

周作人

我觉得天下文章共有两种，一种是有题目的，一种是没有题目的。普通作文章大都先有意思，却没有一定的题目，等到意思写出了之后，再把全篇总结一下，将题目补上。这种文章里边似乎容易出些佳作，因为能够比较自由地发表，虽然后写题目是一件难事，有时竟比写本文还要难些。但也有时候，思想散乱不能集中，不知道写什么好，那么先定下一个题目，再作文章，也未始没有好处，不过这有点近于赋得，很有做出试帖诗来的危险罢了。偶然读英国密伦（A. A. Milne）的小品文集，有一处曾这样说，有时排字房来催稿，实在想不出什么东西来写，只好听天由命，翻开字典，随手抓到的就是题目。有一回抓到金鱼，结果果然有一篇金鱼收在集里。我想这倒是很有意思的事，也就来一下子，写一篇金鱼试试看，反正我也没有什么非说不可的大道理，要尽先发表，那么来作赋得的咏物诗也是无妨，虽然并没有排字房催稿的事情。

说到金鱼，我其时是很不喜欢金鱼的，在豢养的小动物里边，我所不喜欢的，依着不喜欢的程度，其名次是叭儿狗、金鱼、鹦鹉。鹦鹉身上穿着大红大绿，满口怪声，很有野蛮气，叭儿狗的身体固然太小，还比不上一只猫，（小学教科书上却还在说，猫比狗小，狗比猫大！）而鼻子尤其耸得难过。我平常不大喜欢耸鼻子的人，虽然那是人为地、暂时地，把鼻子耸动，并没有永久地将它缩作一堆。人的脸上固然不可没有表情，但我想只要淡淡地表示就好，譬如微微一笑，或者在眼光中露出一种感情——自然，恋爱与死等可以算是例外，无妨有较强烈的表示，但也似乎不必那样掀起鼻子，露出牙齿，仿佛是要咬人的样子。这种嘴脸只好放到影戏里去，反正与我没有关系，因为二十年来我不曾看电影。然而金鱼恰好兼有叭儿狗与鹦鹉二者的特点，它只是不用长绳子牵了在贵夫人的裙边跑，所以减等发落，不然这第一名恐怕准定是它了。

我每见金鱼一团肥红的身体，突出两只眼睛，转动不灵地在水中游泳，总会联想到中国的新嫁娘，身穿红布袄裤，扎着裤腿，拐着一对小脚伶俜地走路。我知道自己有一种毛病，最怕看真的，或是类似的小脚。十年前曾写过一篇小文曰《天足》，起头第一句云："我最喜欢看见女人的天足。"曾蒙友人某君所赏识，因为他也是反对"务必脚小"的人，我倒并不是怕做野蛮，现在的世界正如美国洛威教授的一本书名，谁都有"我们是文明么"的疑问，何况我们这道统国，剐呀割呀都是常事，无论个人怎么努力，这个野蛮的头衔休想去掉，实在凡是稍有自知之明，不是夸大狂的人，恐怕也就不大有想去掉的这种野心与妄想。小脚女人所引起的另一种感想乃是残废，这是极不愉快的事，正如驼背或脖子上挂着一个大瘤，假如这是天然的，我们不能说是嫌恶，但总之至少不喜欢看总是确实的了。有谁会赏鉴驼背或大瘤呢？金鱼突出眼睛，便是这一类的现象。另外有叫作绯鲤的，大约是它的表兄弟吧，一样地穿着大红棉袄，只是不开衩，眼睛也是平平地装在脑袋瓜儿里边，并不比平常的鱼更为鼓出，因此可见金鱼的眼睛是一种残疾，无论碰在水草上时容易戳瞎乌珠，就是平常也一定近视的了不得，要吃馒头末屑也不大方便吧。照中国人喜欢小脚的常例推去，金鱼之爱可以说宜乎众矣，但在不佞实在是两者都不敢爱，我所爱的还只是平常的鱼而已。

想象有一个大池——池非大不可，须有活水，池底有种种水草才行，如从前碧云寺的那个石池，虽然老实说起来，人造的死海似的水洼都没有多大意思，就是三海也是俗气寒伧气，无论这是哪一个大皇帝所造，因为皇帝压根儿就非俗恶粗暴不可，假如他有点儿懂得风趣，那就得亡国完事，至于那些俗恶的朋友也会亡国，那是另一回事。如今话又说回来，一个大池，里边如养着鱼，那最好是天空或水的颜色的，如鲫鱼，其次是鲤鱼。我这样的分等级，好像是以肉的味道为标准，其实不然。我想水里游泳着的鱼应当是暗黑色的才好，身体又不可太大，人家从水上看下去，窥探好久，才看见隐隐的一条在那里，有时或者简直就在你的鼻子前面，等一忽儿却又不见了，这比一件红冬冬的东西渐渐地近摆来，好像望那西湖里的广告船，（据说是点着红灯笼，打着鼓，）随后又渐渐地远开去，更为有趣得多。鲫鱼便具备这种资格，鲤鱼未免个儿太大一点，但它是要跳龙门去的，这又难怪它。此外有些白鲦，细长银白的身体，游来游去，仿佛是东南海边的泥鳅龙船，有时候不知为什么事出了惊，拨剌地翻身即逝，银光照眼，也能增加水界的活气。在这样地方，无论是金鱼，就是平眼的绯鲤，也是不适宜的。红袄裤的新嫁娘，如其脚是小的，那只好就请她在炕上爬或坐着，即使不然，也还是坐在房中，在油漆气芸香或花露水气中，比较地可以得到一种调和，所以金鱼的去处还是富贵人家的绣房，浸在五彩的瓷缸中，或是玻璃的圆球里，去和叭儿狗与鹦鹉做伴侣罢了。

　　几个月没有写文章，天下的形势似乎已经大变了，有志要做新文学的人，非多讲某一套话不容易出色。我本来不是文人，这些时式的变迁，好歹于我无干，但以旁观者的地位看去，我倒是觉得可以赞成的。为什么呢？文学上永久有两种潮流，言志与载道。二者之中，则载道易而言志难。我写这篇赋得金鱼，原是有题目的文章，与帖括有点相近，盖已少言志而多载道欤。我虽未敢自附于新文学之末，但自己觉得颇有时新的意味，故附记于此，以志作风之转变云耳。

虱子——草木虫鱼之二

周作人

偶读罗素所著的《结婚与道德》，第五章讲中古时代思想的地方，有这一节话：

"那时教会攻击洗浴的习惯，以为凡使肉体清洁可爱好者皆有发生罪恶之倾向。肮脏不洁是被赞美，于是圣贤的气味变成更为强烈了。圣保拉说，身体与衣服的洁净，就是灵魂的不净。虱子被称为神的明珠，爬满这些东西是一个圣人的必不可少的记号。"我记起我们东方文明的选手故辜鸿铭先生来了，他曾经礼赞过不洁，说过相仿的话，虽然我不能知道他有没有把虱子包括在内，或者特别提出来过。但是，即是辜先生不曾有什么颂词，虱子在中国文化历史上的位置也并不低，不过这似乎只是名流的装饰，关于古圣先贤还没有文献上的证明罢了。晋朝的王猛的名誉，一半固然在于他的经济的事业，他的捉虱子这一件事恐怕至少也要居其一半。到了二十世纪之初，梁任公先生在横滨办《新民丛报》，那时有一位重要的撰述员，名叫扪虱谈虎客，可见这个还很时髦，无论他身上是否真有那晋朝的小动物。

洛威（R.H. Lowie）博士是旧金山大学的人类学教授，近著一本很有意思的通俗书《我们是文明么》，其中有好些可以供我们参考的地方。第十章讲衣服与时装，他说起十八世纪时妇人梳了很高的髻，有些矮的女子，她的下巴颏儿正在头顶到脚尖的中间。在下文又说道：

"宫里的女官坐车时只可跪在台板上，把头伸在窗外，她们跳着舞，总怕头碰了挂灯。重重扑粉厚厚衬垫的三角塔终于满生了虱子，很是不舒服，但西欧的时风并不就废止这种时装。结果发明了一种象牙钩钗，拿来搔痒，算是很漂亮的。"第二十一章讲卫生与医药，又说到"十八世纪的太太们的头上成群的养着虱子"。又举例说明道：

"一三九三年，一个法国著者教给他美丽的读者六个方法，治她们的丈夫的跳蚤，一五三九年出版的一本书列有奇效方，可以除灭跳蚤、虱子、虱卵，以及臭虫。"照这样看来，不但证明"西洋也有臭虫"，更可见贵夫人的青丝上也满生过虱子。在中国，这自然更要普遍了，褚人获编《坚瓠集》丙集卷三有一篇《须虱颂》，其文曰：

"王介甫王禹玉同侍朝，见虱自介甫襦领直缘其须，上顾而笑，介甫不知也。朝退，介甫问上笑之故，禹玉指以告，介甫命从者去之。禹玉曰，未可轻去，愿颂一言。介甫曰，何如？禹玉曰，屡游相须，曾经御览，未可杀也，或曰放焉。众大笑。"我们的荆公是不修边幅的，有一个半个小虫在胡须上爬，原算不得是什么奇事，但这却令我想起别一件轶事来，据说徽宗在五国城，写信给旧臣道："朕身上生虫，形如琵琶。"照常人的推想，皇帝不认识虱子，似乎在情理之中，而且这样传说，幽默与悲感混在一起，也颇有意思，但是参照上文，似乎有点不大妥帖了。宋神宗见了虱子是认得的，到了徽宗反而退步，如果属实，可谓不克绳其祖武了。《坚瓠集》中又有一条《恒言》，内分两节如下：

"张磊塘善清言，一日赴徐文贞公席，食鲳鱼鳇鱼。庖人误不置醋。张云，仓皇失措。文贞腰扪一虱，以齿毙之，血溅齿上。张云，大率类此。文贞亦解颐。"

"清客以齿毙虱有声，妓哂之。顷妓亦得虱，以添香置炉中而爆。客顾曰，熟了。妓曰，愈于生吃。"

这一条笔记是很重要的虱之文献，因为他在说明贵人清客妓女都有扪虱的韵致外，还告诉我们毙虱的方法。《我们是文明么》第二十一章中说：

"正如老鼠离开将沉的船，虱子也会离开将死的人，依照冰地的学说。所以一个没有虱子的爱斯吉摩人是很不安的。这是多么愉快而且适意的事，两个好友互捉头上的虱以为消遣，而且随复庄重地将它们送到所有者的嘴里去。在野蛮世界，这种交互的服务实在是很有趣的游戏。黑龙江边的民族不知道有别的更好的办法，可以表示夫妇的爱情与朋友的交谊。在亚尔泰山及南西伯利亚的突厥人也同样的爱好这个玩意儿。他们的皮衣里满生着虱子，那妙手的土人便永远在那里搜查这些生物，捉到了的时候，唖一唖嘴儿把它们都吃下去。拉得洛夫博士亲自计算过，他的向导在一分钟内捉到八九十匹。在原始民间故事里多讲到这个普遍而且有益的习俗，原是无怪的。"由此可见普通一般毙虱法都是同徐文贞公一样，就是所谓"生吃"的，只可惜"有礼节的欧洲人是否吞咽他们的寄生物查不出证据"，但是我想这总也可以假定是如此吧，因为世上恐怕不会有比这个更好的办法，不过史有阙文，洛威博士不敢轻易断定罢了。

但世间万事都有例外，这里自然也不能免。佛教反对杀生，杀人是四重罪之一，犯者波罗夷不共住，就是杀畜生也犯波逸提罪，他们还注意到水中土中几乎看不出的小虫，那么对于虱子自然也不肯忽略过去。《四分律》卷五十《房舍犍度法》中云：

"于多人住处拾虱弃地，佛言不应尔。彼上座老病比丘数数起弃虱，疲极，佛言听以器，若毳，若劫贝，若敝物，若绵，拾著中。若虱走出，应作筒盛。彼用宝作筒，佛言不应用宝作筒，听用角牙，若骨，若铁，若铜，若铅锡，若竿蔗草，若竹，若苇，若木，作筒，虱若出，应作盖塞。彼宝作塞，佛言不应用宝作塞，应用牙骨乃至木作，无安处，应以缕系着床脚里。"小林一茶（一七六三——一八二七）是日本近代的诗人，又是佛教徒，对于动物同圣芳济一样，几乎有兄弟之爱，他的咏虱的诗句据我所见就有好几句，其中有这样的一首，曾译录在《雨天的书》中，其词曰：

"捉到一个虱子，将它掐死固然可怜，要把它舍在门外，让它绝食，也觉得不忍，忽然想到我佛从前给予鬼子母的东西，成此。"

"虱子呵，放在和我味道一样的石榴上爬着。"

（注，日本传说，佛降伏鬼子母，给予石榴实食之，以代人肉，因榴实味酸甜似人肉云。据《鬼子母经》说，她后来变为生育之神，这石榴大约只是多子的象征罢了。）

这样的待遇在一茶可谓仁至义尽，但虱子恐怕有点觉得不合适，因为像和尚那么吃净素他是不见得很喜欢的。但是，在许多虱的本事之中，这些算是最有风趣了。佛教虽然也重圣贫，一面也还讲究——这称作清洁未必妥当，或者总叫作"威仪"吧，因此有些法则很是细密有趣，关于虱的处分即其一例，至于一茶则更是浪漫化了一点罢了。中国扪虱的名士无论如何不能到这个境界，也决做不出像一茶那样的许多诗句来，例如——

"喂，虱子呵，爬吧爬吧，向着春天的去向。"

实在译不好，就此打住吧——今天是清明节，野哭之声犹在于耳，回家写这小文，聊以消遣，觉得这倒是颇有意义的事。

附记：

友人指示，周密《齐东野语》中有材料可取，于卷十七查得《嚼虱》一则，今补录于下：

"余负日茅檐，分渔樵半席，时见山翁野媪扪身得虱，则致之口中，若将甘心焉，意甚恶之。然揆之于古，亦有说焉。应侯谓秦王曰，得宛临，流阳夏，断河内，临东阳，邯郸犹口中虱。王莽校尉韩威曰，以新室之威而吞胡虏，无异口中蚤虱。陈思王著论亦曰，得虱者莫不劘之齿牙，为害身也。三人皆当时贵人，其言乃尔，则野老嚼虱亦自有典故，可发一笑。"

我当推究嚼虱的原因，觉得并不由于"若将甘心"的意思，其实只因虱子肥白可口，臭虫固然气味不佳，蚤又太小一点了，而且放在嘴里跳来跳去，似乎不大容易咬着。今见韩校尉的话，仿佛基督同时的中国人曾两者兼嚼，到得后来才人心不古，取大而舍小，不过我想这个证据未必怎么可靠，恐怕这单是文字上的支配，那么跳蚤原来也是一时的陪绑罢了。

两株树——草木虫鱼之三

周作人

我对于植物比动物还要喜欢,原因是因为我懒,不高兴为了区区视听之娱一日三餐地去饲养照顾,而且我也有点相信"鸟身自为主"的迂论,觉得把他们活物拿来做囚徒当奚奴,不是什么愉快的事,若是草木便没有这些麻烦,让它们直站在那里便好,不但并不感到不自由,并且还真是生了根地不肯再动一动哩。但是要看树木花草也不必一定种在自己的家里,关起门来独赏,让它们在野外路旁,或是在人家粉墙之内也并不妨,只要我偶然经过时能够看见两三眼,也就觉得欣然,很是满足的了。

树木里边我所喜欢的第一个是白杨。小时候读古诗十九首,读过"白杨何萧萧,松柏夹广路"之句,但在南方终未见过白杨,后来在北京才初次看见。谢在杭著《五杂俎》中云:

"古人墓树多植梧楸,南人多种松柏,北人多种白杨。白杨即青杨也,其树皮白如梧桐,叶似冬青,微风击之辄淅沥有声,故古诗云,白杨多悲风,萧萧愁杀人。予一日宿邹县驿馆中,甫就枕即闻雨声,竟夕不绝,侍儿曰,雨矣。予讶之曰,岂有竟夜雨而无檐溜者?质明视之,乃青杨树也。南方绝无此树。"

《本草纲目》卷三五下引陈藏器曰:"白杨北土极多,人种墟墓间,树大皮白,其无风自动者乃杨栌,非白杨也。"又寇宗奭云："风才至，叶如大雨声，谓无风自动则无此事，但风微时其叶孤极处则往往独摇，以其蒂长叶重大，势使然也。"王象晋《群芳谱》则云杨有二种，一白杨，一青杨，白杨蒂长两两相对，遇风则簌簌有声，人多植之坟墓间。由此可知白杨与青杨本自有别，但"无风自动"一节却是相同。在史书中关于白杨有这样的两件故事：

《南史·萧惠开传》："惠开为少府，不得志，寺内斋前花草甚美，悉铲除，别植白杨。"

《唐书·契苾何力传》："龙翔中司稼少卿梁脩仁新作大明宫，植白杨于庭，示何力曰，此木易成，不数年可芘。何力不答，但诵白杨多悲风萧萧愁杀人之句，脩仁惊悟，更植以桐。"

这样看来，似乎大家对于白杨都没有什么好感。为什么呢？这个理由我不大说得清楚，或者因为它老是簌簌地动的缘故吧。听说苏格兰地方有一种传说，耶稣受难时所用的十字架是用白杨木做的，所以白杨自此以后就永远在发抖，大约是知道自己的罪孽深重。但是做钉的铁却似乎不曾因此有什么罪，黑铁这件东西在法术上还总有点位置的，不知何以这样地有幸有不幸。（但吾乡结婚时忌见铁，凡门窗上铰链等悉用红纸糊盖，又似别有缘故。）我承认白杨种在墟墓间的确很好看，然而种在斋前又何尝不好，它那瑟瑟的响声第一有意思。我在前面的院子里种了一棵，每逢夏秋有客来斋夜话的时候，忽闻淅沥声，多疑是雨下，推户出视，这是别种树所没有的佳处。梁少卿怕白杨的萧萧改植梧桐，其实梧桐也何尝一定吉祥，假如要讲迷信的话，吾乡有一句俗谚云，"梧桐大如斗，主人搬家走"，所以就是别庄花园里也很少种梧桐的。这实在是一件很可惜的事，梧桐的枝干和叶子真好看，且不提那一叶落知天下秋的兴趣了。在我们的后院里却有一棵，不知已经有若干年了，我至今看了它十多年，树干还远不到五合的粗，看它大有黄杨木的神气，虽不厄闰也总长得十分缓慢呢——因此我想到避忌梧桐大约只是南方的事，在北方或者并没有这句俗谚，在这里梧桐想要如斗大恐怕不是容易的事吧。

第二种树乃是乌桕，这正与白杨相反，似乎只生长于东南，北方很少见。陆龟蒙诗云"行歌每依鸦舅影"，陆游诗云"乌桕赤于枫，园林二月中"，又云"乌桕新添落叶红"，都是江浙乡村的景象。《齐民要术》卷十列"五谷果蓏菜茹非中国物产者"，下注云"聊以存其名目，记其怪异耳，爰及山泽草木任食非人力所种者，悉附于此"，其中有乌臼一项，引《玄中记》云："荆阳有乌臼，其实如鸡头，迮之如胡麻子，其汁味如猪脂。"《群芳谱》言，"江浙之人，凡高山大道溪边宅畔无不种"，此外则江西安徽盖亦多有之。关于它的名字，李时珍说："乌喜食其子，因以名之。……或曰，其木老则根下黑烂成臼，故得此名。"我想这或曰恐太迂曲，此树又名鸦舅，或者与乌不无关系，乡间冬天卖野味有桕子鵀（读如呆鸟字），是道墟地方名物，此物殆是乌类乎，但是其味颇佳，平常所谓鵀肉几乎便指此鵀也。

桕树的特色第一在叶，第二在实。放翁生长稽山镜水间，所以诗中常常说及桕叶，便是那唐朝的张继寒山寺诗所云江枫渔火对愁眠，也是在说这种红叶。王端履著《重论文斋笔录》卷九论及此诗，注云："江南临水多植乌桕，秋叶饱霜，鲜红可爱，诗人类指为枫，不知枫生山中，性最恶湿，不能种之江畔也。此诗江枫二字亦未免误认耳。"范寅在《越谚》卷中桕树项下说，"十月叶丹，即枫，其子可榨油，农皆植田边"，就把两者误合为一。

罗逸长《青山记》云："山之麓朱村，盖考亭之祖居也，自此倚石啸歌，松风上下，遥望木叶着霜如渥丹，始见怪以为红花，久之知为乌桕树也。"《篷窗续录》云："陆子渊《豫章录》言，饶信间桕树冬初叶落，结子放蜡，每颗作十字裂，一丛有数颗，望之若梅花初绽，枝柯诘曲，多在野水乱石间，远近成林，真可作画。此与柿树俱称美荫，园圃植之最宜。"这两节很能写出桕树之美，它的特色仿佛可以说是中国画的，不过此种景色自从我离了水乡的故国，已经有三十年不曾看见了。

桕树子有极大的用处，可以榨油制烛。《越谚》卷中蜡烛条下注曰："卷芯草干，熬桕油拖蘸成烛，加蜡为皮，盖紫草汁则红。"汪曰桢著《湖雅》卷八中说得更是详细：

"中置烛心，外裹乌桕子油，又以紫草染蜡盖之，曰桕油烛。用棉花子油者曰青油烛，用牛羊油者曰荤油烛。湖俗祀神祭先必然两炬，皆用红桕烛。婚嫁用之曰喜烛，缀蜡花者曰花烛，神寿所用曰寿烛，丧家则用绿烛或白烛，亦桕烛也。"

日本寺岛安良编《和汉三才图会》五八引《本草纲目》语云，"烛有蜜蜡烛虫蜡烛牛脂烛桕油烛"，后加按语曰：

"案唐式云少府监每年供蜡烛七十挺，则元以前既有之矣。有数品，而多用木蜡牛脂蜡也。有油桐子蚕豆苍耳子等为蜡者，火易灭。有鲸鲵油为蜡者，其焰甚臭，牛脂蜡亦臭。近年制精，去其臭气，故多以牛蜡伪为木蜡，神佛灯明不可不辨。"

但是近年来蜡烛恐怕已是倒了运，有洋人替我们造了电灯，其次也有洋蜡洋油，除了拿到妙峰山上去之外大约没有它的什么用处了。就是要用蜡烛，反正牛羊脂也凑合可以用得，神佛未必会得见怪——日本真宗的和尚不是都要娶妻吃肉了么？那么桕油并不再需要，田边水畔的红叶白实不久也将绝迹了吧。这于国民生活上本来没有什么关系，不过在我想起来的时候总还有点怀念，小时候喜读《南方草木状》《岭表录异》和《北户录》等书，这种脾气至今还是存留着，秋天买了一部大板的《本草纲目》，很为我的朋友所笑，其实也只是为了这个缘故罢了。

苋菜梗——草木虫鱼之四

周作人

近日从乡人处分得腌苋菜梗来吃，对于苋菜仿佛有一种旧雨之感。苋菜在南方是平民生活上几乎没有一天缺的东西，北方却似乎少有，虽然在北平近来也可以吃到嫩苋菜了。查《齐民要术》中便没有讲到，只在卷十列有人苋一条，引《尔雅》郭注，但这一卷所讲都是"五谷果蓏菜茹非中国物产者"，而《南史》中则常有此物出现，如《王智深传》云，"智深家贫无人事，尝饿五日不得食，掘苋根食之"，又《蔡樽附传》云，"樽在吴兴不饮郡斋井，斋前自种白苋紫茄以为常饵，诏褒其清"，都是很好的例。

苋菜据《本草纲目》说共有五种，马齿苋在外。苏颂曰："人苋白苋俱大寒，其实一也，但大者为白苋，小者为人苋耳，其子霜后方熟，细而色黑。紫苋叶通紫，吴人用染爪者，诸苋中唯此无毒不寒。赤苋亦谓之花苋，茎叶深赤，根茎亦可糟藏，食之甚美味辛。五色苋今亦稀有，细苋俗谓之野苋，猪好食之，又名猪苋。"李时珍曰："苋并三月撒种，六月以后不堪食，老则抽茎如人长，开细花成穗，穗中细子扁而光黑，与青葙子鸡冠子无别，九月收之。"《尔雅》释草，"蒉赤苋"；郭注云，"今之苋赤茎者"；郝懿行疏乃云："今验赤苋茎叶纯紫，浓如燕支，根浅赤色，人家或种以饰园庭，不堪啖也。"照我们经验来说，嫩的紫苋固然可以食，但是"糟藏"的却都用白苋，这原只是一乡的习俗，不过别处的我不知道，所以不能拿来比较了。

说到苋菜同时就不能不想到甲鱼。《学圃馀疏》云："苋有红白二种，素食者便之，肉食者忌与鳖共食。"《本草纲目》引张鼎曰："不可与鳖同食，生鳖瘕，又取鳖肉如豆大，以苋菜封裹置土坑内，以土盖之，一宿尽变成小鳖也。"其下接连地引汪机曰："此说屡试不验。"《群芳谱》采张氏的话稍加删改，而末云"即变小鳖"之后却接写一句"试之屡验"，与原文比较来看未免有点滑稽。这种神异的物类感应，读了的人大抵觉得很是好奇，除了雀入大水为蛤之类无可着手外，总想怎么来试他一试，苋菜、鳖肉反正都是易得的材料，一经实验便自分出真假，虽然也有越试越糊涂的，如《酉阳杂俎》所记："蝉未脱时名复育，秀才韦翾庄在杜曲，常冬中掘树根，见复育附于朽处，怪之，村人言蝉固朽木所化也，翾因剖一视之，腹中犹实烂木。"这正如剖鸡胃中皆米粒，遂说鸡是白米所化也。苋菜与甲鱼同吃，在三十年前曾和一位族叔试过，现在族叔已将七十了，听说还健在，我也不曾肚痛，那么鳖瘕之说或者也可以归入不验之列了吧。

苋菜梗的制法须俟其"抽茎如人长"，肌肉充实的时候，去叶取梗，切作寸许长短，用盐腌藏瓦坛中，候发酵即成，生熟皆可食。平民几乎家家皆制，每食必备，与干菜腌菜及螺蛳、霉豆腐、千张等为日用的副食物，苋菜梗卤中又可浸豆腐干，卤可蒸豆腐，味与"溜豆腐"相似，稍带枯涩，别有一种山野之趣。读外乡人游越的文章，大抵众口一词地讥笑土人之臭食，其实这是不足怪的，绍兴中等以下的人家大都能安贫贱，敝衣恶食，终岁勤劳，其所食者除米而外唯菜与盐，盖亦自然之势耳。干腌者有干菜，湿腌者以腌菜及苋菜梗为大宗，一年间的"下饭"差不多都在这里。诗云，"我有旨蓄，可以御冬"，是之谓也，至于存且日久，干脆者别无问题，湿腌则难免气味变化，故气味有变而亦别具风味，此亦是事实，原无须引西洋干酪为例者也。

《邵氏闻见录》云，汪信民常言，人常咬得菜根则百事可做，胡康侯闻之击节叹赏。俗语亦云，布衣暖，菜根香，读书滋味长。明洪应明遂作《菜根谈》以骈语述格言，《醉古堂剑扫》与《娑罗馆清言》亦均如此，可见此体之流行一时了。咬得菜根，吾乡的平民足以当之，所谓菜根者当然包括白菜、芥菜头，萝卜、芋艿之类，而苋菜梗亦附其下，至于苋根虽然救了王智深的一命，实在却无可吃，因为这只是梗的末端罢了，或者这里就是梗的别称也未可知。咬了菜根是否百事可做，我不能确说，但是我觉得这是颇有意义的，第一可以食贫，第二可以习苦，而实在却也有清淡的滋味，并没蒇这样难吃，胆这样难尝。这个年头儿人们似乎应该学得略略吃得起苦才好。中国的青年有些太娇养了，大抵连冷东西都不会吃，水果冰激淋除外，我真替他们忧虑，将来如何上得前敌，至于那粉泽不去手，和穿红里子的夹袍的更不必说了。其实我也并不激烈地想禁止跳舞或抽白面，我知道在乱世的生活中耽溺亦是其一，不满于现世社会制度而无从反抗，往往沉浸于醇酒妇人以解忧闷，与山中饿夫殊途而同归，后之人略迹原心，也不敢加以菲薄，不过这也只是近于豪杰之徒才可以，决不是我们凡人所得以援引的而已——喔，似乎离本题太远了，还是就此打住，有话改天换了题目再谈吧。

水里的东西——草木虫鱼之五

周作人

我是在水乡生长的,所以对于水未免有点情分。学者们说,人类曾经做过水族,小儿喜欢弄水,便是这个缘故。我的原因大约没有这样远,恐怕这只是一种习惯罢了。

水,有什么可爱呢?这件事是说来话长,而且我也有点儿说不上来。我现在所想说的单是水里的东西。水里有鱼虾、螺蚌、茭白、菱角,都是值得记忆的,只是没有这些工夫来一一记录下来,经了好几天的考虑,决心将动植物暂且除外——那么,是不是想来谈水底里的矿物类么?不,决不。我所想说的,连我自己也不明白它是哪一类,也不知道它究竟是死的还是活的,它是这么一种奇怪的东西。

我们乡间称它作Chosychiu,写出字来就是"河水鬼"。它是溺死的人的鬼魂。既然是五伤之一——五伤大约是水、火、刀、绳、毒吧,但我记得又有虎伤似乎在内,有点弄不清楚了,总之水死是其一,这是无可疑的,所以它照例应"讨替代"。听说吊死鬼时常骗人从圆窗伸出头去,看外面的美景,(还是美人?)倘若这人该死,头一伸时可就上了当,再也缩不回来了。河水鬼的法门也就差不多是这一类,它每幻化为种种物件,浮在岸边,人如伸手想去捞取,便会被拉下去,虽然看来似乎是他自己钻下去的。假如吊死鬼是以色迷,那么河水鬼可以说是以利诱了。它平常喜欢变什么东西,我没有打听清楚,我所记得的只是说变"花棒槌",这是一种玩具,我在儿时听见所以特别留意,至于所以变这玩具的用意,或者是专以引诱小儿亦未可知。但有时候它也用武力,往往有乡人游泳,忽然沉了下去,这些人都是像虾蟆一样地"识水"的,论理决不会失足,所以这显然是河水鬼的勾当,只有外道才相信是由于什么脚筋拘挛或心脏麻痹之故。

照例,死于非命的应该超度,大约总是念经、拜忏之类,最好自然是"翻九楼",不过翻的人如不高妙,从七七四十九张桌子上跌了下来的时候,那便别样地死于非命,又非另行超度不可了。翻九楼或拜忏之后,鬼魂理应已经得度,不必再讨替代了,但为防万一危险计,在出事地点再立一石幢,上面刻南无阿弥陀佛六字,或者也有刻别的文句的吧,我却记不起来了。在乡下走路,突然遇见这样的石幢,不是一件很愉快的事,特别是在傍晚,独自走到渡头,正要下四方的渡船亲自拉船索渡过去的时候。

话虽如此,此时也只是毛骨略略有点耸然,对于河水鬼却压根儿没有什么怕,而且还简直有点儿可以说是亲近之感。水乡的住民对于别的死或者一样地怕,但是淹死似乎是例外,实在怕也怕不得许多,俗语云,瓦罐不离井上破,将军难免阵前亡,如住水乡而怕水,那么只好搬到山上去,虽然那里又有别的东西等着,老虎、马熊。我在大风暴中渡过几回大树港,坐在二尺宽的小船内在白鹅似的浪上乱滚,转眼就可以沉到底去,可是像烈士那样从容地坐着,实在觉得比大元帅时代在北京还要不感到恐怖。还有一层,河水鬼的样子也很有点爱娇。普通的鬼保存它死时的形状，譬如虎伤鬼之一定大声喊阿唷，被杀者之必用一只手提了它自己的六斤四两的头之类，唯独河水鬼则不然，无论老的小的村的俊的，一掉到水里去就都变成一个样子，据说是身体矮小，很像是一个小孩子，平常三五成群，在岸上柳树下"顿铜钱"，正如街头的野孩子一样，一被惊动便跳下水去，有如一群青蛙，只有这个不同，青蛙跳时"不东"的有水响，有波纹，它们没有。为什么老年的河水鬼也喜欢摊钱之戏呢？这个，乡下懂事的老辈没有说明给我听过，我也没有本领自己去找到说明。

　　我在这里便联想到了在日本的它的同类。在那边称作"河童"，读如 Kappa，说是 Kawawappa 之略，意思即是川童二字，仿佛芥川龙之介有过这样名字的一部小说，中国有人译为"河伯"，似乎不大妥帖。这与河水鬼有一个极大的不同，因为河童是一种生物，近于人鱼或海和尚。它与河水鬼相同要拉人下水，但也喜欢拉马，喜欢和人角力。它的形状大概如猿猴，色青黑，手足如鸭掌，头顶下凹如碟子，碟中有水时其力无敌，水涸则软弱无力，顶际有毛发一圈，状如前刘海，日本儿童有蓄此种发者至今称作河童发云。柳田国男在《山岛民谭集》(1914)中有一篇"河童驹引"的研究；冈田建文的《动物界灵异志》(1927)第三章也是讲河童的，他相信河童是实有的动物，引《幽明录》云，"水蝹一名蝹童，一名水精，裸形人身，长三五尺，大小不一，眼耳鼻舌唇皆具，头上戴一盆，受水三五升，只得水勇猛，失水则无勇力"，以为就是日本的河童。关于这个问题我们无从考证，但想到河水鬼特别不像别的鬼的形状，却一律地状如小儿，仿佛也另有意义，即使与日本河童的迷信没有什么关系，或者也有水中怪物的分子混在里边，未必纯粹是关于鬼的迷信了吧。

十八世纪的人写文章，末后常加上一个尾巴，说明寓意，现在觉得也有这个必要，所以添写几句在这里。人家要怀疑，即使如何有闲，何至于谈到河水鬼去呢？是的，河水鬼大可不谈，但是河水鬼的信仰以及有这信仰的人却是值得注意的。我们平常只会梦想，所见的或是天堂，或是地狱，但总不大愿意来望一望这凡俗的人世，看这上边有些什么人，是怎么想。社会人类学与民俗学是这一角落的明灯，不过在中国自然还不发达，也还不知道将来会不会发达。我愿意使河水鬼来做个先锋，引起大家对于这方面的调查与研究之兴趣。我想恐怕喜欢顿铜钱的小鬼没有这样力量，我自己又不能做研究考证的文章，便写了这样一篇闲话，要想去抛砖引玉实在有点惭愧。但总之关于这方面是"伫候明教"。

案山子——草木虫鱼之六

周作人

前几天在市场买了一本《新月》，读完罗隆基先生的论文之后，再读《四十自述》，这是《在上海》的下半篇，胡适之先生讲他自己作诗文的经验，觉得很有趣味。其中特别是这一节：我记得我们试译 Thomas Campbell 的 *Soldier's Dream* 一篇诗，中有 scarecrow 一个字，我们大家想了几天，想不出一个典雅的译法。这个 scarecrow 不知道和我有什么情分，总觉得他是怪好玩的东西，引起我的注意。我查下页胡先生的译诗，第五六两句云："枕戈藉草亦蘧然，时见刍人影摇曳。"末后附注云："刍人原作刍灵，今年改。"案《礼记·檀弓下》郑氏注云："刍灵，束茅为人马，谓之灵者神之类。"可见得不是田家的东西，叫他作刍人，正如叶圣陶先生的《稻草人》，自然要好一点了。但是要找一个准确的译语，却实在不容易，所谓《华英字典》之流不必说了，手头也一册都没有，所以恕不查考，严几道的《英文汉诂》在一九〇四年出版，是同类中最典雅最有见识的一本书，二十七八年来我这意见还是一致。记得在"制字"篇中曾有译语，拿出来一翻，果然在第一百十节中有这一行云："Scarecrow，吓鸦，草人用于田间以逐鸟雀者。"这个吓鸦的名称我清清楚楚地记在心里，今天翻了出来，大有旧雨重逢的快乐，这明白地是意译，依照

"惊闺"等的例，可以算作一个很好的物名，可是，连他老人家也只能如此对付，更可见我们在刍人、草人之外想去找更典雅的译名之全无希望了。

日本语中有"案山子"这个名称，读作加贺之（Kagashi），即是吓鸦。寺岛安良编《和汉三才图会》卷三十五"农具部"中有这一条，其文云：

> 《艺文类聚》，古者人民质朴，死则裹以白茅，投之中野，孝子不忍父母为禽兽所食，则作弹以守之，绝鸟兽之害。
>
> 案，弹俗云案山子，今田圃中使草偶持弓，以防鸟雀也。备中国汤川寺玄宾僧都晦迹于民家之奴，入田护稻，以惊鸟雀为务，至今惧鸟雀刍灵称之僧都。

上文所引《艺文类聚》原语多误，今依原书及《吴越春秋》改正。陈音对越王说，弩生于弓，弓生于弹，大约是对的；但是说弹起古之孝子，我颇有点怀疑，弹应该起于投石，是养生而不是送死的事吧。《说文解字》第八篇云："吊，问终也，从人弓，古之葬者厚衣之以薪，故人持弓会驱禽也。"《急就章》第二十五云："丧吊悲哀面目肿。"颜氏注："吊谓问终者也，于字人持弓为吊，上古葬者衣之以薪，无有棺椁，常苦禽鸟为害，故吊问者持弓会之，以助弹射也。"先有弓矢而后持弓吊丧助驱禽鸟，这比弹说似近于事实，虽然古代生活我们还未能怎么知道。或者再用刍灵代人持弓，设在墓地，后来移用田间，均属可能，不过都是推测渺茫之词，有点无征不信，而且我们谈吓鸦也不必苦苦研求他的谱系，所以就此搁起似乎也没有什么妨碍。

日本语加贺之的语源解释不一，近来却似乎倾向于《俚言集览》之旧说，云起于以串央烧灼的兽肉，使闻臭气，以惊鸟兽也，故原语的意思可解作"使嗅"。川口孙治郎在所著《飞驒之鸟》中卷论案山子的地方说飞驒南部尚有此俗，田间植竹片，上缠毛发，涂猪油，烧使发臭气，以避野兽。早川孝太郎编《野猪与鹿与狸》中讲三河设乐郡村人驱野猪的方法，其一即是烟熏，"用破布为心，上包稻草，做成长的草苞模样，一头点火，挂竹竿尖上，插于田边。有极小者，夏天割草的女人挂在腰边，可避蚊虻，野猪闻布片焦臭气味亦不敢近也"。书中并图其形，与草人亦相去不远。二书皆近年新刊，为"乡土研究社丛书"之一，故所说翔实可信，早川氏之文尤可喜。

至于"案山子"三字全系汉文，日本不过借用，与那"使他嗅"是毫无关系的。这是怎么来的呢？《飞驒之鸟》中卷云：

> 《嬉游笑览》云，惊鸟的加贺之，或写作案山子，是盖由于山寺禅僧之戏书罢。但是还不能确定，到了《梅园日记》，才说得稍详，今试引其大要于下。
>
> 据《随斋谐话》，惊鸟偶人写作案山子。友人芝山曰，在《传灯录》《普灯录》《历代高僧录》等书中均有面前案山子之语，注曰：民俗刈草作人形，令置山田之上，防禽兽，名曰案山子。又《五灯会元》，五祖师戒禅师章有主山高，案山低，主山高崄崄，案山翠青青等语。案主山高，意为山之主，案山低，意当为上平如几案。低山之间必开田畴事耕种，惊鸟草人亦立于案山之

侧，故山僧戏呼为案山子，后遂成为通称欤。

上文征引层次不甚清，又虑有阙误，今姑仍之，只一查《景德传灯录》，在第十七卷"洪州云居山道膺禅师"条下有这一节：

问孤迥且巍巍时如何。师曰，孤迥且巍巍。僧曰，不会。师言，面前案山子也不会。

注不知是哪里的，我查不出，主山案山到底怎么讲我此刻也还不大明白。但是在第二十七卷找到了拾得大士的一件逸事，虽然没有说案山子，觉得仿佛有点儿关联："有护伽蓝神庙，每日僧厨下食为乌所食，拾得以杖抶之曰，汝食不能护，安能护伽蓝乎？此夕神附梦于合寺僧曰，拾得打我。"把金刚当作案山子，因为乌鸦吃了僧厨下食，被和尚打得叫苦不迭，这里边如没有什么世间味，也总可以说有些禅味的吧。

中国诗文讲到案山子似乎很少，我是孤陋寡闻，真一句都想不出来，还是在《飞騨之鸟》里见到一首七绝，说是宋人所作，其词曰：

小雨初晴岁事新，一犁江上趁初春。
豆畦种罢无人守，缚得黄茅更似人。

在日本文学里案山子时常出现，他有时来比落拓无能的人物，有时是用他的本色，这在俳句中尤为普通，今举两三句来做例，虽然这种诗是特别不能译的，译了之后便不成样子，看不出他原来的好处来了。

> 田水落了，细腰高撑的案山子呵。（芜村）
> 身的老衰呵，案山子的面前也觉得羞惭。（一茶）
> 夕阳的影，出到大路来的案山子呵。（召彼）
> 每回下雨，老下去的田间案山子呵。（马琴）
> 偷来的案山子的笠上，雨来得急了。（虚子）

末了一句是现代的诗，曾经被小泉八云所赏识，说只用了十七个拼音成一句诗，描写流浪书生的穷困，此上想加以修正恐怕是不可能的吧。临了我想一看英国诗人怎样地歌唱我们的案山子，便去寻胡适之先生所译的那篇《军人梦》的原诗，最初翻阅奥斯福本《英诗选》，里边没有，再看《英诗金库》，居然在第二百六十七首找到了。可是看到第六行却大吃一惊，胡先生译作"时见刍人影摇曳"的，其原文乃是"By the wolf-scaring faggot that guarded the slain"，直译是"在那保护战死者的，吓狼的柴火旁边"，却不见案山子的踪迹。我用两种小丛书本来对比，结果是一样。因为甘倍耳先生的诗句，引起我对于案山子的兴趣，可是说了一通闲话之后回过头来一看，穿蓑笠持弓矢的草人变了一堆火烟，案山子现出使他闻闻的本相来了，这又使我感到了另外一种的趣味。今天写完此文，适之想正在玩西湖吧，等他回北平来时再送给他看看去。

关于蝙蝠——草木虫鱼之七

周作人

苦雨翁：

　　我老早就想写一篇文章论论这位奇特的黑夜行脚的蝙蝠君。但终于没有写，不，也可以说是写过的，只是不立文字罢了。

　　昨夜从苦雨斋谈话归来，车过西四牌楼，忽然见到几只蝙蝠沿着电线上面飞来飞去，似乎并不怕人。热闹市口他们这等游逛，说起来我还是第一次看见，岂未免有点儿乡下人进城乎。

　　"奶奶经"告诉我，蝙蝠是老鼠变的。怎样地一个变法呢？据云，老鼠嘴馋，有一回口渴，错偷了盐吃，于是脱去尾巴，生上翅膀，就成了现在的蝙蝠这般模样。这倒也十分自在，未免更上一层楼，从地上的活动，进而为空中的活动，飘飘乎不觉羽化而登仙。但另有一说，同为老鼠变的则一，同为口渴的也则一，这个则是偷吃了油。我佛面前长明灯，每晚和尚来添油，后来不知怎的，却发现灯盘里面的油，一到隔宿便涓滴也没有留存。和尚好生奇怪，有一回，夜半，私下起来探视，却见一个似老鼠而又非老鼠的东西昏卧在里面。也许他正在朦胧吧，和尚轻轻地捻起，蓦然间他惊醒了，不觉大声而疾呼："叽！叽！"

　　和尚慈悲，走出门，一扬手，喝道：

　　"善哉——

有翅能飞,

有足能走。"

于是蝙蝠从此遍天下。

生物学里关于蝙蝠是怎样讲法,现在也不大清楚了。只知道他是胎生的,怪别致的,走兽而不离飞鸟,生上这么两扇软翅。分明还记得,小时候读小学教科书(共和国的),曾经有过蝙蝠君的故事。唉,这太叫人什么了,想起那教科书,真未免对于此公有些不敬,仿佛说他是被厌弃者,走到兽群,兽群则曰,你有两翅,非我族类。走到鸟群,鸟群则曰,你是胎生,何与吾事。这似乎是因为蝙蝠君会有挑唆和离间的本事。究竟他和他的同辈争过怎样的一席长短,或者与他的先辈先生们有过何种利害冲突的关系,我俱无从知道,固然在事实上好像也找不出什么证据来。大抵这些都是由于先辈的一时高兴,任意赐给他的头衔吧。然而不然,不见夫钟馗图乎,上有蝙蝠飞来,据说这就是"福"的象征呢。在这里,蝙蝠君倒又成为"幸运儿"了。本来么,举凡人世所谓拥护呀,打倒呀之类,压根儿就是个倚伏作用,孟轲不也说过吗,"赵孟之所贵,赵孟能贱之"。蝙蝠君自然还是在那里过他的幽栖生活。但使我担心的,不知现在的小学教科书,或者儿童读物里面,还有这类不愉快的故事没有。

夏夜的蝙蝠,在乡村里面的,却有着另一种风味。日之夕矣,这一天的农事告完。麦粮进了仓房。牧人赶回猪羊。老黄牛总是在树下多歇一会儿,嘴里懒懒嚼着干草,白沫一直拖到地,照例还要去南塘喝口水才进牛栏的吧。长工几个人老是蹲在场边,腰里拔出旱烟袋在那里彼此对火。有时也默默然不则一声。场面平滑如一汪水,我们一群孩子喜欢再也没有可说的,有的光了脚在场上乱跑。这时不知从哪里来的蝙蝠，来来往往地只在头上盘旋，也不过是树头高吧，孩子们于是慌了手脚，跟着在场上兜转，性子急一点的未免把光脚乱跺。还是大人告诉我们的，脱下一只鞋，向空抛去，蝙蝠自会钻进里边来，就容易把他捉住了。然而蝙蝠君却在逗弄孩子们玩耍，倒不一定会给捉住的。不过我们跷一只脚在场上跳来跳去，实在怪不方便的，一不慎，脚落地，踏上满袜子土，回家不免要挨父亲瞪眼。有时在外面追赶蝙蝠直至更深，弄得一身土，不敢回家，等到母亲出门呼唤，才没精打采地归去。

年来只在外面漂泊，家乡的事事物物，表面上似乎来得疏阔，但精神上却也分外地觉得亲近。偶尔看见夏夜的蝙蝠，因而想起小时候听白发老人说"奶奶经"以及自己顽皮的故事，真大有不胜其今昔之感了。

关于蝙蝠君的故事，我想先生知道的要多多许，写出来也定然有趣。何妨也就来谈谈这位"夜行者"呢？

Grahame 的《杨柳风》(*The Wind in the Willows*) 小书里面，不知曾附带提到这小动物没有，顺便地问一声。

七月二十日，启无

启无兄：

关于蝙蝠的事情我所知道的很少，未必有什么可以补充。查《和汉三才图会》卷四十二《原禽类》，引《本草纲目》等文后，按语曰："伏翼身形色声牙爪皆似鼠而有肉翅，盖老鼠化成，故古寺院多有之。性好山椒，包椒于纸抛之，则伏翼随落，竟捕之。若所啮手指则难放，急以椒与之，即脱焉。其为鸟也最卑贱者，故俚语云，无鸟之乡蝙蝠为王。"案日本俗语"无鸟的乡村的蝙蝠"，意思就是矮子队里的长子。蝙蝠喜欢花椒，这种传说至今存在，如东京儿歌云：

> 蝙蝠，蝙蝠，
> 给你山椒吧，
> 柳树底下给你水喝吧。
> 蝙蝠，蝙蝠，
> 山椒的儿，
> 柳树底下给你醋喝吧。

北原白秋在《日本的童谣》中说："我们做儿童的时候，吃过晚饭就到外边去，叫蝙蝠或是追蝙蝠玩。我的家是酒坊，酒仓左近常有蝙蝠飞翔。而且蝙蝠喜欢喝酒。我们捉到蝙蝠，把酒倒在碟子里，拉住它的翅膀，伏在里边给它酒喝。蝙蝠就红了脸，醉了，或者老鼠似的吱吱地叫了。"日向地方的童谣云：

> 酒坊的蝙蝠，给你酒喝吧。
> 喝烧酒么，喝清酒么？
> 再下一点来再给你喝吧。

有些儿童请它吃糟喝醋，也都是这个意思的变换。不过这未必全是好意，如长野的童谣便很明白，即是想脱一只鞋向空抛去也。其词曰：

> 蝙蝠，来，
> 快来！
> 给你草鞋，快来！

雪如女士编《北平歌谣集》一○三首云：

> 檐蝙蝠，穿花鞋，
> 你是奶奶我是爷。

这似乎是幼稚的恋爱歌，虽然还是说的花鞋。

蝙蝠的名誉我不知道是否系为希腊老奴伊索所弄坏，中国向来似乎不大看轻它的。它是暮景的一个重要的配色。日本《俳句辞典》中说："无论在都会或乡村，薄暮的景色与蝙蝠都相调和，但热闹杂沓的地方其调和之度较薄。大路不如行人稀少的小路，都市不如寂静的小城，更密切地适合。看蝙蝠时的心情，也要仿佛感着一种萧寂的微淡的哀愁那种心情才好。从满腔快乐的人看去，只是皮相的观察，觉得蝙蝠在暮色中飞翔罢了，并没有什么深意，若是带了什么败残之憾或历史的悲愁那种情调来看，便自然有别种的意趣浮起来了。"这虽是《诗韵含英》似的解说，却也颇得要领。小时候读唐诗，（韩退之的诗么？）有两句云，"山石荦确行径微，黄昏到寺蝙蝠飞"，至今还觉得有趣味。会稽山下的大禹庙里，在禹王耳朵里做窠的许多蝙蝠，白昼也吱吱地乱叫，因为我们到庙时不在晚间，所以总未见过这样的情景。日本俳句中有好些咏蝙蝠的佳作，举其一二：

蝙蝠呀,
屋顶草长——
圆觉寺。

——亿兆子作

蝙蝠呀,
人贩子的船
靠近了岸。

——水乃家作

土牢呀,
卫士所烧的火上的
食蚊鸟。

——芋村作

Kakuidori,吃蚊子鸟,即是蝙蝠的别名。

格来亨的《杨柳风》里没有说到蝙蝠,他所讲的只是土拨鼠、水老鼠、獾、獭和癞虾蟆。但是我见过一本《蝙蝠的生活》,很有文学的趣味,是法国 Charles Derennes 所著,Willcox 女士于一九二四年译成英文,我所见的便是这一种译本。

十九年七月二十三日,岂明

春节话旧

周瘦鹃

苏沪间旧时风俗，对于年头岁尾特别重视，以为辛辛苦苦地忙了一年，这时应该欢天喜地地乐一下了。自从民间奉行了阳历以后，农历新年改称春节，一直沿袭至今。

春节前后的繁文缛节，举不胜举，以清代为甚。近数十年来，有的早已取消，有的却依然未能免俗，一般家庭中称为"过年景致"。

"过年景致"大概从十二月二十四日开始，按迷信旧俗，这天晚上例行送灶，俗称"送灶界"；据说这夜，灶神要上天去朝见玉皇大帝报告一年的工作；于是大家就举行送灶仪式。

送灶之后，还得举行一个较为隆重的仪式，叫作"过年"，又称"谢年"。从历书上选定一个"顺日"，在厅堂中央挂上一幅神轴，再供几副红纸做的所谓"佛马"。除了斋供各色果饵糕饼之外，再要供上猪肉、全鱼、全鸡三件，称为"三牲"，并附以鸡子和鸡血。照例，猪肉和鸡是熟的；而那尾鱼却是生的，并且以活跃为贵，寓有"鲤鱼跳龙门"的意义，取其吉利。此外还要烧兽炭、敲锣鼓，送神时还要放爆竹。

大除夕那天，那更要大忙特忙了。所有过年食用的东西全要办齐，称为"办年货"。亲友互送食物果饵，称为"送年盘"。

入夜祭祖以后，合家长幼团聚宴饮，叫作"吃年夜饭"，又称"合家欢"。所有菜肴，都要配上一个吉利的名称。清代周宗泰《姑苏竹枝词》云：

> 妻孥一室话团栾，鱼肉瓜茄杂果盘。下箸频教听谶语，家家家里合家欢。

酒阑席散之后，还有接灶、祀床、封井、供年饭、画米囤、辞年、守岁许多花样，不胜其烦；所谓"守岁"，宋代已有此俗了。这夜合家在火盆旁团坐，盆中烧大炭团，美其名曰"欢喜团"；或歌唱，或谈笑，或敲锣鼓，直闹到天明，这就是所谓"守岁"。家家卧室里，还须点上一对大红蜡烛，也要通宵不熄，这就叫作"守岁烛"。

农历正月初一日，是春节的第一天，全家都穿新衣新鞋袜，焕然一新，男女依次向家长叩头拜贺，再往亲友家去道贺，称为"拜年"。有些人家，早起开门，先放爆竹三响，称为"开门爆仗"，据迷信的说法，这是可以吓退瘟神疫鬼的。这一天还有种种忌讳，忌扫地，忌汲水，忌乞火，忌做针线，忌用刀剪，忌倾倒粪秽，忌用汤淘饭，忌说不吉利话。有些人家，更要兜喜神方，烧十庙香，也全是迷信的行径，其目的无非是自求多福罢了。初三日称为"小年朝"，一切禁忌与初一相同。这天不知怎的，竟与初一同样被重视。初五日，据迷信的说法，是路头菩萨的生日，人家里和商店都备了三牲供品，有所谓接路头之举。接到了路头，就是取得一年的所谓利市。商店接过了路头，就请伙计们吃路头酒。而从这天起也就结束了假期，开始营业了。从初一到初五，是春节的最高潮，大家总要尽情地娱乐一下。

春节第二个高潮，就是正月十五夜。一年十二月，月月有十五夜，如果不是阴雨，也总有一个团圆的月儿，原没有什么稀罕，然而这正月十五夜却被另眼相看，称为"元宵"，又称"元夜"、"元夕"，家家户户都要张挂花灯；通都大道上，还有盛大的灯市。此风俗起于一千余年前的唐睿宗景云二年，而以开元年间为极盛。后来宋、元、明、清四朝也沿袭下来。明朝的灯市，连续十夜，胜于前朝。大画家唐伯虎曾有一诗咏元宵云：

> 有灯无月不娱人，有月无灯不算春。春到人间人似玉，灯烧月下月如银。满街珠翠游村女，沸地笙歌赛社神。不展芳尊开口笑，如何消得此良辰？

读了这首诗，就可见明朝元宵的盛况了。

元朝袭唐、宋遗风，元宵也盛极一时，既有灯市，也有歌舞。但看元曲中就有不少歌颂元宵的作品，如马致远《青哥儿》云：

> 春城春宵无价，照星桥火树银花，妙舞清歌最是它。翡翠坡前那人家，鳌山下。

张可久《天净沙》云：

> 金莲万炬花开，玉梅千树香来。灯市东风暮霭，彩云天外，紫绡人倚瑶台。

又《水仙子》《元夜小集》云：

> 停杯献曲紫云娘，走笔成章白面郎。移宫换羽青楼上，招邀入醉乡。

> 彩云深灯月交光，琉璃界笙歌闹。水晶宫阙绮罗香，一曲霓裳。

当时的元宵，就是这样在酣歌恒舞、绿酒红灯之间消磨过去。到了清朝和民国时期，元宵的盛况虽已不如前代，但因欢度春节，余兴未尽，仍要狂欢一下。这一切，实际上也只有少数人才真能享受得到。

沪苏旧俗，以元宵节前二夜为上灯之期，而以元宵后三夜为落灯之期。上灯时吃圆子，落灯时吃年糕，所以有"上灯圆子落灯糕"之说。而元宵这一夜，也非吃圆子不可，因此这种圆子又有一个"元宵"的别名。宋人范成大《上元记》说："吴下节物，拈粉团栾。"足见宋朝就有元宵吃圆子的风俗了。清人吴匏庵诗："既饱有人频咳唾，席间往往落珠玑。"就为圆子而作。

灯谜之制，也起源于元宵灯市。一般文人墨客，制了谜，写了纸条，粘在花灯上。灯的一面贴住墙壁，而三面都粘满谜语的纸条，任人揣摩。这就叫作"打灯谜"。谜面全从经史子集或小说传奇中取材，分为二十四格，猜中的揭条去领奖品。清朝词人陈其年《元夜词》，曾有"更夹路香，谜凭人打"之句，可见打灯谜就是当时元宵的文娱活动。现在打灯谜仍然盛行，但并不一定在元宵，也并不粘在花灯上了。

旧时苏州人家和商店中凡是有十番锣鼓的,除了春节头几天大吹大擂之外,到了元宵,也一定要再来一下,甚至通宵达旦,称为"闹元宵"。又有一种迷信的风俗,妇人们元宵一定要出外溜达,走过了三条桥,方始回家,称为"走三桥",据说可以祛病延年。此俗明朝即已有之,诗人陆伸曾作《走三桥词》云:

> 细娘分付后庭鸡,不到天明莫浪啼。走遍三桥灯已落,却嫌罗袜污春泥。

在清朝道光年间,此俗还在流行,到了光绪年间,似乎已废止了。

上元灯话

周瘦鹃

农历正月十五日向称上元,这夜即称"元夕",俗称"元宵";旧俗必须张灯,盛极一时。考之旧籍,据说还是起于唐代睿宗景云二年,只有一夜。到唐玄宗时,改为三夜,元宵前后各一夜。到了北宋乾德五年,又加上十七、十八两夜,增为五夜。到南宋理宗淳祐三年时又增一夜,自十三夜起,名为"试灯"。到得明代朱太祖时,更变本加厉,增为十夜,自初八夜起就张灯于市,到十七夜才罢,名为"灯市"。近年来苏沪风俗,都以十三夜至十八夜为灯节,倒还是依照着南宋的旧俗。

制灯最工巧的地方,近推浙江菱湖。往年我在上海居住时,就听得菱湖灯彩的大名,也曾见过各式各样的菱湖灯,确有鬼斧神工之妙。记得当年有一个叫作桑栋臣的,专给新旧剧场扎灯彩,听说他就是菱湖人,技术确很不差。但在宋代,苏州倒是以制灯著名的。周密《乾淳岁时记》称:"元夕张灯,以苏灯为最。圈片大者径三四尺,皆五色琉璃所成,山水人物,花竹翎毛,种种奇妙,俨然著色便面也。"梅里人用彩笺铸细巧人物扎灯,名梅里灯,也很有名。又有一种夹纱灯,是用彩纸刻花竹禽鱼而夹以轻绡的,现在恐已失传了。清代道光年间,阊门内吴趋坊皋桥中市一带,都有出卖各种彩灯的,满街张灯,陆离光怪,令人目不暇接。人物有张君瑞跳粉墙、西施采莲花、刘海戏蟾诸品。花果有莲、藕、玉兰、牡丹、西瓜、葡萄诸品。禽兽水族则有孔雀、凤凰、鹤、鹿、马、兔、猴与金鱼、鲤鱼、虾、蟹诸品，其他如龙船灯、走马灯等，不胜枚举。一九五四年春节，人民路怡园为了引起大众兴趣，特请名手精制彩灯大小数十只，全用各式绢绸，或加彩绘，或缀流苏，十分悦目；而给我以良好印象的，是塔灯、莲花灯和走马灯三只，不愧为个中精品。

走马灯是我儿时最爱看的。大概用纸剪了人物车马或京剧中的《三国》《水浒》等戏，着了彩色，粘贴在竹制的轮子上，承以蛎壳，一点上蜡烛，就会转动。大抵小朋友们都是喜欢这玩意儿的。清代吴谷人有《辘轳金井》词咏走马灯云：

> 涨烟飞焰，送星蹄逐队，奔腾不少。一片迷离，向蝉纱围绕。帘深夜悄，怕壁上观来应笑。几许英雄，明明灭灭，冬烘头脑。　　平生壮怀渐老。念五陵游历，空负年少。陈迹团团，叹磨驴潦倒。山香插帽，要鼓打太平新调。尽洗弓兵，飙轮迅卷，月斜天晓。

古时重视上元，夜必张灯，以唐代开元年间为最盛。旧籍中曾说："上元日天人围绕，步步燃灯十二里。"其盛况可以想见。诗人崔液曾有《上元诗》六首记其事。兹录其两首云：

> 今年春色胜常年，此夜风光最可怜。鹊楼前新月满，凤凰台上宝灯燃。

> 神灯佛火百轮张，刻象图容七宝装。影里如闻金口说，空中似放玉豪光。

所谓"灯市"，宋代初期，也称"极盛"。《石湖乐府》序中曾记苏州灯市盛况，据说元夕前后，各采松枝竹叶，结棚于通衢，昼则悬彩，杂引流苏；夜则燃灯，辉煌火树，朱门宴赏，衍鱼虎，列烛膏，金鼓达旦，名曰"灯市"。凡阊门以内，大街通路，灯彩遍张，不见天日。到了后来，却渐渐衰落了。明初，灯市又极热闹，南都搭了彩楼，招徕天下富商，放灯十天。北都灯市在东华门，东亘二里，自初八起，到十三就盛起来，到十七才止。白天，各处的珍异古董以及服用之物，都来参加，好像开展览会一样。入夜便张灯放烟火，还有鼓吹杂耍弦乐，通宵达旦。据刘侗所记称："丝竹肉声，不辨拍煞，光影五色，照人无妍媸，烟骨尘笼，月不得明，露不得下。"那时明太祖刚建了都，大概就借这元宵来庆祝一下吧？

清初，灯市也盛极一时，上元不可无灯，已成了牢不可破的风俗。如康熙年间，词人彭孙遹有《洞仙歌·元夕》云：

> 千门万户，听踏歌声遍。一派笙箫暗尘远。有麝兰通气，罗绮如云，香过处隐隐红帘尽卷。　　闲行南北曲，玉醉花嫣，争簇天街闹蛾转。更谁家丽质，灯火阑干，蓦地里夜深重见。向皓月光中费疑猜，不道是今宵，广寒人现。

又嘉庆年间，王锡振有《鹧鸪天·元夕出游》云：

油壁香车驶袅轻，天街风扑暗尘生。市楼一簇金盘焰，便碍纱笼侧帽行。　　前堕珥，后遗簪。烛围灯树几家屏。鱼龙杂遝街如墨，不觉当头有月明。

读了这两首词，便可知道那时看灯的兴高采烈了。

　　明代张大复《梅花草堂笔谈》，是小品文中的代表作，文笔隽永，读之如啖谏果（橄榄），很有回味。他曾有《上元》一篇云："东坡夜入延祥寺，为观灯也。僧舍萧然无灯，大败人意。坡乃作诗云：'门前歌舞闹分明，一室清风冷欲冰。不把琉璃闲照佛，始知无烬亦无灯。'此老胸次洒落，机颖圆通，聊作此志笑耳。崔液云：'玉漏铜壶且莫催，铁关金锁辄明开。谁家见月能闲坐，何处闻灯不看来。'方是真实语。老盲不能夜游，晚来月色如银，意欲随逐行辈，稍穿城市，而疟鬼恼人，裹足高卧，幼女提一莲灯，戏视亦自灿然。"

　　他老人家不能出去看灯，而对于幼女的莲花灯却表示好感。我爱莲花，也爱莲花灯，今年元宵，就买了个莲花灯，聊以自娱。

清明时节

周瘦鹃

清明时节往往多雨,所以唐人诗中曾有"清明时节雨纷纷,路上行人欲断魂"之句;而每年入春以后,也往往多雨,所谓杏花春雨江南,竟做得十足,连杏花也给打坏了。清明那天,苏州市各园林中,游人络绎,虎丘千人石畔挤得水泄不通。各处扫墓的人也不少。清代周宗泰《姑苏竹枝词》云:

衣冠稽首祖茔前,盘供山神化楮钱。欲觅断魂何处去?棠梨花落雨余天。

这也是为前人扫墓而作的。

邻居到我的园子里来,摘了好几枝杨柳,插在他家门上;又做了几个杨柳球,给小姑娘们戴在头上。旧时有迷信之说,女人们戴了杨柳,可使红颜不老,所以《江震志》称:"清明,男女咸戴杨柳,谚云清明不戴柳,红颜成皓首。"吴曼云《江乡节物词》有云:

新火才从竹屋分,绿烟吹作雨纷纷。杨枝最是无情物,也逐春风上鬓云。

他咏的是杭州清明的风俗，正与苏俗相同。

清代词人陈其年有《清明后一日吴阊道中》作调寄《南乡子》二首云：

> 卷絮搓绵，雪满山头是纸钱。门外桃花墙内女，寻春路，昨日子规啼血处。

又云：

> 才过清明，东风怯舞不胜情。红袖楼头遥徙倚，垂杨里，阵阵纸鸢扶不起。

前一首是咏的扫墓寻春，而后一首分明是咏放断鹞了。纸鸢俗称鹞子，春初每逢晴日，孩子们每以放鹞子为乐。杨韫华《山塘棹歌》有云：

> 春衣称体近清明，风急鹞鞭处处鸣。忽听儿童齐拍手，松梢吹落美人筝。

所谓"鹞鞭"，是用竹芦粘簧缚在鹞子的背上，遇风喤喤作声，很为动听。我在童年时，也很喜欢这玩意儿。照例放鹞子到清明后为止，称为"放断鹞"。

清明前二日为寒食节，一说是前三日。洛阳人家每逢寒食日，装万花舆，煮桃花粥。苏州的俗用稻麦苜蓿捣汁，和糯米做青粉团，以赤豆沙为馅，清香可口，这是旧时每家每户所少不了的应景食品。

　　清明日，旧时还有淘井的风俗，大概也为了要使井水清明之故。据旧籍中载，苏东坡在黄州时，梦中听得高僧参寥朗诵所作新诗，醒后记起两句："寒食清明都过了，石泉槐火一时新。"梦中问："火固新矣，泉何故新？"参寥答道："只因清明日俗尚淘井，所以泉水也新了。"这淘井的风俗，倒是卫生之道。苏州人家几乎家家有井，可是清明日淘井这回事，却早就没有了。

　　宋代名臣范成大归隐苏州石湖，对于乡村节景，都喜发为吟咏，如"石门柳绿清明市，洞口桃红上巳山""桃杏满村春似锦，踏歌椎鼓过清明"诸句，读之使人神往！至于《四时田园杂兴》诸作，描写农家乐事，也是大可一读的。

端午景

周瘦鹃

农历五月五日，俗称"端午节"或"端阳节"，也有称为"重五节""天中节"的。苏沪一带旧俗，家家门前都得挂菖蒲、艾蓬；妇女头上都得戴艾叶、榴花；孩子们身穿画着老虎的黄布衫，更将雄黄酒在额上写一王字，并佩带绸制健人、雄黄荷包、袅绒铜钱、独瓣网蒜等一串。这一切的一切，都称为"端午景"。

旧时，有些迷信的人家，还在客堂里挂上一幅钟馗的画像，以为他能杀鬼。蒲蓬除挂在门上外，还要挂在床上，以蒲作剑，以蓬作鞭，再配上一个锤子形的蒜头，据说这都是用以吓退鬼物的。清代诗人吴曼云《江乡节物词》咏之以诗：

蒲剑截蒲为之，利以杀鬼，醉舞婆娑，老魅亦当退避。破他鬼胆试新硎，三尺光莹石上青。醉里偶然歌斫地，只怜蒲柳易先零。

末句调侃得妙，足以破除迷信。

此外又在门上床上张贴用彩纸画成的蛇、蝎、蜈蚣、壁虎、蜘蛛等五毒符，并在每一间房中，用铜脚炉焚烧苍术、白芷、芸香等，再点上一根蚊烟条，直烧得烟雾腾腾，都是可以去毒的。

这些旧风俗虽有迷信成分，却还是一种卫生运动。

孩子们所佩带的健人等物，我在幼年时代也曾佩带过；先母工女红，所以也善于做这小玩意儿。所谓"健人"者，是用彩绸缝制的一个小孩子，骑在一头小老虎背上，下面再加上裹绒的小铜钱、裹丝的小角黍、绸制的小荷包，内装雄黄或衣香。这几件东西用丝线联成一串，五色斑斓，美丽悦目，倒又是旧时代妇女们一种精细的手工艺了。此外又有所谓"长寿线"，是用五色的丝线编就，缚在孩子们的臂上，男左女右，用以验看将来的胖或瘦，线宽则瘦，线紧那就胖了。

端午景中最有意义的两件事，是裹角黍和划龙船，都是用以纪念我们的爱国大诗人屈原的。

角黍俗称"粽子"，用箬叶裹了糯米制成，中间以猪肉或猪油、豆沙为馅，作三角形，因名"角黍"。据说角黍创始于屈原的姐姐，从前每逢端午，人家用竹筒盛了米，投在水中祭屈原，以表敬意，角黍就是从竹筒盛米演变出来的。可是后来人们裹了角黍，只为满足口腹之欲，再也想不到投水祭屈原了。

龙船竞渡，三十余年前我住在上海时，曾到黄浦江边去躬与其盛。船共两艘，用彩绸扎满船身，龙头和龙尾都是特制的。划船的青年们，头裹彩帕，身穿彩衣、彩裤，雄赳赳气昂昂地把住了桨，锣鼓喧天声中，两艘龙船彼此竞赛，倏前倏后，各不相下，直到夺得了锦标才罢。相传这端午竞渡的旧俗，也是为了凭吊屈原自沉汨罗而作，并不是单单闹着玩的。宋代吴礼之有《喜迁莺·端午泛湖》词云：

梅霖初歇。乍绛蕊海榴，争开时节。角黍包金，香蒲切玉，是处玳筵罗列。斗巧尽输少年，玉腕彩丝双结。舣画舫，看龙舟两两，波心齐发。　　奇绝。难画处，激起浪花，飞作湖间雪。画鼓喧雷，红旗闪电，夺罢锦标方彻。望中水天日暮，犹自朱帘高揭。归棹晚，载荷香十里，一钩新月。

这词中对于端午景都略有咏及，而描写龙船竞渡，更有颊上添毫之妙。

茶 话

周瘦鹃

茶，是我国的特产，吃茶也就成了我国人民特有的习惯。无论是都市、是城镇，以至乡村，几乎到处都有大大小小的茶馆，每天自朝至暮，几乎到处都有茶客，或者是聊闲天，或者是谈正事，或者搞些下象棋、玩纸牌等轻便的文娱活动，形成了一个公开的群众俱乐部。

茶有茗、荈、槚几个别名。据《尔雅》说，早采者为茶，晚取者为茗，荈和槚是苦茶。吃茶的风气始于晋代。晋人杜育就写过一篇《荈赋》，对于茶大加赞美；到了唐代，那就盛行吃茶了。

茶树的干像瓜芦，叶子像栀子，花朵像野蔷薇，有清香，高一二尺。江苏、浙江、福建、安徽各省，都是茶的产地，如碧螺春、龙井、武夷、六安、祁门等各种著名的绿茶、红茶，都是我们所熟知的。茶树都种于山野间，可是喜阴喜燥，怕阳光怕水，倘不施粪肥，味儿更香。绿茶色淡而香清，红茶色香味都很浓郁，而味带涩性。绿茶有明前、雨前之分，是照着采茶的时期而定名的，采于清明节以前的叫作"明前"，采于谷雨节以前的叫作"雨前"，以雨前较为名贵。茶叶可用花窨，如茉莉、珠兰、玫瑰、木樨、白兰、玳玳都可以窨茶；不过花香一浓，就会冲淡茶香，所以窨花的茶叶，不必太好，上品的茶叶，是不需要借重那些花的。

吃茶有什么好处,谁也不能肯定。茶可以解渴,这是开宗明义第一章。有的人说它可以开胃润气,并且助消化,尤以红茶为有效。可是卫生家却并不赞同,以为茶有刺激神经的作用,不如喝白开水有润肠利便之效。但我们吃惯了茶的人,总觉得白开水淡而无味,还是要去吃茶,情愿让神经刺激一下的。

唐朝的诗人卢仝和陆羽,可以说是我国提倡吃茶的有名人物,昔人甚至尊之为茶圣。卢仝曾有一首长歌,谢人寄新茶,其下半首云:

……柴门反关无俗客,纱帽笼头自煎吃。碧云引风吹不断,白花浮光凝碗面。一碗喉吻润;两碗破孤闷;三碗搜枯肠,唯有文字五千卷;四碗发轻汗,平生不平事,尽向毛孔散;五碗肌骨清;六碗通仙灵;七碗吃不得也,唯觉两腋习习清风生。

夸张吃茶的好处,写得十分有趣;因此,"卢仝七碗"也就成了后人传诵的佳话。陆羽字鸿渐,有文学,嗜茶成癖,著《茶经》三篇,原原本本地说出茶之源、之法、之具,真是一个吃茶的专家。宋朝的诗人如苏东坡、黄山谷、陆放翁等,也都是爱茶的;他们的诗集中,就有不少歌颂吃茶的作品。

制茶的方法,红、绿茶略有不同,据说要制红茶时,可将采下的嫩叶铺满在竹席上,放在阳光中曝晒。晒了一会,便搅拌一会,等到叶子晒得渐渐萎缩时,就纳入布袋揉搓一下,再倒出来曝晒,将水分蒸散。然后装在木箱里,一层层堆叠起来,重重压紧，用布来遮在上面。等到它变成了红褐色透出香气来时，再从箱里倒出来晒干，放在炉火上烘焙。经过了这几重手续，叶子已完全干燥，而红茶也就告成了。制绿茶时，先将采下的嫩叶放在蒸笼里蒸一下，或铁锅上炒一下。到它带了黏性而透出香气来时，就倒出来，铺散在竹席上，用扇子把它用力地扇。扇冷之后，立即上炉烘焙，一面烘，一面揉搓，叶子就逐渐干燥起来。最后再移到火力较弱的烘炉上，且烘且搓，直到完全干燥为止，于是绿茶也就告成了。

过去我一直爱吃绿茶，而近一年来，却偏爱红茶，觉得酽厚够味，在绿茶之上；有时红茶断档，那么吃吃洞庭山的名产绿茶碧螺春，也未为不可。

在明代时，苏州虎丘一带也产茶，颇有名，曾见之诗人篇章。王世贞句云："虎丘晚出谷雨后，百草斗品皆为轻。"徐渭句云："虎丘春茗妙烘蒸，七碗何愁不上升。"他们对于虎丘茶的评价，都是很高的；可是从清代以至于今，就不听得虎丘产茶了。幸而洞庭山出产了碧螺春，总算可为苏州张目。碧螺春的特点，是叶子都蜷曲，用沸水一泡，还有白色的细茸毛浮起来。初泡时茶味未出，到第二次泡时呷上一口，就觉得"清风自向舌端生"了。

从前一般风雅之士，对于吃茶称为"品茗"。原来他们泡了茶，并不是一口一口地呷，而是像喝贵州茅台酒、山西汾酒一样，一点一滴地在嘴唇上"品"的。在抗日战争以前，我曾在上海被邀参加过一个品茗之会。主人是个品茗的专家，备有他特制的"水仙"、"野蔷薇"等茶叶，并且有黄山的云雾茶。所用的水，据说是无锡运来的惠泉水，盛在一个瓦铛里，用松毛、松果来生了火，缓缓地煎。那天请了五位客，连他自己一共六人。一张小圆桌上，放着六只像酒盅般大的小茶杯和一把小茶壶，是白地青花瓷质的。他先用沸水将杯和壶泡了一下，然后在壶中满满地放了茶叶，据说就是"水仙"。瓦铛水沸之后，就斟在茶壶里，随即在六只小茶杯里各斟一些些，如此轮流地斟了几遍，才斟满了一杯，于是品茗开始了。我照着主人的方式，啜一些在嘴唇上品，啧啧有声。客人们赞不绝口，都说："好香！好香！"我也只得附和着乱赞，其实觉得和我们平日所吃的龙井、雨前是差不多的。听说日本人吃茶特别讲究，也是这种方式，他们称为"茶道"，吃茶而有道，也足见其重视的一斑。我以为这样的吃茶，已脱离了一般劳动人民的现实生活，实在是不足为训的。

观莲拙政园

周瘦鹃

也许是因为我家祖祖辈辈传下来的堂名是爱莲堂的缘故,因此对于我家老祖宗《爱莲说》作者周濂溪先生所歌颂的莲花,自有一种特殊的好感。倒并不是为它出淤泥而不染,是花中君子,实在是爱它的高花大叶,香远益清,在众香国里,真可说是独擅胜场的。年年农历六月二十四日,旧时相传为莲花生日,又称"观莲节",我那小园子里的池莲、缸莲都开好了,可我看了还觉得不过瘾,总要赶到拙政园去观赏莲花,也算是欢度观莲节哩。

可不是吗?拙政园的水面,占全园面积的五分之三,池水沦涟,正可作为莲花之家;何况中部的堂啊,亭啊,轩啊,都是配合着莲花而命名的,因此拙政园实在是一个观莲的好去处。例如远香堂、荷风四面亭、倚玉轩,还有那船舫形的小轩"香洲",以至西部的留听阁,都是与莲花有连带关系而可以给你坐在那里观赏的。

我们虽为观莲而来,但是好景当前,不会熟视无睹,也总要欣赏一下;况且这个园子已被列为第一批全国重点文物保护单位之一,真该刮目相看。怎么叫作"拙政"呢?原来明代嘉靖年间,御史王献臣因不满于权贵弄权,弃官归隐,把这里大宏寺的一部分基地造了一个别墅,取名"拙政园"。王死后,他的儿子爱好赌博，就在一夜之间把这园子输掉了。到了公元一八六〇年，太平天国忠王李秀成攻下苏州时，就园子的一部分建立忠王府，作为发号施令的所在。

从东部新辟的大门进去，迎面就看到新叠的湖石，分列三面，傍石植树，点缀得楚楚可观，略有倪云林画意。进园又见奇峰几座，好像是案头大石供。这里原是明代侍郎王心一归田园遗址，有些峰石还是当年遗物。这东部是近年来所布置的，有土山密植苍松，浓翠欲滴；此外有亭有榭，有溪有桥，有广厅作品茗就餐之所。从曲径通到曲廊，在拱桥附近的水面上，先就望见一小片莲叶莲花，给我们尝鼎一脔。这是最近新种的；料知一二年后，就可蔓延开去了。从曲廊向西行进，就是中部的起点，这一带有海棠春坞、玲珑馆、枇杷院诸胜，仲春有海棠可看，初夏有枇杷可赏，一步步渐入佳境。走过了那盖着绣绮亭的小丘，就到达远香堂，顾名思义，不由得想起那《爱莲说》中的名句"香远益清，亭亭净植"八个字来，知道堂名就由此而得，而也就是给我们观莲的好地方了。

远香堂面对着一座挺大的黄石假山，山下一泓池水，有锦鳞往来游泳，堂外三面通廊，堂后有宽广的平台，台下就是一大片莲塘，种着天竺种千叶莲花，这是两年以前好容易从昆山正仪镇引种过来的。原来正仪镇上有个顾园，是元代名士顾阿瑛"玉山佳处"的遗址。在东亭子旁，有一个莲池，池中全是千叶莲花，据说还是顾阿瑛手植的，到现在已有六百多年，珍种犹存，年年开花不绝。拙政园莲塘中自从把原种藕秧种下以后，当年就开了花，真是色香双绝，不同凡卉。第二年花花叶叶，更为繁盛，翠盖红裳，几乎把整个莲塘都遮满了。并蒂莲到处都是，并且一花中有四五芯、七八芯，以至十三个芯的，花瓣多至一千四百余瓣。只为负担太重了，花头往往低垂着，使人不易窥见花蕊，因此苏州培养碗莲的专家卢彬士老先生所作长歌中，曾有"看花不易窥全面，三千莲媛总低头"之句，表示遗憾。其实我们只要走到水边，凑近去细看时，还是可以看到那捧心西子态的。今夏花和叶虽觉少了一些，而水面却暴露了出来，让我们欣赏那水中花影，仿佛姹娅欲笑哩。

远香堂西邻的倚玉轩，与船舫形的香洲遥遥相对，北面的斜坡上还有一个荷风四面亭，三者位在三个角度上，恰恰形成鼎足之势，而三处都可观莲，因为都是面临莲塘的。香洲贴近水边，可以近观；倚玉轩隔一条花街，可以远观；而荷风四面亭翼然高处，可以俯观；好在莲花解意，婉娈可人，不论你走到哪一面，都可以让你尽情观赏的。穿过了曲桥，从假山上拾级而登，就见一座楼，叫作"见山楼"，凭北窗可以看山，凭南窗可以观莲，并且也可以远观远香堂后的千叶莲花了。

走进别有洞天，就到了园的西部，沿着起伏的曲廊向西行进，就看到一座美轮美奂的花厅，分作两半。一半是十八曼陀罗花馆，庭中旧时种有山茶十八株，而曼陀罗就是山茶的别号，因以为名。另一半是三十六鸳鸯馆，前临池沼，养着文羽鲜艳的鸳鸯，成双作对地在那里戏水，悠然自得。池中种着白莲，让鸳鸯拍浮其间，构成了一个美妙的画面；正如宋代欧阳修咏莲词所谓"叶有清风花有露，叶笼花罩鸳鸯侣"，真是相得益彰，而大可供人观赏、供人吟味的。

向西出了三十六鸳鸯馆，向北走过一座小桥，就到了留听阁，窗户挂落，都是精雕细刻，剔透玲珑。我们细细体味阁名，原来是从那句"留得残荷听雨声"的古诗句上得来的。这个阁坐落在西部尽头处，去莲塘不远，到了秋雨秋风的时节，坐在这里小憩一会，自可听到残荷上淅淅沥沥的雨声的。

赏菊狮子林

周瘦鹃

节气已过小雪,而江南一带不但毫无雪意,天气还是并不太冷,连浓霜也不曾有过,菊花正开得挺好,正是举行菊展的好时光。大型的菊展,是在狮子林举行的。凡是苏州市各园林的菊花,几乎都集中于此,大大小小数千百盆,云蒸霞蔚地蔚为大观。

一进狮子林大门,就瞧见前庭陈列着不少盆菊,五色斑斓,似乎盛装迎客。沿着走廊北进,到了燕誉堂。堂前假山上、花坛里,都错错落落地点缀着菊花。堂上每一几,每一案,都陈列着大小方圆的陶盆、瓷盆,盆中都整整齐齐地种着细种、名种的菊花,真是形形色色、林林总总,任是丹青妙手,怕也没法儿一一描画出来。当初陶渊明所爱赏的,大概只有黄菊一种,怎能比得上我们今天的幸运,可以看到这样丰富多彩的各种名菊而大开眼界、大饱眼福呢!

这一带原是园中的建筑群。燕誉堂的后面,是一个小小结构的小方厅。从后院中,走出一扇海棠式的门,就到了揖峰指柏轩。再向西进,便是旧时建筑物中仅存的所谓古五松园。每一座厅、一座轩、一座堂,都陈列着多种多样的名菊,而这些厅堂前后都有院落,都有假山,也一样用多种多样的名菊随意点缀着。

这触处都是不可胜数的名菊,都是公园、拙政园、留园、狮子林、网师园等花工们一年劳动的结晶。

揖峰指柏轩的前面,有一条狭长的小溪,溪上架着一条弓形的石桥,桥栏上齐整地排列着好多盆黄色和浅紫色的小菊花,好像是两道锦绣的花边,形成了一条绚烂的花桥。站在轩前抬眼望去,可见一座座的奇峰、一株株的古柏,就可明了轩名揖峰指柏的含义。此外还有头角峥嵘的石笋和木化石,都是五六百年来身历兴废的古物,还是元代造园时就兀立在这里的。这一带的假山迂回曲折,路复山重,要是漫不经心地随意溜达,就好像误入了诸葛孔明的八卦阵,迷迷糊糊地找不到出路。

荷花厅在揖峰指柏轩之西,厅前有大天棚很为爽垲,这是供游客们啜茗休憩的所在。棚临大池塘,种着各色名种荷花,入夏大叶高花,足供欣赏。现在荷花没有了,却可在这里赏菊。原来花工们别出心裁,在前面连绵不断的假山上,像散兵线般散放着一盆盆黄白的菊花,远远望去,倒像是秋夜散布天际的星斗一样。出厅更向西进,有一个金碧辉煌的水榭,上有蓝地金字匾额,大书"真趣"二字,并没款识,据说是清帝乾隆所写的。西去不多远,有一只石造的画舫,窗嵌五色玻璃,十分富丽;现在船舷头、船尾上,都密集地安放着各色小型的盆菊,形成了一只美丽的花船。沿着长廊再向西去,由假山上拾级而登,就是赏梅所在的暗香疏影楼。出楼向南,得一亭,叫作"听涛亭",与荷池边的观瀑亭遥遥相对。原来这里是西部假山最高的所在,下有人造瀑布,开了机关,水从隐蔽着的水塔管中荡荡下泻,泻过湖石叠成的几叠水坝,活像山中真瀑,挂下一大匹白练来,气势磅礴,水声滔滔,边看边听,使人心腑一清。这是狮子林的又一特点，为其他园林所没有的。出亭，过短廊，入问梅阁。古诗云：

> 君自故乡来，应知故乡事。昨日绮窗前，寒梅着花未？

因阁下多梅树，就借用"问梅花开未"的意思，作为阁名。阁中桌凳，都作梅花形，窗上全是冰梅纹的格子，而又挂着"绮窗春讯"四字的横额，都是和梅花互相配合的。从这里一路沿廊下去，还有双香仙馆、扇子亭、立雪亭、修竹阁等建筑物，为了这一带已没有菊花，也就不用流连了。

访古虎丘山

周瘦鹃

对于苏州虎丘最有力的赞词，莫如《吴地记》中的几句话："虎丘山绝岩纵壑，茂林深篁，为江左丘壑之表。吴兴太守褚渊过吴境，淹留数日，登览不足，乃叹曰：'昔之所称，多过其实，今睹虎丘，逾于所闻。'斯言得之矣。"不错，耳闻不如目睹，到了虎丘，才会一样地赞叹起来的。何况解放以后这几年间，年年不断地加以整修，二山门外开了河，造了桥；修好了云岩寺塔、拥翠山庄；最近又整理了后山，跟前山打成一片，顿使这破败不堪的旧虎丘，一变而为朝气蓬勃的新虎丘。

开宗明义第一章，先得说一说虎丘的历史和传说。虎丘山又名海涌山，在城市西北八里许，高约十三丈，周约二百十丈。吴王阖闾葬在山中，当时以十万人造坟，临湖取土，用水银灌体，金银为坑。葬了三天，有白虎蹲踞坟上，因此取名"虎丘"。秦始皇东巡时，到了这里，要找寻给阖闾殉葬的扁诸、鱼肠等三千柄宝剑，正待发掘，却见一头虎当坟蹲踞着；始皇拔佩剑击虎，没有击中，却误中石上。那头虎向西逃跑二十五里，直到虎疁（即今之浒墅关）才失踪了。始皇没有找到宝剑，而他所误击的石竟陷裂而开始成池，因此叫作"剑池"。到了晋代，司徒王珣和他的弟弟司空王珉把这山作为别墅，据说云岩寺塔所在，还有王珣的琴台遗址哩。唐代因避太祖名讳，改虎丘为武丘，可是唐以后，仍又沿称虎丘了。古今来歌颂虎丘的诗词文章很多，美不胜收，而我却偏爱宋代方仲荀的一首诗：

> 海涌起平田，禅扉古木间。出城先见塔，入寺始登山。堂静参徒散，巢喧乳鹤还。祖龙求宝剑，曾此凿孱颜。

我以为他这样闲闲着笔写虎丘，是恰到好处的。

一个风和日丽、柳绿桃红的大好春天，我怀着十分愉快而又带一些骄傲的心情，偕同苏州市文物保管委员会同仁，走过了那条前年用柏油铺建的虎丘路，悠闲地踱上了虎丘山，先就来到了那座饱阅沧桑的云岩寺塔下。云岩寺塔是第一批全国重点文物保护的一个单位。过去在黑暗统治的时期里，它受尽了折磨，老是歪着头，破破烂烂地站在那里。解放以后，经过了几年的调查研究，做好了充分的准备，才在一九五六年给它整修起来。在整修过程中，人们在这七层的塔身里，发现了许多宝贵的文物，对于建筑、雕刻、丝织、刺绣、陶瓷、工艺各方面，都提供了有价值的历史艺术资料；并且从文字记载上，确定了这塔起建于公元九五九年，即周显德六年己未，而完成于公元九六一年，即宋建隆二年辛酉；屈指算来，它已足足达到了一千岁的高龄了。

出了塔，就到左旁的致爽阁去啜茗座谈。这是山上最高的一个建筑物，前后左右都有长窗短窗，敞开时月到风来，真可致爽，使人胸襟为之一畅。凭着后窗望去，远近群山罗列，耸翠堆蓝，仿佛是一幅山水大画屏，大可欣赏。阁中有老友蒋吟秋写作的一副对联:"高丘来爽气,大地展东风。"书法遒劲,语句写实而含新意。可不是吗?高丘来爽气,在这里就可以充分体验得到,而遥望山下许多的新工厂和新烟囱;虎丘公社到处绿油油的香花(茉莉、玳玳、玫瑰、珠兰)和农作物,工农业并驾齐驱,也就是"大地展东风"啊!

从致爽阁拾级而下,向左转,到了云岩寺大殿前,走下那名为"五十三参"的五十三步石级,再向左去,过了那个传说当年清远道士养鹤的养鹤涧,沿着山路行进,就可达到那新经整修、大片绿化的后山。这一带石壁的上面,有平远堂、小吴轩、玉兰房等建筑物,高低起伏,错落参差,有如古画中的仙山楼阁一般,都是可以远眺下望,流连休憩的所在。

虎丘的中心是千人石,是一块挺大的大磐石,坎坷高下,好像是用大刀阔斧劈削而成,面积足有一二亩大,寸草不生,这是别的山上所没有的。北面有一座生公讲台,据说当时人们都坐在石上听生公说法,因此石壁上刻有篆书"千人坐"三字,就是说这里是可容千人列坐的。旧时另有一个传说:阖闾当年雇工千人造坟,坟里有许多秘密的机关,造成之后,怕被泄露出去,因下毒手,将这一千工人杀死,借此灭口,后人就把这块大磐石叫作"千人石"。

这座生公讲台,又名"说法台",是神僧竺道生讲经的所在。传说他讲经时因为没有人相信,就聚石作为徒众,对他们大谈玄理,石都领会而点起头来。白莲池的一旁,有一块刻有篆体"觉石"二字的石,就是当时的点头石。这种神话,可发一笑,而"生公说法,顽石点头",后来却被引用作成语了。白莲池周围一百三十多步,巉石旁出,中有石矶,名为"钓月",池壁上刻有

"白莲开"三字,古朴可喜。旧时又有一个神话:当生公说法时,正在严冬,而池中忽然开出千叶白莲花来,妙香四溢。现在池中也种有白莲花,洁白如玉,入夏可供观赏。

穿过千人石向北行进,见有两崖似被划开,中涵石泉一道,这就是剑池。池广六十多步,水深一丈有半,终年不干,可惜并不太清。崖壁上刻有唐代颜真卿所写的"虎丘剑池"四个大字和宋代米元章所写的"风壑云泉"四个大字,都是有骨有肉的好书法。旧时传说秦始皇和孙权都曾在这里凿石找寻阖闾殉葬的宝剑和珍物,两人各无所得,而凿处就形成了这个深池。当年池水大概是很清的,可以汲饮,所以唐人李秀卿曾品为"天下第五泉"。宋代张拭曾有《剑池赞》云:

> 湛乎渊渟,其静养也。卓乎壁立,其自守也。历四时而无亏,其有常也。上汲而不穷,其川不胶也。其有似乎君子之德乎?吾是以徘徊而不能去也。

以池水一泓,而比作君子之德,确是极尽其赞之能事了。

我们这一次是专为访古而来,而探访云岩寺塔,更是最大的任务。此外,逢到了古迹,也少不得要停一停,瞧一瞧。一路从剑池直到二山门,又探访了那个刻着陈抟像和吕纯阳像的二仙亭,那个曾由陆羽品为第三泉的石井,那个采取苏东坡"铁花绣岩壁"诗句而命名的铁花岩,那个利用就地山石雕成观世音像的石观音殿,那个百代艳名齐小小的真娘墓,那个一泓清味问憨憨的憨憨泉,那个相传吴王试过剑的试剑石,那个相传生公枕过头的枕头石。一路走,一路瞧,瞧它们还是别来无恙,我们也就得到了安慰。冷香阁下的梅花早已谢了，要看红苞绿萼，还须期之来年，因此过门不入。最后就到了拥翠山庄，这是一座山林中的小小园林，而又是当年赛金花的丈夫苏州状元洪文卿所发起兴建的。中有灵澜精舍、不波小艇、石驾轩、问泉亭等，气魄不大，而结构精巧。我们在这里流连半晌，便商量作归计；回头遥望云岩寺塔，兀立斜阳影里，仿佛正在那里对我们依依惜别呢。友人尤质君题诗云：

胜迹端凭妙笔传，溪山如画客情牵。十年阊阖新栽柳，七里山塘旧放船。致爽阁风吹不断，云岩寺塔故依然。支筇未信衰腰脚，还欲追登海涌巅。

瘦鹃作和云：

虎阜名高亘古传，一丘一壑总心牵。冷香阁下停华毂，绿水桥边系画船。百尺清泉仍湛若，千年古塔尚巍然。却因放眼还嫌窄，愿欲从君泰岱巅。

观光玄妙观

周瘦鹃

　　同志，您到过苏州吗？如果到过苏州，那么您一定逛过玄妙观了。因为它坐落在城市的中心，仿佛一头巨兽，张口雄踞在那里，一天到晚不知要吐纳多少人。它的东西南北，都有通道，而前面的那条大街，就因这座玄妙观而称为"观前街"，可说是苏州市商业的心脏，一个最繁盛的地区。

　　远在公元二七七年前后，距今大约已有一千六百八十多年了，时在晋代咸宁中叶，苏州就有一个真庆道院，是道教的圣地。相传当初吴王阖闾曾在这个地点兴建他的宫殿，壮丽非凡，到得公元七二八年前后，在唐代开元中叶，就改名为"开元宫"。末了有将军孙儒勾结朱全忠兴兵叛变，攻入苏州，烧开元宫，只剩下了正殿和山门，巍然独存，乱平，才重行修建。到公元一〇〇九年，即宋代大中祥符二年，又改名为"天庆观"。淳熙六年，那正中供奉圣祖天尊的圣祖殿突然失火，随即重建，改名为"三清殿"，直到如今。公元一二六四年，即元代至元元年，把天庆观改名为"玄妙观"。至正末年，张士诚起义失败，在兵乱中又毁于火。公元一三七一年，即明代洪武四年，玄妙观早已修复，又改名为"正一丛林"。到了清代康熙年间，因康熙帝名玄烨，为了避讳之故，改作"圆妙观"。以后由清代中叶以至民国，却又恢复了"玄妙观"的旧称。看了玄妙观的历史沿革,真是变化多端,建了又毁,毁了又建,连名称也一改再改,莫名其妙。足见保存一个古迹,真是颇不容易的。

　　玄妙观中原有二十五殿,是个建筑群,现在却只剩下祖师殿、真人殿、天后殿、雷尊殿、星宿殿、火神殿、机房殿、药王殿、文昌殿、太阳宫,再加上一个最近失火被毁的东岳殿,已不到半数了。正中的三清殿,是最大的一个,俨然是各殿的老大哥。殿中供奉着三尊像,就是三清像,每尊各高五丈许,金光灿烂,宝相庄严。据旧时志书载称,殿高十二丈,用七十四根大柱子支撑着。这大概是原始的记录,足见建筑的雄伟。可是因为历代迭经改建,早就打了个很大的折扣。殿上盖着两重大屋顶,四角有高高翘起的飞薨,屋脊两端的大龙头,还是宋代的砖刻,十分工致。正中有铁铸的平升三戟,也是古意盎然。殿内的承尘上,原有鹤、鹿、云彩和暗八仙等彩绘的藻井,所谓"暗八仙",就是传说中的八仙吕洞宾、铁拐李等所佩带的宝剑、芦葫等八种东西,本是丰富多彩的,却因历年来点烛烧香,乌烟瘴气,以致熏灼得模糊不清了。西壁上有挺大的一块石刻"老君"画像,原是唐代大画家吴道子的手笔,而由宋代名手照刻的,上面还有唐玄宗的像赞和颜真卿的题字,自是一件宝贵的文物。殿前横额,是朱地金字的"妙一统元"四字,笔致遒劲,并不署名,相传这还是元代金兀术的真迹,像他这么一个暗呜叱咤的武将,怎么写得出这一手好字,这毕竟是民间传说罢了。那么是谁写这四个字的呢?其实是清初吴江的书家金之俊,曾有人说他是金圣叹的叔父,却不可靠。殿门有一座青石的平台,三面石栏,原是五代遗制,由巨匠加工雕刻而成,在艺术上自有一定的价值,不过现在只残存一部分了。

老一辈的苏州人，总津津乐道三清殿后面原有的一座弥罗宝阁，是当时整个玄妙观中最精美的建筑物，上下共三层，像三清殿一般高大，据说是明代正统年间，由巡抚周忱和苏州知府况钟监造的。人们要是看过昆剧《十五贯》，总很熟悉这两个人物。况钟在那个时代，是苏州不可多得的好官。这座阁共有六十根用青石凿成的大柱子，每柱各有六面，一共就有三百六十面，面面雕着天尊像，并且全有名号，作为一年三百六十天的象征，倒也很有意思。阁上第一层供奉着"万天帝主"，左右供奉着三十六天将；第二层上供奉着"万星帝主"，左右供奉着"花甲星宿如尊"；第三层上有刘海蟾像的石刻，原来是松江大画家杨芝所画的。清初词人陈其年《秋日登弥罗宝阁》，曾宠之以词，调寄《沁园春》云：

> 肃肃多阴，萧萧以风，危乎高哉。见飞甍复榭，虹霓轇轕；楳梁藻井，龙鬼毱毸。灯烛晶荧，铎铃戛触，虎篆雷音百幅裁。锵剑佩，是南陵朱鸟，北极黄能。　玲珑月殿云阶，况珠斗斓斒绝点埃。正井公夜戏，犀枰象博；麻姑昼降，绣帔瑶钗。叱日呼烟，囚蛟锁魅，五利文成未易才。银鸾背，笑蟾蜍窟里，金粟争开。

读了这首词，可以想象当年的盛况。可惜四十年前，阁中不知为何起了一场大火，竟化为灰烬了。后由地方士绅在这里造了一座中山堂，用以纪念孙中山先生。解放以后，一度改作第一工人俱乐部，给工人兄弟们作为文娱活动的场所。近三年来，南门已造好了工人文化宫，这里就改为观前电影院。要是还有谁发思古之幽情，提起这危乎高哉的弥罗宝阁来，大家都会茫然哩。

可不要小觑了这一座城市中的小小道观，据说旧时内外竟有三十六景之多，内景、外景，各有十八个。其实无所谓景，只是历代留下的许多古迹。可是为了一年年饱阅沧桑，有的虽还存在，大半却已找不到遗迹了。现在可以供我们流连欣赏的，不过是三清殿前那座青石平台上的一部分石阑和殿内那块吴道子所画老君像的石刻；此外引人注目的，那就是殿外东面地上的一大块没字碑，巍巍然耸立在那里，已经几百度春秋了。原来明代洪武年间，大文学家方孝孺写了一篇大文章，就有人给刻在这块碑上，铁划银钩，不同凡品。后来朱棣硬从他侄子的手里篡夺了皇位，自称永乐帝，定要方孝孺给他写一道诏书，诏告天下。方孝孺天生一副硬骨头，誓死不从，因此牺牲了生命；并且十族都被株连，同遭残杀，连这大石碑上的碑文也不能幸免，全被铲除，就变成了一块无字碑。然而这碑上虽不着一字，却永远默默地在控诉着暴君的罪恶。

其他列入三十六景之内的，有水火亭、四角亭、六角亭、五十三参、一人弄、五鹤街、一步三条桥、和合照墙、麒麟照墙、望月桶、三星池、七泉眼、半月石水盂、运木古井、鱼篮观音碑、靠天吃饭碑、永禁机匠叫歇碑、八骏图石刻、赵子昂手书三门记石刻、坐周仓立关公像，等等，真是五花八门，名目繁多，可惜的是现在十之七八都已找不到了。祖师殿前庭，有一座长方形的古铜器，名"武当山"，似是殿宇的模型，高四尺许，横五尺许，下有石座，高四五尺，这铜器铜色乌黑，上有裂纹。据说是宋代的作品，虽不像夏鼎商彝那么名贵，却也是玄妙观的一件"传家之宝"。

玄妙观中并没有什么宝塔，而三十六景内却有所谓"双宝塔"，其实并不是真的宝塔，而是东岳殿前庭的两株大银杏树。相传是宋代的遗物，分立两边，亭亭直上，好像是两座宝塔一样。每一株的树干粗可二三人合抱，枝叶四张，绿沉沉地荫满一庭；虽非宝塔，却是玄妙观的宝树。不料前年东岳殿失火，祸延银杏，直烧得焦头烂额，面目全非，虽然生机未绝，却已不像宝塔了。

过去的玄妙观，全是些杂货和饮食的店和摊，以及所谓"九流三教"的营生，全都集中在这里，杂乱无章，简直把那些富有历史价值和艺术价值的古文物，全都淹没了。一九五六年春，苏州市人民委员会就鸠工庀材，把它整理起来，顿时焕然一新，给观前街生色不少。正山门的两翼，有两座新式的三层大楼，一般人以为跟古式的正山门不大调和，何必画蛇添足。其实这是早就有了的，拆去未免可惜，所以刷新了一下，利用它们辟作商场。现在东面的大楼，是工艺美术品的陈列馆和服务部，苏州著名的刺绣、缂丝、雕刻、檀香扇等，应有尽有，满目琳琅，充满着艺术的气氛，使人目迷五色，恋恋不忍舍去。

玄妙观整修以后，古为今用，曾不止一次地在三清殿举行文物展览会和书画展览会；而最为别致的，是举行过一个饮食品展览会，给"吃在苏州"做了一个有力的说明。会中陈列佳肴美点一千余种，都是全市制菜制点名手的劳动结晶品。每一种佳肴和每一种佳点，都有一个五彩的结顶，用各种色彩的面和粉做成人物、花果、龙凤、"暗八仙"和十二生肖，等等，制作非常精巧，不知要费多少工夫。其中最引人注目的，是黄天源冯秉钧老师傅手制的一座三清殿全景，全用糯米粉制成，黑白分明，色调朴素；每一扇门，每一根柱子，都很精细地给塑造了出来，连殿前平台的三面石阑和一只古铜鼎，也一应俱全，真是一件匠心独运的艺术品；只因体力劳动和脑力劳动互相结合起来，才有这样美好的成果。

这一座享寿一千六百多岁的玄妙观，终于换上了崭新的面貌，返老还童了。加上这几年来从事绿化，辟了花圃，种了许多柏、榆、桂和桃树等，更见得勃勃有生气。一年到头，不但苏州市民趋之若鹜，就是从各地来的游客以及国际友人们的游览日程表上，"观光玄妙观"也是一个必要的节目。

苏州园林甲江南

周瘦鹃

江南园林甲天下,苏州园林甲江南。

这是前人对于苏州园林的评价。的确,苏州的园林,是一种艺术的结晶品,是由劳动人民费了不少心力创造出来的。

为什么苏州有很多园林呢?原因是在封建时代,有许多官僚地主和士大夫之流,看到苏州地方山明水秀,大可终老,于是请画师和专家们构图设计,鸠工庀材,造起一座一座园林来。当然,这些造园的钱,都是从人民头上剥削来的。

苏州园林的建造,是中国民族遗产的绘画、诗文、书法的综合体现,一般都富有诗情画意。城外一些园林的特点,在于尽可能利用自然;城内的园林,不能利用自然,那就模仿自然,例如掘池沼,堆山石,种树木,以构成自然的景色,然后就适当的环境,布置适当的建筑物。

构造园林时,首先是就园地的面积和形势,做出一个大致轮廓,定出主景部位,包括主山、主水、主要场地和主要建筑等;其次是察看地势的适宜处,逐步考虑叠石种树,安置附从建筑物,连接走廊、桥梁、道路和其他较小的部分。这个创造过程是一气呵成的,也是逐步发展的。苏州园林的景物,不论主景和次景，都是这样布置起来的。它们都有疏处、密处，并且高下曲折，互相掩映，处处有变化，处处却有呼应，务使在多种多样变化中求得统一，使整个园林，具有一种独特的风格。如拙政园以幽雅胜，留园以精致胜。

苏州园林在国民党反动派统治时期和日本军阀入寇时候，都被任意摧残，以致日就荒废。解放以后，经人民政府组织园林整修委员会逐一加以整修，每个园林不过花了三四个月时间，并尽量利用旧料和旧的装修，力求保持原来风格。今将已经整修而开放的六园，依创始先后，一一介绍如下：

沧浪亭

沧浪亭在南门内人民路三元坊学宫南，五代吴越时，是广陵王元璙的池馆。宋代庆历年间，大诗人苏舜钦子美出四万钱买了下来，他在北碕傍水处造了一座亭子，命名为"沧浪亭"，还作了一篇传诵一时的《沧浪亭记》。子美逝世后，屡次易主，后为章申公家所有，把原来的地面扩大，建造了阁和堂，并且买进了亭北跨水的洞山，造成了两山相对的雄关。南宋建炎年间，又为抗金名将韩世忠所得。由元代至明代，废作僧居。明代嘉靖年间，又改建为纪念韩世忠的韩蕲王祠。

清康熙年间，先建造了苏公祠，后在山巅造了个亭子，找到明代大书画家文徵明隶书的"沧浪亭"三字，揭在额上，还造了自胜轩、观鱼处和一个题为"步碕"的长廊。道光七年，巡抚梁章巨重修时，因他自己姓梁，添造了一间楼，以祠梁鸿。太平天国大军攻入苏州时，亭又被毁，直到同治十二年才把它修复，还造了一座明道堂。堂后是东菑和西爽；西面是五百名贤祠，壁上石刻，全是苏州自周初到明末的五百多个所谓名贤的画像。当然，这些人的历史评价，必须站在人民的立场，重新加以考虑，但在考古方面，无疑是有历史价值的。祠南为翠玲珑，以北为面水轩，藕花水榭，都是临水而筑的。沧浪亭的妙处也就在大门外临水一带，水中旧有莲花极多，入夏花繁叶茂，一水皆香。可惜在抗日战争时给敌伪搞得荡然无存，现在已经补种了一些，并在对岸种了许多碧桃和垂柳。

沧浪亭的特点，在于内景与外景互相结合，亭榭水石，参差错落，掩映有致；而复廊蜿蜒而东，廊壁花窗（又名漏窗）一百余种，形式各个不同，更是绝妙的图案画。南部的看山楼，在石屋上起建，石屋名"印心"，结构精妙，登楼一望，远山隐隐，都在眼前，而墙外南园一带的农田景色，也一览无余。

狮子林

狮子林在城东北部，位于新辟的园林路。创建于元代至正年间，本来是菩提正宗寺的一部分，清乾隆年间，改称"画禅寺"。园子在寺的东部。最初系僧人天如禅师和他的高徒维则特地邀请了当代倪云林、朱德润、徐幼文等大画家和十余位艺术家共同设计，而绘图的就是倪云林，所以更觉难得。只因佛书中有狮子座，就定名为"狮子林"。

园中假山独多，全用太湖石堆叠而成，嵌空玲珑，盘旋曲折，游人穿行这些繁复非常的假山时，往往峰回路转，尽在那迷离的山径中摸索，几乎找不到出路。可惜因为历年已久，经过后人一再整修，未免有些儿走样，但那本来面目，还是依稀可辨。

园中旧有许多名胜，现在大半存在，并有许多松柏等乔木点缀其间，更觉美具难并。元末，张士诚的女婿潘元绍曾经居住园中。清代康熙、乾隆二帝南巡，都曾到过此园。相传乾隆曾在一座亭子里眺望园景，写了"真有趣"三字，作为园中匾额。当时有一个随从的大臣以为不雅，请求把中间的"有"字赐予他，于是剩下了"真趣"二字。此亭此额至今尚存，并且整修得富丽堂皇。

此园后来为上海巨商贝润生所得。贝原为苏人，以颜料起家，他把狮子林大大修葺了一下，并且加上了一只金碧辉煌的旱船。贝死后，年久失修，解放后由苏州市园林整修委员会做局部整理，后又修了"指柏轩"和"古五松园"，都尽力保持旧时朴素的风格。在"问梅阁"附近，也修好了人造瀑布，一开机关，水就倾泻而下，好像一匹白练，水声淙淙，如鸣瑟筑，这倒是其他园林所没有的。

拙政园

拙政园在娄门内东北街。明代嘉靖年间，御史王献臣将原来大宏寺的废址改为别墅；他因晋代潘岳做官不得意，退归田园，种树种菜，曾有"此亦拙者之为政也"一句话，所以他就以潘岳自比，名其园为拙政园。后来他的儿子因赌博输了钱，把它卖给徐姓。清初为大学士陈之遴所得。那时园中有一株宝珠山茶，初春着花烂漫，红艳可爱，诗人吴梅村曾作长歌赞美过它。后来陈之遴因事获罪，被放逐到关外去，园地也被没收。以后一度归吴三桂的女婿王永宁，吴败，又被没收入官。再后几经变迁，到咸丰庚申年间，太平天国忠王李秀成攻下了苏州，就把它作为王府，成为人民革命史上一个很宝贵的遗迹。同治十年，改为八旗奉直会馆。入民国后，虽未开放，但游人只需出些钱给守门的，便可进去游览，但是堂宇亭榭，都已破旧了。抗战期间，曾为伪江苏省政府盘踞。胜利后，又一变而为社教学院。解放后，初由苏南文物保管委员会接收，略加修葺，即行开放。后来改归苏州市园林管理处管理，力求改善，大加整修，中断的走廊、坍毁的亭榭和湮没的花街，都一一修复，使全园景色，顿觉楚楚可观。

一进园门，就可瞧见一株枯干虬枝的紫藤，前有"文衡山先生手植藤"一碑，原来是明代大书画家文徵明所手植，历时四百余年，却老而弥健，暮春繁花齐放，美艳夺目，真如遮上了一个紫绿大天幕。走进二门，迎面就是一座假山，上多老树，浓翠欲滴。沿着山边走廊过桥，就是四面开窗的"远香堂"。向东行进，有"枇杷院""海棠春坞""玲珑馆"诸胜。更东是一片新辟的园地，占地约二十余亩。

远香堂西面有"南轩"，更西为"香洲"，是一座船舫式的建筑物；这一带更有"小沧浪""小飞虹""玉兰堂"诸胜，水石花木，互相映带，饶有清幽之趣。西边假山上有"见山楼"，楼下有轩，三面临水，向有莲花很多，炎夏在此赏莲，心目俱爽。

拙政园西部，旧时划归西邻张氏，别称"补园"。这里的结构，于花木水石之外，厅堂亭榭密集，和中部的疏朗各有佳处。南有一厅，隔而为二，面北的名"卅六鸳鸯馆"，窗外池塘中蓄有鸳鸯对对；面南的名"十八曼陀罗馆"，庭前种山茶十余株。此外还有象形的"笠亭""扇亭"，雕刻特精的"留听阁"，为尊重文徵明、沈石田二位大师而建的"拜文揖沈之斋"等建筑。极西有一道水廊，系用黄石、湖石堆砌，设计别具匠心。

拙政园的特点在于多水，水的面积约占全园五分之三，亭榭楼阁，大半临水，所以用桥梁或走廊彼此联系。水中都种莲花，到了夏季，万柄摇风，香远益清，简直是一片莲花世界了。

留　园

留园在阊门外虎丘路，原为明代太仆徐同卿旧居。清代嘉庆初年，为观察刘蓉峰所得。刘性爱石，所以园中搜罗了奇峰怪石很多，为其他园林所不及。光绪初年，归武进盛旭人，改称"留园"。

全园面积五十余亩，结构布局，富丽工巧。建筑物特多，到处有亭台楼阁，轩榭厅堂，它们全用走廊曲曲折折地联系起来。解放以前，屡遭摧残，破坏不堪。现已整修得美轮美奂，恢复旧观。

园的中部，以"涵碧山房"为主体，它前面有荷花池，另三面都有重叠的假山。东有"观鱼处"，西有"闻木樨香轩"，北有"自在处""明瑟楼"，假山高处还有"半亭"。这一带有山有水，有树龄数百年的古树，是一幅绝妙的山水画。

"五峰仙馆"俗称"楠木厅"，是全园最大的一个厅，前庭叠石，全是当时刘蓉峰搜罗来的。他曾替它们题上了"青芝""印月""一云""仙掌"等名称，总称"十二峰"，只因其中有的像猴，有的像鸡，有的像……所以后人就管它叫"十二生肖石"。从西边"鹤厅"前进，是玲珑曲折的"揖峰轩"和"还我读书处"，这里每一小庭都有石峰石笋。由"五峰仙馆"沿着走廊向北，经"冠云台"就到了俗称"鸳鸯厅"的"林泉耆硕之馆"。这座建筑的窗、门、挂落、挂灯等，雕刻得都很精细，它是全园最精美的处所。对面有一座狭长形的楼，名"冠云楼"，登楼可以看山。楼下有三座奇峰，恰与"林泉耆硕之馆"相对。

从"冠云楼"下来，经竹楼西行到"又一村"，在一片桃、杏中有瓜架构成的竹廊。更向南进，便见土山一座，名"小蓬莱"，系用大小黄石与土壤相间叠成，很自然。山上有亭二座，顶有大枫树十余株，绿荫如盖，深秋变作猩红，灿如霞彩，真所谓"霜叶红于二月花"了。山下有小溪蜿蜒向南，到"绿溪行"，和长廊相接，廊尽处有水榭，名"活泼泼地"，小小结构，装修得特别精致，倘以文章作比，那么这是六朝骈俪的小品文了。由此过窄廊出门，就接连中部的"涵碧山房"。

怡　园

怡园在南门内人民路乐桥之西，本为明代尚书吴宽故宅的一部分；太平天国失败后，为顾姓所得，就在住宅西部造园，命名"怡园"。怡园占地不多，而结构精巧，厅堂亭榭，位置得当，并能吸收其他园林的长处，加以融会贯通。

进了园门，经竹林小径前进，过"玉虹亭"，就到"石听琴室"，室外一角，有双峰并立，似在听琴。沿着曲廊进去，就到了全园的精华所在，假山绵延，亭榭相望，莲塘澄澈，古木参天，好像是《红楼梦》里的一幅大观园图，展开在面前，使人看了心旷神怡。

这里的假山，当初全是搜罗了其他废园中上好的太湖石，由名手设计堆叠而成，所以不论是竖峰、横峰、花台、驳岸所用的，都玲珑剔透；就是三块平凡的大石，因为安排得法，而且刻上了"屏风三叠"四个大字，也觉得突出而动目。山并不高，而布置得十分自然，"小沧浪"一带，尤其不凡，从莲塘北面山洞中进去，侧身从暗处石罅中拾级登山，可达山顶的"螺髻亭"。出"慈云洞"为"抱绿湾"，沿塘绕山而北，入"绛霞洞"，自下而上，又自上而下，使人迷迷糊糊，不知所从，这又是设计者在使狡狯捉弄人了。

莲塘上有曲桥通至"藕香榭"，再向西，经"逐窟""碧梧栖凤精舍"，就到形如画舫的"舫斋"，上有小阁，因窗外有松，可听松涛，所以叫"松籁阁"。再进即俗称"牡丹厅"的大厅，厅前种有牡丹。出厅由走廊转至"藕香榭"后，穿梅林，到"岁寒草庐"，前庭后庭，都用奇峰怪石随意点缀，更有石笋多株，和古柏、老梅、方竹等互相掩映，饶有诗情画意。

网师园

网师园在葑门内阔街头巷，前身是南宋时代侍郎史正志"万卷堂"故园的一部分，园名"渔隐"，占地极大。他死后被后裔出卖，一分为四。清代乾隆年间，归于退休的官僚宋宗元，大修了一下，取名"网师园"。宋去世之后，荒废了三十年，没人过问。直到嘉庆年间，才由一个名叫瞿远村的买了去，重行布置，格局一新，人称"瞿园"。到了光绪年间，归于合肥李鸿裔，作为晚年颐养之所，一时达官贵人，文人雅士，常在这里置酒高会，赋诗唱和，就成了一座名园。近四十年间，先后为张氏、何氏所得，一修再修，又起了变化。在抗战至胜利期间，大遭破坏，日就荒芜。直到近几年间，由苏州市园林管理处接收下来，经之营之，费了不少人力物力，才恢复了它的青春。

园以大池塘为中心，建筑物以面南的看松读画轩为中心，轩前乔松古柏，苍翠欲滴，遥对黄石假山，峰峦突兀。旁有濯缨水阁，栏楯临水，自有"沧浪水清，可以濯缨"的意味。池塘南面都有曲廊，逶迤起伏，以"樵风径""射鸭廊"为名；而所有亭台轩榭，也给连接了起来。其中如"月到风来亭""竹外一枝轩""潭西渔隐""小山丛桂轩""琴室""蹈和馆"等，都是游人流连游眺的好去处。

从"看松读画轩"出来，沿着曲廊向右转，就到了另一境界，以"殿春簃"为中心建筑。旧时，前庭满种芍药，为了芍药开在春末，此屋因以"殿春"为名。现在虽已改种了蔷薇和月季，而花期正和芍药相同，所以"殿春"两字还是适用的。这一带叠石为山，洞壑幽深，中有清泉一泓，名"涵碧泉"，其上一亭翼然，名"冷泉亭"，在这里小坐看泉，自有一种静趣。

网师园虽面积不大，而布局却十分紧凑。除了庭园部分外，另有一部分是建筑群，厅堂楼阁，一应俱全，而仍有庭院树石作为陪衬，并不觉其单调。在苏州的园林中，网师园是较小的一个，如果以文章作比，可以比作一篇班香宋艳的绝妙小品文。

苏州的园林太多了，现在只将以上业经整修而开放的六处介绍出来，一则因为它们是宋、元、明、清四个朝代的民族遗产；二则因为它们的结构布局，也足以代表苏州一切园林的风格。我们在整修工作上虽已做了最大的努力,当然还有许多缺点,有待以后逐年的改善。我们一定要把苏州所有的园林,整修得尽善尽美,才不负"苏州园林甲江南"的美名。

多鼠斋杂谈

老 舍

一 戒酒

并没有好大的量,我可是喜欢喝两杯儿。因吃酒,我交下许多朋友——这是酒的最可爱处。大概在有些酒意之际,说话做事都要比平时豪爽真诚一些,于是就容易心心相印,成为莫逆。人或者只在"喝了"之后,才会把专为敷衍人用的一套生活八股抛开,而敢露一点锋芒或"谬论"——这就减少了我脸上的俗气,看着红扑扑的,人有点样子!

自从在社会上做事至今的廿五六年中,虽不记得一共醉过多少次,不过,随便地一想,便颇可想起"不少"次丢脸的事来。所谓丢脸者,或者正是给脸上增光的事,所以我并不后悔。酒的坏处并不在撒酒疯,得罪了正人君子——在酒后还无此胆量,未免就太可怜了!酒的真正的坏处是它伤害脑子。

"李白斗酒诗百篇"是一位诗人赠另一位诗人的夸大的谀赞。据我的经验,酒使脑子麻木、迟钝,并不能增加思想产物的产量。即使有人非喝醉不能作诗,那也是例外,而非正常。在我患贫血病的时候,每喝一次酒,病便加重一些;未喝的时候若患头

"昏"，喝过之后便改为"晕"了，那妨碍我写作！

对肠胃病更是死敌。去年，因医治肠胃病，医生严嘱我戒酒。从去岁十月到如今，我滴酒未入口。

不喝酒，我觉得自己像哑巴了：不会嚷叫，不会狂笑，不会说话！啊，甚至于不会活着了！可是，不喝也有好处，肠胃舒服，脑袋昏而不晕，我便能天天写一二千字！虽然不能一口气吐出百篇诗来，可是细水长流地写小说倒也保险；还是暂且不破戒吧！

二　戒烟

戒酒是奉了医生之命，戒烟是奉了法币的命令。什么？劣如"长刀"也卖百元一包？老子只好咬咬牙，不吸了！

从廿二岁起吸烟，至今已有一世纪的四分之一。这廿五年养成的习惯，一旦戒除可真不容易。

吸烟有害并不是戒烟的理由。而且，有一切理由，不戒烟是不成。戒烟凭一点"火儿"。那天，我只剩了一支"华丽"。一打听，它又长了十块！三天了，它每天长十块！我把这一支吸完，把烟灰碟擦干净，把洋火放在抽屉里。我"火儿"啦，戒烟！

没有烟，我写不出文章来。廿多年的习惯如此。这几天，我硬撑！我的舌头是木的，嘴里冒着各种滋味的水，嗓门子发痒，太阳穴微微的抽着疼！——顶要命的是脑子里空了一块！不过，我比烟要更厉害些：尽管你小子给我以各样的毒刑，老子要挺一挺给你看看！

毒刑夹攻之后，它派来会花言巧语的小鬼来劝导："算了吧，也总算是个老作家了，何必自苦太甚！况且天气是这么热；要戒，等到秋凉，总比较的要好受一点呀！"

"去吧！魔鬼！咱老子的一百元就是不再买又霉、又臭、又硬、又伤天害理的纸烟！"

今天已是第六天了，我还撑着呢！长篇小说没法子继续写下去，谁管它！除非有人来说："我每天送你一包'骆驼'，或廿支'华福'，一直到抗战胜利为止！"我想我大概不会向"人头狗"和"长刀"什么的投降的！

三　戒茶

我既已戒了烟酒而半死不活，因思莫若多加几种，爽性快快地死了倒也干脆。

谈再戒什么呢？

戒荤吗？根本用不着戒，与鱼不见面者已整整二年，而猪、羊肉近来也颇疏远。还敢说戒？平价之米，偶尔有点油肉相佐，使我绝对相信肉食者"不鄙"！若只此而戒除之，则腹中全是平价米，而人也决变为平价人，可谓"鄙"矣！不能戒荤！

逼不得已，只好戒茶。

我是地道中国人，咖啡、蔻蔻、汽水、啤酒，皆非所喜，而独喜茶。有一杯好茶，我便能万物静观皆自得。烟、酒虽然也是我的好友，但它们都是男性的——粗莽，热烈，有思想，可也有火气——未若茶之温柔，雅洁，轻轻地刺戟，淡淡地相依；茶是女性的。

我不知道戒了茶还怎样活着，和干嘛活着。但是，不管我愿意不愿意，近来茶价的增高已教我常常起一身小鸡皮疙瘩！

茶本来应该是香的，可是现在卅元一两的香片不但不香，而且有一股子咸味！为什么不把咸蛋的皮泡泡来喝，而单去买咸茶呢？六十元一两的可以不出咸味，可也不怎么出香味，六十元一两啊！谁知道明天不就又长一倍呢？

恐怕呀，茶也得戒！我想，在戒了茶以后，我大概就有资格到西方极乐世界去了——要去就抓早儿，别把罪受够了再去！想想看，茶也须戒！

四　猫的早餐

多鼠斋的老鼠并不见得比别家的更多，不过也不比别处的少就是了。前些天，柳条包内，棉袍之上，毛衣之下，又生了一窝。

没法不养只猫子了，虽然明知道一买又要一笔钱。"养"也至少须费些平价米。

花了二百六十元买了只很小很丑的小猫来。我很不放心。单从身长与体重说，厨房中的老一辈的老鼠会一日咬两只这样的小猫的。我们用麻绳把咪咪拴好，不光是怕它跑了，而是怕它不留神碰上老鼠。

我们很怕咪咪会活不成的，它是那么瘦小，而且终日那么团着身哆里哆嗦的。

人是最没办法的动物，而他偏偏爱看不起别的动物，替它们担忧。

吃了几天平价米和煮苞谷，咪咪不但没有死，而且欢蹦乱跳的了。它是个乡下猫，在来到我们这里以前，它连米粒与苞谷粒大概也没吃过。

我们总觉得有点对不起咪咪——没有鱼或肉给它吃，没有牛奶给它喝。猫是食肉动物，不应当吃素！

可是，这两天，咪咪比我们都要阔绰了；人才真是可怜虫呢！昨天，我起来相当的早，一开门咪咪骄傲地向我叫了一声，右爪按着个已半死的小老鼠。咪咪的旁边，还放着一大一小的两个死蛙——也是咪咪咬死的，而不屑于去吃，大概死蛙的味道不如老鼠的那么香美。

我怔住了，我须戒酒、戒烟、戒茶，甚至要戒荤，而咪咪——会有两只蛙、一只老鼠作早餐！说不定，它还许已先吃过两三个蚱蜢了呢！

五　最难写的文章

或问：什么文章最难写？

答：自己不愿意写的文章最难写。比如说：邻居二大爷年七十，无疾而终。二大爷一辈子吃饭穿衣，喝两杯酒，与常人无异。他没立过功，没立过言。他少年时是个连模样也并不惊人的少年，到老年也还是个平平常常的老人，至多，我只能说他是个安分守己的好公民。可是，文人的灾难来了！二大爷的儿子——大学毕业，现在官居某机关科员——送过来讣文，并且诚恳地请赐挽词。我本来有两句可以赠给一切二大爷的挽词："你死了不能再见，想起来好不伤心！"可是我不敢用它来搪塞二大爷的科员少爷，怕他说我有意侮辱他的老人。我必须另想几句——近邻，天天要见面，假若我决定不写，科员少爷会恼我一辈子的。可是，老天爷，我写什么呢？

在这很为难之际，我真佩服了从前那些专凭作挽诗、寿序挣吃饭的老文人了！你看，还以二大爷这件事为例吧，差不多除了扯谎，我简直没法写出一个字。我得说二大爷天生的聪明绝顶，可是还"别"说他虽聪明绝顶，而并没著过书，没发明过什么东西，和他在算钱的时候总是脱了袜子的。是的，我得把别人的长处硬派给二大爷，而把二大爷的短处一字不提。这不是作诗或写散文，而是替死人来骗活人！我写不好这种文章，因为我不喜欢扯谎。

在挽诗与寿序等而外，就得算"九一八""双十"与"元旦"什么的最难写了。年年有个元旦，年年要写元旦，有什么好写呢？每逢接到报馆为元旦增刊征文的通知，我就想这样回复："死去吧！省得年年教我吃苦！"可是又一想，它死了岂不又须作挽联啊？于是只好按住心头之火，给它拼凑几句——这不是我作文章，而是文章作我！说到这里，相应提出"救救文人！"的口号，并且希望科员少爷与报馆编辑先生网开一面，叫小子多活两天！

六　最可怕的人

我最怕两种人：第一种是这样的——凡是他所不会的，别人若会，便是罪过。比如说：他自己写不出幽默的文字来，所以他把幽默文学叫作文艺的脓汁，而一切有幽默感的文人都该加以破坏抗战的罪过。他不下一番工夫去考查考查他所攻击的东西到底是什么，而只因为他自己不会，便以为那东西该死。这是最要不得的态度，我怕有这种态度的人，因为他只会破坏，对人对己都全无好处。假若他做公务员，他便只有忌妒，甚至因忌妒别人而自己去做汉奸；假若他是文人，他便也只会忌妒，而一天到晚浪费笔墨，攻击别人，且自鸣得意，说自己颇会批评——其实是扯淡！这种人乱骂别人，而自己永不求进步；他污秽了批评，且使自己的心里堆满了尘垢。

第二种是无聊的人。他的心比一个小酒盅还浅，而面皮比墙还厚。他无所知，而自信无所不知。他没有不会干的事，而一切都莫名其妙。他的谈话只是运动运动唇齿舌喉，说不说与听不听都没有多大关系。他还在你正在工作的时候来"拜访"。看你正忙着，他赶快就说，不耽误你的工夫。可是，说罢便安然坐下了——两个钟头以后，他还在那儿坐着呢！他必须谈天气，谈空袭，谈物价，而且随时给你教训："有警报还是躲一躲好！"或是："到八月节物价还要涨！"他的这些话无可反驳，所以他会百说不厌，视为真理。我真怕这种人，他耽误了我的时间，而自杀了他的生命！

七　衣

对于英国人，我真佩服他们的穿衣服的本领。一个有钱的或善交际的英国人，每天也许要换三四次衣服。开会、看赛马、打球、跳舞……都须换衣服。据说：有人曾因穿衣脱衣的麻烦而自杀。我想这个自杀者并不是英国人。英国人的忍耐性使他们不会厌烦"穿"和"脱",更不会使他们因此而自杀。

我并不反对穿衣要整洁,甚至不反对衣服要漂亮美观。可是,假若教我一天换几次衣服,我是也会自杀的。想想看,系纽扣解纽扣,是多么无聊的事!而纽扣又是那么多,那么不灵敏,那么不起好感,假若一天之中解了又系,系了再解,至数次之多,谁能不感到厌世呢!

在抗战数年中,生活是越来越苦了。既要抗战,就必须受苦,我决不怨天尤人。再进一步,若能从苦中求乐,则不但可以不出怨言,而且可以得到一些兴趣,岂不更好呢!在衣食住行人生四大麻烦中,食最不易由苦中求乐,菜根香一定香不过红烧蹄髈!菜根使我贫血,"狮子头"却使我壮如雄狮!

住和行虽然不像食那样一点不能将就,可是也不会怎样苦中生乐。三伏天住在火炉子似的屋内,或金鸡独立的在汽车里挤着,我都想掉泪,一点也找不出乐趣。

只有穿的方面,一个人确乎能由苦中找到快活。七七抗战后,由家中逃出,我只带着一件旧夹袍和一件破皮袍,身上穿着一件旧棉袍。这三袍不够四季用的,也不够几年用的。所以,到了重庆,我就添置衣裳。主要的是灰布制服。这是一种"自来旧"的布做成的,一下水就一蹶不振,永远难看。吴组缃先生名之为斯文扫地的衣服。可是,这种衣服给我许多方便——简直可以称之为享受!我可以穿着裤子睡觉,而不必担心裤缝直与不直;它反正永远不会直立。我可以不必先看看座位,再去坐下;我的宝裤不怕泥土污秽,它原是自来旧。雨天走路,我不怕汽车。晴天有空袭,我的衣服的老鼠皮色便是伪装。这种衣服给我舒适,因而有亲切之感。它和我好像多年的老夫妻,彼此有完全的了解，没有一点隔膜。

我希望抗战胜利之后，还老穿着这种困难衣，倒不是为省钱，而是为舒服。

八　行

朋友们屡屡函约进城，始终不敢动。"行"在今日，不是什么好玩的事。看吧，从北碚到重庆第一就得出"挨挤费"一千四百四十元。所谓挨挤费者就是你须到车站去"等"，等多少时间？没人能告诉你。幸而把车等来，你还得去挤着买票，假若你挤不上去，那是你自己的无能，只好再等。幸而票也挤到手，你就该到车上去挨挤。这一挤可厉害！你第一要证明了你的确是脊椎动物，无论如何你都能直挺挺地立着。第二，你须证明在进化论中，你确是猴子变的，所以现在你才嘴手脚并用，全身紧张而灵活，以免被挤成像四喜丸子似的一堆肉。第三，你须有"保护皮"，足以使你全身不怕伞柄、胳臂肘、脚尖、车窗，等等的戳、碰、刺、钩；否则你会遍体鳞伤。第四，你须有不中暑发痧的把握，要有不怕把鼻子伸在有狐臭的腋下而不能动的本事……你须备有的条件太多了，都是因为你喜欢交那一千四百多元的挨挤费！

我头昏，一挤就有变成爬虫的可能，所以，我不敢动。

再说，在重庆住一星期，至少花五六千元；同时，还得耽误一星期的写作；两面一算，使我胆寒！

以前，我一个人在流亡，一人吃饱便天下太平，所以东跑西跑，一点也不怕赔钱。现在，家小在身边，一张嘴便是五六个嘴一齐来，于是嘴与胆子乃适成反比，嘴越多，胆子越小！

重庆的人们哪，设法派小汽车来接呀，否则我是不会去看你们的。你们还得每天给我们一千元零花。烟、酒都无须供给，我已戒了。啊，笑话是笑话，说真的，我是多么想念你们，多么渴望见面畅谈呀！

九　狗

中国狗恐怕是世界上最可怜最难看的狗。此处之"难看"并不指狗种而言，而是与"可怜"密切相关。无论狗的模样身材如何，只要喂养得好，它便会长得肥肥胖胖的，看着顺眼。中国人穷。人且吃不饱，狗就更提不到了。因此，中国狗最难看；不是因为它长得不体面，而是因为它骨瘦如柴，终年夹着尾巴。

每逢我看见被遗弃的小野狗在街上寻找粪吃，我便要落泪。我并非是爱做伤感的人，动不动就要哭一鼻子。我看见小狗的可怜，也就是感到人民的贫穷。民富而后猫狗肥。

中国人动不动就说：我们地大物博。那也就是说，我们不用着急呀，我们有的是东西，永远吃不完喝不尽哪！哼，请看看你们的狗吧！

还有：狗虽那么摸不着吃，（外国狗吃肉，中国狗吃粪；在动物学上，据说狗本是食肉兽。）那么随便就被人踢两脚，打两棍，可是它们还照旧地替人们服务。尽管它们饿成皮包着骨，尽管它们刚被主人踹了两脚，它们还是极忠诚地去尽看门守夜的责任。狗永远不嫌主人穷。这样的动物理应得到人们的赞美，而忠诚、义气、安贫、勇敢，等等好字眼都该归之于狗。可是，我不晓得为什么中国人不分黑白地把汉奸与小人叫作走狗，倒仿佛狗是不忠诚不义气的动物。我为狗喊冤叫屈！

猫才是好吃懒做，有肉即来，无食即去的东西。洋奴与小人理应被叫作"走猫"。

或者是因为狗的脾气好，不像猫那样傲慢，所以中国人不说"走猫"而说"走狗"？假若真是那样，我就又觉得人们未免有点"软的欺，硬的怕"了！

不过，也许有一种狗，学名叫作"走狗"；那我还不大清楚。

十　帽

在七七抗战后，从家中跑出来的时候，我的衣服虽都是旧的，而一顶呢帽却是新的。那是秋天在济南花了四元钱买的。

廿八年随慰劳团到华北去，在沙漠中，一阵狂风把那顶呢帽刮去，我变成了无帽之人。假若我是在四川，我便不忙于去再买一顶——那时候物价已开始要张开翅膀。可是，我是在北方，天已常常下雪，我不可一日无帽。于是，在宁夏，我花了六元钱买了一顶呢帽。在战前它公公道道的值六角钱。这是一顶很顽皮的帽子。它没有一定的颜色，似灰非灰，似紫非紫，似赭非赭，在阳光下，它仿佛有点发红，在暗处又好似有点绿意。我只能用"五光十色"去形容它，才略为近似。它是呢帽，可是全无呢意。我记得呢子是柔软的，这顶帽可是非常的坚硬，用指一弹，它当当地响。这种不知何处制造的硬呢会把我的脑门儿勒出一道小沟，使我很不舒服；我须时时摘下帽来，教脑袋休息一下！赶到淋了雨的时候，它就完全失去呢性，而变成铁筋洋灰的了。因此，回到重庆以后，我总是能不戴它就不戴，一看见它我就有点害怕。

因为怕它，所以我在白象街茶馆与友摆龙门阵之际，我又买了一顶毛织的帽子。这一顶的确是软的，软得可以折起来，我很高兴。

不幸，这高兴又是短命的。只戴了半个钟头，我的头就好像发了火，痒得很。原来它是用野牛毛织成的。它使脑门热得出汗，而后用那很硬的毛儿刺那张开的毛孔！这不是戴帽，而是上刑！

把这顶野牛毛帽放下，我还是得戴那顶铁筋洋灰的呢帽。经雨淋、汗沤、风吹、日晒，到了今年，这顶硬呢帽不但没有一定的颜色，也没有一定的样子了——可是永远不美观。每逢戴上它，我就躲着镜子；我知道我一看见它就必有斯文扫地之感！

前几天，花了一百五十元把呢帽翻了一下。它的颜色竟自有了固定的倾向，全体都发了红。它的式样也因更硬了一些而暂时有了归宿，它的确有点帽子样儿了！它可是更硬了，不留神，帽檐碰在门上或硬东西上，硬碰硬，我的眼中就冒了火花！等着吧，等到抗战胜利的那天，我首先把它用剪子铰碎，看它还硬不硬！

十一　昨天

昨天一整天不快活。老下雨，老下雨，把人心都好像要下湿了！

有人来问往哪儿跑？答以：嘉陵江没有盖儿。邻家聘女。姑娘有二十二三岁,不难看。来了一顶轿子,她被人从屋中掏出来,放进轿中;轿夫抬起就走。她大声地哭。没有锣鼓。轿子就那么哭着走了。看罢,我想起幼时在鸟市上买鸟。贩子从大笼中抓出鸟来,放在我的小笼中,鸟尖锐地叫。

黄狼夜间将花母鸡叼去。今午,孩子们在山坡后把母鸡找到。脖子上咬烂,别处都还好。他们主张还炖一炖吃了。我没拦阻他们,乱世,鸡也该死两道的!

头总是昏。一友来,又问:"何以不去打补针?"我笑而不答,心中很生气。

正写稿子,友来。我不好让他坐。他不好意思坐下,又不好意思马上就走。中国人总是过度的客气。

友人函告某人如何,某事如何,即答以:"大家肯把心眼放大一些,不因事情不尽合己意而即指为恶事,则人世纠纷可减半矣!"发信后,心中仍在不快。

长篇小说越写越不像话,而索短稿者且多,颇郁郁!

晚间屋冷话少,又戒了烟,呆坐无聊,八时即睡。这是值得记下来的一天——没有一件痛快事!在这样的日子,连一句漂亮的话也写不出!为什么我们没有伟大的作品哪?哼,谁知道!

十二　傻子

在民间的故事与笑话里,有许多许多是讲兄弟三个,或姐妹三个,或盟兄弟三个,或女婿三个;第三个必定是傻子,而傻子得到最后的胜利。据说这种结构的公式是世界性的,世界各处都有这样的故事与笑话。为什么呢?因为人们是同情于弱者的。三弟三妹三女婿既最幼,又最傻,所以必须胜利。

和许多别种民间故事与笑话的含义一样,这种同情弱者的表示可也许是"夫子自道也",这就是说:人民有一肚子委屈而无处去诉,就只好想象出一位"臣包文正",或北侠欧阳春来,给他们撑一撑腰,吐一口气。同样的,他们制造出弱者胜利的故事与笑话,也是为了自慰;故事与笑话中的傻子就是他们自己。他们自己既弱且愚,可是他们讽刺了那有势力,有钱财,与有学问的人,他们感到胜利。

可是,这种讽刺的胜利到底是否真正的胜利,就不大好说。假若胜利必须是精神上的呢,他们大概可以算得了胜。反之,精神胜利若因无补于实际而算不得胜利,那就不大好办了。

在我们的民间,这种傻子胜利的故事与笑话似乎比哪一国都多。我不知道,我应当庆祝他们已经得到胜利,还是应当把我的"怪难过的"之感告诉给他们。

中秋节

胡也频

离开我的故乡,到现在,已是足足的七个年头了。在我十四岁至十八岁这四年里面,是安安静静地过着平稳的学校生活,故每年一放暑假,便由天津而上海,而马江,回到家里去了。及到最近的这三年,时间是系在我的脚跟,漂泊去,又漂泊来,总是在渺茫的生活里寻觅着理想,不但没有重览故乡的景物,便是弟、妹们昔日的形容,在记忆里也不甚清白了;像那不可解得的童时的情趣,更消失尽了!然而既往的梦却终难磨灭,故有时在孤寂的凄清的夜里,受了某种景物的暗示,曾常常想到故乡,及故乡的一切。

因为印象的关系,当我想起故乡的时候,最使我觉得快乐而惆怅的便是中秋节了。

在闽侯县的风俗,像这个中秋节,算是小孩子们一年里最快乐的日子了。差不多较不贫穷的家里,一到了八月初九,至迟也不过初十这一天,在大堂或客厅里,便用了桌子或木板搭成梯子似的那阶级,一层一层地铺着极美观的毯子,上面排满着磁的、瓦的、泥的许多许多关于中国历史上和传说里面的人物,以及细巧精致的古董、玩具——这种的名称就叫作"排塔"。

说到塔,我又记起十年前的事了:那一年,在许多表姊妹表兄弟的家里，都没有我的那个塔高、大和美了。这个塔，是我的外祖母买给我们的，她是定做下来，所以别人临时都买不到；因此，这一个的中秋节，许多表姊妹表兄弟都到我家里来，其中尤其是蒂表妹喜欢得厉害，她老是用她那一双圆圆清澈的眼睛，瞧着塔上那个红芙芦，现着不尽羡慕和爱惜的意思。

"老看干么？只是一个芙芦！"我的蓉弟是被大人们认为十五分淘气的，他看见蒂表妹那样呆呆地瞧着，便这样说。

"我家里也有呢！"她做出不屑的神气。

"你家里的没有这个大、高、美！"

"还我栗子！都不同你好了！"蒂表妹觉得自己的塔确是没有这个好，便由羞成怒了。

"在肚子里，你能拿去么？"蓉弟歪着头噘嘴说，"不同我好？你也还我'搬不倒'！"

于是这两个人便拌起嘴来了。

母亲因为表姊妹表兄弟聚在一起，年龄又都是在十岁左右，恐怕他们闹事，故常常关心着。这时，她听见蓉弟和蒂表妹争执，便自己跑出来，解分了，但蒂表妹却依在母亲身旁，默默地哭着。

"舅妈明年也照样买一个给你。"母亲安慰她。

"还要大！"蒂表妹打断母亲的话，说着，便眼泪盈盈地笑了。

我因为一心只想到北后街黄伯伯家里去看鳌山，对于这个家里的塔很是淡漠，所以说：

"你如喜欢你就拿去好了，蒂妹！"

她惊喜地望我笑着。

"是你一个人的么!"然而蓉弟又不平了,"是大家的,想一个人做人情,行么?吓!"

"行!"我用哥哥的口气想压住他。

"不行!"他反抗着。

母亲又为难了,她说:

"得啦!过节拌嘴要不得。我们赶快预备看鳌山去吧。"

"看鳌山?"蓉弟似乎很喜欢,把拌嘴的事情都忘却了。"大家都去么?"他接着问。

"拌嘴的不准去。"

"我只是逗你玩的,谁和谁拌嘴?"蓉弟赶紧去拉蒂表妹的手。

"不同你好!"她还生气着。

"同我好么?"我问。

她没有答应,便走过来,于是我们牵着手,到我的小书房里面去了。

在表姊妹中,我曾用我的眼光去细细地评判,得到以下的结论:

黎表姊太老实、古板,没有趣味;

芝表姊太滑头,喜欢愚弄人,不真挚;

梅表妹什么都好了,可惜头上长满癞疮;

辉表妹真活泼、娇憨、美丽,但年纪太小,合不来;

只有蒂表妹……我没有什么可说了。

这时候我和她牵着手到书房里,而且又在母亲和蓉弟面前得她默默地承认同我好,心里更充满着荣幸的愉快了。我拿出许多私有的食品给她,要她吃,并送她几张关于耶稣的画片,末了还应许她到西湖去，住在她家里。她说：

"你同我好是真的么？萱哥！"

"骗你就是癞狗！"

"怕舅舅和舅妈不准你去我家里吧？"

"那不要紧！你说是姑妈要，还怕什么？"

"那么你读书呢？"

"念书？"这可使我踌躇了。因为那个举人先生，讨嫌极了，一天到晚都不准我离开桌子，限定背三本《幼学琼林》《唐诗》《左传句解》和念一本《告子注》，以及作一篇一百字的文章，默写一篇四百字的书，模仿一张四方格的大字，真使我连吃饭和上厕的时候都诅他；然而他依样康健，依样用两寸多长的指甲抓他的脚、头、耳朵和哭丧着脸哑哑地哼着"落霞与孤鹜齐飞，秋水共长天一色！"……有时瞌睡来了，便团了一根纸捏放到鼻孔里旋转着，打着"汽，汽"的喷嚏，将鼻涕溅散到桌子上，又拍一下板子说：

"念呀……"

他的脸……

"你怎么不说话呢？"蒂表妹突然推一下我的手腕，说。

"念书可就不好办了！"我皱着眉头。

"不管他——鬼先生——不成么？"

"不成。"

我们于是都沉默着。

经过了半点多钟，表姊妹表兄弟们便跑进来了，嘻嘻哈哈地，现着极快乐的样子。

"我们马上就看鳌山去了！"宾表哥说。

"你不去么？蒂妹！"黎表姊接着问。

"我不想去了。"蒂表妹没有说什么，我便答道："你们去好了。"

"又不是问你！"蓉弟带着不平的讽刺的意思。

"不准你说话！"我真有点生气了。

幸得母亲这时候走进来，她似乎还不曾听见我和蓉弟的争执，只问我：

"萱儿！你在这里做什么？"

我摇一下头，表示没有做什么事。

母亲便接着说：

"看鳌山去吧。"

"我不去。"

"为什么呢？"

"不为什么。"

"那么，"母亲向着蒂表妹说，"你去吧。"

"我也不去。"蒂表妹回答。

"也好。你们好好地玩，不要拌嘴。"

于是母亲领着表姊妹表兄弟们走了。

看鳌山，这是我在许多日以前便深深地记在心上的事；但现在既到了可看的时候，又不想去，自然是因为蒂表妹的缘故了。

"你真的不想去看鳌山么？"母亲们都走去很久了，她又问。

"同你好，还看鳌山么？"

她笑了。

天色虽是到了薄暮时候，乌鸦和雁子一群群地旋飞着，阳光无力地照在树杪，房子里面很暗淡了，但我隔着书桌看着她的笑脸，却是非常的明媚、艳冶，海棠似的。

"只是蒂表妹……我没有什么可说了。"我又默默地想着在表姊妹们里所得的结论。我便走近她身边去，将我的手给她。

"做什么呢？"她看见我的手伸过去，便说。

"给你。"

"给我做什么呢？"她又问。

"给你就是了。"我的手便放在她的手上。

"你真的同我好呀！"她低声地说。

"谁说不是？"

"也学舅舅同舅妈那样的好么？"

"是吧？"我有点犹豫着。

"舅舅同舅妈全不拌嘴，这是妈告诉我的。"

"我们也全不拌嘴。"我接着说。

"这样就是舅舅同舅妈那样的好了。"

"那你还给我亲嘴。"

"亲嘴做什么呢？"

"你不是说我们像舅舅同舅妈那样的好么？舅妈常常给舅舅亲嘴的，我在白天和夜里都瞧见。"

"是真的么？"

"骗你就算是癞狗！"

"那……那你就……"

她斜过脸来，嘴唇便轻轻地吻上了。

明透了的月亮，照在庭院里，将花架旁边的竹林，疏疏稀稀地映到玻璃窗上，有时因微风流荡过去，竹影还摇动着。我和蒂表妹默默地挨着，低声低声地说着端午节的龙舟、西湖的彩船、和重九登高放纸鸢,以及赌纸虾蟆、踢毽子……说到高兴了,便都愿意的,又轻轻地亲一下嘴。

"你看!那是两个还是一个?"当我们的脸儿偎着,她指着窗上的影儿,说。

"两个。"我仰起头去,回答她。

"是一个。"她又把我的脸儿偎近去。

"真是一个!"这时我的头不仰起去了。

"好玩!……"她快乐极了,将我的脸儿偎得紧紧地,眼睛斜睇着窗上。

我们这样有意思地玩着,大约只有一点多钟,母亲和表姊妹表兄弟们都回来了。蓉弟便自己夸奖地在我和蒂表妹面前说:

"鳌山真好,好极了!龙吐水,还有……还有……吓!龙吐水!"

黎表姊也快乐地说:

"种田的、挖菜的、踏水车的……全是活动的,真好看!"

"你喜欢看鳌山么?"我偷偷地问蒂表妹。

她摇一下头,又撅一下嘴;便也低声地问我:"你呢?"

"我也不。"

不久,我们都到大天井里,吃水果、月饼,喝葡萄酒,并赏月去了。

母亲伴着我们这一群小孩子玩着,猜谜的猜谜,唱歌的唱歌;其中只有蓉弟最贪吃,而且喝了三四杯酒,脸儿通红了,眼睛呆呆地看人,一忽儿他便醉了,哭着。

"醉得好!"我和蒂表妹同样的快乐着。

这样的到露水很浓重的时候,母亲才打发我们睡去。因为我的身体虚弱，虽是年纪已到十岁了，却还常常尿床，所以我的乳妈（其实早就没有吃她的乳了）固执地不要我和蒂表妹在客厅里睡，把我拖到她的房子里去了。

"老狗子！"我恨恨地骂我的乳妈。

"好好地睡吧。不久天就会亮了，再玩去。"

"可恶的老狗子！"我想着，便蒙眬了。

第二天我醒来后，跑至客厅里一看，蒂表妹和其他的表姊妹表兄弟们通通回家去了。……

真的，自那一年到现在，转瞬般已是十年的时间了，我从没有再过个像那样的中秋节，并且最近这三个中秋节还是在我不知月日的生活里悄悄地渡过去。表兄弟们呢，早就为了人类间的壁垒，隔绝着；表姊中有的已做过母亲了，但表妹们总该有女孩子的吧。唯愿她们不像我这样的已走到秋天的路上！至于那个塔，是否还安放在楼上的木箱里，每年在八月初旬由小弟妹们拿出排在大堂上最高的层级上，也不可知了。送这个塔给我们的外祖母还康健着么？故乡的一切却真是值得眷念的事！

虾和鳝及其他

彭家煌

一切生物都有其生活方式和抵御外侮的本能。牛以角斗；虎豹以爪牙斗；骡马以蹄斗；没有武器的，便赖保护色避免敌人的侵袭。如菜虫，全身绿色，躲在菜叶里，使敌人难以发觉。如墨鱼，感到生命危险时，便射出墨汁，藏身墨汁中，使敌人难于辨认。其余能力薄弱的下等生物，便借伟大的繁殖力维持种族的延续，如蜉蝣，如臭虫、虱子，虽朝生暮死，虽被人不断地捕捉，它们总有机会和人类共存共荣！

记得是去年的中秋节，女人买了虾和鳝。那时我在没有"国难"的宁波，心想宁波的虾和鳝也会没有"国难"的。本来，人是强者、动物之王，吃猪肉，吃牛肉，杀鸡烹羊，这是常事。我也是闲得无聊，才去注意这不久以后就会进自己的口的动物。虾在篮里跳，鳝在水桶里扭来扭去。我想，无论怎样会跳会扭，既被捕获且从鱼贩手中被买来，总是活不成的，而这跳扭的动作也显然无意义。不过，虽然是微小的免不了一死的东西，但它在危急存亡之秋，总知道跳，知道扭，使杀它的仇敌多费工夫，感到麻烦讨厌！

虾只会笨挫地跳，是比较容易对付的，于是我便只注意女人怎样去杀那鳝。她杀鳝是外行。她没有方法捉牢那滑头的鳝。她想用开水把它们泡死再来破肚。我说这杀法太笨，吃在口里没有血的鲜味。她想把鳝头打扁，那么又有血，又有鲜味，但她打来打去，那鳝反而滑七滑八地像龙蛇一样飞舞。我告诉她："你用酒把鳝麻醉起来吧！"果然酒倾在桶里，鳝嘴动了几动便像死的一样。一会儿，这许多动物全给解决了。我笑女人："哈哈，你也是个三等帝国主义者啊！"

从前我在乡下也杀过鳝，那是蛮干的，就只捉牢它的头，用小剪刀从头边一划，肚破了，扯出肠子，可是这动物没有内部也会挣扎。我也杀过蛙，断了头，剥了皮，割去四肢，破开肚，掏出肝肺，但把它掷在水盆里，还能跳跃游泳。不过光有动作，没有痛苦的喊叫，也是怪事！总之，像这种动物，在无须挣扎之际还那么费劲的挣扎，真是太笨太无意义！

到底是人类，尤其是华夏之邦的人类来得文雅而有智慧。在没有被捕获被剥皮之前，先就不跳不扭，而且领导起来，相率不跳不扭。九一八过了，一·二八过去了，早已过了周年了，在"自有办法"的"长期抵抗""心理抵抗"之中，敌人打进山海关了，猛烈的炸弹虽向善于跳善于扭的热血青年中掷去，毕竟还是不跳、不扭。因为，那有什么用呢？那有什么意义呢？迟早终归要像虾和鳝一样被剥皮的啊！何况十年前早就调查明白，华夏之邦的人类有四万万五千万。你尽管剥皮好了，凭着伟大的繁殖力，三五年内灭族总不会的。

北南西东

缪崇群

车上散记

去年春末我从北地到南方来,今年秋初又从上江到下江去。时序总是春夏秋冬地轮转着,生活却永远不改地做着四方行乞的勾当。

憧憬着一切的未来都是一个梦,是美丽的也是渺茫的;追忆着一切的过往的那是一座坟墓,是寂灭了的却还埋藏着一堆骸骨。

我并不迷恋于骸骨,然而生活到了行乞不得的时候,我向往着每一个在我记忆里坟起的地方,发掘它,黯然地做了一个盗墓者。

正阳门站

生在南方,我不能把北平叫作我的故乡;如果叫她是第二故乡吧,但从来又不曾有过一个地方再像北平那样给我回忆,给我默念,给我思想的了。

年轻的哥哥和妹妹死在那里,惨澹经营了二十多年,直到如今还没有一块葬身之地的我的父亲和母亲,留着一对棺柩,也还浮厝在那里的一个荒凉的寺院里。

我的心和身的家都在那里,虽然渐渐地渐渐地寂灭了,可是它们的骨骸也终于埋葬在那里。

当初无论到什么地方去,或从什么地方归来,一度一度尝着珍重道别时的苦趣,但还可以换得了一度一度的重逢问安时的笑脸。记得同是门外的一条胡同,归来时候怨它太长,临去时又恨它过短了。同是一个正阳门车站,诅咒它耸在眼前的是我,欣喜着踏近它的跟边的也是我……心情的矛盾真是无可奈何的,虽然明明知道正阳门车站仍然是正阳门车站:它是来者的一个止境、去者的一个起点。

去年离开那里的时候,默默地坐在车厢里,呆呆地望着那个站楼上的大钟。等着么?不是的。宕着么?也不是的。开车的铃声毕竟响了,这一次,可真如同一个长期的渺茫的流配的宣告一样,心里凄惶地想:做过了我无数次希望的止境的站驿,如今又从这里首途了。一个人,满身的疾苦;一座城,到处的伤痍,恐怕真的是别易见难了。

我曾叫送行的弟弟给我买一瓶子酒来,他买了酒,又给我带了一包长春堂的避瘟散。我笑领了,说:

"这里只剩了你一个人了,珍重啊,要再造起我们的新的家来,等着重新欢聚吧?"

同时又暗自地想:

季候又近炎夏了,去的虽不是瘴厉之地,但也没有一处不是坎坷或隐埋着陷阱的所在。人间世上,不能脱出的,又还有什么方剂可以避免了唯其是在人间世上才有的那种"瘟"气呢？

车，缓缓地从车站里开出了，渐渐地渐渐地看见了荒地，看见了土屋，看见了天坛……看见正阳门的城楼已经远了；正阳门的城楼还在那两根高高的无线电台边慢慢地移转着。

转着，直到现在好像还在我的脑中转着，可是我的弟弟呢，生活的与精神的堕落，竟使他的音讯也像一块石头堕落在极深极深的大海里去了！

哪里是故乡？什么时候再得欢聚呢？到小店里去，买一两烧酒、三个铜板花生米、一包"大前门"香烟来吧。

凄凉夜

大好的河山被敌人的铁蹄践踏着，被炮火轰击着；有的已经改变了颜色，有的正用同胞们的尸骨去填垒沟壑，用血肉去涂揭沙场，去染红流水……

所谓近代式的立体的战争，于是连我们的任何一块天空也成了灾祸飞来的处所了。

就在这个风声鹤唳的时候，一列车的"三等"生灵，虽然并不晓得向何处去才能安顿自己，但也算侥幸地拾着一个逃亡的机会了。

辘辘的轮声，当作了那些为国难而牺牲的烈士们呜咽吧！这呜咽的声音，使我们这些醉生梦死的人们醒觉了。那为悲愤而流的泪，曾潆溢在我的眼眶里；那为惭怍而流的汗，也津津地把我的衬衣湿透了。

车向前进着，天渐渐黑暗起来了。偶然望到空间，已经全被乌云盖满了，整个的天，仿佛就要沉落了下来，列车也好像要走进一条深深的隧道里去。

是黑的一片！连天和地也分不出它们的限界了。

是黑的一团！似乎把这一列火车都胶着得不易动弹了。

不久，一道一道的闪光，像代表着一种最可怖的符号在远远的黑暗处发现了，极迅速的只有一瞬的。这时我的什么意识也没有了，有一个意识，那便是天在迸裂着吧！

接着听见轰轰的声响，是车轮轧着轨道吧？是雷鸣吧？是大地怒吼了吧？

如一条倦怠了巨龙似的，列车终于在天津总站停住了。这时才听见了窗外是一片沙沙的雨声。

因为正在戒严的期间，没有什么上来的客人，也没有什么下去的客人。只有一排一排荷枪的兵士，从站台这边踱到那边，又从那边踱到这边。枪上的刺刀，在车窗上来来往往地闪着一道一道白色的光芒。

整个车站是寂静的，沙沙的雨声，仿佛把一切都已经征服了似的。车厢里的每个人，也都像惊骇了过后，抽噎了过后，有的渐渐打着瞌睡了。

车尽死沉沉地停着不动，而雨已经小了。差不多是夜分的时候，连汽笛也没有响一下，车开了。

隔了很久很久，车上才有一两个人低低说话了，听不清楚说的什么。现在究竟什么时候，到了什么地方，也没有谁去提起。

自己也好像睡了，不知怎么听见谁说：

"到了杨柳青了。"

我猛醒，我知道我已经离开我的乡土更远了。

这么一个动听的地名，不一会也就丢在背后去了。探首窗外，余零的雨星，打着我的热灼灼的脸，望着天，望着地，都是黑茫茫的。

夜是怎么这样的凄凉啊！想到走过去的那些路程，那里的夜，恐怕还更凄凉一些吧？

关上车窗，让杨柳青留在雨星子里去了。

旅　伴

一个苦力泡了一壶茶，让前让后，让左让右，笑眯眯的，最后才端起杯子来自己喝一口。再喝的时候，仍然是这样地谦让一回。

我不想喝他的茶，我看见他的神色，像已经得到一种慰藉似的了。

一个绅士、一个学生，乃至一个衣服穿得稍稍整齐的人吧，他泡一壶茶，他不让旁人喝，自己也不像要喝的样子，端坐着，表示着他与人无关。那壶茶，恐怕正是他给予车役的一种恩惠吧。

其实谁也不会去讨他的茶喝，看见了他的神色，仿佛知道了人和人之间还有一条深深的沟渠隔着呢。

一个衣服褴褛的乡村女人，敞着怀喂小孩子奶吃。奶是那样的瘦瘠，身体恐怕没有一点点营养；我想那孩子吸着的一定是他母亲的一点残余的血液，血液也是非常稀薄了的。

女人的头抬起来了，我看见了她的一副苍黄的脸，眼睛是枯涩的，呆呆地望着从窗外飞过去的土丘和莽原……

汽笛响了，孩子从睡中醒了；同时这个做母亲的也好像从什么梦境里醒觉了。把孩子抱了起来，让他立在她的膝盖上。

孩子的眼睛望着我，我的眼睛也望着孩子的。

"喂！叫大叔啊！"女人的眼睛也望了我和孩子。

孩子的脸，反转过去望他的母亲了。

"叫你叫大叔哩。"母亲的脸，被笑扯动了。

孩子的腿，在他母亲的膝盖上不住欢跃着，神秘地看了我一眼，又把脸转过去了。

"认生吧？"

"不，大叔跟你说话哩。"

笑着，一个大的、一个小的脸，偎在一起了。

车再停的时候，她们下去了。

在这么短短的两站之间，孩子的心中或许印着那么一个"大叔"的影子；在这么长长的一条旅途上，陌生人们的眼里还依旧是陌生的人们吧。

红　酒

傍晚，车停在一个站里等着错车。过了一刻，另一列车来了。起初很快，慢慢地就停在对面了。

这边的车窗正好对着那边的车窗，但那边车窗是被锦绣的幔子遮住一半。就在这一半的窗子之下，我看见了一个小小的台子，台子上放着一个黄绫罩子的宫灯，灯下映着明晃晃的刀叉，胡椒盐白瓶子、多边的盘子……还有一个高脚杯子，杯子里满盛着红色的酒液。

看见一只毛茸茸的手把杯子举了一下，红色的杯子变成白色的了。

看见两只毛茸茸的手，割切着盘子里面的鱼和肉，一会儿盘子里狼藉地只剩下碎骨和乱刺了。

看见高脚杯里又红满了……

又是一只毛茸茸的手伸出来了……

那边的人，怕已醺醺然了，可是这只毛茸茸的手，仿佛从我心里攫夺了什么东西去的，我的心，觉得有些痉挛起来。

——红酒里面，是不是浸着我们的一些血汗呢？

大地被压轧着响了，对面的列车又开始前进了。

古　刹

王统照

　　离开沧浪亭，穿过几条小街，我的皮鞋踏在小圆石子碎砌的铺道上总觉得不适意；苏州城内只宜于穿软底鞋或草履，硬帮帮的鞋底踏上去不但脚趾生痛，而且也感到心理上的不调和。

　　阴沉沉的天气又像要落雨。沧浪亭外的弯腰垂柳与别的杂树交织成一层浓绿色的柔幕，已仿佛到了盛夏。可是水池中的小荷叶还没露面。石桥上有几个坐谈的黄包车夫并不忙于找顾客，萧闲地数着水上的游鱼。一路走去我念念不忘《浮生六记》里沈三白夫妇夜深偷游此亭的风味，对于曾在这儿作"名山"文章的苏子美反而澹然。现在这幽静的园亭到深夜是不许人去了，里面有一所美术专门学校。固然荒园利用，而使这名胜地与"美术"两字牵合在一起也可使游人有一点点淡漠的好感，然而苏州不少大园子一定找到这儿设学校；各室里高悬着整整齐齐的画片，摄影、手工作品，出出进进的是穿制服的学生，即便不煞风景，而游人可也不能随意流连。

　　在这残春时，那土山的亭子旁边，一树碧桃还缀着淡红的繁英，花瓣静静地贴在泥苔湿润的土石上。园子太空阔了，外来的游客极少。在另一院落中两株山茶花快落尽了，宛转的鸟音从叶子中间送出来，我离开时回望了几次。

陶君导引我到了城东南角上的孔庙，从颓垣的入口处走进去。绿树丛中我们只遇见一个担粪便桶的挑夫。庙外是一大个毁坏的园子，地上满种着青菜，一条小路迤逦地通到庙门首，这真是"荒墟"了。

石碑半卧在剥落了颜色的红墙根下，大字深刻的什么训诫话也满长了苔藓。进去，不像森林，也不像花园，滋生的碧草与这城里少见的柏树，一道石桥得当心脚步！又一重门，是直走向大成殿的，关起来，我们便从旁边先贤祠、名宦祠的侧门穿过。破门上贴着一张告示，意思是崇奉孔子圣地，不得到此损毁东西，与禁止看守的庙役赁与杂人住居等话。（记不清了，大意如此。）披着杂草、树枝，又进一重门，到了两庑，木栅栏都没了，空洞的廊下只有鸟粪、土藓。正殿上的朱门半阖，我刚刚迈进一只脚，一股臭味闷住呼吸，后面的陶君急急地道：

"不要进去，里面的蝙蝠太多了，气味难闻得很！"

果然，一阵拍拍的飞声，梁栋上有许多小灰色动物在阴暗中自营生活。木龛里，"至圣先师"的神位孤独地在大殿正中享受这霉湿的气息。好大的殿堂，此外一无所有。石阶上，蚂蚁、小虫在鸟粪堆中跑来跑去，细草由砖缝中向上生长，两行古柏苍干皴皮，沉默地对立。

立在圮颓的庑下，想象多少年来，每逢丁祭的时日，跻跻跄跄，拜跪、鞠躬，老少先生们都戴上一份严重的面具。听着仿古音乐的奏弄，宗教仪式的宰牲，和血，燃起干枝"庭燎"。他们总想由这点崇敬，由这点祈求：国泰、民安，……至于士大夫幻梦的追逐，香烟中似开着"朱紫贵"的花朵。虽然土、草、木、石的简单音响仿佛真的是"金声，玉振"。也许因此他们会有一点点"前不见古人后不见来者"的想法？但现在呢？不管怎样在倡导尊孔、读经，只就这偌大古旧的城圈中"至圣先师"的庙殿看来，荒烟、蔓草，真变做"空山古刹"。偶来的游人对于这阔大而荒凉破败的建筑物有何感动？

何况所谓苏州向来是士大夫的出产地：明末的党社人物，与清代的状元、宰相，固有多少不同，然而属于尊孔读经的主流却是一样，现在呢？……仕宦阶级与田主身份同做了时代的没落者？

所以巍峨的孔庙变成了"空山古刹"并不稀奇，你任管到哪个城中看看，差不了多少。

虽然尊孔、读经，还在口舌中，文字上叫得响亮，写得分明。

我们从西面又转到什么范公祠、白公祠，那些没了门扇缺了窗棂的矮屋子旁边，看见几个工人正在葺补塌落的外垣。这不是大规模科学化地建造摩天楼，小孩子慢步挑着砖、灰，年老人吸着旱烟筒，那态度与工作的疏散，正与剥落得不像红色的泥圬墙的颜色相调和。

我们在大门外的草丛中立了一会，很悦耳的也还有几声鸟鸣，微微丝雨洒到身上，颇感到春寒的料峭。

雨中，我们离开了这所"古刹"。

杨 梅

鲁 彦

过完了长期的蛰伏生活,眼看着新黄嫩绿的春天爬上了枯枝,正欣喜着想跑到大自然的怀中,发泄胸中的郁抑,却忽然病了。

唉,忽然病了。

我这粗壮的躯壳,不知道经过了多少炎夏和严冬,被轮船和火车抛掷过多少次海角与天涯,尝受过多少辛劳与艰苦,从来不知道战栗或疲倦的呵,现在却呆木地躺在床上,不能随意地转侧了。

尤其是这躯壳内的这一颗心。它历年可是铁一样的。对着眼前的艰苦,它不会畏缩;对着未来的憧憬,它不肯绝望。对着过去的痛苦,它不愿回忆的呵。然而现在,它却尽管凄凉地往复地想了。

唉,唉,可悲呵,这病着的躯壳的病着的心。

尤其是对着这细雨连绵的春天。

这雨落在西北,可不全像江南的故乡的雨吗?细细的,丝一样,若断若续的。

故乡的雨、故乡的天、故乡的山河和田野……还有那蔚蓝中衬着整齐的金黄的菜花的春天,藤黄的稻穗带着可爱的气息的夏天，蟋蟀和纺织娘们在濡湿的草中唱着诗的秋天，小船吱吱地触着沉默的薄冰的冬天……还有那熟识的道路，还有那亲密的故居……

不，不，我不想这些，我现在不能回去，而且是病着，我得让我的心平静；恢复我过去的铁一般的坚硬，告诉自己：这雨是落在西北，不是故乡的雨——而且不像春天的雨，却像夏天的雨。

不要那样想吧，我的可怜的心呵，我的头正像夏天烈日下汽油缸，将要炸裂了，我的嘴唇正干燥得将要迸出火花来了呢。让这夏天的雨来压下我头部的炎热，让……让……

唉，唉，就说是故乡的杨梅吧……它正是在类似这样的雨天成熟的呵。

故乡的食物，我没有比这更喜欢的了。倘若我爱故乡，不如就说我完全是爱的这叫作杨梅的果子吧。

呵，相思的杨梅！它有着多么惊异的形状、多么可爱的颜色、多么甜美的滋味呀。

它是圆的，和大的龙眼一样大小，远看并不稀奇，拿到手里，原来它是遍身生着刺的哩。这并非是它的壳，这就是它的肉。不知道的人，一定以为这满身生着刺的果子是不能进口的了，否则也须用什么刀子削去那刺的尖端的吧？然而这是过虑。它原来是希望人家爱它吃它的。只要等它渐渐长熟，它的刺也渐渐软了，平了。那时放到嘴里，软滑之外还带着什么感觉呢？没有人能想得到，它还保存着它的特点，每一根刺平滑地在舌尖上触了过去，细腻柔软而且亲切——这好比最甜蜜的吻，使人迷醉呵。

颜色更可爱呢。它最先是淡红的，像娇嫩的婴儿的面颊，随后变成了深红，像是处女的害羞，最后黑红了——不，我们说它是黑的。然而它并不是黑，也不是黑红。原来是红的。太红了，所以像是黑。轻轻地啄开它，我们就看见了那新鲜红嫩的内部，同时我们已染上了一嘴的红水。说它新鲜红嫩，有的人也许以为一定像贵妃的肉色似的荔枝吧？嗳！那就错了。荔枝的光色是呆板的，像玻璃，像鱼目；杨梅的光色却是生动的，像映着朝霞的露水呢。

滋味吗？没有十分成熟是酸带甜，成熟了便单是甜。这甜味可决不使人讨厌，不但爱吃甜味的人尝了一下舍不得丢掉，就连不爱吃甜味的人也会完全给它吸引住，越吃越爱吃。它是甜的，然而又依然是酸的，而这酸味，我们须待吃饱了杨梅以后，再吃别的东西的时候，才能领会得到。那时我们才知道自己的牙齿酸了，软了，连豆腐也咬不下了，于是我们才恍然悟到刚才吃多了酸的杨梅。我们知道这个，然而我们仍然爱它，我们仍须吃一个大饱。它真是世上最迷人的东西。

唉，唉，故乡的杨梅呵。

细雨如丝的时节，人家把它一船一船地载来一担一担地挑来，我们一篮一篮地买了进来，挂一篮在檐口下，放一篮在缸盖上。倒上一脸盆，用冷水一洗，一颗一颗地放进嘴里，一面还没有吃了，一面又早已从脸盆里拿起了一颗，一口气吃了一二十颗，有时来不及把它的核一一吐出来，便一直吞进了肚里。

"生了虫呢……蛇吃过了呢……"母亲看见我们吃得快，吃得多，便这样地说了起来，要我们仔细地看一看，多多地洗一番。

但我们并不管这些,它成了我们的生命,我们越吃越快了。

"好吃!好吃!"我们心里这样想着,嘴里却没有余暇说话。待肚子胀上加胀,胀上加胀,眼看着一脸盆的杨梅吃得一颗也不留,这才呆笨地挺着肚子,走了开去,叹气似地嘘出一声"咳"来……

唉,可爱的故乡的杨梅呵。

一年,二年……我已有十六七年不曾尝到它的滋味了。偶尔回到故乡,不是在严寒的冬天,便是在酷热的夏天,或者杨梅还未成熟,或者杨梅已经落完了。这中间,曾经有两次,在异地见到过杨梅,比故乡的小,比故乡的酸,颜色又不及故乡的红。我想回味过去,把它买了许多来。

"长在树上,有虫爬过,有蛇吃过呢……"

我现在成了大人,有了知识,爱惜自己的生命甚于杨梅了。我用沸滚的开水去细细地洗杨梅,觉得还不够消除那上面的微菌似的。

于是它不但不像故乡的,而且简直不是杨梅了。我只尝了一二颗,便不再吃下去。

最后一次我终于在离故乡不远的地方见到了可爱的故乡的杨梅。

然而又因为我成了大人,有了知识,爱惜自己的生命甚于杨梅,偶然发现一条小虫,也就拒绝了回味的欢愉。

现在我的味觉也显然改变了,即使回到故乡,遇到细雨如丝的杨梅时节,即使并不害怕从前的那种吃法,我的舌头应该感觉不出从前的那种美味了,我的牙齿应该不能像从前似的能够容忍那酸性了。

唉，故乡离开我愈远了。

我们中间横着许多鸿沟，那不是千万里的山河的阻隔，那是……

唉，唉，我到底病了。我为什么要想到这些呢？

看呵，这眼前的如丝的细雨，不是若断若续地落在西北的春天里吗？

插 田

叶 紫

失业、生病,将我第一次从嚣张的都市驱逐到那幽静的农村。我想,总该能安安闲闲地休养几日吧。

时候,是阴历四月的初旬——农忙的插田的节气。

我披着破大衣踱出我的房门来,田原上早经充满劳作的歌声了。通红的肿胀的太阳,映出那些弯腰的斜长的阴影,轻轻地移动着。碧绿的秧禾,在粗黑的农人们的手中微微地战抖。一把一把地连根拔起来,用稻草将中端扎着,堆进那高大的秧箩,挑到田原中分散了。

我的心中,充满着一种轻松的、幽雅而闲静的欢愉,贪婪地听取他们悠扬的歌曲。我在他们的那乌黑的脸膛上,隐约的,可以看出一种不可言喻的、高兴的心情来。我想:

"是呀!小人望过年,大人望插田!……这原是他们一年巨大的希望的开头呢。……"

我轻轻地走过去。在秧田里第一个看见和我点头招呼的,便是那雪白胡须的四公公,他今年已经七十三岁了,还肯那么高兴地跟着儿孙们扎草挑秧,这是多么伟大的农人的劳力啊!

"四公公,还能弯腰吗?"我半玩笑半关心地问他。

"怎么不能呀!'农夫不下力,饿死帝王君'呢。先生!"

他骄傲地笑着，用一对小眼珠子在我的身上打望了一遍，"好些了？……"

"是的，好些了。不过腰还是有些……"

"那总会好的啰！"他又弯腰拔他的秧去了。

我站着看了一会，在他们那种高兴的、辛勤的劳动中，使我深深地感到自家年来生活的卑微和厌倦了。东浮西荡，什么东西都毫无长进的；而身体，又是那样地受到许多沉重的创伤；不能按照自家的心思做事，又不会立业安家，有时甚至连一个人的衣食都难于温饱，有什么东西能值得向他们夸耀呢？……而他们，一天到晚，田中、山上，微漪的、淡绿的湖水，疏云的、辽阔的天际！唱自家爱唱的歌儿，谈自家开心的故事。忧？愁？……夜间的、酣甜的呓梦！……

我开始羡慕他们起来。我觉得，我连年都市的漂流，完全错了；我不应该在那样的骷髅群中去寻求生路的，我应该回到这恬静的农村中来。我应该同他们一样，用自家的辛勤劳力，争取自家的应得的生存；我应该不闻世事，我应该……

田中的秧已经慢慢地拔完了，我还更加着力地在想着我的心思。当他们各别抬头休息的时候，小康——四公公的那个精明的小孙子，向我偷偷地将舌头伸出着，顽皮地指了一下那散满了秧扎的田中，笑了：

"去吗？……高兴吗？……"

不知道是哪里来的兴趣，使我突然忘记了腰肢的痛楚，脱下了鞋袜和大衣，想同他们插起田来。我的白嫩的脚掌踏着那坚牢的田塍，感到针刺般的酸痛。然而，我却竭力地忍耐着，艰难地跟着他们下到了那水混的田中。

四公公几乎笑出眼泪来了。他拿给我一把秧,教会我一个插田的脚步和姿势,就把我送到那最外边的一层,顺着他们里边的行列,倒退着,插起秧来。

"当心坐到水上呀!……"

"不要同我们插'烟壶脑壳'呢!……"

"好了!好了,脚插到阴泥中拔不出来了!"

我忍住着他们的嘲笑,站稳了架子,细心地考察一遍他们的手法,似乎觉得自家所插的列子也还不差。这一下就觉得心中非常高兴了。插田,我的动作虽然慢,却还并不见得是怎样艰难的事情啊!

四公公越到我的前头来了——他已经比我快过了一个长行。他抬头站了一站,我便趁这个机会像夸张自家的能干般地和他扳谈起来。

"我插的行吗?四公公!"

"行!"四公公笑了一笑,但即刻又皱着眉头说:"读书人,干这些事情总不大合适呀!对吗?……"

"不,四公公,我是想试试看呢,我看我能不能插秧!我想……唔,四公公,我想回到乡下来种田呀!"

"种田?……王先生,你别开玩笑呢!"

"真的呀!还是种田的好些……我想。"

四公公的脸上阴郁起来了,他呆呆地站在田中,用小眼珠子惊异地朝我侦察着我的话是否真实。我艰难地移近着他的身边,就开始说起我那高兴农人生活的理由来,我大声地骂了一通都市人们的罪恶,又说了许多读书人的卑鄙、下流……然后,正当欲颂赞他们生活的清高的时候,四公公便突然地打断了我的话头:

"得啦！先生，你为什么竟说出这样的话来呢？……"他朝儿孙们打望了一下，摸着胡子，凄然地撒掉手中的残秧。"在我们，原没有办法的，明知种田是死路，但也只得种！有什么旁的生涯给我们做得呢？'命中注定八合米，走尽天下不满升。'……而先生，你……读书人，高升的门路几多啊！你还真的说这种话……你以为，唉！先生，这田中的收成都能归我们自家？……"

他咽住了一口气，用手揉揉那湿润的小眼睛，摇头没有再说下去了。他的胡子悲哀地随风飘动着，有一粒晶莹的泪珠子顺着他那眼角的深深的皱纹爬将下来。

儿孙们都停了手中的工作，朝我们怔住了：

"怎么啦？公公。"

"没有怎么！"他叹一声气。忽然，似乎觉到了今天原是头一次插田，应该忌讳不吉利的话似的，又朝我打望了一下，顺手揩掉那晶莹的泪珠子，勉强装成一副难堪的笑容，弯腰拾起着秧禾，将话头岔到旁的地方去：

"等等，先生，请你到我们家中吃早饭去……人，生在世上，总应该勤劳……"

我没有再听出他底下说的是什么话来，痴呆地、羞惭地站在那里，望着他祖孙们手中的秧禾和那矫捷的插田的动作。……"死路。""高升的门路！"我觉得有一道冰凉的流电，从水里通过我的脚干，而曲曲折折地传到我的全身！……

我的腰肢，开始痛得更加厉害了。

蟋 蟀

陆 蠡

小的时候不知在什么书上看到一张图画。题的是"爱护动物"。图中甲儿拿一根线系住蜻蜓的尾,看它款款地飞。乙儿摇摇手劝他,说动物也有生命,也和人一样知道痛苦,不要残忍地虐杀它。

母亲曾告诉我:从前有一个读书人,看见一只蚂蚁落在水里,他抛下一茎稻草救了它。后来这位读书人因诬进下狱,这被救的蚂蚁率领了它的同类,在一夜工夫把狱墙搬了一个大洞,把他救了出来。

父亲又说:以前有一个隋侯,看见一只鹞子追逐着黄雀。黄雀无路可奔,飞来躲在他的脚下。他等鹞子去了,才把它放走。以后黄雀衔来一颗无价的明珠,报答他救命的恩德。

在书上我又读到:"麟,仁兽也,足不履生草,不戕生物。"

所以,我自幼便怀着仁慈之意,知道爱惜它们的生命。我从来不曾用线系住蝉的细成一条缝似的头颈,让它鼓着薄翅团团转转的飞。我从来不曾用头发套住蟋蟀的下颚,临空吊起来飕飕地转,把它弄得昏过去,便在它激怒和昏迷中引就它们的同类,促使它们做死命的啮斗。我从来不曾用蛛网络缠在竹箍上,来捉夏日停在墙壁上的双双叠在一起的牛虻。也从来不曾撕断蚱蜢的大腿，去喂给母鸡。

在动物中，我偏爱蟋蟀。想起这小小的虫，那曾消磨了多美丽的我的童年的光阴啊！那时我在深夜中和两三个淘伴蹑手蹑脚地跑到溪水对岸的石滩，把耳朵贴在地上，屏住气息；细辨在土磡的旁边或石块底下发出的瞿瞿的蟋蟀的声音所来自的方向。偷偷跑上前去，用衣袋里的麦麸做了记认，次晨在黎明时觅得夜晚的原处，把可爱的虫捉在手里。露濡湿了赤脚穿着的鞋，衣襟有时被荆棘抓破，回家来告诉母亲说我去望了田水回来，不等她的盘诘，立刻便溜进房中，把捉来的蟋蟀放在瓦盘里，感到醉了般的喜悦，有时连拖泥带水的鞋子钻进床去，竟倒头睡去了……

我爱蟋蟀，那并不是爱和别人赌钱斗输赢，虽则也往常这样做。但是我不肯把战败者加以凌虐，如有人剪了它们的鞘翅，折断了它们的触须，卑夷地抛在地上，以舒小小的心中的怨愤。我爱着我的蟋蟀，我爱它午夜在房里蛩蛩的"弹琴"，一如我们的术语所说的。有时梦中恍如我睡在碧绿的草地上，身旁长着不知名的花，花的底下斗着双双的蟋蟀；我便在它们的旁边用粗的石块叠成玲珑的小堆，引诱它们钻进这石堆里，我可以随时来听它们的鸣斗，永远不会跑开……

我爱蟋蟀，我把它养在瓦盘里，盘里放了在溪中洗净了的清沙，复在其中移植了有芥子园画意的细小的草，草的旁边放了两三洁白的石块，这是我的庭园了。我满足于自己手创的天地，所谓壶底洞天便是这般的园地更幻想化的罢了，我曾有时这样想。我在沙中用手指掏了一个小洞，在洞口放了两颗白米、一茎豆芽；白米给它当作干粮，豆芽给它作润喉的果品。我希望这小小的庭园会比石滩上更舒适，不致使它想要逃开。

在蒙蒙的雨天，我拿了这瓦盘到露天底下去承受这微丝般的烟雨，因为我没有看到露水是怎样落下来的，所以设想这便是它所喜爱的露了。当我看到乌碧的有美丽的皱纹的鞘翅上蒙着细微的雾粒，微微开翕着欲鸣不鸣似的，伴着一进一退地颤抖着三对细肢，我也感到微雨的凉意，想来抖动我的身躯了。有时很久不下细雨，我便用喷衣服的水筒把水喷在蟋蟀的身上。

听说蟋蟀至久活不过白露。邻居的哥儿告诉我说。

"为什么呢？"

"那是因为太冷。"

"只是因为太凉么？"

"怕它的寿命只有这几天日子吧。"

于是我翻开面子撕烂了的旧黄的历本，去找白露的一天，几时几刻交节。我屈指计算着我的蟋蟀还可以多活几天，不能盼望它不死，只盼望它是最后死的一个。我希望我能够延长这小动物的生命。

早秋初凉的日子，我便用棉花层层围裹着这瓦盘，沙中的草因不见天日枯黄了，我便换上了绿苔。又把米换了米仁。本来我想把它放在温暖的灶间里，转想这是不妥的，所以便只好这样了。

我天天察看这小虫的生活。我时常见它头埋在洞里，屁股朝外。是避寒么，是畏光么？我便把这洞掏得更深一些。又在附近挖了一个较浅的洞。

有一天它吃了自己的触须，又有一次啮断自己的一只大腿，这真使我惊异了。

"能有一年不死的蟋蟀么？"我不止一次地问我的母亲。

"西风起时便禁受不住了。"

"设若不吹到西风也可以么?"

"那是可怜的秋虫啊!你着了蟋蟀的迷么?下次不给你玩了。"

我屈指在计算着白露的日期。终于在白露的前五天这可怜的虫便死了。天气并不很冷,只在早晨须得换上夹衣,白昼是热的。园子里的玉蜀黍,已经黄熟了。

我用一只火柴盒子装了这死了的虫的肢体,在园子的一角,一株芙蓉花脚下挖了一个小洞,用瓦片砌成了小小的坟,把匣子放进去,掩上了一把土,复在一张树叶上放了三粒白米和一根豆芽,暗暗地祭奠了一番。心里盼望着夜间会有黑衣的哥儿来入梦,说是在地下也平安的吧。

"你今天脸色不好。着了凉么!孩子?"

母亲这样的说。